Wolfgang Ahrensmeier

DAS DORF

Wolfgang Ahrensmeier

DAS DORF

Roman

Impressum

Bibliografische Information der Deutschen Nationalbibliothek:

Die Deutsche Nationalbibliothek verzeichnet diese Publikationen in der Deutschen Nationalbibliografie; detaillierte bibliografische Daten sind im Internet über http://dnb.dnb.de abrufbar.

© 2020 Wolfgang Ahrensmeier

Umschlaggestaltung: Tobias Rettig

Korrektorat: Susan Ahrensmeier, Roland Wallenfang

Herstellung und Verlag: BoD - Books on Demand, Norderstedt

ISBN: 978-3-7568-6119-4

Inhalt

DREI BIKER

Der Kurfürstendamm - auch Ku'Damm genannt - war einst die Pracht-
straße für Fürsten, Könige und Kaiser in der Metropole Berlin. Breit angelegt und teilweise mit Bäumen begrenzt vermittelte sie den Eindruck
einer großzügigen Allee. Für viele Menschen wurde sie der Mittelpunkt
des Lebens in einer riesigen Stadt, die aus vielen Dörfern entstanden
ist.

Teure Geschäfte, in denen es alles zu kaufen gab, säumten beide Seiten. Berühmte Hotels boten luxuriöse Unterkünfte. Unzählige Restaurants, Bars und Kneipen luden die Besucher zu Empfängen und Veranstaltungen ein. Es gab bestes Essen oder auch nur Kaffee und Kuchen.
Selbst für ein gemütliches Bier mit Freunden boten sich viele Möglichkeiten. Künstler jeder Art und Richtung fanden hier immer ein Publikum. Für die Menschen war es wichtig auf dem Ku'Damm zu sein und
gesehen zu werden. Was hier als neu in Erscheinung trat, galt als Mode
in der Stadt und in der Region, sogar über die Landesgrenzen hinaus.

Später veränderte sich die Bedeutung der Straße für die Stadt und die
Menschen durch viele andere Vergnügungszentren, moderne Hotels,
exotische Geschäfte und großzügige Veranstaltungsplätze in anderen
Stadtteilen. Das Leben in der berühmten Straße wurde ruhiger.

Drei vierzigjährige Männer blieben ihrer Stammkneipe seit mehr als
zwei Jahrzehnten durch alle Entwicklungsstufen treu. Ob es das gute
Bier oder der Charme der hübschen Wirtin war? Es blieb wohl in ihrer
Erinnerung, warum sie sich immer wieder regelmäßig oder auch spontan hier trafen. Die Kneipe belegte das Parterre eines fünfgeschossigen
Wohnkomplexes mit historischer Fassade in einer Nebenstraße vom
Ku'Damm. Sie bestand hinter dem Eingang und einer kleinen Garderobe aus einem verwinkelten, aber gemütlichen Gastraum und einer
gepflegten Eichentheke mit einer verführerisch polierten Messingzapf-
säule, auf deren Krone ein modellierter Adler prangte. Auch der Glä-
serschrank wurde peinlichst sauber gehalten. Küche und Vorrats-
räume blieben für Gäste selbstverständlich verschlossen. Die Decke im
Gastraum war mit Stuck kunstvoll verziert und in den Zwischenräumen
wuchsen malerisch dargestellte Hopfenranken. Unmoderne Holzlam-
pen sorgten für dezentes Kneipenlicht. Das Mobiliar bestand aus Holz-

tischen und Stühlen. Das Eichenparkett des Fußbodens wurde nur trocken oder mit einem feuchten Lappen gepflegt.

Die drei Freunde hatten sich schon während ihrer Schulzeit heimlich nach dem Unterricht hier getroffen. Sie lösten damals schon gemeinsam Aufgaben oder stimmten unterschiedliche Meinungen zu bestimmten Themen ab. Die Wirtin half damals ihren Eltern mit und sie ließ es sich nicht nehmen, die jungen Burschen selbst zu bedienen. Wenn der Vater Bedenken hatte, dass die Jungs zu viel Bier trinken würden, nahm sie die jungen Herren in Schutz und sorgte dafür, dass sie aufrechten Ganges den Heimweg antraten. Auch als Studenten pflegten die drei Männer die Tradition des Treffens in der Kneipe und Elfi strahlte, wenn sie in die Gespräche mit einbezogen wurde.

Fritz Freimann hatte als angesehener Bänker Karriere gemacht, seine Frau Nora geheiratet, mit ihr zusammen ein Haus gebaut und zwei Söhne großgezogen, die eine vielversprechende Schulausbildung anstrebten. Der Jurist Karl Kluge arbeitete als Partner in einer teuren Kanzlei. Seine Frau Esra trug die Hauptlast der Erziehung ihres Zwillingspaares. Auch er, Esra und die heranwachsenden Kinder lebten in einem eigenen Haus. Wenn Paul Prager, der seinem Handelskontor mit zehn Mitarbeitern vorstand, gefragt wurde, warum er nicht heiratet, dann antwortete er: „Ich habe die Frau noch nicht gefunden. Ihr beide habt mir die beiden besten Frauen weggeschnappt und Elfi will von mir nichts wissen. Also muss ich ständig weitersuchen."

Karl schaute dann Fritz an: „Ich glaube, wir müssen P jetzt bedauern."

„Wir sollten zusammenlegen und für ihn ein Bier kaufen. Was meinst Du F?"

Elfi bekam immer alles mit, worüber die drei Freunde sich amüsierten, da der Stammtisch in unmittelbarer Nähe der Theke seinen Platz hatte. Sie stürzte jetzt herbei, umarmte P und küsste ihn so leidenschaftlich, bis er rot im Gesicht wurde: „P wir sollten nicht vergessen F und K auch zu unserer Hochzeit einzuladen."

„Ach Elfi, Du haust natürlich in dieselbe Kerbe rein, wie diese beiden Burschen. Ihr könnt Euch ja gar nicht vorstellen, wie schwer es ist, die richtige Frau für einen solchen Laden mit so viel Arbeit zu finden."

„Du sollst die Frau ja auch nicht für den Laden, sondern für Dich finden."

Zu fortgeschrittener Stunde waren sie immer zu Schabernack aufgelegt. Wenn einer von ihnen dann im Mittelpunkt des Spaßes stand, verlangten die anderen, dass er den Schlagabtausch auch mitmachte. Sie gingen aber nie bis zu einer Beleidigung, die ihrer Freundschaft geschadet hätte. Sie hatten es sich zur Gewohnheit gemacht, sich intern nicht mit ihren Namen anzusprechen, sondern mit ihren Initialen. Elfi konnte damit umgehen, wenn aber ein Fremder zuhörte, schüttelte er verständnislos den Kopf.

Bei einem Treffen vor einigen Jahren wurde es später als sonst, weil die drei Freunde hitzig über politische Dinge debattierten. Elfi nahm sich einen Stuhl und setzte sich zu den Männern an den Tisch. Sie schaute jedem einzelnen ernsthaft in die Augen.

„Elfi, es ist schon gut. Ich habe es auch gemerkt. Wir sind laut geworden."

Elfi schüttelte den Kopf und fragte, als wäre es eine Belanglosigkeit: „Was ist heute für ein Datum?"

„Der zwanzigste Juni. Warum fragst Du danach?"

Paul grinste bereits, als Elfi sie ansah und ihnen durch Kopfschütteln bedeutete zu schweigen. Auf Karls und Fritz Gesichtern machte sich Entsetzen breit: „Wir haben es vergessen! Esra und Nora haben heute Hochzeitstag!"

„Ihr beide auch! Es wird für Euch Zeit, einen auszugeben."

„Nichts da, meine Herren. Ihr kriegt jetzt nichts mehr! So weit kommt es noch, am Hochzeitstag besoffen zu Hause zu erscheinen!"

„Es ist bald Mitternacht. Wo sollen wir denn jetzt noch Blumen herkriegen?"

Elfi grinste Karl und Fritz an: „Schaut mal auf die Theke." Dort standen zwei prächtige Sträuße roter, langstieliger Rosen in zwei Bierhumpen.

„Elfi, hast Du etwa schon vorgesorgt? Du bist die Beste!"

Elfi servierte Kaffee, den sie schon auf die Theke gestellt hatte: „Ihr habt jetzt noch eine Stunde Zeit und schlürft den Kaffee. Vor der Tür steht ein Taxi. Ihr überrascht Esra und Nora noch vor Mitternacht! Karl und Fritz Ihr nehmt die Rosen. Paul, Du bekommst noch Schampus mit. Los jetzt, der Fahrer weiß Bescheid!"

Fritz hatte in der Zwischenzeit seine Nora angerufen. Sie stand schon fix und fertig vor der Haustür. Der Taxifahrer lächelte und suchte den schnellsten Weg zu Karls Haus. Die Uhr schlug gerade acht Glasen, Esra erschien im Abendkleid unter der Lampe vor der Haustür. Die Überraschung war geglückt, ... als hätte Elfi es mit Esra und Nora abgesprochen. Die Kinder waren noch alle wach und wussten, was die Erwachsenen vorhatten. Sie waren glücklich, erinnerten sich an die Hochzeit und die gute Stimmung hielt sie alle noch eine Weile fest.

Es war für alle Beteiligten selbstverständlich, dass sie keine Gelegenheit verpassten zusammen zu feiern. Selbst die Kinder kannten es nicht anders. Sie fühlten sich wie in einer großen Familie. Erlebnisse und Erfahrungen wurden diskutiert und ausgetauscht. Die Aufmerksamkeit der fünf Erwachsenen gehörte den Kindern, ohne dass sie in die Gefahr der Einmischung in die elterliche Erziehung geraten wären. Wenn die Eltern einmal keine Zeit für die Kinder hatten, fand der Nachwuchs immer einen Partner, sei es bei den Schulaufgaben oder in pubertären Gesprächen.

Die drei Freunde hatten ein gemeinsames Hobby, nämlich das Motorradfahren. Schon als Teenager montierten sie in einer befreundeten Werkstatt an verunfallten oder ausrangierten Mopeds herum. Als Mopeds wurden eigentlich die mit kleinen Motoren angetriebenen Fahrräder bezeichnet. Sie brauchten Benzin oder ein Gemisch aus Benzin und Öl. Ein Dynamo für die Beleuchtung war nicht mehr erforderlich. Die Maschine sorgte für Licht. Manchmal waren sie mit einer Sitzbank ausgerüstet, damit auch ein Sozius mitfahren konnte. Die jungen Leute bauten den Schalldämpfer aus dem Auspuff aus, damit sie auch durch die Lautstärke auf den Straßen auffielen. Die NSU Quickly war z.B. ein weitverbreitetes und beliebtes Moped, mit dem die Jugendlich erste Erfahrungen machen durften. Später wurden die Maschinen verstärkt und die Fahrzeuge verließen endgültig den Status des Fahrrads. D.h. der Muskelantrieb über Pedale war nicht mehr möglich. Die Fahrzeuge hatten starre Fußraste. Auf dem Markt wurden sie als Kleinkrafträder bezeichnet. Selbstverständlich gab es damals schon schwere Motorräder, die Höchstleistungen bezüglich Kraft, Drehzahlen, Beschleunigung und Geschwindigkeit brachten. Die drei Freunde konnten sich so wunderschöne Maschinen wie z.B. die Horex Regina nicht leisten. Außerdem schreckte sie die steigende Zahl der Unfälle ab. Viele Fahrer unterschätzten die Leistung und die damit verbundene Gefahr der Motorräder. Fachleute jedoch beherrschten die Maschinen und trafen sich zu Wettbewerben auf berühmten Rennbahnen wie die Avus in

Berlin, um die Leistungen der Motorräder und ihre eigene Geschicklichkeit zu messen. Fritz, Karl und Paul begnügten sich als staunende Zuschauer mit dem fantastischen Nervenkitzel. Aber in der Werkstatt durften sie eifrig bei Reparaturen helfen und neue Entwicklungen ausprobieren. Der Werkstattmeister bewunderte die technischen Fähigkeiten der jungen Männer. Sie durften jahrelang Testfahrten machen und manchmal war auch ein kleiner Ausflug damit verbunden.

Mit ihrem Hobbyeifer stifteten die drei ungewollte Unruhe bei den Lehrlingen und Gesellen in der Werkstatt. Der Meister forderte sie in seinem Büro zum Gespräch: „Jungs, ich bewundere Euch. Wenn Ihr meine Gesellen wärt, würdet Ihr viel Geld verdienen, aber ich kann Euch wegen des Arbeitsfriedens nicht länger in der Werkstatt dulden."

Die drei waren geschockt. Fritz fing sich als erster: „Meister, wir sind jetzt erwachsen und interessieren uns für drei gleiche Motorräder. Wir haben bei Dir sehr viel gelernt und würden gerne unsere Maschinen, wenn wir sie denn gekauft haben, in Deiner Werkstatt warten. Ich schlage vor, dass wir uns im Umgang mit den Lehrlingen und den Gesellen zurückhalten und warten, bis sie uns fragen oder brauchen. Außerdem legen wir Dir einen Schein in die Kaffeekasse und hoffen, dass Du uns im Kaufgespräch mit dem Händler unterstützt. Das ist doch ein annehmbarer Kompromiss, zumal wir dann nicht mehr Hobbymitarbeiter wären, sondern Deine Kunden."

„Ok! Ich werde meine Leute informieren. Es gibt keine Bevormundung der Lehrlinge mehr, Ihr nehmt den Gesellen keine Werkzeuge weg, sondern Ihr fragt danach."

„Meister, wir kommen jetzt erst einmal nicht mehr in die Werkstatt, sondern beraten uns, wofür wir uns entscheiden wollen. Dann fragen wir Dich, was Du davon hältst. Und Du hilfst uns beim Verhandeln."

Sie saßen wieder in ihrer Stammkneipe und wussten, dass sie ein paar Dinge zu klären hatten. Karl meldete sich nach dem ersten Bier: „Fritz, Du bist ganz schön vorgeprescht bei unserem Meister. Es stimmt schon, dass wir uns jetzt eine Maschine kaufen können, aber ich bin mir noch nicht sicher, ob ein Feuerstuhl für mich das richtige Fahrzeug ist. Rennen will ich nicht fahren. Andererseits möchte ich mit Euch in der Freizeit zusammen sein."

„So sehe ich das auch", ergänzte Paul.

„Wir müssen eine Maschine suchen, die von vorneherein nicht für die Raserei geeignet ist."

„Ich könnte mir schon vorstellen, dass eine Art Wandern mit dem Motorrad für uns interessant sein könnte. Lasst uns doch einfach mal ein paar Gespräche führen.“

„Der Zeitpunkt ist günstig. Wir haben uns familiär noch nicht festgelegt, können noch über unseren Verdienst selbst bestimmen und außerdem hat in der Stadt ein neues Motorradgeschäft aufgemacht.“

Elfi bekam ein paar Wortfetzen mit und kam mit ernster Miene an den Tisch: „Seid Ihr jetzt total übergeschnappt? Wollt Ihr Euch den Schädel einrennen? Am Wochenende sind fünf Motorradfahrer gestorben. Wollt Ihr, dass ich mir ständig Sorgen um Euch mache?“

„Aber Elfi, Du brauchst Dir keine Sorgen machen. Wir haben es gelernt, mit den Maschinen umzugehen. Wir sind schon hunderte Kilometer mit den Werkstattmaschinen gefahren. Wir wollen nicht an Rennen teilnehmen und wir versprechen Dir, dass wir immer vorsichtig sind.“

„Bei dem Verkehr ist es immer möglich, dass Ihr von Autofahrern übersehen werdet. Ihr habt niemals einen Schutz um Euch herum.“

„Du kannst ja mal mitfahren, damit Du siehst, dass wir nicht leichtsinnig sind.“

„Ich werde mich nie auf so einen Feuerstuhl setzen!“

Bei schönstem Wetter machten sich Fritz, Karl und Paul auf den Weg zu dem neuen Geschäft in einem Industriegebiet etwas außerhalb. Schon von weitem sahen sie das Firmenschild „Die Harley“. Auf dem Vorplatz zum Verkaufsraum glänzten die schönen Motorräder in der Sonne. Besucher und Passanten bewunderten die Fahrzeuge und fachsimpelten über technische Dinge. Im Verkaufsraum gab es nur etwas Zubehör und Regale mit Prospekten zu sehen, aber viele Interessenten wurden an Stehtischen von Verkäufern beraten. Hübsche Mädchen versorgten flink die Gesprächsteilnehmer und standen für erste Fragen der Besucher zur Verfügung.

„Wir kommen genau richtig zur Eröffnungsfeier. Ich bin dafür, dass wir uns erst einmal bedienen lassen. Etwas später beginnen wir ganz unverbindlich nach Prospekten zu fragen. Bestimmt ist dann auch eine Probefahrt drin.“

„Ob diese Damen uns auch beraten? Eine solche Traumfrau auf dem Motorrad ist eine Augenweide. Ich habe in einem Magazin Hochglanzfotos gesehen. Da ist mir doch der Löffel in die Suppe gefallen.“

„Kommen Sie näher meine Herren. Hier ist noch ein Tisch frei. Ich bringe Ihnen etwas zu trinken und heiße Sie willkommen."

„Wir suchen ein bequemes Motorrad mit starkem Motor und geringer Geschwindigkeit."

„Das sind genau die Attribute unserer Harleys. Haben Sie sich draußen schon mal umgesehen?"

„Ja, aber nur oberflächlich. Die Maschinen sind schön, aber nicht mit Ihnen zu vergleichen."

Das hübsche Mädel grinste etwas verlegen: „Sie dürfen sich nicht blenden lassen. In den Maschinen steckt mehr drin. Blättern Sie in den Prospekten. Ich hole Ihnen den nächsten freien Verkäufer, der Ihnen mehr sagen kann." Dabei blickte sie den Wortführer Paul mit einem bezaubernden Lächeln in die Augen. Wenig später kam sie mit einem Verkäufer zurück und blieb noch einen Moment, bis das Fachgespräch begann. Die drei Freunde konfrontierten den Mann sofort mit vielen Fragen.

„Ich schließe aus Ihrem Interesse, dass Sie Erfahrung mit Motorrädern haben. Wozu wollen Sie eine Harley nutzen?"

„Wissen Sie, wir brauchen nicht unbedingt ein Motorrad. Wenn wir uns zu einem Kauf entscheiden, dann ist es für uns reiner Luxus. Wir haben Spaß daran."

„Man kann auf den modernen Fahrzeugen angestrengt sitzen oder fast liegen. Wir wollen aber nach einer längeren Fahrt nicht mit Muskelkater oder Kreuzschmerzen absteigen."

Der Verkäufer zeigte ein Bild, wo ein Mann mit Sonnenbrille mit einem Lächeln in bequemer aufrechter Haltung fuhr. Dann blätterte er im Prospekt und wies auf Detailfotos hin: „Das schaffen wir mit einem breiten Sattel, der Form des Lenkers und einer bequemen Fuß- und Beinhaltung. Sie werden es selbst spüren, wenn Sie sich nachher mal auf eine unserer Harleys setzen. Sie werden nicht ermüden. Die Harleys sind keine Rennmaschinen, sondern sie sind so konzipiert, dass Sie ein Höchstmaß Ihrer Aufmerksamkeit dem Verkehr und der Landschaft widmen können, durch die Sie fahren. Der Motor entwickelt eine enorme Kraft, so dass Sie auch im Gelände keine Schwierigkeiten haben werden. Ich vermute mal, Sie wollen wandern. Wir haben außer der Schutzkleidung jede Menge Extras zu bieten, damit Sie sicher und vor allem sauber an Ihr Ziel kommen."

Die drei Freunde blickten den Verkäufer interessiert und nachdenklich an. Er überschüttete sie formlich mit einer Fülle an Informationen, die sie zu verarbeiten hatten. Die junge Frau kam vorbei und fragte, ob sie noch etwas trinken wollten. Dann schaute sie ihren Kollegen an: „Biete den Männern doch mal eine Probefahrt an.“

„Agatha, Du hast recht. Unsere Maschinen sprechen in der Praxis mehr für sich selbst, als ich dazu in der Lage bin.“

„Naja, das theoretische Wissen, das Sie uns rüberbringen, ist ebenso wichtig.“

„Heute am Eröffnungstag können wir keine Probefahrten zulassen. Das würde die Veranstaltung unübersichtlich machen. Ich biete Ihnen an einem der nächsten Tage eine Probefahrt an, unabhängig davon, ob Sie am Kauf einer Harley interessiert sind oder nicht.“

Paul blickte das hübsche Mädel an und nickte: „Geht das auch nach Feierabend? ... Dann kommen wir morgen wieder. Wir haben jetzt erst einmal vieles zu besprechen.“

Sie verabschiedeten sich und nahmen sich noch Zeit für einen Besuch in ihrer Stammkneipe.

„Paul, hattest Du nur Augen für das hübsche Mädel oder hast Du auch sonst etwas Wesentliches mitbekommen?“

„Tja, Ihr habt nun mal keine Ahnung von einem Verkaufsgespräch. Alles spielt eine Rolle, aber wir brauchen jetzt eine Taktik. Wir haben zunächst von nur einer Maschine gesprochen. Zweitens hat der Verkäufer keine Ahnung, wieviel Erfahrung wir tatsächlich haben und drittens weiß er nicht, dass wir beim Kauf zu viert sein werden. Wir verpflichten uns nicht mit einer Probefahrt, aber den Spaß sollten wir uns gönnen.“

Der Meister war am nächsten Tag überrascht, als die drei Freunde ziemlich euphorisch auf ihn einstürmten: „Heute kannst Du Dein Wort einlösen. Wir machen eine Probefahrt bei Harley!“

„Aber eine Harley ist doch zu langsam für Euch junge Kerls.“

„So etwas suchen wir aber. Kommst Du heute Abend mit?“

„Ich habe es Euch ja versprochen.“

Der Verkaufsraum war von drei Seiten verglast und innen vollgestellt mit Motorrädern. An der Theke begrüßte sie Agatha. Sie lächelte Paul zu und rief sofort den Verkäufer: „Schön, meine Herren, dann schlage ich vor, Agatha begleitet einen nach dem anderen auf einer kurzen

Fahrt. Bitte gehen Sie kein Risiko ein. Wir wollen doch nicht, dass irgendjemandem etwas passiert. Sie müssen sich an die Harleys erst gewöhnen."

Agatha hatte sich komplett angezogen und Paul - er war der erste Fahrer - bekam einen Helm und die Handschuhe. Nach einer kurzen Einweisung fuhren sie los und der Meister, Fritz und Karl schauten ihnen hinterher. Nach zehn Minuten waren sie wieder zurück. Dann waren Fritz und Karl an der Reihe. Agatha wollte den Meister auch zu einer Fahrt animieren, aber der lehnte ab.

Mitten im Verkaufsraum gab es einen runden Tisch, an dem sie alle Platz nahmen. Agatha und die drei Jungs sprachen über die Probefahrt. Agatha war erstaunt, wie gut die Jungs mit der Maschine umgingen und die Fahrer schilderten ihre ersten Eindrücke. Es war schon spät geworden und der Verkäufer wollte das Gespräch abkürzen: „So meine Herren, auch wir haben jetzt Feierabend und schließen für heute. Sie sind jederzeit willkommen, wenn Sie sich weiter für unsere Produkte interessieren."

Agatha erschrak und wurde verlegen und blass im Gesicht, aber sie wollte ihren Chef nicht brüskieren. Der Meister schwieg einen Moment ehe er reagierte: „Sie können ruhig schließen junger Mann, aber haben Sie eine Vorstellung, warum wir Ihrem Rauswurf nicht sofort folgen?"

„Sie ... Sie haben sicher noch Fragen ... Sie haben Interesse? Bitte verzeihen Sie, ich habe so etwas noch nie gemacht. Ich bin so neu in dem Geschäft, wie das Geschäft selbst. Ich kenne die Gepflogenheiten der Kunden noch nicht."

„Das ist doch mal eine gute Einstellung zur Sache! Ich schlage vor, wir gönnen uns ein gemütliches Bier, Sie bewaffnen sich mit Papier und Bleistift und hören mir zunächst zu."

Agatha lächelte wieder und besorgte ein Bier und der Meister führte das Gespräch: „Nehmen wir einmal an, die Maschine gefällt uns, dann wissen wir lediglich, dass sie einen Preis hat. Der Hersteller verkauft sie Ihnen zu einem Preis X und Sie verkaufen Sie zu einem Preis von X+. Die Maschine muss an den Fahrer angepasst werden z.B. Lenkereinstellung, Sattel usw. Wer macht das?"

Der Verkäufer wollte etwas sagen, aber der Meister unterbrach ihn: „Hören Sie mir weiter zu. Die Maschine wird eingefahren, dann ist die erste Wartung fällig. Wer macht die? Wer macht überhaupt die Wartung und die Reparaturen? Der Fahrer muss ordentlich eingekleidet werden. Ich sehe bei Ihnen keine Klamotten. Woher bekommt der Fahrer Informationen über technische Verbesserungen, Zubehör und Neuentwicklungen? Wie wird dem Fahrer unterwegs geholfen z.B. bei einer Panne? Wer übernimmt die amtliche Zulassung? Haben Sie vielleicht eine Empfehlung für eine Versicherung? Wenn wir uns heute zum Kauf entschließen, datieren Sie den Vertrag auf gestern zurück."

Karl ergänzte: „Wenn wir gestern hätten kaufen wollen, wäre das nicht möglich gewesen, da wir nicht Probe fahren konnten. Und ohne Probefahrt hätten wir die Katze im Sack gekauft."

Der Meister fuhr fort: „Bei einem Verkauf schon während Ihrer schönen Eröffnungsfeier ist der Hersteller sicher bereit, einen Rabatt springen zu lassen. Und wenn Sie jetzt bereit sind, meine Fragen zufriedenstellend zu beantworten, dann stellen Sie sich bitte einmal Ihr eventuelles Erfolgserlebnis vor, wenn wir nicht über den Kauf von einer Maschine sprechen, sondern von drei Maschinen!"

Der Verkäufer legte seinen Stift zur Seite und bemühte sich um Konzentration. Es wurde ihm klar, dass die Organisation noch nicht ausgereift war, bzw. würden neben der Werbung und dem Verkauf noch andere Arbeiten erfüllt werden müssen.

Paul erkannte die Schwäche des jungen Verkäufers und lenkte ein: „Wir wollen Sie nicht in die Enge treiben, aber wenn wir kaufen, muss das ganze Paket stimmen. Erinnern Sie sich einfach an Ihre Schulung beim Hersteller und reproduzieren Sie, was Sie zusagen können."

Agatha lächelte ihren Chef an: „Wir haben viele Informationen erhalten, aber einige Details sind offengeblieben. Chef, unser Verkaufsleiter beim Hersteller und unser Schulungsleiter werden uns sicher auch weiterhelfen."

„Einiges weiß ich: Wir haben eine Rabattspanne, mit der wir vorsichtig arbeiten dürfen. Ich weiß auch, dass ein Erstverkauf dreier Maschinen unserer Firma etwas wert ist. Helm und Handschuhe werden mit der Maschine ausgeliefert. Die Klamotten beschafft sich der Käufer selbst oder er kann sie als Zubehör bei uns kaufen. Die Zulassung übernehmen wir, aber die Versicherung ist Sache des Käufers. Ich denke, es liegt an unserer Kundenpflege, dass die regelmäßigen Informationen an den Käufer weitergegeben werden. Was mir die größte Sorge macht, ist das Fehlen einer Werkstatt."

Der Meister griff wieder ein: „Wenn Ihre Firma mitmacht, könnte ich Ihnen helfen. Stellen Sie fest, ob die Firma mich als Vertragswerkstatt anerkennt. Wenn das der Fall ist, übernehme ich den gesamten technischen Bereich. Für die Arbeiten, die in Ihre Verantwortung fallen, erhalten Sie von mir jeweils eine Rechnung.“

„Das wäre selbstverständlich eine saubere Lösung, worüber mir allerdings keine Entscheidung zusteht.“

Karl räusperte sich: „Sie stehen doch sicher über Ihren Computer in ständiger Verbindung mit der Zentrale. Wenn Ihr Verkaufsleiter erfährt, über welches Geschäft hier verhandelt wird, dann wird er sicher sofort aktiv. Wir wissen doch jetzt schon eine ganze Menge. Schildern Sie ihm den Sachverhalt und die Möglichkeit, die Partnerschaft einer Vertragswerkstatt zu erhalten, dann erfahren wir, ob wir jetzt kaufen oder nicht. Keiner von uns kann alles wissen, aber lernen.“

„Ich kenne mich mit der EDV nicht so gut aus. Ich müsste mich morgen daransetzen.“

„Chef, ich will Dir nicht zu nahe treten, aber ich beherrsche den Computer und das Netzwerk“, kam Agatha ihm zu Hilfe.

„Meinst Du wirklich, wir könnten denen in dieser Form auf die Nerven fallen?“

„Ich bin mir sicher, dass die Leute dort bei dem Geschäft im Zusammenhang mit Ihrer Neueröffnung anbeißen“, ergänzte Paul. „Und wir hätten den Vorteil, dass wir sofort eingreifen können, weil wir jetzt alle zusammen sind.“

„Also gut, Agatha. Dann wollen wir es wagen. Soll ich vorher anrufen? Vielleicht ist er ja gar nicht im Office oder wir stören ihn in einer Pause?“

„Nein! Der Verkaufsleiter sitzt vor seinem Bildschirm oder er wird mit seinem Handy verbunden. Wenn das nicht geht, dann bekommt ein anderer Mitarbeiter die Meldung auf seinen Schirm und wir sind sofort mit der Zentrale verbunden.“

Agatha gab den Verbindungscode ein. Der Verkaufsleiter erschien auf dem Schirm. Die Sitzung war eröffnet: „Hallo Agatha, Sie werden ja immer hübscher! Wie war die Eröffnung gestern?“

„Schönstes Wetter. Wir hatten das Haus voll und arbeiten am ersten Geschäft. Erich will mit Ihnen reden.“

„Erich, was gibt es zu besprechen?“

„Wenn ich bei einem Geschäft einen Nachlass gewähre, wenn die Erstwartung ansteht, die Anpassung der Maschine an den Fahrer, entstehen Kosten zu wessen Lasten?"

„Das ist bei Ihrer Ausbildung vielleicht nicht deutlich genug gesagt worden: Sie und Agatha sind bei uns angestellt, das Haus haben wir gemietet, die Kosten für die Feier gestern übernimmt die Zentrale, die Maschinen gehören der Firma. Die Preise sind festgelegt, Sie rechnen den Verkauf mit uns ab. Der Rest ist Ihre Sache. Sie dürfen alles machen, was Sie für richtig halten, nur müssen wir Ihre Begründungen akzeptieren können."

„Zu wessen Lasten gehen die Garantieleistungen, wie erste Wartung, Anpassung usw.? Wir haben doch keine Werkstatt."

„Dann bauen Sie sich eine auf oder nehmen eine Werkstatt unter Vertrag. Die Garantieleistungen gehen zu Lasten der Firma. Erich, Sie sind der Chef. Handeln Sie entsprechend für Ihre Firma. Sorgen Sie dafür, dass Sie bei den Geschäften Gewinne machen. Sprechen Sie mit mir, wenn Sie unsicher sind, aber werden Sie selbständig. Die Zentrale macht keinen unkalkulierten Verlust. Wir beobachten Ihre Erfolge und Ihre Kosten."

„Ok! Sie gewähren mir einen Spielraum, in dem ich selbständig arbeite."

„So ist es. Ich gebe Ihnen noch einen Tipp: Wenn Sie sich jetzt eine Werkstatt aufbauen wollen, dürfte das für Sie zurzeit noch zu schwer sein, weil Sie zusätzlichen Raum, Leute und Werkzeuge brauchen. Heuern Sie eine gute Werkstatt an. Ich gebe Ihnen jetzt die Unterlagen für einen Werksvertrag auf den Schirm. Da steht alles drin. Der Werkstattmeister sollte uns einen Monteur zur Ausbildung schicken. Und jetzt ran an die Arbeit! Viel Glück!"

Auf dem Bildschirm erschien der Vertrag, den Agatha sofort abspeicherte und ausdruckte.

Der Werkstattmeister traute seinen Augen nicht. Der Drucker spuckte ein umfangreiches Vertragswerk aus: „Also Jungs, wenn der Kauf der Maschinen von diesem Vertrag abhängt, dann wird das heute nichts mehr. Bis ich das alles überprüft habe, vergeht Zeit."

Karl nahm sich den Vertragsentwurf vor und blätterte darin. Nach einer Viertelstunde konnte er das Werk für den Werkstattmeister interpretieren: „Das ist kein Knebelvertrag, sondern ein Partnervertrag. Da steht eindeutig drin, welche Arbeiten durchzuführen sind, die Du von

Erich gegen Rechnung bezahlt bekommst. Darüber hinaus gehende Materialien und Werkzeuge bestellt Erich im Werk. Die Haftung für die von Dir geleisteten Arbeiten übernimmst Du. Du erhältst den Status Vertragswerkstatt."

„Karl, Du bist sicher, dass ich das unterschreiben kann? Kann ich da auch wieder raus?"

„Ja und ja. Deine Selbständigkeit wird nicht tangiert. Es gibt keine ausschließliche Bindung an das Fabrikat, d.h. Du darfst weiterarbeiten wie bisher. Die Maschinen werden mit der gesamten Sicherheitsausstattung an Dich geliefert. Dann arbeitest Du daran, lieferst an den Kunden aus und berechnest den Aufwand an Erich. Du erhältst alle Prüfprogramme mit Änderungen automatisch und regelmäßig alle technischen Neuerungen. Such Dir schon mal einen Monteur aus, der sich sofort im Werk meldet."

„Na schön, Du bist der Anwalt!"

„Noch nicht ganz, aber Dein Vertrauen ist berechtigt und begründet."

Fritz wurde nachdenklich: „Haben wir an alles gedacht? Was ist mit den Klamotten?"

„Wir haben doch nie richtige Motorradklamotten gehabt. Wir kriegen blitzblanke Maschinen. Warum sollten wir nicht auch gut aussehen?"

Agatha legte einen Prospekt vor: „Es geht nicht nur ums Aussehen, sondern um Ihre Sicherheit. Wollen Sie sich etwas aussuchen? Oder soll ich das machen. Ich will nämlich auch, dass Sie gut aussehen." Sie lachten alle etwas verlegen und Paul grinste Agatha an.

Der Verkäufer rechnete hin und her. Dann zerknüllte er das Papier mit seiner Aufstellung und begann von vorne. Schließlich kam er zu einem Ergebnis, atmete tief durch und sagte zögernd: „Mal drei!"

Fritz schreckte hoch ohne den Betrag gesehen zu haben: „Jetzt weiß ich, was wir vergessen haben. Wir haben noch nie über Geld gesprochen."

In der Runde wurde es still. Die drei Jungs hatten schon eine Vorstellung von einem fünfstelligen Betrag, aber sie hatten in der Euphorie versäumt, sich die Frage zu beantworten, wie sie eine so hohe Kaufsumme aufbringen könnten. Der Meister unterbrach Fritz: „Erich wird uns gleich in die pekuniären Eckpunkte einweisen. Erst danach werdet Ihr von Eurem euphorischen Höhenflug abstürzen. Die Erfahrung müsst Ihr jetzt selbst machen. Auf mich hättet Ihr ja nicht gehört. Erich, nennen und erklären Sie uns die Summe."

„Ich habe alle Kosten bis zur Übergabe der Maschinen an die Käufer zusammengerechnet. Da sind auch die Anzüge, Stiefel, die Zulassung usw. enthalten. So ergibt sich der Bruttopreis. Dann habe ich Rabatte des Werkes und meines Geschäfts abgezogen. So komme ich auf den Nettopreis pro Maschine. Folgendes ist danach noch zu berücksichtigen: Das Benzin für die ersten tausend Kilometer übernehme ich persönlich. Außerdem werden die Helme vom Werk aus mit Funk ausgerüstet. Mehr kann ich nicht tun."

Die drei Freunde schwiegen. Der Meister wandte sich an den Verkäufer: „Erich, wenn wir uns jetzt einig werden, unterschreibe ich den Werksvertrag. Dann haben Sie einen zusätzlichen Vorteil."

„Absolut! Ich werde mit meinem Chef im Werk darüber sprechen, ob wir diese beiden Ereignisse zusammenberücksichtigen und daraus noch einen zusätzlichen Nachlass argumentieren können. Der Werbeeffekt durch die drei Maschinen vor Ort und in Ihrer Werkstatt ist nicht von der Hand zu weisen. Eins füge ich noch hinzu: Bei Barzahlung in einer Summe unmittelbar nach Anlieferung in Ihrer Werkstatt wird ein Skontobetrag berücksichtigt."

„Na meine Herren, wie schmerzhaft war die Landung in die Realität?"

Fritz antwortete zuerst: „Meister, Du hast recht. Jetzt müssen wir Farbe bekennen. Jeder von uns hat schon etwas gespart. Ich bin sicher, dass mein Chef bei der Bank mir den Rest ohne Risiko finanzieren wird."

Paul lächelte, aber er war auch etwas blass um die Nase herum: „Ich bin es nicht gewöhnt, mir solchen Luxus zu gönnen. Aber meine Geschäfte laufen gut und ich bringe den Betrag auf."

„Ich bin wohl das schwächste Glied in der Mannschaft", gab Karl zu. „Ich bin noch kein Volljurist und damit abhängig von meiner Kanzlei. Ich verdiene zwar nicht schlecht, aber Sicherheiten für einen Kredit kann ich nicht bieten."

Fritz und Paul schauten sich an. Sie nickten sich zu und Fritz sprach für Karl: „Moment, deswegen lassen wir den Deal nicht platzen! Wir werden zu dritt eine Lösung finden."

„Ihr seid Teufelskerle! Ich hoffe, dass Ihr mir als Freunde erhalten bleibt!" Dann zückte der Meister seinen Füller und unterschrieb den Werksvertrag. „Und wann kommen die Maschinen?" Jetzt lachten alle und Erich öffnete eine Flasche Schampus.

Agatha saß schon wieder am Bildschirm und erreichte den Verkaufsleiter im Werk sofort: „Chef, wir haben soeben drei Maschinen verkauft und eine Vertragswerkstatt angeheuert."

„Na, herzlichen Glückwunsch. Schade, dass ich nicht bei Euch sein kann. Wir werden alles tun, damit die Kunden zufrieden sind. Viele Grüße an alle."

„Morgen schicke ich Ihnen alle Unterlagen."

Die drei Motorräder wurden in die Werkstatt des Meisters geliefert. Die Gesellen und Auszubildenden waren in heller Aufregung. Jeder wollte gleich auspacken und die Maschinen bewundern. Der Meister unterdrückte seine eigene Neugier und rief seine Mitarbeiter zur Ordnung: „Männer, wir wollen uns doch kameradschaftlich zeigen und warten bis die Jungs kommen. Die wollen doch bestimmt auch dabei sein."

Es dauerte nicht lange, bis die drei Freunde durchs Tor kamen und im Beisein der Kollegen vorsichtig die Verpackung entfernten. Sofort begannen bewundernde Fachgespräche. Die verchromten Motorenteile glänzten ebenso wie die lackierten Verkleidungen. Lenker, Schutzglas, Lampen, Spiegel und jede Menge Zubehör waren extra verpackt.

„Meister, dürfen wir selbst montieren nach Deiner Anweisung?"

„Das habe ich mir schon gedacht. Wir schauen uns erst einmal den Montageplan an, dann entscheiden wir, was, wie und in welcher Reihenfolge gemacht wird."

„Ok. Dann fangen wir morgen früh an. Jetzt kümmern wir uns mit Erich und Agatha zusammen um die Bezahlung und die Sachen, die ins Geschäft geliefert wurden."

Der Monteur, den der Meister zur Ausbildung geschickt hatte, meldete sich stolz: „Wagt es ja nicht, ohne mich anzufangen, sonst verstecke ich Euch die Fußraste."

„Na klar warten wir. Du bist schließlich der einzige Fachmann in der Werkstatt!"

Im Geschäft empfing sie Agatha: „Habt Ihr sie schon gesehen?"

Paul packte die hübsche Agatha an den Hüften und schleuderte sie temperamentvoll einmal um sich herum: „Wir hätten am liebsten sofort mit der Montage begonnen, aber wir müssen uns schon noch gedulden, damit keine Fehler passieren."

„Während Erich die Zahlungsanweisung fertigmacht, werde ich Euch jetzt ordentlich anziehen. Dann werden die Einzelteile mit Euren Namen versehen. Ich hoffe, dass die von mir angegebenen Größen korrekt beachtet wurden."

Drei Garnituren lagen jeweils in unterschiedlichen Sicherheitsfarben auf dem Tisch. Die Jungs entschieden sich und zogen die Jacken und Hosen über: „Passt! Und die Sachen sind angenehm zu tragen."

„Ok! Jetzt die Stiefel und die Handschuhe", kommandierte Agatha. „So und nun die Helme!"

Die Jungs liefen wie die Astronauten im Verkaufsraum herum. Erich, der Verkäufer kam dazu: „Jungs, Ihr seht prima aus!"

„Jetzt fehlen uns nur noch die Maschinen!"

„Ich werde jetzt Eure Namen in die Sachen und auf die Helme prägen, dann seid Ihr fertig. In den Helmen sind Mikrophone und Lautsprecher eingebaut. Der Sprechfunk ist aktiv, sobald Ihr im Sattel sitzt."

Erich wurde zum Bildschirm gerufen. Die Buchhaltung der Zentrale war dran: „Hallo Erich, die Zahlung ist wie vereinbart eingegangen. Der Skontoabzug wurde akzeptiert. Hoffentlich kommt Ihr mit der Technik zurecht. Wir wünschen unseren drei Neukunden viel Spaß mit den Maschinen und viel Glück! Vielleicht besuchen sie uns ja mal und fahren mit uns über die Route 66."

Am nächsten Tag gingen der Meister, sein Monteur und die drei Freunde mit Eifer ans Werk. Sie hatten bald einen praktikablen Arbeitsablauf gefunden, aber sie studierten immer wieder die Herstelleranweisungen und die Checklisten. Am Abend fuhr der Monteur mit der Maschine eine Runde auf dem Hof. Dann saßen sie alle fünf im Büro des Meisters.

„Wir haben jetzt einen ganzen Tag für die Maschine von Fritz gebraucht. Also dauert es noch zwei Tage, bis wir fertig sind."

„Die erste Maschine ist komplett fertig. Sie hat alle Testprogramme bestanden. Ich gebe zu, dass ich trotz der intensiven Ausbildung im Werk eine ganze Menge dazugelernt habe. Ich schlage vor, wir beginnen mit beiden Maschinen gleichzeitig, und Ihr werdet sehen, dass wir abends fertig sind."

„Das stimmt. Wir sind genug Leute, um gleiche Arbeiten parallel auszuführen. Nur die Testprogramme werden uns aufhalten."

„Meister, wenn wir uns konzentrieren und korrekt arbeiten, gibt es bei den Tests keine Reklamationen."

„Das Werk wird uns Vorschriften machen, wieviel Zeit wir zugestanden bekommen bzw. was ich für die Montage bezahlt bekomme. Wenn wir weitere Aufträge bekommen, musst Du einen unserer Kollegen zusätzlich ausbilden. Aber das soll uns heute noch nicht interessieren."

Der Monteur behielt recht. Am Abend standen alle drei Maschinen im besten technischen und optischen Zustand auf dem freigeräumten und sauberen Platz am Eingang zur Werkstatt. Alle Mitarbeiter genossen mit Fritz, Karl und Paul den prächtigen Anblick. Die Maschinen sahen identisch aus. Ein Auszubildender monierte: „Was sollen die verschiedenen Buchstaben auf dem verchromten Koffer am Heck?"

„Das sind die Initialen der Fahrer, damit sie die Maschinen nicht verwechseln."

„Genauso ist es gedacht. Aber darüber hinaus gibt es minimale Anpassungen an die Körperhaltung und das Gewicht der Fahrer, die den Jungs sofort auffallen."

Als Paul vor sich hin sinnierte, er wolle seine Maschine mit in sein Schlafzimmer nehmen, lachte die ganze Meute und Fritz frotzelte: „Ich schätze mal, da würde sich Agatha ziemlich beschweren!"

„Ha, ha, ha. So ein blöder Spruch musste ja jetzt von Dir kommen. Was haltet Ihr davon, wenn wir morgen unsere Klamotten holen, den Sprechfunk ausprobieren und losfahren?"

„Einverstanden. Nachher gehen wir noch zu Elfi und morgen geht's los."

„Ich bin einverstanden, Jungs. Aber ich mache erst noch eine Durchsicht. Ich will sicher sein, dass sich nirgendwo ein Tröpfchen Öl rausdrückt", entschied der Monteur. „Jungs, behandelt Eure Maschinen gut und kommt auch wegen einer Kleinigkeit zu mir. Ich bin praktisch Euer Schmiermaxe!"

Als sie am anderen Morgen ins Geschäft kamen, um die Helme abzuholen, stand Agatha schon fix und fertig in der Tür.

„Was hast Du vor, Agatha? Hast Du so früh schon eine Probefahrt mit einem Interessenten?"

„Nein. Ich habe mir freigenommen für heute. Glaubt Ihr etwa, ich lasse Euch alleine losfahren? Zieht Euch an. Erich bringt Euch in die Werkstatt. Wir treffen uns dort."

In der Werkstatt strahlten der Meister und der Monteur: „Alles perfekt! Setzt Eure Helme auf und startet die Maschinen!"

Agatha blieb auf Ihrer Harley im Hof sitzen: „Bin ich laut und deutlich zu hören, Ihr Greenhorns?"

Sie antworteten alle drei und fuhren vom Hof, während Erich, der Verkäufer ein Video aufnahm, das er voller Stolz seinen Interessenten zeigen konnte.

„Habt Ihr etwas dagegen, wenn ich eine Zeit lang vorne fahre? Ich kenne mich im Spreewald ganz gut aus."

„Nur zu, wir folgen Dir!"

„Agatha, Dein Anzug hat die gleiche Farbe wie der von Paul. Habt Ihr das abgesprochen."

Gelächter im Funk. „Nein, nein. Paul hat die Farbe ausgesucht."

„Nun ist es aber gut, Ihr Lästermäuler. Konzentriert Euch auf den Verkehr!"

Sie fügten sich ordentlich in den Straßenverkehr ein. Nur an der Ampel hielten sie paarweise nebeneinander. Passanten blieben stehen und bewunderten den schönen Anblick der Gruppe. Autofahrer winkten ihnen zu. Dann kamen sie auf weniger befahrene Straßen im Spreewald. Agatha kannte sich aus. Sie führte die Jungs immer tiefer in die Moorlandschaft des Spreewaldes. Die Straßen wurden zu befestigten Wegen, die durch Bäume und Strauchwerk gesäumt waren. Manchmal fuhren sie über eine Brücke. Dabei mussten sie oft anhalten, um den Schiffsverkehr auf dem Kanal an der Schleuse durchzulassen. Ab und zu begleiteten sie die Schiffe, wenn ihr Weg parallel zum Kanal verlief. Sie fuhren an kleinen Häusern mit gepflegtem Gartengelände vorbei. Es gab auch versteckte Gasthäuser, die von Einheimischen und wissenden Touristen besucht wurden. Die Jungs wollten auch einmal eine kleine Trinkpause machen, aber Agatha fuhr weiter und bog irgendwann vom Hauptweg in einen Pfad, der nicht viel breiter war als die Motorräder. Nach etwa hundert Metern öffnete sich der Wald und sie hielten am Ufer eines Sees an. Die Sonne spiegelte sich auf der friedlichen Wasserfläche, die ein Schilfgürtel fast ganz umschloss. Der Pfad endete am Ufer des Sees vor einem kleinen Sandstrand. Als die Maschinen geparkt und die Motoren abgestellt waren, legte sich wieder eine natürliche Stille über die Landschaft. Nur die Vögel auf dem Wasser und in den Baumwipfeln unterhielten sich.

„Agatha, der Strand, das Wasser ... ich denke das lädt uns zum Baden ein. Was meint Ihr, Jungs?"

„Du hast recht, Paul. Agatha stört es Dich, dass wir keine Badehosen dabeihaben?"

„Ihr könnt mir bestimmt nichts Neues zeigen, was ich nicht kenne. Ich habe drei Brüder! Aber ich bin immer vorbereitet."

Sie lachten und streiften ihre Anzüge ab und stürzten sich wie Kinder in die einladenden Fluten. Agatha trug einen bezaubernden Bikini unter der Montur. Sie holte eine Decke aus dem Koffer und legte sich auf den warmen Sand.

Das Wasser war nur etwas mehr als einen Meter tief und mit den Füßen standen sie im schlammigen Grund. Sie konnten also nicht weit schwimmen und amüsierten sich eher mit nassspritzen und bewarfen sich mit Schlammbrocken: „Agatha komm doch auch rein. Das Wasser ist herrlich."

„Nein, Ihr seid mir zu wild. Ich warte bis Ihr fertig seid mit Eurer Tollerei."

Die sonnenbadende Agatha war mit ihrer sportlichen Figur, ihren langen blonden Haaren und dem knappen Bikini eine Augenweide für die drei Männer. Besonders Paul schaute immer wieder verstohlen zu ihr hin. Sie standen zu einem kurzen Flüstergespräch zusammen, tauchten unter, hatten die Hand voll weichen Schlamms und Paul gab Kommando. Dann warfen sie den Schlamm in die Luft, so dass er als Schlammregen auf die nichtsahnende schöne Frau herunterfiel. Agatha fuhr schreiend hoch: „Ihr Barbaren! Ihr habt wohl nur Unsinn im Kopf. Schaut nur wie ich aussehe."

Sie lachten schallend und Paul rief: „Agatha, Du siehst hinreißend aus. Komm endlich ins Wasser."

„Dir werde ich es zeigen, Du Anstifter!"

Mit wenigen Sätzen nahm sie Anlauf und stürzte sich Kopf über in die Fluten. Sie tauchte, bis sie Paul erreicht hatte, schoss hoch, packte Paul am Hals und drückte seinen Kopf unter Wasser. Als er wieder zum Luftschnappen hochkam, lachte er und Agatha drückte ihn noch einmal unter Wasser: „Hast Du jetzt genug?"

Paul prustete und lachte: „Von Dir kriege ich nicht genug. Du bist eine gefährliche Wassernixe."

Dann packte er sie mit seinen starken Armen, hob sie hoch und schleuderte sie lachend zu den beiden Freunden. Die packten sie an ihren Armen und Beinen und warfen sie zu Paul zurück. Paul nahm sie in die Arme und drückte Agatha fest an sich: „Du bist auch eine wunderbare Frau!"

Wenig später saßen sie alle im Sand und ließen sich von der Sonne trocknen. Fritz holte zwei Flaschen Limonade aus seinem Koffer und Karl hatte Kaffeestückchen mitgebracht.

„Jungs, wir fahren jetzt wieder zurück zum Hauptweg. Der endet in einem Dorf mitten im Wald. Dort gibt es wunderschöne Fachwerkhäuser, die meistens mit Reed gedeckt sind. Sie stehen in gepflegten Garten- und Parkanlagen, die mit kunstvoll geschnittenen Hecken und niedrigen Zäunen nur angedeutet sind. An einem See etwas außerhalb liegt ein uraltes, hervorragend restauriertes Schloss am Strand. Es hat seine altehrwürdige Vergangenheit in einen modernen Hotelbetrieb eingebracht. Ich hoffe, es ist nicht von allzu vielen Touristen bevölkert."

Im Dorf führte eine gepflasterte Straße direkt auf das Schloss zu. Die schönen Häuser, auch einige Geschäfte waren über befestigte Wege nach rechts und links zu erreichen. Vom Schloss aus verlief die Straße einige Kilometer weiter nach Norden zur Anbindung an das offizielle Straßennetz. Der Parkplatz vor dem Schloss war etwa zur Hälfte mit Autos belegt. Das Schloss bestand aus einem einzigen riesigen Gebäude mit einer historischen Fassade, die mit vielen Skulpturen und Fresken geschmückt war. Massige Säulen rahmten die großen Fenster und Portale ein. In der großen Empfangshalle dominierte eine breite weiße Marmor Treppe in die oberen Stockwerke. Die Wände waren mit verschiedenen Familienwappen und Szenen aus der Torfstecherzeit bemalt. Arbeitende Menschen, Wasser, Nachen, Moor und Wald vermittelten den Eindruck der Pionierepoche in der Gegend. Die hohe Decke bestand aus einer schweren Eichenvertäfelung. Kronleuchter spendeten Licht. Den Bodenbelag hatten die Handwerker aus glattem, aber farblich strukturiertem Marmor gefertigt. Die Halle wurde praktisch auch als Durchgang zur Terrasse genutzt. Gäste meldeten sich bei den Menschen an einer dezenten Rezeption an. An den Eingängen standen Männer in dienstlicher Kleidung und kündigten mit einem freundlichen Lächeln an, jede Auskunft geben zu können.

Die vier Motorradfahrer passten nicht ins Bild und fielen dementsprechend auf. Agatha ging auf einen der Diensthabenden zu: „Dürfen wir uns auf die Terrasse setzen?"

„Aber selbstverständlich. Ich heiße Sie willkommen. Suchen Sie sich die schönsten Plätze aus. Ein Kellner wird sich sofort um Ihre Wünsche kümmern."

Der Kellner kam bekleidet mit einem weißen Hemd mit Fliege, schwarzer Hose, einer kleinen Lederschürze vor dem Bauch und einem sauberen Geschirrtuch über dem Arm: „Sie legen Ihre Helme am besten auf die Fensterbank, damit sie nicht beschädigt werden. Ich bin dafür zuständig, dass Sie sich wohlfühlen bei uns."

„Herr Ober, Sie sehen, wir sind Motorradfahrer und Sie wissen, dass wir keinen Alkohol trinken dürfen. Können Sie uns etwas Schmackhaftes zu trinken anbieten? Für Kaffee und Kuchen ist es wohl schon zu spät."

„Ich gehe davon aus, dass Sie länger als eine Stunde den schönen Anblick über den See genießen werden und Sie machen mir den Eindruck, dass Sie sich mit Bier auskennen. Ich empfehle Ihnen unser alkoholfreies Bier."

„Naja, werden wir da nicht enttäuscht sein? Sie schätzen uns schon richtig ein. Unser Gaumen ist verwöhnt."

„Unser Braumeister hat eigens für Kraftfahrer ein fast alkoholfreies Bier mit einem vorzüglichen herben Pilsgeschmack gebraut. Ich gehe das Risiko ein und empfehle es Ihnen."

Die vier Biker hatten ihre schweren Jacken abgelegt und genossen den Ausblick in die Natur des Sees und des Waldes bei angenehmer Sonnentemperatur und blauem Himmel. Obwohl die riesige Terrasse gut zur Hälfte besetzt war, stand der Geräuschpegel auf angenehm.

Der Kellner servierte vier schöne Tulpen gefüllt mit goldenem Gerstensaft und exakter Schaumkrone: „Wohl bekomms!" Als die vier Gäste durstig nach den Gläsern griffen, blieb er im Hintergrund noch stehen.

Paul hatte fast das ganze Glas geleert: „Herr Ober, das ist doch ein normales, aber hervorragendes Pils!"

„Erstens habe ich wohl recht gehabt, es schmeckt Ihnen. Zweitens dürfen Sie mir und unseren Braumeister vertrauen: Es ist kaum Alkohol drin."

„Großartig. Ich gehe das Risiko ein und trinke noch eins", kommentierte Paul seine Meinung zu dem Bier und seine drei Begleiter nickten eifrig zustimmend.

„Herr Ober, Sie haben hier eine Fischkarte auf dem Tisch liegen. Haben Sie auch fangfrischen Fisch aus dem See?"

„Unser Küchenchef bezieht seinen Fisch zwar frisch aus der Nord- und Ostsee, aber der ist selbstverständlich in Eis gelegt. Aber er hat auch täglich fangfrischen Fisch. Schauen Sie mal an das östliche Ende des Sees. Dort sehen Sie einen Bachlauf. Der befüllt unseren See und tritt am westlichen Ende wieder aus. An dem Zulauf gibt es keine Sedimente, d.h. das Wasser ist klar. Unsere Angler haben dort auf einer bestimmten Länge Kiesel und Felsbrocken in den Bachlauf eingebracht. Es gibt Wasserpflanzen dort und die Forellen fühlen sich dort richtig wohl. Der Küchenchef bestellt abends seine kalkulierte Menge, die ihm am nächsten Vormittag fangfrisch von den Anglern geliefert wird. Die Forelle Müllerin z.B. wird gebacken oder geräuchert und mit bestimmten Gewürzen, Butter und Mandeln angerichtet. Dazu gibt es Butterkartoffeln mit etwas Petersilie. Das reicht den meisten Feinschmeckern. Sie können aber auch einen feinen Salat aus unserem eigenen Anbau dazu bekommen."

„Mir läuft das Wasser im Mund zusammen."

„Herr Ober, wir wollen testen, ob Sie genauso mit der Forelle recht haben wie mit dem Bier."

„Sie werden einen unvergesslichen Genuss erleben!"

So kam es dann auch. Alle waren rund herum satt. Sie unterhielten sich in bester Stimmung und schauten dem fantastischen Sonnenuntergang im Westen zu. Die Farben waren so klar, als würde der Himmel brennen.

„So, meine Lieben", unterbrach Agatha die Gedanken ihrer Freunde. „Selbst über die Autobahn brauchen wir einige Stunden bis nach Hause. Wir könnten allerdings auch hier übernachten und morgen auf einer anderen Strecke unsere Fahrt genießen."

„Ja. Wir sind zwar fähig in die Nacht hineinzufahren, aber am Tag haben wir mehr davon. Was halten Sie davon, Herr Ober?"

„Der Dichter, Goethe hat schon festgestellt: Augenblick verweile doch, Du bist so schön!"

Die vier munteren jungen Leute spendeten dem Kellner Beifall.

„Und außerdem haben Sie eine gute Stimmung, und Sie sind für mich angenehme Gäste."

Fritz fasste zusammen: „Wenn Ihr einverstanden seid, gehe ich zur Rezeption und bestelle Zimmer für uns. Und dann Herr Ober, gebe ich eine Runde echtes Pils und Schnaps aus."

Mit schnellen Schritten hastete er zur Rezeption in die Empfangshalle, legte die Hände auf die Theke und erstarrte. ... Eine junge Dame blickte ihn erwartungsvoll an. Ihre dunklen Haare umrahmten ein freundliches und makelloses hellbraunes Gesicht. Ihre Lockenpracht ruhte auf ihren Schultern. Sie trug eine weiße Hemdbluse mit großzügigem und dennoch dezentem Ausschnitt. Die Ärmel waren sportlich hochgekrempelt. Fritz versank in ihren grünen Augen. Sie lächelte und er hörte eine warme Stimme: „Wie kann ich Ihnen helfen?"

„Äh ... Ich ... Ja, ich bin Fritz Freimann."

„Ich bin Nora. Was kann ich für Sie tun?"

„Äh ... Ich brauche ein Zimmer."

„Wie lange wollen Sie denn bleiben?"

„Äh ... nein. Zum Übernachten."

„Ich schaue mal in den Computer. Ich finde bestimmt etwas für Sie."

Die Augen waren für einen Moment weg. ... Hast Du eben gesagt: Ein Zimmer zum Übernachten? ...

„Nein, ich brauche vier Zimmer zum Übernachten!"

Die Frau schaute ihn an und Fritz versank wieder in ihren Augen und stotterte weiter: „Nein! Äh ... Nicht für mich. Äh ... wir sind zu viert."

„Im zweiten Stock sind noch vier Zimmer frei, aber nicht nebeneinanderliegend."

„Gut. Äh ... danke." Fritz drehte sich um und wollte gehen.

„Herr Freimann", rief die Stimme hinter ihm her. „Herr Freimann, Ihre Schlüssel."

„Äh ... ja danke."

Fritz kam wortlos und etwas durcheinander auf die Terrasse zurück. Er setzte sich konzentriert auf seinen Platz und schaute stumm in sein leeres Glas.

„Nanu, F was ist los? Hat es nicht geklappt? Du bist ganz blass um die Nase."

„Ich habe so etwas noch nie erlebt. Ob ich wohl krank bin?"

„So ein Quatsch. Du und krank?! Jetzt erzähl schon, was Dir passiert ist."

„Ich stand an der Rezeption und hatte vergessen, was ich dort wollte." Mühsam – wie aus einer fernen Erinnerung – erzählte er in allen Einzelheiten sein Erlebnis an der Rezeption. Die Freunde hörten gebannt zu und amüsierten sich als er am Ende zu Agatha sagte: „Agatha, ich bitte Dich um Entschuldigung, aber so etwas ist mir noch nie passiert. Ich war wie verzaubert. Bin ich etwa hypnotisiert?"

„Schon gut, F. Du bist weder krank noch hypnotisiert. Es wird sich später aufklären."

Der Kellner brachte Pils und Schnaps. Sie scherzten wieder miteinander und prosteten sich zu, bis Fritz schließlich seine trüben Gedanken vergessen hatte. Nur Agatha hatte wohl mit ihrer weiblichen Intuition die verwirrten Worte von Fritz verstanden. Sie ließ sich aber nichts anmerken. Sie erhob sich irgendwann mit dem Hinweis, zur Toilette gehen zu wollen. Stattdessen ging sie unbemerkt zur Rezeption und schaute sich die von Fritz beschriebene Frau an. ... Nun ja, sie ist bildhübsch! Ob Fritz sich in sie verliebt hat, ohne es zu merken? ...

„Sie sind Nora, stimmt´s?"

Nora lächelte die fremde Frau an: „Ja. Was wünschen Sie?"

„Einer meiner Freunde hat vorhin vier Zimmer bestellt."

„Ja, Fritz Freimann. Ist etwas nicht in Ordnung?"

„Nein, nein. Es ist alles zu unserer Zufriedenheit. Könnten wir uns für einen Moment irgendwo ungestört unterhalten?"

„Laura, übernimmst Du bitte für mich? Ich habe mit der Dame etwas zu besprechen. ... Wir gehen nach oben in die Bibliothek."

Bei dem schönen Wetter war die Bibliothek verwaist und Agatha begann: „Ich bin mit drei wunderbaren Männern unterwegs. Wir sind Freunde und ich fühle mich etwa so, als sei ich für sie verantwortlich. Fritz kam an unseren Tisch zurück und er war ungewohnt verwirrt. Jetzt, seit ich Kontakt zu Ihnen habe, erkenne ich die Ursache. ..."

Nora lächelte verlegen und nickte: „Ich habe es auch sofort bemerkt. Ich habe versucht, es diplomatisch zu überspielen, aber letztendlich geht es mir genauso wie Fritz. Er war mir sofort so nahe, als würde ich ihn schon ewig kennen."

„Dann habt Ihr beide Euch verliebt, ohne Euch dessen bewusst zu sein. Ich maße mir nicht an, vermitteln zu dürfen, aber ich weiß, wie weh eine aussichtslose Liebe tun kann. Eine Rückkehr zur friedlichen Realität könnte vielleicht helfen."

„Wie stellen Sie sich das vor. Es fühlt sich an wie ein Feuer, das bei Löschversuchen noch mehr aufflammt."

Agatha hatte von Anfang an Sympathie für Nora empfunden und lächelte sie freundlich an. Nora wischte eine Träne auf ihrer Wange weg und versuchte ebenfalls zu lächeln.

„Ich war schon öfter in Ihrem Haus, ohne Sie je gesehen zu haben. Früher waren meine drei Brüder meine Begleitung. Ich bin schon im See geschwommen. Ich trinke gerne Bier und habe schon immer ein gutes Wort für das Personal. … Kommen Sie nach Dienstschluss rein zufällig auf die Terrasse an unserem Tisch vorbei und begrüßen Sie mich, wie eine gute Bekannte aus zurückliegenden Besuchen. Dann haben wir ein Gespräch. Sie sitzen an unserem Tisch, aber wir sprechen nicht über Sie und Fritz. Fritz wird sich zurückhalten. Paul und Karl wissen von nichts und wir lassen den Dingen ihren Lauf. Was halten Sie davon?"

„Und was mache ich, wenn Fritz und ich uns anschauen und er stottert wieder?"

„Bleiben Sie dienstlich. Fritz wird nicht stottern. Er wird Ihre Gegenwart genießen und vielleicht öfters schweigen."

„Agatha, können wir Freunde werden?"

„Wir sind es bereits!" Die beiden Frauen umarmten sich und blickten sich verschwörerisch in die Augen.

Es war bereits dunkel geworden und der Kellner hatte eine Kerze auf den Tisch gestellt, um eine gemütliche Atmosphäre zu stiften. Die Stimmung der vier jungen Leute war prächtig: „Herr Ober, wie kann es sein, dass Ihr Pils genauso gut schmeckt wie das alkfreie? Haben Sie uns etwa verführt?"

„Ich nehme das mal als Kompliment. Verführen dürfte ich Sie auf gar keinen Fall. Leider ist unser Braumeister heute nicht im Haus, sonst würde er Sie überzeugen. Da Sie Bierfachleute sind, unterziehe ich Sie jetzt einem Test. Schauen Sie sich die beiden Flaschen an: Es ist dieselbe Brauerei. Auf dieser Flasche steht „Pils, 5 % Alkohol" und auf dieser „Pils, null Komma zwei". Nehmen Sie sich je eine Probe in Ihre Gläser! Was schmecken Sie?"

„Fantastisch beide schmecken gleich und den Alkoholgehalt darf der Hersteller nicht fälschen", stellte Karl fest.

„Irgendjemand könnte aber auch die Flaschen oder den Inhalt vertauscht haben", warf Fritz ein und erntete schallendes Gelächter am Tisch.

Plötzlich stand Nora am Tisch. Fritz sah sie sofort, erstarrte und wandte sich leicht ab, um sich zu beruhigen. … Lass Dir nichts anmerken. Sie kommt nicht zu Dir! … Ihre roten hochhackigen Schuhe, ihre langen Beine und ihr maßgeschneiderter Kostümrock komplettierten in seiner Vorstellung das Bild einer Göttin.

„Hallo Agatha, wie schön, dass Du uns wieder einmal besuchst. Es ist ja schon ewig her. Das sind aber nicht Deine Brüder!"

„Nora, Du arbeitest immer noch hier? Wolltest Du nicht Tierärztin werden? Das sind meine Freunde Paul, Karl und Fritz. Ich hoffe Du feierst mit uns."

Geistesgegenwärtig holte Fritz einen Stuhl vom Nachbartisch und stellte ihn neben seinen. Nora bedankte sich und redete konzentriert mit Agatha: „Agatha wurde vor Jahren von unserem Publikum zum schönsten weiblichen Gast gewählt. Naja, das war auch kein Wunder. Immerhin hast Du mit jedem Kellner geflirtet."

Paul spitzte die Ohren: „Sprich weiter Nora. Wir sind gespannt, was wir noch alles über unsere Agatha erfahren." Gelächter am Tisch und Agatha rechtfertigte sich: „Das war doch alles ganz harmlos. Nora erinnerst Du Dich an die Beachparty unten am Strand. Der Gitarrist hatte so tolle Lieder drauf und wir sind um Mitternacht alle nackt ins Wasser gesprungen."

Keiner der Freunde interessierte sich dafür, was von den Geschichten der Wahrheit entsprach, aber alle amüsierten sich und die spitzen Zwischenbemerkungen sorgten ebenfalls für Spaß. Es wurde erzählt, getrunken und gelacht.

Nora fragte irgendwann: „Agatha bleibt Ihr länger?" Dabei stieß sie zart mit dem Knie an den Oberschenkel von Fritz. … Aha, ich soll sicher schweigen. …

„Wir fahren mit unseren Motorrädern morgen weiter." Nora schaute Fritz für einen kurzen Moment in die Augen und wandte sich wieder ab. Der Augenblick reichte aber, um ihm zu vermitteln, dass sie traurig war.

Fritz streifte - wie zufällig - Noras Hand und sprach: „Agatha ist für uns wie eine Reiseleiterin. Wir folgen ihr natürlich. Aber mir gefällt es hier bei Euch. Ich komme bestimmt bald wieder hier her."

Nora strahlte ihn unbekümmert an: „Ich habe zwar immer viel zu tun, weil meine Chefs mit mir wohl zufrieden sind, aber ich werde mich sehr freuen, wenn Du nach mir fragst."

Nora fand immer wieder eine Gelegenheit, Fritz zärtlich zu berühren und sie merkte sofort, wie er dankbar darauf reagierte, ohne auffällig zu werden.

„Der Kellner hat uns übrigens vorzüglich mit Bier und der Müllerin verwöhnt."

Paul schnappte den Gedanken auf und interpretierte ihn gekonnt obszön: „Nur schade, dass die Müllerin eine Forelle war."

„Es sprach unser Lustmolch vom Dienst!" Agatha und Paul lächelten sich tiefgründig an.

Die Späße wollten kein Ende nehmen, aber der Kellner brachte die letzte Runde: „Liebe Gäste, diese Runde geht aufs Haus. Ich bedanke mich für Eure Gesellschaft und behalte Euch in bester Erinnerung. Morgen muss ich allerdings wieder fit sein. Gute Heimfahrt!"

Als sich die vier Freunde auf ihre Zimmer zurückzogen, sprach Nora das Schlusswort: „Ich verabschiede mich erst morgen von Euch, wenn Ihr gefrühstückt habt." Dabei zwinkerte sie Agatha, Ihrer neugewonnenen Freundin, vielsagend und dankbar zu.

Die Flure im zweiten Stock waren lang und verzweigt. Paul hatte sich die Zimmernummer von Agatha gemerkt. Er hatte nur eins im Sinn: Diese Nacht wollte er mit ihr schlafen. Er duschte sich, zog seinen Bademantel über und machte sich heimlich und unbemerkt auf den Weg. Irgendwo ging eine Tür auf und er huschte zurück in sein Zimmer. Er war aufgeregt. Zweiter Versuch. Er erreichte Agathas Zimmertür und zuckte zusammen. ... Wenn sie meinen Besuch als Belästigung wertet, verliere ich sie. ... Er ging ein paar Schritte zurück und blieb wieder stehen. ... Quatsch! Sie liebt mich doch. Das habe ich schon lange gemerkt. Und ich liebe sie auch. Warum soll ich nicht zu ihr gehen, wenn wir zusammengehören?! ... Er schlich wieder zu ihrer Tür und blieb abermals unschlüssig stehen. ... Nein! Ich störe sie nur. ...

Er ging zurück in sein Zimmer, legte sich ins Bett und war augenblicklich eingeschlafen. Er träumte von Agatha, ihrem herzlichen Lachen, ihrer Schönheit, ihrer Fürsorglichkeit, ihrem Sachverstand und ihrer zärtlich Liebe. Er merkte oder träumte davon, dass sein Glied erregt war. Plötzlich schreckte er hoch, weil ihn etwas im Gesicht kitzelte: „Agatha! Was machst Du hier?"

„Wonach sieht es denn aus? Ich verführe Dich, mein Schatz."

Sie küsste ihn leidenschaftlich und streichelte seinen muskulösen Körper. Dann legte sie sich auf ihn und nahm seinen Penis zwischen ihre Oberschenkel: „Wie viele Beweise brauchst Du noch, bis Du begreifst, dass ich Dich liebe?"

„Ich liebe Dich schon länger als Du mich."

„Das ist nicht wahr! Jeder Blick zu Dir, jedes Lächeln von mir zu Dir hieß von Anfang an übersetzt: Ich liebe Dich!"

Sie setzte sich auf seine Oberschenkel. Sie führte seine Hände an ihre Brüste und Paul drang fordernd in sie ein, während sie seine Zärtlichkeit und seine Kraft sehnsüchtig und leidenschaftlich in sich aufnahm.

Erschöpft lagen sie beide nebeneinander. Paul hatte seinen Arm um Agatha geschlungen und streichelte sie zärtlich. Dann versuchte er sich zu erinnern: „Ich habe geschlafen und vermutlich von Dir geträumt. Erst als Deine Haare mich im Gesicht kitzelten, wurde ich wach und Du lagst bei mir. Wie bist Du eigentlich hereingekommen?"

„Und Du hast von mir geträumt! Das habe ich gemerkt. Dein Speer stand schon wie ein Mast im Sturm!"

„Was Du für Ausdrücke hast. Nun sag schon, hattest Du von Nora einen Zimmerschlüssel für meine Tür?"

„Du hast ja keine Ahnung, wie lange ich meine Leidenschaft und meine Sehnsucht nach Dir unterdrücken musste. Ich habe Deine Badeschlappen gehört, als Du so unentschlossen vor meiner Tür auf und ab geschlichen bist. Dann bin ich schon fast sauer geworden. Später bin ich an Deine Zimmertür geschlichen, hörte Dich schnarchen und stellte fest, dass Du Deine Tür nur angelehnt hattest. Du Feigling!"

„Ach ja? Und dann bist Du ohne einen Laut unter meine Decke gekrochen und hast mich vergewaltigt!"

„Nein! Ich habe Dich im Schlaf verführt. Und jetzt, mein geliebter Paul, lasse ich Dich nie mehr los!"

„Da bin ich mir nicht so sicher. Wer weiß das schon?!"

„Glaubst Du mir etwa nicht?"

„Doch, doch. Ich weiß nur sicher, dass ich Dich nicht mehr loslasse."

Agatha hämmerte mit ihren Fäusten auf seine Brust. Er lachte nur verschmitzt und sie nahm zärtlich seinen Penis in ihre weiche Hand. Ihre leidenschaftlichen Küsse gipfelten in einem neuen ekstatischen Akt, bis sie endlich einschliefen.

Zum Frühstück erschienen sie alle in bester Laune. Agatha und Paul gingen Hand in Hand zum Buffet. Sie saßen am Tisch und noch ehe der erste Schluck Kaffee über ihre Lippen fließen konnte, sagte Paul mit einem Lächeln im Gesicht: „Ihr seid unsere besten Freunde, deshalb sollt Ihr es als Erste wissen: Agatha und ich haben Euch etwas zu sagen."

Agatha unterbrach ihn: „Wir haben uns verliebt und wir wollen zusammenbleiben!"

Fritz und Karl reagierten nicht auf die kurze Rede. Sie schauten sich nur an und antworteten dann unisono: „Für mich ist das nichts Neues!"

„Ihr Banausen! Wir waren immer zurückhaltend. Ihr konntet es nicht wissen, bis heu…"

„Halt, halt, liebste Agatha!", unterbrach Fritz den erbosten Redeschwall. Und Karl ergänzte: „Wissen konnten wir es nicht, aber geahnt und beobachtet haben wir es schon lange! Herzlich Glückwunsch!" Dann küssten Fritz und Karl ihre Freundin, Agatha und umarmten Paul.

„Also los Freunde, ich kann Tränen nicht leiden. Jetzt ist Frühstück!"

Der Kellner vom gestrigen Abend wollte die vier nicht verpassen und erschien früher als geplant zum Dienst und an ihrem Tisch: „Ich wollte Euch nur noch einmal sehen. Bleibt gesund und kommt mal wieder vorbei."

Karl antwortete: „Keine Angst, Herr Ober. Wir gehen Ihnen nicht verloren. Vielleicht kommen wir ja mit einer Kinderschar wieder." Sie lachten alle, aber möglicherweise hatte jeder andere Gedanken bei dem spontanen Ausspruch von Karl.

Nach dem Frühstück drängte Paul zum Aufbruch. Sie waren schon auf dem Parkplatz. Nora rannte hinter ihnen her: „Gut, dass ich Euch noch erwische. Ich habe heute Nacht noch für jeden von Euch einen Spruch geschrieben und in einen Umschlag gesteckt." Dann drückte sie jeden einzelnen und drückte gute Wünsche aus. Als sie bei Fritz ankam, flüsterte sie ihm ins Ohr: „Bitte komm wieder. Ich liebe Dich!"

Als sie zu Hause ankamen, stellten sie ihre Maschinen ab und verabredeten sich in der Stammkneipe bei Elfi. Die Wirtin freute sich über den Besuch ihrer Jungs: „Ich sehe, Euch ist nichts passiert. Dann wollen wir uns erst einmal mit einem guten Schluck begrüßen."

Karl dankte für sie alle und viel mit der Tür ins Haus: „Elfi, wir haben auch etwas zu feiern."

Sie schaute von einem zum anderen und lachte wissend: „Agatha und Paul?!"

Sie schauten die Wirtin verständnislos an: „Elfi, woher weißt Du das schon wieder?"

„Paul, jetzt bist Du für immer für mich verloren, aber ich freue mich für Euch beide und ganz besonders darüber, dass Du Agatha gefunden hast. Oder war es etwa umgekehrt?"

Habt Ihr eigentlich die Briefchen von Nora schon geöffnet?"

„Ja, köstlich. Die kernigen Trinksprüche. Die passen zu uns!"

Sie lachten, erzählten und feierten das junge Paar und den Abschluss einer wunderschönen Reise.

DER PROZESS

Fritz hatte den Brief von Nora zu Hause liegen lassen. Erst als er von der Feier zurückkam, öffnete er den Umschlag und las den Brief mindestens zweimal. Die wunderbaren Worte von Nora drückten so viel Sehnsucht und Liebe aus, dass er seine Freudentränen standhaft unterdrücken musste. Trotz der späten Nachtzeit rief er Nora an und sie war so schnell am Hörer, als hätte sie auf seinen Anruf gewartet: „Ja, Liebster, ich habe gehofft, dass Du Dich noch meldest."

„Wir haben Agatha und Paul bei Elfi gefeiert, und ich legte mir Deinen Brief als Nachtlektüre aufs Bett."

„Fritz mit uns ist etwas passiert. Erst bemitleidete ich Dich wegen Deiner Verlegenheit und dann ging es mir wie Dir. Ich war für den Rest des Tages total durcheinander. Zum Glück konnte ich noch mit Dir, Deinen Freunden und vor allen Dingen mit Agatha reden. Wir müssen uns unbedingt wiedersehen und mit einander sprechen, sonst werden wir krank."

„So sehe ich das auch, Nora. Ich hoffe, dass mein Chef mir ein paar Tage Urlaub gibt. Dann komme ich zu Dir. Ich rufe Dich wieder an."

Die Maschinen waren in der Werkstatt zur Durchsicht, aber Fritz wollte nicht warten. Obwohl der Monteur seine Maschine zuerst in Augenschein nahm, drängte er ungeduldig: „Ich muss noch mal los. Hab etwas Dringendes zu erledigen. In ein paar Tagen bin ich wieder da."

Fritz konzentrierte sich zwar auf den Verkehr, aber der Landschaft und was es sonst noch zu sehen gab, widmete er keine Aufmerksamkeit. An Noras Wohnungstür klingelte er Sturm und sie stand vor ihm wie ein Engel. Wortlos lagen sie sich in den Armen und genossen die zärtliche und sehnsüchtige Berührung. In einem kurzen Augenblick der Nüchternheit sorgte sich Nora um den geliebten Mann: „Du bist sicher durstig, hungrig und müde von der Fahrt."

„Ich kann auf alles verzichten, aber nicht auf Dich!"

„Zieh erst einmal Deine Motorradklamotten aus. Ich setze Tee auf und dann machen wir es uns gemütlich. Ich habe Dir so viel zu erzählen und ich will alles von Dir wissen."

Das Gespräch war eher oberflächlich und wenn es einmal konkret wurde, dann wurde es sofort eindeutig. Ihre Liebe war ein unendlicher Rausch, den sie genossen und nicht beenden wollten.

In der Folgezeit besuchte Fritz seine Nora häufig. Nora hatte eine Zugverbindung herausgefunden, die es ihr erlaubte spontan zu Fritz in die Wohnung zu kommen. Sie waren glücklich und schmiedeten Pläne für die Zukunft. Die Freunde hatten auch wieder das Bedürfnis, eine Tour zum Schloss zu unternehmen und es dauerte nicht lange, bis die beiden ihre Liebe vor ihnen nicht mehr verbergen konnten. Alle waren hocherfreut und warteten darauf, dass die Verlobung bald in der Stammkneipe bei Elfi bekanntgegeben werden würde.

Agatha arbeitete nicht mehr bei Erich. Sie war zu Paul gezogen und arbeitete mit Paul zusammen in dessen Firma als seine Partnerin. Agatha hatte für Erich eine Videoshow und schöne Bilder von den Touren mit den Harleys zusammengestellt, die er gerne zu Werbezwecken im Ausstellungsraum zeigte. Er hatte eine neue Mitarbeiterin und einen Mitarbeiter gefunden, die ihm halfen, den Verkauf modern zu fördern. Die gute Beratung, die Verbindung zur Werkstatt und die Besuche der Freunde mit ihren Maschinen hinterließen den besten Eindruck bei den Interessenten.

In jeder freien Zeit waren die Freunde auf Tour, auch ohne Fritz, wenn dieser Nora besuchte.

Eines Tages waren sie wieder gemeinsam in Richtung Ostsee unterwegs. Agatha fand immer wieder neue sehenswerte Ziele. Sie rasteten in einem urigen Gasthof. Es hatte angefangen zu regnen und sie mussten sich vom Biergarten in den Gastraum verziehen. Sie unterhielten sich am Tisch mit dem Wirt, als plötzlich eine größere Gruppe Biker durch die Tür strömte. Die Frauen und Männer belegten einen langen Tisch, ohne vorher den Wirt zu fragen. Es wurde laut in der Gaststätte. Sie tranken Alkohol und bestellten mehr Essen, als sie vertragen konnten. Es sah bald nicht mehr appetitlich aus bei der Gruppe.

Einer der Burschen setzte zu den Freunden an den Tisch, ohne zu fragen: „Hallo, seid Ihr die Biker mit den Harleys? ... Warum schließt Ihr Euch uns nicht an?"

Die Vier schauten sich an und Paul antwortete: „Nicht schlecht die Idee. Wir sind noch Anfänger und Erfahrung kann nie schaden."

„Dann ist unser Club genau das Richtige für Euch: Wir zahlen einen Jahresbeitrag und bewirtschaften unser Clubhaus, wenn wir nicht unterwegs sind. Bei uns hat jeder eine feste Aufgabe. Ich bin zum Beispiel der Präsident. Anfänger sind ein Jahr zur Probe bei uns. Wenn sie dann zu uns passen, werden sie feste Mitglieder und mit Member angesprochen. Das ist eine Ehre und wird gebührend gefeiert. Und wir halten uns streng an unsere eigenen Regeln. Euer Vorteil wäre es, dass Ihr immer mit der vollen Unterstützung durch die Mitglieder rechnen könnt, und zwar in allen Belangen, was Finanzfragen, Ärger mit der Polizei usw. betrifft."

„Das hört sich gut an. Als Einzelner ist man immer schwächer, als wenn man zu einem Club gehört."

„Besucht uns mal. Hier ist meine Karte. Ich und meine Leute würden uns freuen, wenn Ihr mit Eurer charmanten Begleiterin Members bei uns werden würdet. Ihr seht es auch an unseren Jacken, dass wir als Einheit auftreten."

Nachdem dieser Präsident gegangen war, schauten sich die vier Freunde nur an und wechselten das Thema. Ab und zu sahen sie unbeobachtet zu der Gruppe hinüber. Irgendwann erhoben sie sich wie auf Kommando des Stellvertreters vom Präsidenten und verließen den Gasthof. Auf dem Parkplatz wurde es laut nicht etwa nur, weil die Motoren aufheulten, sondern weil die Fahrer sich grölend unterhielten. Der Wirt atmete auf und kam zu den vier Freunden, um zu kassieren.

„Herr Wirt, diese Leute hinterlassen eine ganz schöne Sauerei auf dem Tisch."

„Es tut mir leid. Die kommen öfters und benehmen sich nicht, wie es sich gehört. Aber ich bin auf den Umsatz angewiesen."

Als Agatha und die drei Jungs wieder unterwegs waren rief Karl über Funk: „Juhu, wir werden Members in einer heroischen Motorradgang und haben nie wieder Sorgen!"

„Na klar. Du steigst auf in der Hierarchie und wirst Präsident."

„Habt Ihr gesehen, wie die mit den Mädels umgehen?"

„Klar doch, da herrscht freie Liebe und wer sich nicht an die Regeln hält, wir verprügelt."

„Aber es gibt Hilfe in jeder Lebenslage. Karl, Du wirst z.B. Anwalt für alle Clubmitglieder, selbstverständlich ohne Honorar."

„Das ist doch Ehrensache für ein Member. Und wenn ich dabei Scheiße baue, werde ich über die Autobahn geschleift, was ich selbstverständlich als gerechte Strafe erdulde."

Auf einem Juristen Kongress ging es um Fragen zu Auslegungen und Anwendungen im Zusammenhang mit den neuesten Emigrationsgesetzen bzw. Vorschriften. Die Geltungsbereiche in den einzelnen Ländern und in der EU waren zwar eindeutig, aber wie immer suchten die Anwälte Möglichkeiten, in speziellen Härtefällen die Vorschriften zu Gunsten der einwanderungswilligen Menschen vor Gericht auszusetzen. Karl Kluge war mit seinem Chef der Kanzlei Teilnehmer und sie diskutierten auf der Heimfahrt im Dienstwagen zu später Nachtstunde noch weiter. Der Chef musste dem Fahrer keine Anweisungen geben, so dass sie sich auf ihr Fachgespräch konzentrieren konnten: „Herr Kluge, es werden eine Menge neuer Aufgaben und für uns interessante Fälle auf uns zukommen. Das wäre doch eine Möglichkeit für Sie, sich zu spezialisieren. Sie hatten bis jetzt noch keinen Fall, an dem Sie alleine selbständig gearbeitet hätten."

„Interessant ist das ohne Zweifel, aber ich möchte irgendwann gerne als Strafverteidiger arbeiten. Das Thema hat mich während meines Studiums schon immer fasziniert."

„Sie denken idealistisch. Bei unserer Liebe zum Beruf müssen wir dennoch auch ans Geldverdienen denken. Manchmal müssen wir finanzstarke Mandanten vor anderen vorziehen, um die Kanzlei aufrechtzuhalten, auch wenn es uns nicht passt. Und denken Sie immer daran, dass es keine allgemeine Gerechtigkeit gibt. Oft entscheiden vor Gericht die Argumente des besten und teuersten Anwalts. Der Weg dorthin ist für jeden Anwalt nach dem Studium am schwersten. Später wachsen die Erfahrung und das Können mit der Vielzahl der Fälle. Ich werde mich darum kümmern, dass Sie Ihren ersten Fall bald bekommen."

„Ich werde meine ganze Kraft hineinlegen und Sie nicht enttäuschen."

„Jakob, sind wir nicht bald zu Hause? Ich bin allmählich müde."

„Ich habe schon Nachricht bekommen: Stau wegen eines schweren Unfalls. Feuerwehr, Rettungsfahrzeuge und Polizei sind im Einsatz. Es sind auch Tote zu beklagen. Ich habe keine Möglichkeit, den Stau zu umfahren."

„Damit, Herr Kluge, kommt eine ganz wichtige Eigenschaft für uns Anwälte ins Gespräch: Die Geduld! Viele Dinge müssen ausgesessen werden und dabei kommt es auf den längeren Atem an."

Als Jakob die beiden Herren schließlich zu Hause ablieferte, brach der Morgen bereits an und der Chef meldete in der Kanzlei, dass sie erst mittags zum Dienst erscheinen würden.

Karl freute sich darauf, bald einen eigenen Fall bearbeiten zu dürfen, aber er musste noch einen Monat warten, bis der Chef ihm erklärte, was auf ihn zukam: „Die Kanzlei hat einen Pflichtverteidiger zu stellen. Den Fall übernehmen Sie. Es geht um Mord und alle Indizien stehen gegen Ihre Mandantin bzw. gegen Sie. Nehmen Sie sich Zeit. Ich lasse Ihnen bezüglich der Kosten freie Hand. Lesen Sie die Akte aufmerksam und ärgern Sie sich nicht, wenn Sie verlieren. Betrachten Sie den Fall als eine Lehre. Wenn Sie unsicher sind, scheuen Sie sich nicht, die Kollegen, die Polizei usw. anzusprechen."

Die Akte war ein dicker Ordner, der auf seinem Schreibtisch lag. Die Protokolle der Einsatzkräfte, die von der Staatsanwaltschaft zur Klage zusammengefasst wurden, waren eindeutig auf die Schuld seiner Mandantin gerichtet. Sie hatte während einer Autofahrt auf freier Strecke den neben ihr sitzenden Fahrer erschossen. Der Wagen geriet ins Schleudern, überschlug sich und landete auf den Rädern im Straßengraben. Sie selbst kam mit schweren Verletzungen ins Krankenhaus und lag für Wochen im Koma. Die Täterin hatte Schmauchspuren an der Hand und beim Eintreffen der Rettungskräfte war sie bewusstlos und die Waffe lag in Ihrem Schoß. Über die Hintergründe und die Ursache der Tat gab die Akte nur wenig Auskunft: Der Fahrer war der Bruder der Täterin und der Tat muss ein Streit vorausgegangen sein. … Eindeutig! Der Chef hat recht. …

Im Krankenhaus fand er eine junge Frau vor mit heftigen Verletzungen und einem verwirrten Blick. Der behandelnde Arzt hatte ihn informiert: „Die Frau hat etliche Knochenbrüche an Armen und Beinen. Ein Lendenwirbel hat einen Nerv beschädigt. Ob sie jemals wieder laufen kann, ist fraglich. Am Kopf ist sie nicht verletzt, aber sie hat eine Amnesie. Sie lag bis gestern im Koma. Die Amnesie kann vorübergehen."

Karl begrüßte die Patientin mit ihrem Namen. Sie schien keine Schmerzen zu haben und schaute ihn erwartungsvoll an: „Wer sind Sie?"

„Ich bin Karl Kluge, Ihr Pflichtverteidiger. Wie geht es Ihnen, Esra?"

„Wozu brauche ich einen Pflichtverteidiger? Was ist überhaupt hier los? Warum bin ich im Krankenhaus?"

„Hat man Ihnen denn noch nichts gesagt? Erzählen Sie mir etwas aus Ihrer Vergangenheit."

„Ich weiß nichts. Es gibt keine Vergangenheit."

„Sie hatten einen Unfall und wurden dabei schwer verletzt. Können Sie sich daran erinnern?"

„Nein, nein, nein! Ich weiß nichts!" Esra warf ihren Kopf hin und her. Der Arzt kam ins Zimmer: „Herr Kluge, bitte gehen Sie. Es ist noch zu früh."

Karl saß wieder am Schreibtisch und brütete über der Akte. Ein Bote legte ihm einen Brief der Staatsanwaltschaft vor, in dem er aufgefordert wurde zu einem Termin beim Haftrichter zu erscheinen. Ein solcher Termin war für Karl Neuland. Der Haftrichter saß am Kopfende, der Staatsanwalt ihm gegenüber.

„Ich habe den Antrag der Staatsanwaltschaft vorliegen, Frau Esra Melchior, wegen des Verdachts des Mordes an ihrem Bruder, in Untersuchungshaft zu nehmen. Was sagen Sie dazu, Herr Anwalt?"

„Die Frau liegt schwer verletzt im Krankenhaus, ist gestern aus dem Koma erwacht und kann sich an nichts erinnern. Ich stelle den Antrag, die Einweisung in die Untersuchungshaft abzulehnen und abzuwarten, bis die Patientin genesen und damit vernehmungsfähig ist."

„Ach, die Frau wurde noch nicht vernommen? Dann waren Sie, Herr Staatsanwalt wohl etwas voreilig. Der Antrag der Verteidigung wird angenommen!"

Es stellte sich heraus, dass der junge Ankläger genauso als Neuling mit dem Fall betraut worden ist wie Karl. Die beiden Männer unterhielten sich anschließend bei einer Tasse Kaffee und versuchten gegenseitig Wissenslücken zu stopfen.

Karl suchte die Eltern seiner Mandantin auf. Mutter und Vater freuten sich darüber, dass die Tochter aus dem Koma erwacht war und wollten sie noch am selben Tag besuchen. Karl warnte sie wegen der Amnesie und stellte Fragen: „Können Sie sich vorstellen, dass Esra ihren Bruder umgebracht hat?"

„Nein! Niemals. Das haben wir auch schon der Polizei gesagt."

„Die Waffe könnte sie sich besorgt haben, aber kann sie überhaupt mit einer Waffe umgehen?"

„Nein, unsere Tochter verabscheut Waffen jeglicher Art."

„Könnte sie ihren Bruder gehasst haben?"

„Nein! Sie hat ihn nicht gehasst, obwohl er schon in frühester Jugend kriminell aufgefallen ist. Sie wollte ihm helfen, in unser normales Familienleben zurückzukehren."

„Was hat er angestellt?"

„Erst ist er auf Parys mit Drogen in Kontakt gekommen. Das hat ihm gefallen. Später kamen Einbrüche dazu, weil wir ihm kein Geld für Drogen gegeben haben. Dann spielte er um Geld, das er sich leihen musste. Wir konnten nichts tun, nur Esra gab die Hoffnung nicht auf. Er hat sich von uns abgewandt und lebte auf der Straße mit anderen Kriminellen zusammen."

Die Mutter weinte still vor sich hin und der Vater nahm sie tröstend in den Arm.

„Wem gehörte das Auto, mit dem der Unfall passiert ist?"

„Keine Ahnung, Esra hat kein Auto. Vielleicht hat er sie mitgenommen, weil er von ihr Geld haben wollte."

„Frau und Herr Melchior, ich werde alles tun, dass nicht nur die offensichtlichen Fakten, sondern auch die ursächlichen berücksichtigt werden. Aber jetzt muss Esra erst einmal wieder gesund werden."

Karl stellte im Büro fest, dass der Gerichtsmediziner die Abhängigkeit von Drogen nicht erkannt hatte. ... Das Ass heb ich mir bis zum Schluss auf. ...

Nach einigen Tagen besuchte er Esra im Krankenhaus. Jetzt empfing sie ihn schon mit seinem Namen: „Aha, der kluge Pflichtverteidiger. Verzeihen Sie, Herr Kluge."

„Schon gut. Ich mache auch gerne jeden Scherz mit. Esra, ich brauche Ihre Erinnerung."

„Ich weiß jetzt wieder, dass ich mit meinem Bruder im Auto saß und wir uns über irgendetwas gestritten haben."

„Das ist ein erfreulicher Anfang. Warum kam der Wagen ins Schleudern?"

„Da war plötzlich ein grelles Licht und dann war alles dunkel."

„Worüber haben Sie gestritten? War Ihr Bruder durch den Streit abgelenkt? War vielleicht ein Hindernis auf der Straße?"

„Das weiß ich nicht. Wie ich mich kenne, habe ich ihm ordentlich die Meinung gesagt, wegen seines kriminellen Lebenswandels."

„Wem gehörte das Auto?"

„Erst hat er mir gesagt, er hätte es geliehen, später erfuhr ich aus irgendeiner Bemerkung, dass er es gestohlen hatte."

„Die Polizei hat auch schon den Halter festgestellt. Der Staatsanwalt wollte Sie schon in Untersuchungshaft stecken. Das konnte ich vermeiden und ich arbeite weiter. Esra, darf ich noch weiter fragen?"

„Wenn Sie es nicht tun, machen Sie Ihrem Namen keine Ehre."

„Ich freue mich, dass Sie in Ihrer Situation Ihren Humor behalten."

„Erinnern Sie sich an den Moment, bevor alles dunkel wurde. Hat sich das grelle Licht bewegt?"

„Nein, es kam mir vor wie ein Geschoss, aber tausendmal greller als das Blitzlicht beim Fotografieren."

„Wie hat Ihr Bruder reagiert? Wenn Ihnen meine Fragen unangenehm sind, sagen sie es."

„Nein. Ich will mich erinnern. Er hat gebremst und die Arme vor die Augen gehalten."

„Wo wollten Sie eigentlich hinfahren?"

„Er hat etwas von einem Club erzählt, wo ihm Freunde mit Geld helfen wollten."

„Hat er einen Namen genannt?"

„Nein, der hätte mich auch interessiert. Dann hätte ich nämlich seine Pseudofreunde kennengelernt und denen die Hölle heißgemacht."

„Esra, heute haben Sie mir ein gutes Stück weitergeholfen. Ich besuche Sie wieder, wenn ich noch Fragen habe. Es könnte sein, dass ich die Polizei über meine Ergebnisse informiere. Wundern Sie sich bitte nicht, wenn dann auch ein Beamter Sie besucht."

„Herr Kluge, ich danke Ihnen für Ihre Mühe. Darf ich Karl sagen?"

„Bitte nicht, solange das Verfahren läuft."

Nachdem Karl die Antworten von Esra überdacht und in einer Liste zusammengestellt hatte, besuchte er die Patientin schon am nächsten Tag. Die Eltern waren gerade bei ihrer Tochter und er wartete, um sie nicht zu stören. Erst als sie gegangen waren, betrat er das Zimmer.

„Esra, ist Ihnen an unserem Gespräch etwas aufgefallen?"

„Sie sind immer sehr freundlich zu mir."

„Das bin ich aus zwei Gründen außerdem, dass ich Sie schonen will. Darüber sprechen wir später. Heute muss ich Sie mit schwierigeren

Fragen konfrontieren. Ich hoffe, Sie haben sich weiter erinnert."

„Herr Kluge, ich will doch selber wissen, wie es um mich steht."

„Ist Ihnen nicht aufgefallen, dass wir kaum über Ihren Bruder gesprochen haben?"

„Das stimmt! Wo ist der eigentlich? Ist der vom Unfallort geflohen oder ist er auch verletzt? Liegt er etwa auch hier im Krankenhaus?"

Karl legte zärtlich seine Hand auf ihre: „Ihr Bruder hat den Unfall nicht überlebt und wurde bereits vorigen Monat beigesetzt. Es tut mir leid, wenn ich Ihnen Schmerzen bereite."

Esra weinte und Karl machte eine lange Pause, bis sie endlich zornig sagte: „Er war mein Bruder und er war auch ein verdammtes Arschloch. Aber das hätte ich ihm nie gewünscht. Jetzt stellen Sie schon Ihre Fragen!"

„Fühlen Sie sich stark genug, noch etwas Schlimmes aufzunehmen?"

„Es kann nicht schlimmer kommen."

„Doch kann es: Die Polizisten fanden ihn am Steuer mit einer Schusswunde am Kopf und Sie bewusstlos auf dem Beifahrersitz mit einer Pistole auf Ihrem Schoß. ... Die Schmauchspuren an Ihrer Hand dienen der Polizei als Beweis dafür, dass Sie Ihren Bruder erschossen haben."

„So ein Quatsch! Ich habe noch nie eine Pistole in der Hand gehabt!"

„Und jetzt sage ich Ihnen, warum ich versuche freundlich zu Ihnen zu sein: Erstens können Sie aus logischen Gründen nicht geschossen haben und zweitens sagt mir mein Baugefühl, dass Sie unschuldig sind."

Karl suchte den Kontakt zu den ermittelnden Beamten im Kommissariat. Dort erfuhr er lediglich, dass es keine neuen Erkenntnisse gab und dass die auch nicht erforderlich wären, da die Indizien eindeutig waren und der Fall abgeschlossen wurde. Mitleidig oder abschätzig sagte der Chef: „Wie Sie wissen, bereitet die Staatsanwaltschaft die Anklage vor. Der Prozess wird stattfinden, wenn Ihre Mandantin genesen ist."

„Und was passiert, wenn sich neue Erkenntnisse ergeben?"

„Sie glauben doch nicht etwa, dass Sie besser recherchieren können als wir. Oder wollen Sie unsere Arbeit anzweifeln? Wir haben Wichtigeres zu tun, als uns mit Ihnen herumzuärgern."

... Dann eben nicht! ... Karl suchte bei seinem Chef Unterstützung. Der hörte ihm aufmerksam zu und beriet ihn aus seinem Erfahrungsschatz heraus: „Lassen Sie einen Fall niemals persönlich an sich heran. Wenn

die Indizien eindeutig sind, steht auch meistens das Urteil schon fest. Wenn Sie zusätzliche Fakten finden, das können auch Fehler bei der Ermittlung sein, dann werden Ihnen der Staatsanwalt und der Richter nur zuhören, wenn Sie Beweise liefern können. Es steht Ihnen nicht zu, die Polizeibeamten zu maßregeln, sondern Ihre Aufgabe besteht ausschließlich darin, die Unschuld Ihrer Mandantin zu beweisen. Wird sie vom Gericht als schuldig beurteilt, können Sie lediglich am Strafmaß zugunsten Ihrer Mandantin arbeiten."

Karl musste also weiter auf das Erinnerungsvermögen von Esra bauen und er wollte sie mit allen schwierigen Gegenargumenten konfrontieren, um sie auf den Prozess vorzubereiten. Ihre Verletzungen verheilten zur Zufriedenheit der Ärzte, aber die Wirbelsäule schien nicht reparabel zu sein. Esra saß mittlerweile im Rollstuhl, kam mit der Behinderung zurecht und verbreitete sogar gute Stimmung bei den Ärzten, dem Personal und den Eltern. Sie ließ sich durch nichts einschüchtern und machte sogar schon Pläne für ihre Zukunft. Der Chefarzt sagte Karl, dass der Schock durch die Erlebnisse ihre Erinnerung immer noch blockierte, aber dass die Erinnerung mit der Überwindung des Schocks gänzlich zurückkommen würde. Karl hatte sich vorgenommen, trotz der guten Vorzeichen nur behutsam in Esras Unterbewusstsein vorzustoßen. Er besuchte sie fast täglich.

„Frau Melchior, warum haben Sie Ihren Bruder so sehr gehasst, dass Sie ihn schließlich erschossen? Wo hatten Sie die Pistole her?"

„Ich habe ihn weder gehasst, noch ihn erschossen. Ich fühlte mich als ältere Schwester immer für ihn verantwortlich. Ich habe noch nie in meinem Leben eine solche Waffe in der Hand gehabt."

„Hat Ihr Bruder während der Fahrt unter Drogeneinfluss gestanden?"

„Ja. Das war eine Ursache für unseren Streit."

„Sie haben von einem Licht oder Blitzlicht gesprochen. Kann das auch ein entgegenkommendes Fahrzeug gewesen sein?"

„Nein, es war höher als von einem Motorrad oder Auto. … Ich erinnere mich, dass wir von einem schnellen Motorrad vor dem Unfall überholt wurden. Das fällt mir jetzt auf, weil auf der Straße absolut kein Verkehr zu beobachten war."

„War Ihr Bruder durch die Drogen oder durch das Licht unsicher geworden?"

„Er war an die Drogen gewöhnt, aber ich habe es ihm angemerkt, schon wie er das erste Mal Gas gegeben hat."

„Wenn wir daraus schließen können, dass das Auto unmittelbar nach dem Licht ins Schleudern geriet, dann war das die Ursache für die Ablenkung Ihres Bruders und den Unfall. Es sei denn, Sie hätten Ihren Bruder in dem Moment geschlagen oder im Streit heftig beschimpft Vielleicht griffen Sie ihm ins Steuer?!"

„Ich habe meinen Bruder nie geschlagen und ich vermute mal, er hatte sich an mein Geschimpfe schon gewöhnt, sonst hätte er mich nicht immer so dämlich angeglotzt."

„Haben Sie das überholende Motorrad noch einmal gesehen?"

„Nein. Da waren auch schon mehrere Minuten vergangen."

„Nach dem Schusskanal im Kopf Ihres Bruders kann der Schuss nicht in Verbindung mit dem Licht von vorne erfolgt sein. Dann hätte man auch ein Loch in der Windschutzscheibe festgestellt. Und Sie hätten auch den Schuss gehört."

„Ich habe nur das Quietschen der Reifen gehört. Ich habe nicht einmal mitgekriegt, dass das Auto sich überschlagen hat. Ich muss dann schon bewusstlos gewesen sein. Und ab da ist alles weg, bis ich aus dem Koma erwachte."

Karl machte eine Pause, um seine Gedanken zu sammeln und Esra schüttelte unwillig den Kopf, als wollte sie etwas von sich weisen.

„Esra, was ist? Fällt Ihnen etwas ein? Sagen Sie es mir. Jede Kleinigkeit, jede Beobachtung, jede Vermutung kann uns helfen."

„Es ist nichts. Ich habe das Suchen in meiner Erinnerung noch nie so miterlebt. Und weil ich mich unbedingt erinnern will, kann es passieren, dass sich eine Einbildung unter die Tatsachen mischt. Und das muss ich vermeiden."

„Bitte tun Sie das nicht! Formulieren Sie, was Sie vor Ihrem geistigen Auge sehen und überlassen Sie mir die Beurteilung!"

„Also gut. Ich habe an den Unfall keine Erinnerung mehr. Aber ich erinnere mich an wahnsinnige Schmerzen, als alles wieder ruhig war. Das kann aber nur ein ganz kurzer Moment gewesen sein."

„Können Sie sich daran erinnern, dass Sie irgendwie reagiert haben? Vielleicht ein Schrei oder haben Sie versucht, sich zu bewegen."

„Da war nichts."

„Haben Sie vielleicht etwas gesehen? Ihren Bruder vielleicht oder Fahrzeugteile."

„Nein. Nichts. … Doch da war ein Männerkopf direkt vor mir! Aber das ist Quatsch! Ein Geist oder meine blühende Fantasie spielen mir etwas vor." Esra lachte vor sich hin.

„Nein, nein. Wenn der Verstand irgendetwas produziert, gibt es immer einen Grund dafür. Wir beide gehen jetzt in die Cafeteria. Dann lasse ich Sie für heute in Ruhe. Ich habe da eine Idee: Sie versuchen sich an weitere Einzelheiten zu erinnern; darf ich dann mit einem Phantomzeichner wiederkommen?"

„Na klar. Aber Sie machen sich unnötige Arbeit."

Karl besuchte einen Kommilitonen, mit dem er während des Studiums öfter zusammengearbeitet hatte und der in die Computertechnik abgewandert war. Sie tranken in irgendeiner Kneipe ein Bier zusammen und klönten über die alten Zeiten: „Ulrich, Du hast Dich nicht verändert, trägst immer noch Dein offenes Flanellhemd, die abgewetzten Jeans und die Baseballmütze schief auf dem Kopf."

„Ja, ich bin eben kein vornehmer Herr Anwalt wie Du. In meinem Job brauche ich keinen Kulturschal um den Hals. … Karl, ich finde es toll, dass Du mir ein Bier ausgibst und dass wir uns unterhalten, aber Du willst doch etwas von mir. Raus damit, was es auch ist."

„Ich erinnere mich daran, dass Du Dir immer einen Spaß daraus gemacht hast, mit Deinem Computer Gesichter zu zeichnen. Kannst Du das noch? Du hattest damals ein Programm dafür geschrieben oder sonst irgendwie organisiert. Wir idealisierten unsere Professoren und stellten uns die Reaktionen des Betrachters vor."

„Die Phantomzeichnungen. Du meinst, wie wir unsere Fantasiemädels dargestellt haben und wie wir uns vorgestellt und amüsiert haben, wie sie wohl aussehen könnten. Ja, ja das Programm habe ich noch."

„Kannst Du es noch anwenden?"

„Du stellst mir vielleicht Fragen. Oder willst Du mich beleidigen?!"

„Nein. Ich brauche Dein Können für einen Fall. Eine Mandantin glaubt ein Gesicht gesehen zu haben. Ihr fehlt aber jede Erinnerung."

„Wo ist diese Mandantin?"

„Im Krankenhaus."

„Oh, ob sie uns da mit einem Computer unterm Arm reinlassen?!"

„Du kennst doch meinen Charme, mit dem ich überall reinkomme.“

„Das stimmt allerdings. Ist sie hübsch?“

„Und wie!“

„Sch… schon überredet. Ich habe jetzt gerade Zeit. Gehen wir!“

Sie suchten sich einen Platz im Besucherraum der Klinik. Ulrich nahm seinen Laptop auf den Schoß und erklärte ohne jede Hemmung: „Also Esra, Sie rücken ganz nahe zu mir und führen mich. Sie sind so hübsch, dass Sie mich glatt verführen könnten!“

„Ulrich, Du alter Charmeur. Bitte benimm Dich!“ Sie lachten und gingen sofort ans Werk.

„Also, Sie sagen mir, was sie sehen oder denken und ich übersetze Ihre Gedanken auf den Computer. … Ich höre.“

„Männlicher Kopf ohne Haare. Ich habe ihn mehr von der linken Seite gesehen. Die Nase hatte einen Höcker. Das Ohr größer. Ein Ohrring. Kein Gehänge nur ein Ring. Die Backe hing etwas runter. Glattrasiert. Die Lippen wulstig. Dicker Hals, Stiernacken. Kurze, weiße Augenbrauen und Wimpern. Herr Kluge, ich weiß doch gar nicht, ob es so einen Menschen überhaupt gibt oder ob ich fantasiere.“

„Denken Sie nach, Frau Melchior. Kann es ein Sanitäter, ein Arzt, ein Polizist gewesen sein. Welche Anhaltspunkte fallen Ihnen noch ein?“

Ulrich hatte mittlerweile das entstandene Bild kopiert und gespeichert. Er veränderte spielerisch die Kopie und Esra schaute fasziniert zu: „Da fehlt noch etwas. Blau. Blaue Farbe.“

„Vielleicht ein Tattoo?“

„Vielleicht. Über dem Ohr bis hinter dem Ohr und am Schädel runter. Der Ohrring ist zu klein. Der Kehlkopf ist gut zu sehen. Jetzt fällt mir nichts mehr ein.“

„Schauen Sie sich das Bild genau an. Jetzt fahren Sie mal raus auf den Gang, halten einen Moment und schließen die Augen. Dann kommen Sie wieder rein und schauen auf das Bild.“

Esra kam zurück und fügte noch eine waagrechte Falte am linken Mundwinkel an: „Das könnte auch eine feine Narbe sein.“

„Donnerwetter, wenn das alles stimmt, dann haben Sie sehr viel gesehen und Sie verfügen über ein fotografisches Gedächtnis. Esra, können Sie mir etwas versprechen? … Wenn Sie wieder laufen können – das wird hoffentlich bald sein, dann gehen wir beide einmal flott aus ohne diesen Anwalt." Sie grinsten sich beide an und Karl zog die Stirn in Falten. „Naja, wir können ihn ja mitnehmen."

„Ulrich, Du hast Dich überhaupt nicht verändert."

Sie verabschiedeten sich in bester Stimmung, denn Ulrich hatte einen Termin.

„Ich schicke Dir jetzt das Bild aufs Handy und Du kannst es Dir an Deinem Computer ausdrucken."

„Wenn ich den Fall gewinne, lade ich Dich zur Siegesfeier ein."

„Aber merke Dir eins Karl, vor Gericht kannst Du mit dem Bild nichts anfangen."

„Das weiß ich. Aber ich kann einer neuen Spur nachgehen. Was meinst Du, kann diese Person einen Mord an ihrem Bruder begehen?"

„Mein Bauchgefühl sagt nein, aber vorstellen kann ich mir alles. Wer steckt schon in einem Menschen drin?! Ich wünsche Dir viel Erfolg und verliere diese Frau nicht aus den Augen!"

Am Abend saßen die Freunde in der Stammkneipe zusammen. Nur Nora fehlte, weil sie im Schloss zu arbeiten hatte. Es fiel ihnen sofort auf, dass Karl seltsam still war.

„Karl, schmeckt Dir das Elfis Bier heute nicht? Was ist los mit Dir?"

„Nein. Bitte entschuldigt, ich bin noch mit meinen Gedanken bei meinem ersten Fall."

„Oh, den wirst Du selbstverständlich gewinnen. Und dann feiern wir."

„Schön wäre es, aber es ist alles gleichzeitig so klar und doch falsch und kompliziert."

„Gut, wir sind in Deinem Fach Laien, aber können wir Dir trotzdem helfen oder müssen wir Dich mit Gewalt in bessere Stimmung bringen?"

„Vielleicht könntet Ihr mir helfen, wenn Ihr mir einfach zuhören würdet."

Karl erzählte, wie er mit seinem Chef wegen eines Unfalls in einen Verkehrsstau geraten war, der sich zu einem Kriminaldelikt entwickelte und zufällig zu seinem ersten Fall wurde: Der Fahrer wurde durch einen Schuss getötet. Die Beweise belasteten die schwerverletzte Beifahrerin, die mehrere Wochen im Koma lag und nur langsam die durch den Schock ausgelöste Anämie überwand, war wegen der erdrückenden Indizien für die Polizei und die Staatsanwaltschaft die Täterin. In dem anstehenden Prozess nach der Genesung war mit einer Verurteilung wegen Mordes zu rechnen.

„Das klingt alles sehr logisch. Die Polizei hat ihre Arbeit gemacht und schließt die Akte.“

„Selbstverständlich auf Veranlassung der Staatsanwaltschaft. Wie Du sagtest Karl, hat man Dich als Pflichtverteidiger eingesetzt. Für Deine Chefs ist das wohl ebenso ein leichter Fall. Man rechnet damit, dass Du den Fall verlierst.“

„Dann ist auch die Kanzlei ihrer gesetzlichen Pflicht nachgekommen. Wo ist Dein Problem? Hast Du diesen Fall vielleicht zu persönlich an Dich herangelassen?“

„Ich habe mich um die vermeintliche Täterin gekümmert und miterlebt, wie ihre Erinnerung zurückkam. Dabei sind bei mir Zweifel an der Schuld der Frau aufgekommen. Die Ermittler weisen jede zusätzliche Arbeit zurück. Die Logik sagt mir, dass die Frau nicht schuldig sein kann. Nur kann ich keine Beweise finden. Man wird mir vielleicht einen Orden dafür geben, dass ich selbständig recherchiert habe und meine Märchenstunde belächeln.“

„Das ist klar. Deine Chefs, die Staatsanwaltschaft und das Gericht kennen Dich nicht so gut wie wir“, ergänzte Elfi, die gerade eine neue Runde Bier an den Tisch brachte und das Gespräch mitbekommen hatte. „Ihr solltet Euch die Bedenken von Karl einzeln vornehmen.“

„Der Meinung bin ich auch“, pflichtete Paul bei. „Jedes Ereignis, jede Aktivität hat eine Begründung. Man muss sie nur finden und das entsprechende Gesetz dazu anwenden.“

„Esra hat nie etwas mit Waffen zu tun gehabt.“

„Das kann man nur glauben. Dafür gibt es keinen Beweis. Gleiches gilt auch für die Behauptung, dass Esra Ihren Bruder trotz seiner kriminellen Energie geliebt hat. Eine spontane Handlung ist nie ausgeschlossen.“

„Also müsste jemand anderes geschossen haben. Da es ein aufgesetzter Schuss war, ist auch ein Schuss als Ursache des Unfalls möglich.“

„Wenn Esra nicht geschossen hat, müsste ein anderer Täter den Jungen gehasst haben. Oder er musste aus kriminellen Gründen sterben. In diesem Zusammenhang geht mir die Sache mit dem Licht und dem schnellen Motorrad nicht aus dem Sinn.“

„Ja. Der Motorradfahrer hat für das Auto eine Falle gestellt, in der der

Unfall geschehen konnte. Dann hat er sich vergewissert, dass der Fahrer tot ist und hat ihm zur Sicherheit eine Kugel in den Kopf geschossen."

„Eine Fotografenlampe kann so ein grelles Licht erzeugen, dass ein Fahrer erschreckt und das Auto ins Schleudern bringt. Dann müsste der Täter gewusst haben, dass der Wagen zu der Zeit und an dem Ort vorbeikommt."

„Zu der Zeit war kein Verkehr auf der Strecke, dennoch muss der Täter ganz schön im Stress gewesen sein, aber er war auch kaltblütig."

„Und wie kommen die Schmauchspuren an Esras Hand?"

„Er könnte nach dem ersten Schuss eine Patrone im Magazin nachgeladen haben, drückte Esra die Pistole in die Hand und feuerte durchs offene Fenster auf der Fahrerseite."

„Hätte die Spurensicherung die Kugel nicht finden müssen?"

„Warum sollten die Beamten danach suchen? Im Magazin fehlte nur eine Patrone und die Kugel steckte im Kopf des Toten!"

„Dann suchen wir die Kugel. Ich weiß, dass der Meister einen Metalldetektor hat."

„Das wäre eine Spur, aber ich habe wenig Hoffnung nach den vielen Monaten."

„Wissen wir eigentlich, wo die zwei hinfahren wollten?"

„Esra wusste etwas von einem Club, wo der Junge sich Geld holen wollte."

„Wir kennen den Namen des Clubs nicht und wir wissen auch nicht wo der sein sollte."

„Esra hat noch Lücken in ihrem Gedächtnis, aber sie erinnerte sich, dass sie für einen kurzen Moment einen Schmerz spürte und die Augen aufriss. Das hat der Täter offensichtlich nicht bemerkt. Dabei hat sie ein Gesicht gesehen. Mehr weiß sie nicht mehr. Einer unserer Kommilitonen, heute ein IT-Spezialist hat nach ihren Angaben ein Phantombild erstellt." Karl holte das Bild aus der Tasche. „Das könnte der Täter sein. Vielleicht sollte ich das Bild in der Presse veröffentlichen. Vielleicht sieht der auch heute schon ganz anders aus."

„Tja, ein Allerweltsgesicht. Wie soll man den finden?! Hat Esra den wirklich gesehen oder fantasiert sie nur?!"

Agatha schaute auf das Bild, schüttelte mit dem Kopf, schaute wieder hin: „Irgendwie kommt der mir bekannt vor. Die Glatze, der Ohrring, die Nase, das Tattoo. ...“

Elfi schaute auf das Bild: „Der war nie Gast bei uns! Der kommt mir vor, wie ein Rocker!“

Agatha schreckte plötzlich hoch und rief: „Elfi, das ist es! Ich irre mich nicht. Erinnert Euch an die Motorradgang, die uns vor vielen Monaten begegnete. Der Präsident wollte uns anwerben. Dieser Typ war der Stellvertreter des Präsidenten und disziplinierte den Haufen. Ich höre ihn noch, wie er brüllte: Aufsitzen! Dann sind alle aus der Gastwirtschaft gestürmt.“

„Wenn Du damit recht hast Agatha, dann haben wir tatsächlich eine Spur. Hat nicht einer von uns eine Visitenkarte von dem Club bekommen?“

„Das war ich“, sagte Paul. „Und ich habe sie achtlos in meine Brieftasche gesteckt.“ Er holte alle Karten und Papiere aus seiner Brieftasche und fand schließlich die Karte. So erkannten sie, dass der Club in Richtung der Glienicker Brücke lag und der Bruder von Esra ist in die gleiche Richtung gefahren.

„Karl, kann Esra den Mann schon einmal gesehen haben?“

„Das vermute ich nicht. Jedenfalls hatte sie mit Motorädern und Clubs nie etwas zu tun. Und sie wohnt in einem anderen Stadtteil.“

Elfi kam hinter der Theke hervor: „Habt Ihr ihn?“

Karl lächelte: „Es sieht so aus. Zumindest ist das eine echte Spur.“

„Dann fahrt dahin, holt ihn aus seinem Club, versohlt ihm den Arsch und schleppt ihn zur Polizei!“

„So einfach ist das nicht. Es fehlt immer noch der Beweis, dass der es war. Vermutlich geht das nur über ein Geständnis. Selbstjustiz ist verboten. Wir haben jetzt zwei Spuren, die wir verfolgen können. Der Prozess beginnt nächste Woche. Bis dahin passiert nichts.“

„Du meinst, wir müssen die Füße stillhalten.“

„Die zweite Kugel können wir aber trotzdem an der Unfallstelle suchen. Ich organisiere das. Karl, es reicht sicher, wenn wir zu zweit dort suchen.“

„Und ich werde mit meinem Chef einen Plan ausarbeiten, wie wir im Prozess auftreten.“

Karl und Fritz fanden tatsächlich die Kugel auf der anderen Straßenseite in der Grasnarbe eines Hangs. Karl packte sie in eine Plastiktüte und versteckte sie in seinem Schreibtisch in der Kanzlei. Dann zeichnete er seine Vorgehensweise vor Gericht auf und sprach die Taktik mit seinem Chef ab: „Herr Kluge, wenn Sie das durchkriegen, haben Sie etwas als unmöglich erscheinendes möglich gemacht und wir werden alle stolz auf Sie sein. Lassen Sie sich aber nicht in eine Euphorie treiben. Bleiben Sie cool. Auch wenn der Richter dem Staatsanwalt und den Ermittlern die Sache um die Ohren haut, zeigen Sie keine Reaktion. Informieren Sie Ihre Mandantin nicht über Ihre Recherchen. Ziehen Sie Ihr Ass erst aus dem Ärmel, wenn der Staatsanwalt sich sicherfühlt."

Dann kam der große Tag. Esra wurde von einem Justizfahrzeug in ihrem Rollstuhl abgeholt und sofort zur Anklagebank geschoben. Ihre Eltern saßen unter den Zuschauern mit angespannten Gesichtern. Die Freunde von Karl hatten Platz genommen und auch der Kanzleichef. Der Fall hatte in der Öffentlichkeit Aufsehen erregt. Dementsprechend waren viele Zuschauer da. Der Gerichtsdiener rief: „Erheben Sie sich!"

Der Richter ging an sein Pult und hatte zwei Schöffen neben sich. Links gegenüber dem Richter saß der Staatsanwalt mit dem jungen Mann, den Karl schon kannte. Auf der anderen Seite vom Mittelgang saß Karl alleine auf seinem Platz.

„Verhandelt wird heute der Fall des Staates gegen Frau Esra Melchior, die Ihren Bruder heimtückisch ermordet haben soll. Nach der Anklageschrift soll sie den jungen Mann während einer Autofahrt vom Beifahrersitz aus erschossen haben, wodurch es zu einem Unfall kam. Der Staatsanwalt beantragt, die Beklagte wegen der eindeutigen Indizien für schuldig zu befinden. Das Wort hat zunächst der Anwalt der Beklagten."

„Meine Mandantin wurde bei dem Unfall selbst schwer verletzt und hat mehrere Wochen im Koma gelegen. Ihre Anämie hat es lange unmöglich gemacht, sie zur Tat zu befragen. Die ermittelnden Beamten legten die Beobachtungen am Unfallort bzw. Tatort für die Schuldigkeit meiner Mandantin zu Grunde und schlossen den Fall ab."

„Soweit waren wir schon, Herr Anwalt. Haben Sie dem etwas hinzuzufügen?"

„Ja. Ich habe die Akte gründlich gelesen, Frau Melchior häufig in der Klinik besucht und nach ihrem Erwachen aus dem Koma die Bewältigung ihrer Anämie begleitet. Dabei sind mir neue Erkenntnisse aufgefallen, die ich dem Gericht gerne schildern möchte."

„Einspruch, Euer Ehren. Die Indizien sind eindeutig, der Fall ist abgeschlossen. Wir sollten die Zeit des Gerichts nicht mit einer Märchenstunde vergeuden. Verzeihung: Fragwürdige Erinnerungen und Fantasien sind hier nicht relevant."

„Ich hätte es Ihnen auch geraten, sich etwas freundlicher auszudrücken. Herr Staatsanwalt, die Indizien sind eindeutig, deshalb sind Sie der Meinung, wir könnten hier zu einer schnellen Verurteilung kommen. Der Meinung würde ich mich gerne anschließen."

Der Richter machte eine bedenkliche Miene und schaute zu seinen beiden Schöffen, ohne von ihnen eine Hilfe zu erwarten. Dann suchte er den Blickkontakt zur Angeklagten, dem Anwalt und schließlich zum Staatsanwalt und fuhr fort: „Sie sind Kläger des Staates. In meiner Funktion als Richter entscheide ich nach der Wahrheitsfindung. Selbst wenn Ihre Indizien eindeutig sind, sollte der Anwalt die Möglichkeit haben, seine Argumente vorzutragen. Also lehne ich Ihren Antrag ab. Bedenken Sie bitte, dass wir mitverantwortlich sind, wenn ein Mensch zu Unrecht sein Leben im Gefängnis fristen muss. Herr Anwalt fahren Sie fort."

„Der Bruder meiner Mandantin stand unter ständigem Drogeneinfluss. Das bestätigten mir die Eltern. Und später gestand mir meine Mandantin, dass dies ein Grund war für einen heftigen Streit im Auto während der Fahrt. D.h. der Streit könnte die Ursache dafür gewesen sein, dass der Fahrer die Herrschaft über das Fahrzeug verlor. Selbstverständlich könnte auch ein Pistolenschuss durch meine Mandantin die Ursache gewesen sein. Das medizinische Gutachten sagt lediglich aus, dass der Schuss tödlich war. Aus den Aussagen meiner Mandantin und ihren Eltern erfuhr ich, dass Frau Melchior noch nie eine Pistole in der Hand hatte, ja, dass sie grundsätzlich Waffen verachtete."

„Man kann seine Meinung und Ansicht auch ändern!"

„Herr Staatsanwalt lassen Sie den Kollegen ausreden. Merken Sie sich nur, dass dieser Sachverhalt nicht untersucht wurde. Herr Anwalt fahren Sie fort:"

„Nach den Bildern vom Tatort in der Akte saß oder hing Frau Melchior angeschnallt und leblos nach dem Unfall auf dem Beifahrersitz. Die Pistole lag auf ihrem Schoß. Ich stellte mir vor, wie das Fahrzeug durch die Luft gewirbelt wurde und wieder auf den Rädern zum Stehen kam.

Alles im Fahrzeug war durcheinander, nichts mehr auf seinem Platz. So stellte ich mir die Frage, wie das die Pistole geschafft haben sollte." Gelächter bei den Zuschauern. Der Richter bat um Ruhe.

„Meine Zweifel führten mich zu dem Schluss: Wenn Frau Melchior nicht geschossen hat, muss eine dritte Person den tödlichen Schuss abgefeuert haben, und zwar nach dem Unfall, da der Schuss aufgesetzt war und meine Mandantin bewusstlos. Sie hatte einen Schuss nicht einmal gehört."

„Einspruch! Spekulation!"

„Abgelehnt! ... Und wie wären dann die Schmauchspuren auf die Hand der Beklagten gelangt?"

„Der Täter war im Stress. Er wollte den Verdacht auf meine Mandantin lenken. Er lud eine Patrone ins Magazin nach, drückte Frau Melchior die Pistole in die Hand und feuerte aus dem Fenster auf der Fahrerseite. Dann ließ er die Pistole auf ihren Schoß fallen, da sie ja bewusstlos war. Mit dieser Spekulation - wie Sie sagen - sprach ich die ermittelnden Beamten an. Die konnten mir jedoch nicht helfen, da ja der Fall abgeschlossen war. Im Magazin fehlte eine Patrone, und die Kugel steckte im Kopf des Opfers. Das reichte der KTU. Wenn ich jedoch von einem zweiten Schuss ausgehen wollte, musste ich die zweite Kugel suchen. Sie steckte in der Grasnarbe des Hangs auf der anderen Straßenseite vom Tatort. Ich lege sie Ihnen als möglichen Beweis meiner Theorie auf den Tisch."

Erstaunt schauten der Richter und seine Schöffen auf die Kugel in der Plastiktüte.

„Sehen Sie, Herr Staatsanwalt die Beweisaufnahme ist zwar abgeschlossen und dennoch ..."

„Die KTU wird die Kugel untersuchen und feststellen, ob sie aus der sichergestellten Waffe stammt. Vielleicht ist ja noch ein Fingerabdruck zu finden."

„Nach dem Fund der Kugel konnte auch die Unfallursache nicht unkritisiert stehenbleiben. Wenn der Täter vorhatte, den Jungen zu töten, wie konnte er dann den Ort eines ungeplanten Unfalls kennen?! Bisher konnte die Ursache des Unfalls nur ein Streit zwischen den Geschwistern sein. Und nach dem Unfall war Frau Melchior beim besten Willen nicht in der Lage, einen Schuss abzugeben. Sie erinnerte sich, dass sie, auf der lange Zeit verkehrsfreien Strecke. plötzlich von einem schnellen Motorrad überholt wurden. Das war mehrere Minuten vor dem

Unfall. Und sie erinnerte sich auch an ein Licht von vorne, das wie ein Blitz ihre Augen blendete. Das Licht war höher, als man es von einem Auto oder einem Motorrad erwarten konnte und wesentlich greller. Wir fanden eine Möglichkeit in einer Fotografenlampe, wenn man einen Konverter zwischen eine Fahrzeugbatterie und die Lampe schließt.

So wäre das Blitzlicht die Ursache für einen geplanten Unfall und der Täter wäre schnell am Unfallort und wieder verschwunden. Spuren, die als Beweis dienen könnten, sind nach den vergangenen Monaten sicher nicht mehr zu finden.

Schwierig wurde die Suche nach einem Motiv für die Tat. Der Bruder meiner Mandantin konnte nur in kriminelle Machenschaften verwickelt gewesen sein, was sie und die Eltern auch vermuteten. Das Motiv ließ sich aus der Erinnerung der Angeklagten ableiten, jedoch nicht beweisen, da wir nicht mit polizeilicher Hilfe rechnen konnten. Bekannt war, dass der Bruder einen Club aufsuchen wollte, wo er noch Geld zu kriegen hatte, welches er dringend brauchte, weil ein ihm gestelltes Ultimatum ablief. Mehr gab die Erinnerung von Frau Melchior nicht her.“

„Alle Achtung, Herr Anwalt. Sie wären sicher auch ein guter Ermittler geworden.“

Im Zuschauerraum war es still geworden. Die Leute hörten gespannt dem Bericht von Karl Kluge zu. Vielleicht bildete sich auch schon die erhoffte allgemeine Stimmung, dass Esra auf keinen Fall eine Mörderin sein konnte.

„Herr Richter, sollte sich auf Grund meiner Ausführungen die Wiederaufnahme der Beweisfindung ergeben, so hätte ich noch eine Anregung für die Erleichterung der Polizeiarbeit bereitzustellen.“

„Versuchen Sie es einfach. Vielleicht ist Ihnen der Polizeichef dankbar dafür.“

„Als wir schon glaubten mit unseren Recherchen am Ende zu sein, erinnerte sich Frau Melchior an ein Gesicht, das sie, durch Schmerzen für einen kurzen Moment aus ihrer Ohnmacht aufgeschreckt und vom Täter unbemerkt, gesehen hatte. Wir haben dann nach ihren Angaben den Versuch eines Phantombildes gewagt. Das von uns geheim gehaltene Bild lege ich ausschließlich Ihnen jetzt vor, um zu vermeiden, dass eine Person, die wir bereits recherchiert haben, davon Kenntnis erhält.“

„Die Sitzung wird für zehn Minuten unterbrochen. Herr Anwalt und

Herr Staatsanwalt folgen Sie mir in mein Büro!"

Karl erzählte von dem Erlebnis mit dem Club, wie sie den Vize erkannt hatten und er schilderte seine Bedenken vor der Rache der Members, wenn Namen bekannt würden.

„Herr Staatsanwalt, was sagen Sie dazu?"

„Die Erkenntnisse des Kollegen lassen den Fall in einem neuen Licht erscheinen. Unsere Versäumnisse werden sofort aufgearbeitet. Wir kennen den Club und den Verdächtigen, der sich hinter dem Phantombild verbirgt. Er steht in dem Verdacht, ein Auftragskiller zu sein. Ihre Vorsicht ist berechtigt. Auch ich will das Leben meiner Ermittler nicht gefährden. Ihr Name und der Ihrer Mandantin wird auch in der Presse verschwiegen. Wir werden noch heute den Club mit Hilfe des SEK hochnehmen, die Mitglieder anhören und mindestens zum Teil vernehmen. Den Stellvertreter des Präsidenten kann ich hoffentlich bald dem Haftrichter vorführen."

„Frau Melchior erfährt zunächst nicht, dass sie aus dem Angeklagten Status entlassen wird. Sie, Herr Kluge, und Frau Melchior stehen als Zeugen in einem vermutlich neuen Verfahren der Staatsanwaltschaft im Hintergrund zur Verfügung. Bleiben Sie in der Deckung. Geben Sie nichts öffentlich bekannt. Verpflichten Sie auch Ihre Freunde zum Schweigen. Denken Sie an Ihre Sicherheit. Wir haben es mit Schwerstkriminellen zu tun. Ich werde entsprechend dem neuen Verfahren den Fall „Der Staat gegen Frau Esra Melchior" erst später mit einem Verwaltungsakt beenden."

Nach der kurzen Pause nahmen die drei Herren mit ernsten Gesichtern ihre Plätze wieder ein. Der Richter verkündete die Fortsetzung der Sitzung und beendete sie im gleichen Atemzug: „Auf Grund neuer Erkenntnisse wird die Verhandlung bis auf weiteres verschoben. Die Prozessbeteiligten werden schriftlich informiert. Die Sitzung ist geschlossen!"

FREUD UND LEID

Die Eltern nahmen ihre Tochter Esra mit nach Hause. Karl begleitete die Familie und stellte die beiden Frauen und den Vater darauf ein, dass sie ihr Leben normal fortsetzen sollten, so als sei nichts Besonderes geschehen. Wenn Fragen auf sie zukommen würden, sollten sie lediglich äußern: Das Verfahren sei verschoben.

Die Freunde trafen sich mit Karl noch am nächsten Abend bei Elfi. Da sie den Prozess als Zuschauer miterlebt hatten, wollten sie jetzt wissen, was als nächstes zu erwarten war, bzw. was Richter und Staatsanwalt in der Pause gesagt hatten. Karl machte eine einladende Handbewegung und sie steckten die Köpfe zusammen. Karl flüsterte: „Die haben uns dazu verdonnert, nicht mehr über den Fall zu sprechen. Wenn öffentlich etwas geschrieben oder gesagt wird, könnten wir Opfer krimineller Machenschaften werden. Der Staatsanwalt hat gestern noch den Club ausheben lassen. Übrigens wurden wir für unsere Arbeit gelobt.“

„Was ist mit der Angeklagten?“

„Sie ist frei, aber sie weiß davon offiziell nichts.“

„Ich denke, damit können wir gut leben.“

„Das meine ich auch“, ergänzte Elfi. „Karl, ich habe Dich bei Deinem ersten Fall bewundert. Ich bin dafür, wir feiern Karl und dass man uns gelobt hat. Und dazu lade ich Euch heute ein. Außerdem sollten wir unseren Freundeskreis PFENEKA nennen.“

„Was soll das nun schon wieder heißen?“

„Denk nach F. Wenn Du es herausfindest, bekommst Du einen Schnaps.“

„Wenn Du unsere Initialen meinst, dann ist doch ein E zu viel in dem Namen enthalten.“

Elfi grinste Karl an: „Das glaube ich nicht!“

In diesem Moment ging die Tür auf und die Gäste machten Platz für einen Rollstuhl. Karl sprang auf und deutete mit beiden Händen auf die junge Frau: „Das ist Esra!“ Er holte sie neben sich an ihren Tisch. Die Wirtin hatte gewusst, dass Elfi ihre Eltern überzeugt hatte, mit ihr die

Stammkneipe der Freunde zu besuchen.

„So, Leute, jetzt rutscht mal ein wenig zusammen. Der Tisch ist zwar zu klein, aber das macht nichts. Für die Eltern ist auch noch Platz. Jetzt wird gefeiert!"

Esra strahlte jeden von ihnen an: „Ich konnte nicht widerstehen, Sie alle kennenzulernen."

Der Vater erklärte überflüssigerweise: „Wir wollten Sie eigentlich nicht stören. Sie können sich vielleicht vorstellen, wie Esra uns in den Ohren gelegen hat."

Sie lachten alle belustigt und es dauerte nicht lange bis Esras Charme sie alle erobert hatte. Nach einer Weile berührte sie Karl am Arm und er beugte sich zu ihr. Sie flüsterte: „Herr Kluge, darf ich Sie jetzt Karl nennen?"

„Geht es Ihnen wie mir von Anfang an?"

„Von Anfang an, Karl!"

Karl nahm zärtlich ihre Hand und drückte sie an seine Lippen: „Unsere Befangenheit spielt keine Rolle mehr." Dann schaute er in die Runde der Freunde, die trotz Flüsterton schweigend alles mitbekamen und sagte: „Hiermit gebe ich bekannt: Esra und Karl!"

Elfi drückte die junge Frau und sprach zu den Freunden: „Da habt Ihr das zweite E. Und Esra, Du gehörst jetzt dazu. Heute fehlt nur Nora. Aber die lernst Du auch noch kennen, wenn unser Geheimniskrämer Fritz das zulässt."

Sie hatten andauernd über etwas Anderes zu lachen und die Eltern von Esra waren erstaunt und erfreut darüber mitzuerleben, wie offen die jungen Leute miteinander umgingen.

„Unsere Tochter ist in bester Gesellschaft!", flüsterte der Vater seiner Frau zu.

Esras Behandlung in der Klinik wurde fortgesetzt. Die Ärzte schickten sie zur Reha-Behandlung, wo sie langsam auf den Gebrauch ihrer Beine vorbereitet wurde. Alle hofften, dass die Patientin bald wieder laufen könnte. Wenn Karl mit ihr alleine war, musste er sie manchmal über ein Hindernis tragen, aber auch er übte fleißig mit ihr und dabei erlebte er, wie stark ihr Wille war. Als sie bald wieder arbeiten wollte, war er anfangs skeptisch. Esra hatte Sozialpädagogik studiert und arbeitete bei der Stadt in der Jugendbetreuung. Die Jungs und Mädels waren teilweise behindert. Esra war sehr beliebt bei den jungen Leuten und wenn sie ihre Gehversuche machte, passten die Jugendlichen auf, dass sie keinen Schaden nahm. Nur als die Ärzte sie aufforderten, ohne Krücken zu gehen, erschrak sie. Aber sie biss die Zähne zusammen, grinste schelmisch und schaffte es.

Eines Abends erschien sie mit Karl Arm in Arm in der Stammkneipe. Elfi stürmte auf sie zu, wollte sie vor Begeisterung herumschleudern und wurde von Karl freundlich gebremst.

„Langsam, langsam! Es geht noch nicht alles."

Esra und Karl wurden noch einmal von den ermittelnden Beamten als Zeugen gehört. Der abschließende Kommentar des Staatsanwalts, der dazugekommen war, hörte sich sogar wie eine Bitte um Entschuldigung an: „Jetzt haben wir alles erledigt. Wenn wir damals das alles gewusst hätten, wäre Ihnen die Peinlichkeit der Verdächtigung erspart geblieben." Vom Gericht erhielt sie ein formelles Schreiben mit dem Inhalt, dass sie unschuldig sei, da alle Verdachtsmomente gegen sie fallen gelassen worden waren. Aus der Presse erfuhren sie, was Karl schon vom Staatsanwalt wusste, dass der Präsident des Clubs wegen Schutzgelderpressung eine lange Freiheitsstrafe zu verbüßen hatte und sein Stellvertreter wegen mehrfachen Mordes zu lebenslanger Haftstrafe verurteilt wurde. Von einer Verbindung zwischen ihrem Fall und dem Club war nirgendwo auch nur eine Andeutung zu erkennen.

Karl Kluge fiel es auf, dass die Kollegen in der Kanzlei ihn häufig in Gespräche mit einbezogen. Der eine oder andere wollte auch gerne einen Rat von ihm hören. Der Chef rief ihn in sein Büro und bot ihm ein Getränk an: „Herr Kluge, die Anwälte in der Stadt unterhalten sich über Sie. Man bewundert Ihren Eifer und Ihren Erfolg, einen als verloren gedachten Fall als Pflichtverteidiger umgedreht zu haben. Das war eine Meisterleistung! Wir haben Ihr Gehalt hochgestuft, damit Sie die Perspektive für Sie selbst bei uns belassen. Es wird wohl nicht lange dauern, bis persönliche Anforderungen aus unserer Mandantschaft an Sie herangetragen werden. Wir werden Ihnen wohl auch bald die Partnerschaft in unserer Kanzlei antragen. Da können Sie auch nach Absprache mit der Geschäftsleitung selbst bestimmen, wieviel Geld Sie verdienen."

„Ich danke Ihnen für die vielen Komplimente. Erstens sah ich es von

Anfang an als meine anwaltliche Pflicht an, das Beste für die Mandantin herauszuholen, zumal sie nach kurzer Zeit für mich nicht mehr schuldig sein konnte, und zweitens pflege ich intensiv eine echte Freundschaft."

„Darum beneide ich Sie, Herr Kluge."

„Ich sehe es auch nicht als falsche Bescheidenheit an, wenn ich zugebe, dass ein Mensch alleine nie alles Wissen und Können beherrscht."

„Ich bin gespannt darauf, wie Sie Ihren nächsten Fall lösen werden: Ein tödlicher Unfall mit Fahrerflucht. Erschwerend wird für Sie die gesellschaftliche Stellung des Angeklagten sein: Es ist ein Mitglied unseres Stadtrats."

Karl hatte also einen Bilderbuchstart ins Berufsleben hingelegt und konnte sich darüber freuen, dass er dick im Geschäft war. Esra konnte in ihrem Job nicht so viel Geld verdienen wie Karl, aber auch sie fand eine Befriedigung im erfolgreichen Umgang mit den Jugendlichen. Besonders die Behinderten waren ihr dankbar und warteten immer gerne darauf, ihre Hilfe in Anspruch nehmen zu können. Die beiden hatten sich eine passendere Wohnung gesucht, dennoch kamen die ersten Pläne für eine eigene Immobilie auf.

Wie die drei Männer ihre Freundschaft regelmäßig pflegten, näherten sich auch Agatha, Nora und Esra an. In der Zwischenzeit war auch Nora mit Fritz Freimann in eine Wohnung gezogen. In der Bank war eine Stelle frei geworden und Fritz und sein Chef zögerten nicht, Nora zu engagieren. Fritz und Nora hatten zwar nicht immer gleiche Arbeitszeiten, aber zumindest gleiche Interessen bezüglich ihres Arbeitgebers.

Die drei Paare trafen sich regelmäßig bei Elfi in der Stammkneipe. Manchmal gingen die drei Frauen auch eigene Wege. Den Männern war das anfangs nicht angenehm, aber bald sahen sie ein, dass die Frauen gerne ihre Angelegenheiten geheimnisvoll untereinander diskutieren wollten. Kosmetische und medizinische Themen kamen zur Sprache. Die Mode war allgegenwärtig oder sie berieten sich wegen eines Geschenks oder wollten unbedingt ein Konzert eines bestimmten Künstlers erleben. Irgendwann kam dann auch der Moment, in dem sie die Männer dann in ihre Entscheidungen miteinbezogen oder sie damit überraschten. Wenn die Männer alleine waren, sprachen sie meistens über Politik, Sport oder ihre Geschäfte.

Irgendwann brachte Nora in der Frauenrunde das Thema Heirat ins

Gespräch: „Wir kennen uns doch jetzt lange genug und könnten die Männer diesbezüglich motivieren. Unsere Männer lieben uns, sie verdienen genug Geld, wir können eigene Immobilien einplanen und nicht zuletzt sind wir im besten Alter, Kinder auf die Welt zu setzen."

„Ich könnte die Männer verstehen, wenn sie der Meinung sind, es ginge auch ohne verheiratet zu sein."

„Selbstverständlich geht es auch ohne, aber stellt Euch doch mal das Bild vor: Wir drei in traumhaften, weißen, langen Kleidern, etwas sexy aufgemacht und mit Schleier. Die Männer mit maßgeschneiderten Smokings in einer kleinen Kirche. Wir könnten einen Gasthof auf dem Land mieten und mit einer Kutsche fahren. Unsere Freunde, vielleicht ein paar Geschäftsleute wären unsere Gäste. Wir würden zur Musik einer Band tanzen bis in den frühen Morgen. Für unsere Hochzeitsreise suchen wir uns ein Grandhotel oder eine einsame Berghütte. …"

„Wir könnten auch mit den Harleys fahren."

„Wie sieht das denn aus mit weißem Kleid und Schleier auf dem Motorrad in die Kirche fahren? Und dann den Helm auf dem Kopf. Naja, das hätte den Vorteil, dass wir uns vorher den Friseur sparen könnten."

Agatha lachte: „Ihr seid noch Neulinge auf den Feuerstühlen und wisst noch nicht, was alles mit den Maschinen möglich ist." Sie wollte die beiden Freundinnen in die Wirklichkeit zurückrufen: „Nora, wach wieder auf. Zum Heiraten gehören zwei!"

„Also mein Fritz ist ziemlich romantisch veranlagt. Und was meint Ihr zu Euren Männern?"

Esra hatte lächelnd mit Nora geträumt: „Ich finde die Idee gut."

„Paul und ich haben noch nicht darüber gesprochen. Ich weiß aber, dass er die Verantwortung für Kinder nicht sehr schätzt."

Nora und Esra hatten sich mittlerweile an das Motorradfahren gewöhnt und genossen die schönen Ausfahrten mit der Gruppe auf dem Sozius hinter ihren Männern. Agatha wurde nicht müde, immer wieder interessante und neue Ziele auszuarbeiten.

Das Thema Heiraten wurde immer mal wieder im Spaß angesprochen, aber es kristallisierte sich kein ernsthafter Vorschlag heraus. Paul sprach häufig von guten Aufträgen. Ab und zu fuhr er mit Agatha ins Ausland, um größere Posten Textilien, Werkzeuge und andere Gebrauchsartikel für die Auftraggeber im Inland einzukaufen. Karl konnte oft gedanklich nicht abschalten, da er mit kniffligen Fällen beauftragt war. Fritz schätzte häufig Risiken für seinen Chef ab, wenn es um die Vergabe von Krediten ging. Dazu reiften auch noch die Pläne für die beiden Immobilienvorhaben: Karl hatte ein Grundstück am Stadtrand gekauft und verhandelte bereits mit dem Architekten, um seine und die Wünsche von Esra zu realisieren. Fritz und Nora hatten ein Haus aus der Gründerzeit in Aussicht. Es war total verwahrlost, stand aber unter Denkmalschutz. Es lag in unmittelbarer Nähe zur Bank.

Sie verlebten eine schöne, abwechslungsreiche und aktive Zeit. Nur die Touren mit dem Motorrad und die regelmäßigen Treffen bei Elfi lenkten sie für Stunden ab. Eines Tages meldete die zarte Esra häufiges Unwohlsein an. Die ganze Gruppe PFENEKA freute sich mit Esra und Karl. Jeder passte auf, dass es der werdenden Mutter immer gut ging und die verdrängten Hochzeitspläne kamen wieder auf den Tisch.

„Wir sind noch nicht einmal verheiratet. Soll unser Kind wirklich im Status „unehelich" auf die Welt kommen?"

„Aber Schatz, das ist doch nicht schlimm. Wenn unser Haus erst fertig ist, lassen wir es ruhiger angehen und dann feiern wir richtig. So auf die Schnelle im Stress heiraten, macht doch auch keinen Spaß."

Wochen vergingen. Esras Beschwerden wurden immer heftiger. Arzt und Hebamme untersuchten sie häufig und stellten fest: „Es ist alles in Ordnung. Sie müssen Geduld haben. Eine Geburt ist eine gewaltige Kraftanstrengung für den Körper der Mutter. Männer würden so etwas niemals aushalten. Wir schaffen das."

Esra fuhr schon eine Weile nicht mehr auf dem Motorrad mit. Sie kämpfte bis sie es in den letzten Wochen vor Schmerzen und Unwohlsein nicht mehr aushielt. Der Arzt wies sie in die Klinik ein. Die Hebamme untersuchte sie täglich. Die Ärztin versuchte sie mit pflanzlichen Mitteln zu beruhigen.

Eines Morgens schrie Esra auf vor Schmerzen und sie stellte selbst fest, dass sie in einer Blutlache lag. Die Hebamme kam: „Na, geht es schon los? Das sind die ersten Wehen. Es ist zwar noch Zeit genug, aber eine oder zwei Wochen früher haben nichts zu bedeuten." Bei der Untersuchung wurde sie etwas nachdenklich: „Dem Burschen gefällt es bei Ihnen. Der will überhaupt nicht raus. Er hat sich auf die falsche Seite gedreht. Dann werden wir ihm mal etwas helfen." Die Hebamme versuchte das Kind zu drehen, aber sie blieb erfolglos.

Die Ärztin wurde geholt, um per Ultraschall die genaue Lage festzustellen. Die beiden Frauen schauten sich schweigend an: „Frau Melchior, bald haben Sie es geschafft. Ich bringe Ihnen noch etwas zur Beruhigung."

Im Büro der Ärztin wurden sich die beiden Frauen einig: Die Nabelschnur hatte sich um den Hals gewickelt. Das Kind war tot. Jetzt ging es nur noch darum, das Leben von Esra zu retten.

Sie zogen einen Chirurgen hinzu: „Durch die Scheide kriegen wir das Kind nicht raus, weil die Beine zuerst kämen. Es gibt nur eine Entscheidung: Kaiserschnitt, und zwar sofort. Informieren Sie den Vater."

Die Hebamme blieb bei Esra und bereitete sie auf die neue Situation behutsam vor: „Sie werden jetzt gleich schlafen. Von dem Kaiserschnitt werden Sie nichts mitkriegen.

Herr Kluge ist auch gleich da. Er wird bei Ihnen bleiben. Er wird Sie trösten und Ihnen helfen, über den Verlust hinwegzukommen. Bleiben Sie ein starkes Mädchen. Sie sind noch so jung. Sicher sind Sie bald wieder in guter Hoffnung."

Die Freunde und Esras Eltern waren betrübt, aber sie besuchten Esra schon am nächsten Tag. Sie unterdrückten ihre Trauer und versuchten Esras und Karls Stimmung durch freundliche und auch spaßige Worte wieder aufzuhellen: „Nun sieh zu, dass Du bald wieder gesund wirst. Nächste Woche treffen wir uns alle bei Elfi."

Karl machte sich Sorgen, obwohl Esra alles gut überstanden hatte, schon wieder lächelte und sich in ruhigem Schlaf von den Strapazen erholte. Er konsultierte die Hebamme und die Ärztin: „Haben wir irgendetwas falsch gemacht? Ich habe Esra gepflegt, immer auf sie aufgepasst, sie nicht mehr aufs Motorrad gesetzt, nichts Schweres heben lassen."

„Nein, Herr Kluge. Wir haben mitbekommen, dass Sie Ihre Frau lieben. Und das alleine bedeutet schon, dass Sie bereits aus natürlichen Gründen nichts falsch machen. Fehlgeburten gibt es immer wieder. Vergessen Sie nicht, die Geburt eines Kindes ist trotz aller Technik und trotz allem Wissen letztendlich immer ein kleines Wunder. Bevor Esra erneut schwanger wird, werden wir sie gründlichst untersuchen, um sicher zu gehen, dass alle Störungen ausgeschlossen sind. Seien Sie gut zu Esra und leben Sie wie vorher mit ihr normal weiter. Esra ist eine starke Frau und sie wird bestimmt eine gute Mutter."

Es dauerte auch nicht lange, bis Esra und Karl wieder in der Normalität ihres Lebens zurückkehrt waren. Karl hatte sich noch Verhaltensregeln von der Ärztin geben lassen. Sie durfte sogar schon bald wieder auf dem Motorrad sitzen.

Schon ein Jahr später stellte Esra ihre erneute Schwangerschaft fest. Und die Freude war groß für die Freunde, denn auch Nora wurde gleichzeitig schwanger. Die beiden Frauen hatten verabredet, dass weder sie selbst, noch die Väter vor der Geburt das Geschlecht der Kinder erfahren sollten. Sie lagen beide gleichzeitig im Kreissaal. Bei jeder werdenden Mutter war eine Hebamme zugegen und einige Ärzte legten Hand an oder beobachteten die Szene. Nora hatte mit einer Spontangeburt ihren Sohn zur Welt gebracht und gleichzeitig kam Esras Tochter. Nora merkte sogar, dass es bei Esra länger dauerte und dass plötzlich lauteres Geschrei ausbrach. Sie fragte ängstlich die Hebamme, die ihr ihren Sohn auf die Brust legte: „Was ist mit Esra? Warum ist es dort so laut?"

„Ja, habt Ihr das etwa alle nicht mitgekriegt? Bei Esra ist noch ein Söhnchen angekommen!"

Sogar die Ärzte lachten mit. Für zwei Assistenten war eine Geburt wahrscheinlich noch neu.

Die Hebamme, die Esra genau kannte, erhob wohl für alle ihre Stimme: „So meine Damen. Es ist alles in Ordnung. Herzlichen Glückwunsch. Heute hatten wir wenig Arbeit mit Euch.

Siehst Du Esra, jetzt ist alles wieder gut!"

Sie lächelte, streichelte die beiden Mütter und schaute ebenso glücklich auf die schlafenden Kinder: „Ich komme nachher noch zu Euch und hole mir die Namen der Kinder ab. Und jetzt ab in Euer Zimmer. Dort warten schon die Herren der Schöpfung!"

Die Betten wurden ins Wöchnerinnenzimmer geschoben und Fritz und Karl nahmen die Mütter und ihre Kinder gespannt, erleichtert und glücklich in Empfang. Fritz küsste seine Nora und Karl blickte Esra ernst in die Augen: „Geht es Dir gut?" Es war ein langer Blick. Dann presste er die Hand von Nora an seine Lippen: „Ich weiß wieder nicht, was ich sagen soll. Wie damals, als wir uns kennenlernten."

Nora lachte glücklich: „Schau Dir die beiden an. Sind sie nicht wunderschön?"

Karl richtete sich auf und unterdrückte ein Lächeln: „Naja, so runzelig, fleckig und verpennt werden sie wohl noch sehr lange brauchen, bis sie so schön sind wie Du." Dann küsste er sie zärtlich und streichelte ihr über ihre Haarpracht. Sie lachten beide und Nora meinte: „Karl, Dein Sohn ist aber jetzt schon sehr höflich."

„Wie kommst Du denn jetzt da drauf?"

„Ladies first! Er hat seiner Schwester den Vortritt gelassen. Ganz wie der Vater!"

Dann nahmen die Väter übervorsichtig ihre Kinder auf den Arm und ließen den ersten Kontakt auf sich wirken. Agatha und Paul waren zum Empfang der neuen Erdenbürger mitgekommen und beobachteten die Szene der glücklichen Familien. Die Angst und der Stress mit Esras Fehlgeburt waren endgültig überwunden.

„Na Paul, wäre das nicht auch etwas für uns?", fragte Agatha provozierend.

Paul grinst nur und nahm sie zärtlich in den Arm: „Ich denke die Mütter und die Kinder brauchen jetzt erst einmal Zeit für sich und ich habe Durst. Wir sollten uns nachher bei Elfi treffen. Die wartet bestimmt auch gespannt auf die gute Nachricht."

Esra hatte nun alle Hände voll zu tun mit dem Haushalt und der Betreuung der Zwillinge. Glücklicherweise konnte sie auf ihre tatkräftigen Eltern bauen. Karl freute sich auf die Kinder, wenn die Tagesarbeit erledigt war, aber er brauchte auch Zeit für sich, denn die Aufgaben in der Bank ließen sich oft nicht mit der Uhrzeit abstellen. Dazu kam noch die räumliche Enge in der Wohnung. Eine Infektionswelle in der Bevölkerung machte sich auch bei den Handwerkern bemerkbar, so dass sich die Umbau- und Renovierungsarbeiten terminlich verzögerten. Trotz des Architekten war seine tägliche Aufsicht oder Kontrolle erforderlich. Manchmal arbeitete er mit den Handwerkern, wenn er es sich zeitlich leisten konnte. Die Fertigstellung dauerte genauso lange wie der Neubau bei Nora und Fritz. Die Freunde unterstützten sich gegenseitig. Nur Agatha und Paul standen geschäftsbedingt nicht immer zur Verfügung.

Als sie es endlich geschafft hatten, gab es zwei Einweihungspartys kurz nacheinander. Sie gönnten sich dann eine verdiente Ruhepause und unternahmen wieder kleine Motorradtouren. Die Eltern von Esra bestanden darauf, dass sie in der Zeit die Betreuung der drei Kinder im Neubau von Karl übernahmen, da sich dort im Garten auf dem gepflegten Rasen Möglichkeiten zum Spielen im Freien boten.

Eines Abends lagen die Kinder bereits in ihren Betten und gaben endlich Ruhe. Esra und Karl saßen gemütlich bei einem Glas Wein im Wohnzimmer und er nahm sie liebevoll in den Arm: „Esra, was hältst Du eigentlich von unseren Kindern?"

„Wenn Du mir eine so dusselige Frage stellst, dann suchst Du ein Gespräch mit mir. Passt Dir etwas nicht oder sollte ich etwas ändern?"

Sie lachten beide: „Du kennst mich so gut und durchschaust mich. Ich kann Dir wohl nie etwas verheimlichen? Ich denke über die Erziehung unserer Kinder nach. Ich habe selbstverständlich grundsätzliche Vorstellungen wie Du sicher auch, aber ich möchte diese gerne zwischen uns so abstimmen, dass wir im Zweifel mit einer Meinung erscheinen und die Kinder nicht mit unterschiedlichen Entscheidungen konfrontiert werden."

„Für mich ist das selbstverständlich. Wenn die Kinder mich um eine Erlaubnis bitten und ich kenne Deine Anweisung, würde ich Dich nie bloßstellen."

„Ich finde, das ist schon die beste Grundlage für die Gemeinsamkeit innerhalb der Familie.

Wenn wir unser Verhalten diesbezüglich beibehalten können, bis die Kinder sich unserem Erziehungsbereich entziehen, werden wir die wenigsten Sorgen haben."

„Denkst Du etwa jetzt schon an die Schule? Das ist doch noch viel zu früh."

„Ja und nein. Die Kinder sind mit einem natürlichen Willen ausgestattet. In dem Moment, wo sie geboren werden, befinden sie sich in einer Gesellschaft und erfahren, dass sie dort auf Grenzen stoßen, die ihren Willen beeinflussen. Wenn das Kind z.B. Hunger hat, dann schreit es solange, bis Du dieses Bedürfnis befriedigst. Die Kinder lernen also sofort, und zwar von Vorbildern. Die ersten Vorbilder unserer Kinder sind wir: Du und ich!"

„Warum betonst Du das?"

„Weil diese Vorbildhaftigkeit uns immer bewusst sein und weil sie nach außen offensichtlich sein muss. Dann können sich die Kinder immer auf uns verlassen. Wenn sie z.B. sehen, wie wir uns lieben, dann ist die Wahrscheinlichkeit sehr hoch, dass sie später einmal genauso mit der Liebe umgehen."

Esra kuschelte sich an Karl streichelte ihn leidenschaftlich und küsste ihn herausfordernd: „Ja mein geliebter Schatz, lass uns sofort damit anfangen!"

Karl wehrte sich spaßhalber und entgegnete: „Du machst Dich über mich lustig. Hilf mir doch mal mit bei dem schwierigen Thema. ... Ich erinnere mich an meine Schulzeit. Wir Jungens hatten etwas vor und fragten uns, ob ein bestimmter Kamerad auch mitmachen würde. Da kam der Ausspruch: Dem seine Mutter gluckt! Ich konnte damit nichts anfangen und fragte später meine Mutter. Ich erhielt folgende Antwort: Stell Dir vor, die Henne brütet Eier aus und die Küken bleiben unter der Henne im Nest sitzen. Du bewegst Deine Hand auf das Nest zu. Die Henne wird das nicht zulassen! Nur sie entscheidet über die Küken. Das nennt man glucken."

„Du hast Deine Mutter sicher sehr geliebt. Mich hat das gleiche Thema während des Studiums berührt und bei meiner Arbeit mit den Jugendlichen ist es mir ab und zu begegnet. Ich habe mich für folgende Devise entschieden: Die Kinder erfahren Grenzen und erkennen diese auch an, wenn sie Eltern als Vorbilder haben. Wir können das ruhig ausdehnen, wenn sie Vorbilder in der Gesellschaft haben. Sie machen daraus eigene Erfahrungen und sie lernen auch daraus, die Erwachsenen zu fragen, wenn es einmal schwierig wird. Wenn aber Eltern in ihrem Erziehungseifer meinen, sie müssten die Heranwachsenden ständig beaufsichtigen und ihnen sofort Vorschriften machen, dann können die sich nicht selbst entwickeln. Sie brauchen es auch gar nicht, sondern sie müssen nur Möglichkeiten finden, sich den Vorschriften, die sie ja schon erwarten, zu widersetzen. Die Kinder lernen nie selbst ein Risiko einzuschätzen oder eine Gefahr selbst zu erkennen. Man spricht heute nicht mehr vom Glucken, sondern von Helikoptererziehung und von Helikoptereltern."

Karl strahlte seine Esra an: „Ich verstehe Dich allmählich und denke auch so wie Du."

„Ich z.B. werde unsere Kinder nie aus den Augen verlieren, auch mir anvertraute Kinder oder Jugendliche. Aber ich würde immer kontrolliert zögern, ehe ich eingreife. Anders lernen die Kinder nicht, sich selbst zu entwickeln und selbständig zu werden. Die Vorstellung, die Kinder immer bevormunden zu müssen, um sie zu schützen, scheitert schon daran, dass jeder Mensch sich damit überfordert. Die Kinder lernen nie, sich im Haifischbecken des Lebens zurechtzufinden. Wir Erwachsenen können nie überall sein, aber die Kinder müssen immer wissen, wo sie uns finden, wenn sie uns brauchen."

„Du meinst also, die Kinder sollen in Freiheit aufwachsen. Wenn Du aber eine Gefahr für sie siehst und eine Entscheidung für sie treffen musst, dann ist diese absolut.!"

„Ich hoffe Du denkst auch so. Wenn Du Dich nicht so verhalten willst, dann sage es mir."

„Ich bin Deiner Meinung. Ich stelle mir gerade vor, wie die Kinder schlechte Noten aus der Schule mit nach Hause bringen. Du beschwerst Dich bei dem Lehrer, weil er Deine Kinder falsch eingestuft hat und suchst bei mir anwaltlichen Beistand."

Sie lachten beide herzhaft und Esra antwortete: „Das würde ich nie machen. Ich riskiere doch nicht, Dir einen Scheidungsgrund zu liefern. Nein. Ich würde mit Dir vielleicht, aber bestimmt mit dem Lehrer darüber sprechen, was gegen die schlechten Noten zu tun ist.

Es gab einmal eine Epoche in der Pädagogik, die nannte sich antiautoritäre Erziehung. Da durften die Kinder alles. Sie bekamen von keiner Seite zu Hause oder in der Gesellschaft Grenzen aufgezeigt. Letztlich sind die Kinder hilflos wie Bälle auf hartem Boden durchs Leben gedotzt. … Was ist los? Du bist so ruhig geworden?"

„Entschuldige, ich musste gerade an etwas ganz Anderes denken: Ich bin doch jetzt Partner in der Kanzlei geworden und mir wurden zwei fertige Jurastudenten zugewiesen. Ich bin auch mit den beiden in einer ähnlichen Situation. Die kriegen von mir Fälle zur Bearbeitung und ich beobachte sie und helfe ihnen, Fehler zu korrigieren. Das macht Spaß, weil die Jungs gut sind. Ich kann meine Arbeit besser einteilen. Ja, ich habe manchmal den Eindruck, als hätte ich weniger Arbeit."

„Aha. Da fällt mir ein Versprechen ein, das Du bis heute nicht eingehalten hast."

„Jetzt machst Du mich aber verlegen und neugierig zugleich. Wann sollte ich Dir ein Versprechen gegeben und es nicht eingelöst haben?"

„Du hast fast wörtlich gesagt: Wenn das Haus fertig ist und die Kinder aus dem gröbsten Dreck raus sind, lassen wir es etwas langsamer angehen."

„Ach ja? Und jetzt willst Du wohl einen Beweis dafür haben?!" Karl packte seine Esra und wollte sie ins Schlafzimmer zerren.

„Halt, halt! So schnell geht das nicht. Du musst Dich erst noch an die zweite Hälfte des Versprechens erinnern. Ich gebe Dir freundlicherweise ein Stichwort: Heirat!"

„Ach so. Ja, wann willst Du denn heiraten? Willst Du mich überhaupt heiraten?“

„Sofort! So schnell es eben amtlicherseits geht. Wir haben ja auch an eine ganze Menge Vorbereitungen zu denken. Wen laden wir ein? Was machen wir mit unseren Freunden, usw.?“

„Du hast gesagt: Sofort! Also fangen wir sofort damit an!“ Karl küsste Esra und schleppte sie gleichzeitig durchs Wohnzimmer. Sie schafften es gerade noch ins Schlafzimmer, bis sie sich die Kleider vom Leib gerissen hatten. Dann fielen sie übereinander her, als wäre es das erste Mal.

Am nächsten Tag saßen Agatha, Nora und Esra nach einer verabredeten Einkaufstour in einem Straßencafé zusammen. Die Eltern ließen die Kinder im Garten von Nora und Fritz herumtollen. Esra war so begeistert von dem, was sie sagen wollte, dass sie erst gar kein vernünftiges Wort herausbrachte: „Leute, es geht los!“

Agatha und Nora sahen sich verwundert an: „Na dann schieß mal los. Was bedrückt Dich?“

„Ich bin nicht bedrückt. Ich bin glücklich! Karl und ich wollen endlich heiraten.“

„Großartig. Wenn Karl sich durchgerungen hat, fällt es Fritz bestimmt auch leichter, endlich ja zu sagen. Zumindest habe ich jetzt ein Argument, um ihn zu motivieren. Immerhin bin ich schon wieder schwanger. Was meinst Du dazu, Agatha?“

„Herzlichen Glückwunsch für Dich. Ich freue mich mit Euch beiden. Paul hat seine Meinung zu dem Thema nicht geändert. Wir waren neulich bei einem Notar, weil ich ja jetzt gleichberechtigte Partnerin in seiner - jetzt unserer - Firma bin. Da kam das Gespräch Heirat auch zur Sprache. Pauls Reaktion war eindeutig: Wir regeln unsere Angelegenheiten selbst. Es geht weder einen Priester, noch einen Beamten etwas an, dass wir uns lieben! Und ich bin auch ohne Hochzeit mit ihm glücklich wie am ersten Tag. Wenn Ihr aber heiratet, dann werden Paul und ich an Eurer Seite sein und mit Euch feiern.“

„Wenn ich mir vorstelle, dass Du dann traurig bist, wird es mir ganz übel.“

„Nein, Ich bin nicht traurig. Zugegeben, ich würde Paul jederzeit heiraten, aber ich bin auch so glücklich mit diesem wunderbaren Kerl! Mir fehlt nichts. Wir sind doch eh so etwas wie eine große Familie.“

„Schade ist es trotzdem! Nora, schaffst Du es bis zum nächsten Treff in der Stammkneipe? Ich brenne darauf, mit Euch und den Männern die Einzelheiten zu besprechen."

„Fritz wird sicher sofort einen Zeitplan mit seinem Chef abklären."

An jenem Abend in der Stammkneipe gab es am Tisch der Freunde kein anderes Thema. Auch Elfi war begeistert und diskutierte mit: „Ich möchte selbstverständlich dabei sein, wenn meine Jungs von Euch Mädels geheiratet werden. Ich möchte auch mit Agatha und Paul Zeuge sein."

Sie hatten viel zu lachen und vereinbarten Termine für das Aufgebot, die Trauung, die Feier und die Hochzeitsreise: Die beiden Männer hatten das Aufgebot einzureichen und Elfi, Agatha und Paul übernahmen den ganzen Rest der Organisation. Agatha notierte eine ganze Liste von Wünschen und Vorschlägen, die selbstverständlich nur wie eine Stoffsammlung zu lesen war. Manchmal fiel ihr auch selbst etwas ein, worüber sie lächelte und schwieg. Als sie an die Harleys dachte, schüttelte sie den Kopf. ... Ihr müsst wohl zu Hause bleiben. ...

Niemand fragte sie, was sie alles aufgeschrieben hatte, nur Paul riskierte einen kurzen Blick.

Am Schluss fasste er noch zusammen: „Ich habe eine Vorstellung von dem, was Ihr erleben werdet. Es wird so schön, dass wir es alle niemals vergessen. Ihr gebt mir bitte noch eine Liste der Menschen, die wir einladen. Die Termine mit dem Pastor und dem Standesamt stimmt Elfi ab. Den Ort für die Feier lege ich fest und Agatha kümmert sich um das Ziel für die Reise. Beide Orte bleiben Agathas und mein Geheimnis."

„Und wie erfahren unsere Gäste, wo wir feiern? Und was machen wir mit unseren Kindern?"

„Kümmert Euch um Euch selbst, der Rest ist Überraschung! Und außerdem meine Damen, wisst Ihr ja: Wir Männer haben höchste Ansprüche an Euch. Wir wollen an diesem Fest die allerschönsten Bräute und Frauen sehen, die es überhaupt gibt. Immerhin ist es Eure Schuld, denn Ihr habt uns schließlich so verwöhnt, wie wir nun einmal sind!"

Den Beifall hatte sich Paul verdient, obwohl Elfi noch ergänzte: „Und Du Paul, wage es ja nicht, in Jeans zu erscheinen!"

Das Wetter war so, als hätten es die Organisatoren geplant und bestellt. Die Sonne schien bei angenehmen Temperaturen. Die Brautleute und die Zeugen betraten das Amtszimmer des Standesbeamten im Rathaus. Die Papiere und die Personalien wurden überprüft, der Beamte wies daraufhin, was die Heirat für die Paare bedeutet. Alle waren in guter Stimmung, der Beamte zeigte sich locker, fragte die Brautpaare noch einmal, ob sie wirklich den Bund fürs Leben schließen wollten und forderte die Anwesenden zur Unterschrift der Dokumente auf: „Vor dem Gesetz sind Sie nun verheiratet. Ich wünsche Ihnen alles Gute!"

Wieder zu Hause gab es noch einen kleinen Umtrunk, die Frauen verabredeten sich für den nächsten Morgen, um den beiden Bräuten beim Anziehen zu helfen und Paul mahnte zur Pünktlichkeit. Esra war plötzlich ganz aufgeregt: „Wie kommen wir denn zur Kirche? Wir können doch nicht den ganzen weiten Weg zu Fuß zurücklegen."

Alle lachten, obwohl sie auch nicht wussten, wie das ablaufen sollte und Paul setzte noch einen Scherz auf die Unsicherheit: „Esra, dann werde ich Dich wohl mit einem Hubschrauber abholen müssen."

Esras Mutter, Elfi und Agatha kamen sehr früh. Für ein ausgedehntes Frühstück war keine Zeit, Es ging ja nicht nur darum, dass die Bräute ihre schönen Kleider anzogen. Sie mussten sich auch darin bewegen können. Hier noch ein kleiner Abnäher, dort noch ein Fältchen, den BH durfte man nicht sehen. Die Frisuren wurden nicht unnatürlich aufgesteckt, aber die Locken passend zu einem Diadem gelegt. Die glänzenden langen Haare fielen wie zarte Wolken auf die nackten Schultern. Eine dezente rote Schärpe lenkte die Augen von Noras leicht gewölbten Bauch ab. Die weißen Brautschuhe durften nicht drücken, denn nicht nur ein schöner, sondern auch ein anstrengender Tag stand den Bräuten bevor. Es dauerte noch eine Zeit bis die Frauen mit ihrer Arbeit zufrieden waren und die bereits fertigen Männer in die Stube baten. Fritz und Karl standen einen Moment in ihren weißen Smokings staunend da, um die Schönheit ihrer Braut zu bewundern. Dann fassten sie zärtlich ihre Hände und küssten sie vorsichtig auf die Lippen: „Wenn ich nicht schon verliebt wäre, dann wäre es jetzt passiert!", kommentierte Fritz.

Die Frauen erteilten noch Anweisungen, wo die Männer die Bräute anfassen durften, damit ja nichts an den bezaubernden Kleidern verrutschte. Die Bräute nahmen den Schleier beim Gehen auf den linken Arm. ... Dann endlich war es neun Uhr.

Paul drückte Fritz und Karl jeweils ein Blumenbukett in die Hand, welches sie den Bräuten in den Arm legten. Alle verließen das Haus. Die erste Überraschung stand auf der Straße: Ein Hochzeitsbus voll besetzt mit allen Freunden, die mit Applaus die Paare begrüßten.

Vor der Kirche stiegen alle Gäste aus und bildeten ein Spalier vom Bus bis zum Portal, wo der Pastor die Hochzeitspaare empfing: „Freut Euch über diesen wunderschonen Tag, den Ihr nie vergessen werdet und folgt mir." Die Orgel setzte ein und gemessenen Schrittes bewegten sich die Paare und die Zeugen hinter dem Pastor auf den Altar zu, während die Gäste ihre Plätze einnahmen. Die Kinder durften den Schleier tragen. Dann ergriffen die Jungs die freie Hand ihrer Mütter und Esras Tochter war bei ihrem Papa. Der Pastor begann mit seinen feierlichen Worten. Die Kinder waren gebeten worden, in der Kirche nicht herumzurennen, schön brav zu sein und einfach nur zuzuhören. Aber das Neue und Fremde machte sie neugierig und sie schauten überall hin und staunten. Steffi zog an der Hand des Vaters: „Papa, was macht der schwarze Mann da vorne?"

„Das ist der Pastor und der verheiratet uns jetzt. Sei schön still."

„Aber warum hat er denn ein schwarzes Kleid an?"

Der Pastor bekam die Fragen des Kindes mit und versuchte sein Lachen zu unterdrücken. Dann unterbrach er den offiziellen Teil seiner Rede, nahm Steffi auf den Arm und sprach zur Gemeinde: „Jesus hat gesagt: Lasset die Kindlein zu mir kommen! Da kann ich nur rufen: Ja Herr, hier sind sie!" Dann breitete er die Arme aus, lachte und die Gemeinde stimmte in seine Fröhlichkeit ein. Nachdem jeweils Braut und Bräutigam ihr Jawort gegeben hatten, wurde es noch einmal spannend, weil Paul versäumt hatte, Elfi und Agatha die Ringe zu geben. Endlich kamen die erlösenden Worte: „Hiermit erkläre ich Euch zu Mann und Frau!"

Die Orgel setzte wieder ein und der Pastor führte nach den Gästen die Neuvermählten zum Ausgang: „Ich wünsche Euch alles Gute! Und Ihr Kinder passt immer schön auf Eure Eltern auf!" Dem Pastor merkte man an, dass er gerne bei der anschließenden Feier dabei gewesen wäre, aber er hatte wohl andere Verpflichtungen.

Als sie alle wieder im Bus bei bester Stimmung, die Plätze eingenommen hatten, meldete sich der Fahrer: „Ich bin zwar kein Hochzeiter, wie man früher die Organisatoren genannt hatte, vielleicht auch nur Werber, aber ich wünsche Euch alles Gute. Und ich weiß auch, was sich gehört, denn trockene Luft gehört nicht zu einer Hochzeit. In der Mitte des Busses ist unter der Theke ein Kühlschrank mit allem drin, was Ihr jetzt braucht. Also Jungs versorgt Eure Mädels."

Zwei Gesellen aus der Werkstatt ließen sich das nicht zweimal sagen. Einer öffnete eine Sektflasche und der andere brachte den Brautleuten den ersten Schluck. Dann wurden auch Bier und alkoholfreie Getränke verteilt. Rolf, der Bruder von Steffi setzte sich neben Paul: „Mama und Papa wissen nicht, wo wir hinfahren. Weißt Du es Onkel Paul?"

„Ja, ich weiß es, aber ich darf nichts verraten. Weißt Du, für Eure Eltern ist heute ein ganz, ganz glücklicher Tag. Und zu einem solchen Tag gehören auch Überraschungen, die Freude machen. Also fahren wir irgendwo hin, wo es ganz schön ist. Du musst Dich noch gedulden."

„Nun gut. Aber Du sagst mir, wenn wir da sind."

„Halt nur die Augen auf. Vielleicht merkst Du es ja."

Der Weg zum Zielort zog sich noch eine Weile hin, da Paul den Fahrer angewiesen hatte, eine andere Strecke zu fahren, um Spekulationen vorzubeugen. Kurz bevor der Bus auf den Parkplatz einbog, rief Nora erschreckt und erfreut zugleich: „Paul, Du bist verrückt!"

Das ganze Personal des Schlosses hatte sich vor dem Haupteingang versammelt und begrüßte nun die Gäste, besonders die Freunde und überschwänglich die ehemalige Kollegin Nora. Es flossen Tränen der Freude. Der Kellner, der sie so oft bedient hatte, drängte sich vor und drückte Nora vorsichtig an sich: „Nora, Du hast den Besten erwischt!"

Dann drehte er sich zu den anderen um: „Ich wäre beleidigt gewesen, wenn Ihr diesen schönen Tag nicht hier mit mir verbracht hättet. Euer Tisch auf der Terrasse ist selbstverständlich für Euch reserviert!"

Die Gäste genossen die Aussicht auf den See und die Moorlandschaft des Spreewalds. Die Jacketts wurden bald ausgezogen. Der Kellner wies seine Kollegen an, sofort aufmerksam zu bedienen. Er selbst packte auch mit an, aber meistens nur am Tisch der Freunde, wo er nicht müde wurde, Geschichten aus ihrer gemeinsamen Vergangenheit zu erzählen. Zwischendurch kümmerte er sich um die Kinder und zeigte ihnen interessante Dinge im Schloss, hatte überall etwas zu erzählen und brachte sie in ein großes Spielzimmer mit vielen Spielsachen.

„Wenn Ihr keine Lust mehr zum Spielen habt, geht Ihr zum Tisch Eurer Eltern oder Ihr sucht mich und ich zeige Euch etwas Anderes."

Auf der Terrasse spielte ein Alleinunterhalter auf seinem Keyboard und sang Lieder aus der Zeit, wo noch Torf gestochen wurde. Dazu kamen auch lustige Hochzeitslieder aus der Region. Einige Gäste gingen auch zum Strand. Als die Kinder nach einer langen Zeit aus dem Spielzimmer zurückkamen, wies er einen Kollegen an, mit ihnen eine Nachenfahrt auf dem See zu unternehmen.

Für den Abend war der ehemals herrschaftliche Festsaal hergerichtet worden. Alle Gäste fanden Platz an einer langen Tafel in der Mitte des Raumes. Mächtige Kronleuchter sorgten für Licht von der Decke. An den Wänden hingen große Portraits von berühmten Leuten aus der Vergangenheit des Schlosses. Eine Live-Band spielte nach dem Essen zum Tanz auf. Irgendwann rief der Akkordeonspieler zur Polonaise auf und bildete die Spitze der ihm folgenden Menschenschlange. Die Kinder wollten mit den Erwachsenen laufen, aber dafür waren ihre kurzen Beinchen noch nicht geeignet. Der Kellner schnappte sich die drei, stellte vier Stühle auf und sagte zu einem Bandmitglied: „Kannst Du mal auf dem Keyboard ein Lied spielen für die Reise nach Jerusalem?" Dann erklärte er den Kindern, was das für ein Spiel ist und schon hatte er sie beschäftigt. Die Polonaise schlängelte sich durch das ganze Schloss und das dauerte dementsprechend mehrere Minuten. Irgendwann kamen sie alle erschöpft an ihre Plätze zurück. Einige sahen die Kinder mit der Reise nach Jerusalem, stellten spontan ein paar Stühle dazu und beteiligten sich zur Freude der Kinder.

Um Mitternacht versammelten sich alle auf der Tanzfläche. Die Hochzeitspaare waren aufgerufen worden, zu einem Tanz zu ihren Ehren. Die Gäste bildeten einen Kreis und bewunderten nicht nur die schönen Bräute, sondern auch die Harmonie der Schritte und Bewegungen der tanzenden Paare. Leichtfüßig legten sie einen flotten Walzer aufs Parkett. Danach tanzten alle. Am Schluss der Runde blieben alle auf der Tanzfläche stehen, applaudierten und warteten gespannt darauf, was die Bräute mit ihren Buketts machten: Sie warfen die Blumensträuße hinter sich in die Luft. Die Legende sagt: Die glückliche Frau, die das Bukett auffängt, ist die nächste, die heiratet. So gab es ein großes Hallo für die beiden Mädels, die jetzt die Sträuße in den Händen hielten.

Nicht alle hielten die ausgelassene Feier bis zum frühen Morgen durch. Einige Gäste wurden im Schloss einquartiert, auch die Kinder lagen bereits in ihren Betten. Der Meister und seine Mitarbeiter, Erich und seine Assistenten, die Chefs von Karl und Fritz mit ihren Gemahlinnen und diejenigen, die am Morgen in ihren Geschäften antreten mussten oder Termine hatten, ließ Paul mit dem Bus in die Stadt zurückfahren. Nur die ganze Gruppe PFENEKA, die Eltern von Esra und der Kellner hatten sich immer noch eine Menge zu erzählen. Dem Vater fiel ein: „Ihr habt doch noch eine Hochzeitsreise vor. Hättet Ihr nicht um Mitternacht aufbrechen müssen?"

„Nein. Mit dieser Tradition haben wir gebrochen", berichtete Agatha entschieden.

„Papa überlege doch mal, wie müde wir bald sind und außerdem fahren Agatha und Paul mit. Elfi, Du hast wegen uns ein ganzes Wochenende verloren."

„Ich glaube, das habe ich mal verdient. Jedenfalls habe ich mich seit langem nicht so wohlgefühlt. Und außerdem, konnte ich gar nicht anders. Du weißt ja, wie ich zu den Jungs stehe. Einer muss immer auf sie aufpassen."

„Elfi, was würden wir wohl machen ohne Dich?!", ergänzte Paul.

Sie lachten alle vergnügt und prosteten sich zu.

Zum Frühstück erschienen alle etwas müde, aber trotzdem in bester Stimmung. Nora gab Elfi die günstigste Zugverbindung. Der Kellner brachte sie persönlich zum Bahnhof. Die Eltern von Esra hatten vor, noch ein paar Tage mit den Kindern im Schloss zu bleiben.

Am späten Vormittag ließ Agatha eine Pullman-Limousine vorfahren. Karl streichelte seine Tochter: „Steffi, Du bist schon ein großes Mädchen. Hilf Oma mit und pass auf die Jungs auf. Wir machen jetzt eine kleine Reise und sind bald wieder bei Euch."

„Oma, der freundlich Kellner hat gesagt, wir können auch reiten. Geht Ihr mit uns da hin?", wollte Rolf wissen. „Der Ulf ist auch dabei."

„Na also. Es wird Euch bestimmt nicht langweilig werden", ergänzte Fritz.

„Meinen herzlichen Glückwunsch an die Neuvermählten. Nur das Beste soll gut genug für Euch sein. Deshalb fahrt Ihr auch mit mir", begrüßte der Fahrer die drei Paare. Agatha musste ihm das Ziel nicht nennen. Er fuhr los, machte dezente Musik und forderte sie auf, sich an der Bar zu bedienen. Nach ein paar Stunden, als seine Passagiere die Landschaft staunend bewundert hatten und sich schon wieder feiernd amüsierten, bog er in ein schmales Tal ein. Auf beiden Seiten hohe Berge, saftige Grünflächen wurden durch ein Flüsschen und kleine

Dörfer unterbrochen. Braun und weiß gefleckte Kühe schienen gelangweilt auf den Wiesen zu weiden oder lagen wiederkäuend im Gras. Es gab kaum noch Verkehr auf der schmalen Straße. In vielen Serpentinen schlängelte sich der Weg den Hang entlang auf ein Bergmassiv. In den Kurven war es manchmal so eng, dass der Fahrer das große Fahrzeug zweimal ansetzen musste: „Das geht schon, aber bei Gegenverkehr hat immer der Bergfahrer auf den Talfahrer zu warten“, kommentierte der Fahrer. „Mit der modernen Technik ist es keine besondere Belastung für das Auto. Früher hat hier sicher öfters die Kupplung gequalmt. Gleich haben wir es geschafft.“

Auf beiden Seiten dehnte sich dunkler Wald aus, der aus mächtigen und geradegewachsenen Tannen und Fichten bestand: „Sie werden doch nicht bis an die Waldgrenze fahren?“

„Nicht ganz. Wie Sie merken, ist die Straße jetzt wieder eben und hinter der nächsten Kurve sind wir angekommen.“

Es wurde hell, rechts am Berg dehnte sich eine große Wiese aus und wie ein Wunder schmiegte sich ein massives Haus an den Berg. Das Dach ragte weit über die hölzernen Wände, die auf einem mit Felsen gemauertem Fundament ruhten. Im Obergeschoss war rundum ein Balkon angefügt, dessen Brüstung mit bunten Blumen verziert war. Vor dem Gasthof gab es einen Parkplatz für einige Autos. Der Wirt hieß die Gäste am portalartigen Eingang willkommen und führte sie in die gemütliche Gaststube. Fritz und Karl, die noch ihre eigenen Bauten in Erinnerung hatten, konnten sich gar nicht sattsehen. Hier war alles aus Holz gefertigt. Die Wände bestanden aus Baumstämmen, die exakt zu einer Einheit verzapft waren. Mächtige Balken trugen die Decke zum Obergeschoss ab. Der Boden bestand aus gehobelten Bohlen. Auch das Mobiliar war aus massivem Holz gefertigt.

„Herr Wirt haben Sie das ganze Holz hier aus dem unendlichen Wald geschlagen? Das musste doch auch bearbeitet werden.“

„Ja, das waren meine Vorfahren. Früher kamen die Handwerker aus dem Tal, lebten in behelfsmäßigen Hütten und fertigten vor Ort das Material und das ganze Haus. Heute ist das umgekehrt. Die Stämme werden geschlagen, ins Tal gebracht, bearbeitet und kommen fertig zur Baustelle.“

Der Fahrer unterbrach das Gespräch: „Ich verabschiede mich gleich wieder. Es war schön mit Ihnen. Hoffentlich darf ich wiedermal für Sie fahren. Ich wünsche Ihnen alles Gute und genießen Sie diese herrliche

Bergwelt."

„Vielen Dank für alles. Kommen Sie gut nach Hause!"

„Ich sag mal meiner Frau Bescheid. Die hat schon etwas für Euch vorbereitet. Und dann zapfe ich Euch ein schönes Bier und dazu gibt es einen selbstgebrannten Schnaps."

„Wie lange hast Du unseren Urlaub hier in der Natur gebucht, Agatha?"

„Ihr müsst Euch noch gedulden. Wir kriegen nachher noch Besuch."

Sie löschten ihren Durst und unterhielten sich angeregt mit den Wirtsleuten über das Leben hier am Berg mitten im Wald, über die Infrastruktur. Zum Bier gab es eine Brezel und etwas hausgemachten Käse.

„Habt Ihr noch andere Gäste außer uns?"

„Zurzeit sind es nur wenige. Das sind alles Wanderer und Genießer. Abends ist öfter mehr los bei uns, wenn die Wanderer auf ihrem Weg bei uns übernachten."

„Und im Winter ist sicher nichts los oder?"

„Nun, wir haben mit dem Skizirkus nichts zu tun, wenn Ihr das meint. Die Skifahrer toben sich wo anders aus. Aber Ihr glaubt ja gar nicht, wie viele Skiwanderer und einfach nur Winterwanderer es gibt. Unsere Kinder wohnen mit ihren Familien im Tal, aber die kommen dann sofort, wenn sie hier gebraucht werden. Mein Bruder und seine Frau leben auch hier. Deren Arbeitsbereiche sind der Stall, das Schnapsbrennen, das Brotbacken und die Käserei."

„So begeistert wie Ihr von Eurem Leben hier sprecht, habt Ihr mit Einsamkeit und Langeweile nichts zu tun."

„Absolut nicht, obwohl wir hier fast autark leben. Wenn wir zum Einkaufen ins Tal müssen, sind wir froh, wenn wir wieder hier sind."

Am Abend gab es einen Zwiebelrostbraten mit dezent in Butter gebratenen Kartoffel und Gemüse. Dazu brachte die Wirtin einen saftigen Obstkompott auf den Tisch. Nora stöhnte, so satt war sie schon: „Ich kann nicht mehr!"

„Aber Kindchen, Du musst doch für zwei essen!"

Plötzlich ging die Tür auf und ein Mann mit Bart, einem lachenden Gesicht und dem typischen Filzhut auf dem Kopf erschien in der Gaststube. Er begrüßte die Wirtsleute und die Gäste: „Hallo Agatha, Du hast Deine Seilschaft mitgebracht. Lasst Euch anschauen. Ihr seid alle gesund?! Und Du bist die Nora. Ich kenne Euch alle. Agatha hat mir ein Bild von Euch gezeigt. Ich bin übrigens der Franz. Nora, bist Du wohl auf?"

„Ja. Ich bin zwar schwanger, aber nicht krank!"

„Das passt schon alles. Agatha, Du gehst bitte mit unseren Freunden die Ausrüstung durch."

„Ausrüstung?", kam die bange Frage von Esra und Nora.

„Naja, Ihr habt doch kein passendes Schuhwerk für die Gegend hier dabei. Und macht heute Abend nicht zu lang. Nach dem Frühstück, geht es um sieben Uhr los! Ich muss jetzt wieder runter. Also bis Morgen!"

Franz war schon wieder weg und die Freunde blickten erstaunt und fragend auf Agatha, aber die wechselte geheimnisvoll das Thema.

Pünktlich am nächsten Morgen kam der Bergführer Franz in die Gaststube. Er lachte und vergewisserte sich, dass alle Mitglieder seiner Gruppe gesund und guter Dinge waren. Sie trugen alle Wanderschuhe, Strümpfe, die über die Knie gingen, wetterfeste Kniebundhosen, Flanellhemden, Halstücher und Filzhüte. Die Rucksäcke standen griffbereit an der Tür. Agatha erklärte ihm, dass jeder den Inhalt seines Rucksacks überprüft hatte und die Feldflaschen gefüllt waren. Die Männer hatten zusätzlich ein Seil am Rucksack hängen und alle einen Klettergurt angelegt. Mit Hunger war eine lange Zeit nicht zu rechnen, da die Wirtin eine ordentliche Portion Speck und Eier serviert hatte mit frischem Brot.

„Jetzt schaut alle mal auf die Karte. Ihr wisst, dass die Straße hier am Haus aufhört und ein schmaler Weg weiter auf den Berg verläuft. Dem folgen wir in Serpentinen. Wir gehen durch Wälder, überqueren Grünflächen, ab und zu besuchen wir eine Alm, vielleicht sehen wir Almhirten und ihre Tiere. Dann erreichen wir die Baumgrenze und sehen schon die Berghütte, die wir über das letzte Stück felsigen Weg am Nachmittag erreichen. Dort übernachten wir. Genießt die fast unberührte Natur und merkt Euch: Am Berg herrscht absolute Kameradschaft, das schwächste Mitglied der Gruppe bestimmt das Tempo und wenn sich einer verletzt, steht die Entscheidung an, ob die Gruppe umkehrt. Darum seid aufmerksam und achtet den Berg und die Natur, in der Ihr nur Gäste seid."

Durch die Serpentinen blieb die Strecke relativ flach und es stellte sich bei den ungeübten Wanderern keine Müdigkeit ein. Stündlich legte

Franz eine kleine Rast ein. Zweimal erreichten sie eine Alm, wo der Hirte die Kühe melkte. Dort gab es auch einen Schluck Milch zu trinken. Um die Mittagszeit ließen sie sich ins Gras fallen und bissen in die Hartwurst von der Wirtin oder aßen ein Stück Schokolade. Sie kamen auch an einer Quelle vorbei, wo sie ihre Feldflaschen wieder auffüllten.

Das letzte Stück im Wald wurde etwas steiler. Sie gingen gemächlich. Als sie den letzten Baum passiert hatten, wurden sie von einem wolkenlosen blauen Himmel begrüßt. Sie hatten bisher immer eine angenehme, leicht erhöhte Körpertemperatur gespürt, aber jetzt meinte es die Sonne besonders gut mit ihnen. Sie waren froh, dass sie die Filzhüte, die sie achtlos in den Rucksack gestopft hatten, aufsetzen konnten.

„Hier machen wir die letzte Rast. Ihr seht ganz da oben zwischen den beiden Gipfeln die Berghütte, unser Ziel. Der Weg ist ab und zu noch als Pfad zu erkennen. Dazwischen steigen wir in direkter Richtung über Felsen auf die Hütte zu. Achtet immer darauf, wo Ihr Eure Füße hinsetzt und wundert Euch nicht, wenn wir auch die Hände zu Hilfe nehmen müssen. Ihr habt bis jetzt eine Superform gezeigt. Den Rest schaffen wir auch noch. Und oben gibt's ein schönes Bier. Also los!"

Paul machte ein verschmitztes Gesicht und schaute die anderen Gruppenmitglieder an: „Stellt Euch doch einfach vor, wir sitzen auf unseren Harleys." Dafür erntete er Gelächter und Spott.

Die letzten Meter zogen sie sich an einem Drahtseil hoch bis auf den Vorplatz zum Hütteneingang. Erhitzt und etwas außer Atem richteten sie sich erst einmal auf und schüttelten ihre Muskeln aus. Dann hörten sie das Stimmengewirr in der Hütte.

Einige Wanderer und Bergsteiger waren bereits eingetroffen und erholten sich von Strapazen, die sie sich auferlegt hatten. Sie schienen sich alle zu kennen, denn jeder sprach mit jedem. Es wurden Erfahrungen ausgetauscht und Märchen und Heldentaten gepriesen. Es roch nach Schweiß und Bier. Mit einem freundlichen „Berg Heil" setzten sie sich an einen freien Tisch. Die Wirtin war eine junge Frau mit kurzen Haaren. Sie trug nur ein T-Shirt und Jeans, aber sie war auch verschwitzt. Sie stellte zuerst Bier auf den Tisch, ehe sie fragte, ob die Gruppe über Nacht bleiben wollte. Als die Freunde den ersten Schluck über die Lippen brachten, glaubten sie, noch nie ein so gutes Bier getrunken zu haben. Franz kannte das Gefühl und lachte: „Ich muss Euch mal ein Kompliment machen: Für verweichlichte Städter gebt Ihr eine ganz passable Figur am Berg ab!"

„Franz, ich gebe Dir recht, wenn ich unser Leben mit dem vergleiche, was hier geleistet wird, dann habt Ihr absolute Vorteile.“

„Aber warte mal ab, bis wir zu unserer wahren Form auflaufen.“

„Immer schön langsam, Freunde. Die Einheimischen hier sind angepasst und haben oft nur deshalb Vorteile, weil sie den leichtesten Weg durch die Natur kennen. Ihr merkt das auch an jedem Tag, nach jeder Stunde und nach jedem Schritt. Nur Leichtsinn und Überheblichkeit dulden die Natur und besonders der Berg nicht. Nora, wie fühlst Du Dich?“

„Sehr gut. Wenn Du uns etwas sagst, dann spitze ich die Ohren und merke mir jedes Wort. Ich sehe Deine Erfahrung noch nicht, aber ich höre sie. Und das hilft mir auch schon mal über eine Schwäche.“

„Wenn Ihr alle so denkt, dann werden wir eine schöne Zeit hier oben verbringen.“

„Was hast Du eigentlich mit uns vor?“

Franz schaute Agatha an und dann grinsten die beiden: „Nachher essen wir erst einmal einen zünftigen Eintopf. Danach gibt es wahrscheinlich noch etwas Hüttenzauber. Wer müde wird, geht die Treppe hoch und schnappt sich einen Strohsack. Die liegen oben in Reihe und Glied. Das Schnarchen und die Unruhe durch die vielen Menschen im Raum werdet Ihr vor Müdigkeit nicht merken. Die Toilette besteht aus einem Loch im Boden. Das Wasser kommt von einer Quelle hinter der Hütte. Es läuft in einen Trog. Dort werft Ihr Euch eine Hand voll Wasser ins Gesicht. Das Beste am Frühstück ist der Kaffee, aber auch Eier mit Speck.“

„Na gut, das werden wir schon hinkriegen. Was passiert dann? Steigen wir wieder ab?“

„Nein. Wir bleiben auf dem Höhenweg. Und Ihr seht Bilder, die Ihr nie wieder vergessen werdet.“

„Was Du sagst, lässt auf Strapazen schließen.“

„Mag sein, dass wir uns ab und zu mal anstrengen müssen, aber vergesst Eure Vorurteile und lasst Euch nur von Eurer Begeisterung für die Bergwelt leiten.“

„Sag mal Franz, ich kriege manchmal Worte vom Nebentisch mit. Ist es wirklich so gefährlich hier? Da wird von Gipfelbesteigungen, von Steinschlägen, von Steinlawinen, von Seilen die reißen und Abstürzen gesprochen.“

„Hier bestimmt nicht. Ihr müsst Euch das so vorstellen: Es gibt verschiedene Schwierigkeitsstufen am Berg, die Menschen reizen, sie zu überwinden. Und wenn einer etwas geschafft hat, dann kann er sich auf die Schulter klopfen. Er hat auch gewusst, was an Gefahren auf ihn zukommen kann. Die extremen Bergsteiger schweigen oder informieren andere Menschen sachlich. Viele könnt Ihr aber auch mit Anglern vergleichen. Ihr müsst nicht alles glauben, was Ihr hier in der Hütte hört. Seht mich an: Ich bin für Euch verantwortlich und werde ein Risiko für Euch nur eingehen, wenn ich davon überzeugt bin, dass Ihr es schafft.“

Zur fortgeschrittenen Stunde nahm einer der Männer ein Akkordeon von der Wand, hängte es sich um und begann zu spielen. Manchmal sang er zu seinen Melodien oder er wurde aufgefordert, ein trauriges oder lustiges Lied zu spielen. Von den Leuten in der Hütte gehörte wohl keiner einem ausgebildeten Chor an, aber sie sangen aus voller Lust und lachten glücklich. Keiner schien irgendwelche Sorgen zu haben. Einer der Bergsteiger schnappte sich die Wirtin und wirbelte sie im Tanz durch Hütte. Sie lachte dazu und beeilte sich dann, dass das Bier auf der Theke nicht abstand.

Am nächsten Morgen ließ Franz seiner Truppe etwas mehr Zeit zum Aufstehen. Die anderen Bergsteiger und Wanderer wurden allerdings schon zeitig unruhig im Schlafsaal, denn einige hatten sich für den Tag eine anstrengende Tour vorgenommen. Franz begrüßte die Freunde zum deftigen Frühstück: „Na, habt Ihr gut geschlafen und seid wieder fit?“

„Na ja, die Nacht war ein ungewohntes Erlebnis, von Gerüchen und Geräuschen geprägt.“

„Besonders hygienisch ist das alles nicht hier!“

Franz lachte und begann eine Erklärung, während die anderen sich auf den Kaffee stürzten: „Das ist logisch, wenn Ihr es so seht. Immerhin seid Ihr zum ersten Mal hier oben in zweitausend Metern Höhe. Ihr solltet bei Eurem Urteil beachten: Hier auf dem Berg entsteht nur organischer Müll, also Essensreste usw. Er wird wieder zu Erde und er dient anderen Lebewesen zur Nahrung. Wenn jemand anorganischen Müll, Bierdosen, Flaschen usw. hier raufschleppt, dann schadet er auf jeden Fall seinem Körper, denn jedes Gramm Ballast kostet Körperenergie. Außerdem ist es ein Frevel, sich so am Berg zu verhalten. Keiner geht gerne im Müll wandern. Es ist eine traurige Konsequenz, dass Wind und Regen diesen Müll ins Tal transportieren und Gifte im

Grundwasser sind auch nicht empfehlenswert. Wenn einer in den Berg geht, lernt er zunächst, dankbar zu sein für das, was es hier überhaupt gibt. … So nun macht Euch fertig. Wir haben heute wieder schönes Wetter für unsere Tour."

Sie gingen den Höhenweg entlang und bewunderten die karge Bergwelt: Steine, Felsbrocken, ab und zu ein kleines Fleckchen Gras. Sogar ein Edelweiß leuchtete aus einer Felsspalte. In einiger Entfernung sahen sie zu, wie eine Herde Gämsen in einer Wand, den Weg auf einen Berg fand: „Die sind sehr geschickte Bergsteiger und sie wissen, wo sie etwas zu fressen finden."

„Franz, wie entstehen eigentlich diese verschiedenen Bergformen? Dort sehen wir einen Berg mit einem Loch, als wäre dort ein Panzer durchgefahren. Andere sind spitz oder bilden einen Höcker. Manche stehen da wie eine Wand und signalisieren bedrohlich: Bis hierher und nicht weiter!"

„Hier herrschen zu bestimmten Jahreszeiten oder auch überraschend extreme Temperaturunterschiede, die das weichere Gestein spröde oder bröckelig machen. Dann kommt der Wind und nagt am Gestein. Die Menschen hier wissen, welche Gegenden sie wegen Steinschlaggefahr meiden. Unten im Tal kommen über eine lange Strecke Sedimente an, aus denen wieder Erde entsteht."

Nach einer Weile kamen sie an einen Berg, der den Weg zu versperren schien. Es sah tatsächlich so aus, als müssten sie wieder umkehren.

„Wir setzen jetzt unsere Helme auf und ich erkläre Euch, wie die Sicherungstampen an Euren Klettergurten und das Seil zu benutzen sind. Das Reepschnürl ist fest verknotet am Klettergurt. Am Ende hängt ein Karabinerhaken. An dem Berg seht Ihr ein Stahlseil, das an Haken und Keilen in der Wand verankert ist. Euer Karabinerhaken wird in das Stahlseil eingeklinkt. Und Ihr haltet Euch am Stahlseil fest und geht Schritt für Schritt auf dem Absatz entlang. Wenn der Karabiner nicht weiterrutschen kann, haltet Ihr Euch mit einer Hand am Stahlseil fest und setzt den Karabiner um, bis wir auf der anderen Seite des Berges angekommen sind. Zusätzlich gehen wir am Seil, das wir am Karabiner Eures Klettergurtes befestigen."

Franz legte für jeden Gurt zwei Augen des Seils zu einem Webeleinsteg übereinander und hakte so das Seil in den Karabiner.

„Ihr seid jetzt doppelt gesichert. Wenn das Kommando Steinschlag kommt, drückt Ihr Euch fest an die Wand. Ich gehe vor und die Männer nehmen immer eine Frau zwischen sich! Nora geht hinter mir."

Für die Freunde sah das schon etwas unheimlich aus: Das Gesicht an der Wand, im Rücken ein tiefer Abgrund. Aber als sie sahen wie leichtfüßig Franz sich bewegte, kam Nora vorsichtig hinter ihm her. Franz sprach ihr gut zu und lobte sie. Dann nahmen die anderen ihren Mut zusammen und folgten auf den Steig. Es gab keinen Zwischenfall.

„Franz, der Steig für die Füße ist doch künstlich geschlagen worden und wer baut eigentlich die Sicherung?"

„Gut beobachtet, Paul. In den Bergen gibt es überall einen Wander- und Bergsteigerverein. Die Mitglieder schlagen den Steig, wenn der Berg keinen sicheren Halt für die Füße bietet. Die bringen auch die Sicherungen an. Das Ganze wird regelmäßig kontrolliert. So könnt Ihr Euch darauf verlassen."

Hinter dem Berg ging der Weg weiter über eine Hochebene, am Fuße eines mächtigen Bergmassivs entlang. Im Schutz von Felsbrocken wuchs etwas Gras. Das Plateau war für die Freunde eine Einöde. Meistens sahen sie am Horizont nur den Himmel. - So hatten sich die Menschen im Altertum die Erde als Scheibe vorgestellt. - Franz führte die Gruppe an günstigen Stellen bis an den Abgrund. Sie blickten zwar in die Tiefe, aber in einer weiten Entfernung. Endlose grüne Wälder dehnten sich in weiten Tälern aus, vereinzelte Gebäude erweckten den Eindruck von Spielzeugen.

„Man braucht eigentlich kein Fernglas, aber schaut ruhig mal durch. Das ist schon ein erhebender Anblick."

„Ganz weit hinter dem sichtbaren Tal, werden die Silhouetten von hohen Bergen von der Sonne bestrahlt."

„Ja und wenn Ihr Euch umdreht, sind die Gipfel der Bergmassive viel näher direkt hinter uns."

Nachdem sie weitergegangen waren, bemerkte Karl: „Die Hochebene ist gar nicht so öde. Hier gibt es sogar Wasser."

„Ja, da füllen wir unsere Feldflaschen wieder auf."

Dem erfahrenen Bergführer entging nichts. Er beobachtete den Weg, die Umgebung und auch den Himmel: „Ich will Euch nicht beunruhigen, aber Ihr werdet gleich erleben, wie schnell sich die Wetterverhältnisse am Berg verändern können. Schaut mal nach Westen. Dunkle und schwere Wolken kommen auf uns zu. Wir beeilen uns jetzt besser."

Sie marschierten auf eine Felswand zu. Ängstliche Blicke zum Himmel waren berechtigt, denn die Wolken kamen wie im Sturzflug hinter ihnen her. In der Wand gab es einen schmalen Durchgang. Franz blickte zum Gipfel und fand schließlich, nachdem der Regen schon eigesetzt hatte, in der Höhe einen Felsüberhang. Dann kommandierte er: „Helme auf! Wir setzen uns hier an die Wand und warten. Der Regen wird uns nicht schaden. Wenn das Wetter vorübergezogen ist, finden wir bald eine Schutzhütte, wo wir bleiben können."

Der Regen wurde begleitet von flammenden Blitzen, die in die Gipfel einzuschlagen schienen und das heftige Donnergrollen ließ die Menschen erschrocken zusammenzucken. Vor ihren Augen prasselte ein Steinschlag von dem Felsüberhang in die Tiefe: Habt keine Angst. Hier werden wir zwar nass, aber wir sind sicher. In einer halben Stunde können wir weitergehen. … Woher weiß der das? …

Das Wetter beruhigte sich wieder und sie setzten ihren Weg zwischen den Bergwänden fort, bis sie wieder auf einen breiteren Weg kamen. In der Ferne sahen sie eine geschützte Hütte. Die Sonne ging zwar schon unter, aber sie wärmte die Menschen noch und machte die Nässe ertragbar.

Die Hütte war leer und die Tür nicht verschlossen: „Fritz, Du kümmerst Dich um das Feuer, damit unsere Klamotten wieder trocken werden. Da wir keine Schlafanzüge dabeihaben, müssen wir warten, bis die wieder trocken sind, ehe wir schlafen gehen. Mädels, Ihr schaut in die Schränke, was zu essen und zu trinken da ist. Was haben wir noch in den Rucksäcken?"

„Wir können uns aber doch nicht an fremdem Eigentum vergreifen!"

Franz schmunzelte: „So etwas gibt es sicher im Tal und besonders in der Stadt nicht. Die Menschen hier denken anders: Wer es bis hier geschafft hat, der kann sich benehmen und weiß die Arbeit der Vereine zu schätzen. Er braucht Schutz zum Überleben und Nahrungsmittel und ist dankbar dafür. Außer Regenwasser und etwas Holz gibt es hier nichts. Wir werden z.B. morgen die Hütte saubermachen, aufräumen und Geld in die Kasse legen. Gelegentlich kommt jemand vom Verein, füllt die Vorräte auf und nimmt das Geld mit. Das ist alles."

Zu essen gab es ein paar Hartwürste, Zwieback, Pumpernickel und etwas Fertiges in Konserven. Das Trinkwasser spendete ein größerer Behälter, der wohl von der Quelle, die sie auch entdeckt hatten, gefüllt wurde.

Sie saßen in ihrer Unterwäsche auf den rohen Stühlen und Bänken um einen Tisch herum und unterhielten sich über die vielen Eindrücke, die auf ihrer Tour auf sie einströmten. In einer Schublade fanden sie auch Spiele, mit denen sie sich die Zeit vertrieben. Franz spielte auf seiner Mundharmonika ein paar verträumte oder lustige Liedchen und die Gruppe sang dazu. Bald schliefen sie auf ihren Strohsäcken erschöpft ein. Die Freunde hatten sich an den Mangel an Komfort gewöhnt.

Am Morgen erhitzten sie etwas Wasser auf dem Ofen, um wenigsten Instant-Kaffee zu sich zunehmen. Franz breitete die Karte auf dem Tisch aus und zeigte den heutigen Verlauf der Tour. Der Weg führte sie über einen recht steilen Abhang in ein Tal. Sie machte ab und zu eine Pause, denn die Belastung für die Knie war abwärts größer, als bei ebenem oder ansteigendem Gelände. Beim Aufstieg auf der gegenüberliegenden Seite gingen sie wieder auf vereinzelten Grünflächen. Esra hielt ihren Mann am Arm fest: „Karl, schau doch mal!"

„Ja, das sind Murmeltiere, die sich auf den warmen Steinen wärmen."

Nora und Agatha waren auch stehengeblieben und schauten den niedlichen Tieren zu. Franz kam dazu und erklärte: „Die markieren ihr Revier mit Duftstoffen und streiten sich mit ihren Artgenossen an der Grenze. Die haben geschickte Verstecke in den Felsen. Nur vor den Krähen müssen sie sich in Acht nehmen."

Paul ergänzte: „Sie werden auch von Menschen gejagt und ihr Fett wird für pharmazeutische Mittel gebraucht."

Als sie am Nachmittag, die Anhöhe erreicht hatten motivierte Franz seine Seilschaft mit einem Kompliment: „Donnerwetter Leute, ich bewundere Euch, wie leicht Ihr den anspruchsvollen Anstieg überwunden habt."

Agatha antwortete verschmitzt: „Tja, wir haben unsere Ausdauer auf unseren Harleys trainiert."

Franz schaute etwas befremdet: „Lauft Ihr etwa neben den Maschinen her oder wie macht Ihr das?" Dann brüllten die anderen vor Lachen und Paul versuchte eine Erklärung zu formulieren: „Die körperliche Anstrengung beschränkt sich auf das stille Sitzen. Dazu kommt aber die andauernde Konzentration, oft über Stunden. Das muss man auch erst einmal lernen auszuhalten."

Sie kamen wieder auf eine Hochebene, die mit Felsen und Steinen bedeckt war. Franz überbrückte die Stille: „Wir bleiben hier nicht lange.

Wir gehen wieder durch eine Felswand und kommen dann an die einzige Schlüsselstelle für heute."

„Franz, was sind das für seltsame Steinhaufen? Die sind spitz und sehen künstlich aus", wollte Nora wissen.

„Du meinst die Steinmännle. Leute, wie wir, haben sie über Jahre angehäuft. Ob aus Nostalgie, Romantik oder aus welchem Grund auch immer merkst Du erst, wenn Du es selbst tust."

„Dann lege ich jetzt einen Stein dazu. Wie sieht es mit Euch aus?"

„So und jetzt sage ich Euch, was die für mich bedeuten: Wegzeichen und ein Hinweis darauf, dass wir bald da sind."

Sie lächelten etwas müde und Nora fasste zusammen: „Für mich verringert sich mit jedem Stein, den ich dort hinlege, die Anzahl der Steine, über die ich stolpern könnte."

„Oijoijoi! Das ist ja Philosophie!"

„Tja, wer's hat, der hat's. Jedenfalls kannst Du mir das nicht widerlegen."

An der Felswand setzten sie die Helme auf und Franz knotete sie alle ins Seil ein. Der Durchgang war sehr eng und direkt dahinter zeigte sich ein tiefer Abgrund, der nur über einen schmalen Pfad überquert werden konnte.

„Eine solche Stelle am Berg nennt man einen Grat: Schmal und auf beiden Seiten steil abschüssig. Ich gehe vor, Nora hinter mir usw. aber mit Abstand. Sicherung am Seil ist am Anfang und am Ende nur auf einer Seite möglich. Schaut nicht in den Abgrund, sondern nur auf die Füße Eures Vordermanns."

Nora schwieg. Sie hatte das Gefühl, als schlüge ihr das Herz aus dem Halse heraus, aber sie ließ sich nichts anmerken und folgte Franz im Abstand von drei Schritten. Der Grat war bestimmt nicht länger als zehn Meter. … Ruhig bleiben. Die Füße des Vordermanns. …

Franz nahm sie auf der anderen Seite in die Arme: „Tapferes Mädchen!"

Sie schafften es alle und freuten sich.

„Bleibt noch einmal einen Moment stehen und schaut zurück, auch in den Abgrund. Macht Euch einfach klar: Der Pfad über den Grat ist zwar schmal, aber breit genug, dass einer auf die Nase fallen kann. Er wird nicht abstürzen. Im Zweifel kann er dann immer noch rüber kriechen.

Die Angst muss nicht sein, aber der Respekt vor der Stelle. Hemmungen spielen sich in unserem Kopf ab und haben nichts mit der Realität zu tun. Ich bin mit der Seilschaft sehr zufrieden! Jetzt schauen wir wieder voraus. Nach etwa einem Kilometer und einigen Kurven um Bergspitzen erreichen wir die bewirtschafte Hütte!"

In der Hütte herrschte schon eine gute Stimmung. Der Wirt und sein Sohn hatten alle Hände voll zu tun, um den Wünschen der Gäste nachzukommen. Hier bekamen die Wanderer alles, was sie brauchten, nicht nur deftiges Essen und Trinken, sondern es gab sogar Wasser aus dem Hahn, Strom und sogar Ersatzteile und neue Teile für die Ausrüstung der Bergwanderer. Aber mit den Strohsäcken zum Schlafen mussten sie Vorlieb nehmen. Für Franz und seine Gruppe war gerade noch ein Tisch frei.

„Franz, bleibst Du mit Deiner Gruppe über Nacht?"

„Ja. Du hast hoffentlich noch Platz für uns."

„Habe ich. Aber Du weißt ja, dass ich im Zweifel für Dich Platz mache."

Die beiden Männer lachten sich freundlich an und der Wirt hieß sie alle willkommen. Franz erklärte, dass die meisten Gäste Bergsteiger und Bergführer waren und dass man sich hier kennt, weil die Hütte, der Wirt und seine Familie beliebt war. Die Freunde ließen sich von der guten Stimmung mitreißen. Sie hörten den Erzählungen der erfahrenen Leute zu und Franz signalisierte mit einem Lächeln, wenn aus Wahrheit Dichtung wurde. Dann wurden selbstverständlich Witze gemacht.

Es war zwar schon dunkel, aber seltsamerweise zogen sich die Gäste relativ früh zum Schlafen zurück. Dementsprechend frühzeitig begann auch der Tagesablauf im Gastraum mit einem guten Frühstück. Auch die Wirtsfrau, die für die Küche zuständig war, begrüßte die Gäste mit einem freundlichen Lachen und erkundigte sich, ob sie alles zu ihrer Zufriedenheit fanden.

Franz sammelte seine Gruppe vor der Hütte und erklärte: „Ich habe dem Wirt gesagt, was wir uns heute vornehmen. Das macht man hier so, denn der Wirt ist auch eine Art Nachrichtenzentrale."

„Prima, dann werden wir es wohl auch gleich erfahren."

„Ja, Fritz. Vorher muss ich aber noch etwas aufklären: Die Gäste, die Ihr gestern kennengelernt habt, sind zwar meistens erfahrene Leute.

Nur wenige sind noch nie hier gewesen. Zu den Bergsteigern und Bergführern gesellen sich manchmal auch Leute von der Bergwacht, und zwar trainieren sie hier am Berg. Hier gibt es alle Schwierigkeitsgrade ohne ernsthafte Gefahren. Wenn Ihr auf den Berg hochschaut, ist der Gipfel noch von einer leichten Wolke verhangen. Uns erwartet heute schönstes Wetter und wir gehen bis auf den Gipfel. Ihr werdet noch etwas lernen, wir lassen uns Zeit. Aber wenn wir oben angekommen sind, werdet Ihr begreifen, warum es den Menschen auf den Berg zieht. … Wir setzen die Helme auf und bleiben am Seil.“

„Franz, wenn doch so viele Leute am Berg sind, kommen die sich dann nicht in die Quere?“

„Das Gelände um den Berg und seinen Gipfel ist so weitläufig, dass die Wahrscheinlichkeit, jemanden unterwegs zu treffen, eher auf dem Gipfel selbst gegeben ist. Wenn z.B. jemand auf unserer Strecke über uns klettert, dann warten wir eben, bis er außer Sicht ist. Wir wollen ja auch nicht, dass uns ein Stein trifft.“

Sie gingen erst über eine Wiese, wo die weidenden Kühe keine Notiz von ihnen nahmen, und folgten einem steilen Pfad, bis sie an einen Hang kamen.

„Der Hang ist zwar nicht sehr lang und auch nicht besonders steil, aber die Oberfläche besteht aus rutschigem Sedimentgestein und Erdreich. Wir gehen auf Händen und Füßen: Der erste Fuß sucht einen sicheren Stand mit Fußzehen und Schuhspitzen, dann die Finger.“

„Müssen wir Handschuhe anziehen?“

„Nein! Dann würdet Ihr das Gefühl für den Untergrund verlieren. Jetzt sucht der zweite Fuß einen sicheren Stand und schiebt den Körper hoch usw. Das Wichtigste ist, immer einen sicheren Stand und Halt mit den Fingern zu finden, dann kommt Ihr hoch. Ich gehe jetzt bis zur Hälfte des Hangs. Dort ist ein Absatz. Von dort aus sichere ich jeden einzelnen von Euch am Seil.“

Franz lief wie eine Gams den Hang hinauf und Karl versuchte es ihm gleich zu tun. Er schaffte drei Schritte und rutschte wieder zurück.

„Nur die Ruhe. Geht nicht auf die Knie. Der Fuß muss möglichst senkrecht zur Neigung des Hangs stehen.“

Karl ging einen Schritt zur Seite und versuchte es erneut. Er hatte Erfolg und freute sich, als er bei Franz ankam.

„Das hast Du gutgemacht. Vor allen Dingen hast Du nicht darauf gewartet, dass ich Dich hochziehe. Gib mir Dein Seil und beobachte mich,
wie ich sichere. Mit einer Hand kann ich notfalls ziehen, während die
andere Hand das Ausrauschen des Seils verhindert. Und das geht nur,
wenn ich das Seil um einen Felsen, einen Baum oder meinen Rücken
lege."

Nach und nach kamen alle oben auf dem Hang an und blickten stolz
zurück. Franz wurde für einen Moment mit einem Lächeln im Gesicht
streng: „Ihr dürft Euch freuen. Das darf Euch aber nicht ablenken von
unserem Ziel!"

Der Aufstieg wurde steiler. Sie stützten sich an Felsen ab, fanden aus-
getretene feste Stellen für die Füße und Franz führte sie in Serpentinen
nach oben, um Kräfte zu sparen. Er machte Pausen, wenn er merkte,
dass ein kurzes Durchatmen notwendig war oder der Durst sich meldete: „Leute, Ihr seid topfit. Merkt Euch immer: Keine Hektik. Die Augen suchen immer den einfachsten Weg für die Füße. Mit der Zeit lernt
Ihr auch vorausschauend zu denken. Also, welches ist der zweite
Schritt, der dritte usw. Und achtet auf die Geräusche am Berg, das Rollen und Schlagen eines Steins, das Rutschen von Geröll, das Surren eines Seils, Stimmen, das Klirren von Metall."

„Wieso Metall?"

„Bergsteiger schleppen eine *Schlosserei* mit sich. Das sind Hammer,
Keile, Haken, Karabiner. Wenn das Zeug gebraucht wird, hört man es.
Wenn Ihr ein Geräusch hört, müsst Ihr entscheiden können, ob es Euch
betrifft oder nicht."

Sie kamen an eine fünf Meter hohe Felswand. Franz hatte selbstverständlich einen großen, leichteren Umweg in Reserve, aber er stellte
seine Seilschaft vor die Aufgabe: „Die Wand ist ziemlich schräg zum
Begehen, aber sie ist auch glatt. Schaut Euch an, wo Eure Fußzehen
und Finger einen Halt finden."

Er machte es vor und die Freunde bewunderten seine Leichtigkeit. Passieren konnte nichts Schlimmes, aber sie konnten sich auf dem harten
Gestein wehtun. Franz sicherte geduldig und seine Schüler brauchten
einige Versuche.

„Perfekt! Jetzt folgen wir einem Pfad auf eine andere Seite des Berges."

Sie gingen aufrecht, aber leicht nach vorne gebeugt wegen des steilen
Anstiegs. Von der Landschaft sahen sie nichts mehr, da rundum Felsen

ihren Blick begrenzten. Sie gingen um eine Felsnase herum. Da sah es plötzlich aus, als endete der Pfad im Himmel. Sie standen vor einer tiefen Schlucht, über die eine Brücke führte. An zwei Stahltrossen hing eine schwankende Seilkonstruktion. Rechts und links konnte man sich an einem Handlauf festhalten und Querhölzer boten den Füßen festen Halt. Sie erschraken und Franz grinste.

„Keine Angst. Die Brücke hält. Wir bleiben am Seil und gehen einer nach dem andern einzeln rüber. Lasst Euch durch das leichte Schwanken nicht irritieren, schaut nur auf Eure Füße."

Als sie sich auf der anderen Seite wieder gesammelt hatten, waren die Mädels doch etwas blass um die Nase geworden.

Sie gingen weiter auf dem steilen Pfad um den Berg und erreichten wieder eine Schlucht. Das war eher ein Felsspalt, der rechts und links in der Tiefe immer breiter wurde. Sie überwanden die Stelle über eine stabile, festmontierte Leiter und standen auf einem Plateau.

„So Leute, schaut Euch mal um."

„Da ist der Gipfel! Wir haben es gleich geschafft!"

Das waren zwar noch einige Höhenmeter, aber der steile Pfad führt über einige Felsstufen auf die höchste Erhebung rundum. Oben angekommen hatten sie vielleicht dreimal so viel Platz für sie alle, aber mehr Gipfelstürmer auf einmal hätten es nicht sein dürfen. Franz sprach Ihnen ein anerkennendes Berg Heil! aus und forderte sie auf, die Aussicht auf die Welt da unten zu genießen: „Ihr habt mit Bravour heute Euren ersten Berggipfel geschafft. Das kann nicht jeder Eurer Freunde zu Hause von sich sagen. Ihr dürft stolz sein auf Eure Leistung, Eure Erstbesteigung!"

Die sechs Neulinge waren berauscht von dem weiten Rundblick bis zum Horizont. Sie rätselten in welcher Richtung wohl welche Stadt liegen könnte. Sie erkannten wenige Stellen in der Landschaft tief unter ihnen, die wie Ortschaften aussahen. Dominierend waren endlose Wälder und Ackerland. Von hier aus konnte die Frage aufkommen, wo denn die anderen Menschen auf der Erde alle waren. Sie erlebten einen wahrhaft erhebenden Moment, fern von Sorgen, Nöten, Katastrophen und Kriegen. Sie waren weit weg von Unfreiheit, Verpflichtungen, gesellschaftlich Hemmnissen und Gesetzen. Sie fühlten sich eins mit der Natur.

„So Leute, wir machen jetzt Platz für die nächsten Gipfelstürmer und bereiten uns auf unseren Abstieg vor. Wir könnten der Meinung sein, dass es wegen der Erdanziehungskraft abwärts immer schneller geht als aufwärts. Aber Ihr könnt Euch nach dem heutigen Erlebnis sicher denken, dass diese Vorstellung am Berg sicher nicht überall zutreffen kann. Wir könnten sagen, wir springen einfach in den Abgrund, aber das wäre dann nur einmal. Und wir wollen vielleicht irgendwann noch mal hierherkommen. Also, alle Vorsichtsmaßnahmen vom Aufstieg gelten genauso beim Abstieg. Wir bleiben am Seil. Paul, Du warst bisher der letzte Mann, jetzt bist Du der erste und ich der letzte. Ich sichere Euch und Paul legt den Weg fest und entscheidet, wo wir uns sammeln. Achtet immer auf den sicheren Halt für Eure Hände und Füße und hört auf die Geräusche."

Die Mitglieder der Seilschaft hatten sich bereits eine gewisse Leichtigkeit erarbeitet. Sie gingen konzentriert Schritt für Schritt und ließen sich Zeit. Franz musste nur selten korrigieren.

Als sie schließlich am Fuß des Berges auf der Wiese bei den Kühen ankamen, ließen sie sich ins Gras fallen, schnallten die Helme auf die Rucksäcke und schossen die Leinen auf.

„Ich gehe in der Zwischenzeit mal in die Büsche."

„Schau an, der Franz hat eine Studentenblase. Ich halte es noch aus bis zur Hütte."

„Hoffentlich braucht er nicht zu lang. Ich habe Durst!"

Plötzlich hörten sie ein Geräusch wie einen Schuss und sie zuckten zusammen. Da kam Franz aus dem Gebüsch und hielt ein Tablett mit sieben Gläsern und eine Flasche Sekt in den Händen. Fritz half ihm und Franz drückte jedem ein Glas in die Hand. Dabei nahm er die Mädels lachend in die Arme: „Ein so erhebender Moment muss begossen werden. Ihr seid eine ganz tolle Seilschaft. Prost!"

Nach dem ersten Schluck fuhr er fort: „Als Agatha mich beauftragt hatte, war ich skeptisch, ob Ihr Mädels das Klettern durchhalten würdet. Aber irgendwie muss ich wohl doch sicher gewesen sein, sonst hätte ich den Schluck hier nicht versteckt. Ihr habt mich mit Eurer Leistung überzeugt. Und dafür danke ich Euch."

„Naja, Franz, sind wir doch mal ehrlich: Ohne Dich als besten Führer hätten wir uns das weder zugetraut, noch hätten wir es geschafft. Dafür gebührt eher Dir unser Dank, denn wir wissen jetzt, was wir versäumt hätten. Ich schlage vor heute feiern wir in der Hütte."

Zwar erschöpft, aber auch übermütig gelaunt strebten sie mit schnellen Schritten der Hütte zu. Die Gaststube war bereits gut besucht, aber sie merkten sofort, dass Ihnen die Stimmung der Leute nicht wie erwartet lustig, sondern seltsam bedrückt entgegenschlug.

Franz schaute besorgt zum Wirt. Der setzte sich zu ihnen an den Tisch und atmete tief durch.

„Heute sind drei Männer abgestürzt. Sie sind über den Gletscher abgestiegen. Andere Bergsteiger haben gesehen, wie sie ohne genügenden Abstand und nicht am Seil in das Schneefeld gegangen sind. Dann brachen sie ein und waren verschwunden. Die Bergwacht kam sofort und seilte einen Kameraden vom Heli in die Spalte bis auf den Gletscherbach ab. Das war ein gefährliches Manöver. Er hat nur noch einen abgerissenen Rucksack gefunden. Ich hatte sie noch gewarnt: Bei dem Wetter geht man nicht über den Gletscher. Aber sie haben nur gelacht.“

„Sie hatten sicher keine Chance. Irgendwann wird sie der Gletscher als Mumien wieder ausspucken!“

„Franz, Deine Leute sind Anfänger. Schärfe denen ein, dass sie niemals die Warnungen der Einheimischen in den Wind schlagen.“

„So viel zum Thema Leichtsinn. Freunde, Ihr habt es gehört. Vergesst nie, dass die Natur immer stärker ist als wir.“

Am nächsten Morgen bemühte sich der ein oder andere schon wieder um ein freundliches Lächeln. Sie hatten alle das traurige Erlebnis in ihren Erfahrungsspeicher geladen. Alle machten sich bewusst, dass sie an der Situation nichts ändern konnten. Der Schreck war ihnen in die Glieder gefahren, aber sie mussten sich auf das konzentrieren, was sie an diesem Tag vorhatten. Der Wirt zitierte Avery Brundage bei den Olympischen Spielen 1972: „The Games must go on!“ Scherze und Lustigkeit waren sicher nicht angebracht, aber sie freuten sich dennoch auf das, was der Tag bei schönstem Wanderwetter bringen würde.

„Franz, was machen wir heute?“

„Wir haben heute unseren letzten Wandertag auf dem Höhenweg. Genießt die Landschaft und die Schönheit der Bergwelt. Am Nachmittag sind wir wieder in der Zivilisation.“

Der Weg führte sie noch eine Zeit lang an der Baumgrenze entlang. Dann tauchte er in fast unberührte Wälder ein. Die Wanderer genossen aus der Hitze am Berg kommend den wohltuenden Schatten der

Bäume. Der Bergführer Franz stand ihnen wie ein wandelndes Lexikon zur Verfügung. Der Mann wusste alles über die Tiere und die Vegetation. Manchmal erzählte er auch geheimnisvolle Geschichten über die Wilderer. Eigentümer der Wälder waren meist irgendwelche Adligen, was aber die armen Leute in den Bergen nicht davon abhalten konnte, ihren Lebensunterhalt in den Wäldern zu jagen. Es gab sogar empfindliche Strafen.

Die Geschichten waren oft gruselig und die Männer stellten sich die Strapazen vor, die von den Wilderern überwunden werden mussten. Das Wild wurde ja nicht nur erlegt. Die Jäger schleppten die schweren Lasten auf den Schultern in ihre entlegenen Behausungen. Ebenso nahmen die armen Leute auch das Schmuggeln begehrter Waren auf sich, denn es gab damals viele Zollgrenzen.

Irgendwann endete der Weg an einem Waldrand, an den sich unmittelbar ein breites Geröllfeld anschloss: „Hier könnt Ihr schön sehen, welche gewaltigen Kräfte frei werden, wenn der Berg durch Wettereinflüsse oder Eruption seine Gesteinsmassen abwirft. In einer Schneelawine kann man manchmal noch etwas finden, aber eine Steinlawine begräbt alles unter sich. Bäume und Lebewesen, die nicht rechtzeitig fliehen, sind verloren. Diese Lawine hat irgendwann eine breite Schneise durch den Wald geschlagen und ist bis ins Tal – wie Ihr seht – ausgelaufen.“

„Das Gestein ist fast fein. Dickere Felsen sind nur wenige zu sehen. Ich würde das als Schotter bezeichnen.“

„Du hast recht, Karl. Das relativ weiche Gestein wurde auf seinen weiten Weg von oben nach unten immer mehr zerschlagen. Wir queren jetzt das Geröllfeld. Es ist nicht mit einer Gefahr zu rechnen, weil das Feld nicht sehr steil ist. Ihr seht, wo unser Weg weiterführt.“

„Ja, weiter unten und schräg zur Falllinie des Feldes.“

„Stellt Euch Eure Körperhaltung vor, wenn Ihr senkrecht hochgeht oder abwärts oder senkrecht zur Falllinie quert oder schräg nach unten. Eure Füße übertragen Euer Gewicht mit jeder Körperhaltung anders auf den Untergrund. Erinnert Euch an den Klettersteig.“

„Ja. Du hast gesagt, wir sollen die Füße möglichst senkrecht zur Schräge des Hangs setzen.“

„Das gilt auch hier.“

Sie waren längst schon wieder ein paar Kilometer im Wald unterwegs, als Fritz stehen blieb: „Höre ich da etwa einen Wasserfall oder einen Fluss?"

„Gut beobachtet. Es ist ein Fluss. Wir nähern uns dem Tal, unserem Ziel."

Es war für die Wanderer schon ein seltsames Gefühl, als der Waldweg plötzlich auf einem asphaltierten Parkplatz endete. Sie waren am Rand einer großen Ortschaft angekommen.

„Ihr seht den Fluss. Da vorne gehen wir nach rechts über die Brücke und dann stehen wir auch schon vor unserem Berghotel. Willkommen in der Zivilisation. Passt auf den Straßenverkehr auf. Den seid Ihr nicht mehr gewohnt." Sie lachten, aber jeder hatte wohl innerlich eine andere Motivation zur Heiterkeit.

Das Hotel war ein gewaltiges dreigeschossiges Holzgebäude auf felsigem Fundament. Es gab ein Gewölbegeschoss, das Franz als Bierschwemme bezeichnete. Das Parterre erreichten sie über eine breite Treppe vom Parkplatz aus. Dort begrüßte sie die Wirtin, eine kräftige, fast dralle Frau in einem engen Dirndl und mit einem freundlichen Lachen im Gesicht: „Hallo Franz! Schön, dass Du unsere drei Paare vom Berg heruntergeführt hast. Wie ich sehe, habt Ihr keinen Schaden genommen, aber Ihr habt Hunger und Durst. Ich habe Euch im Jägerzimmer einen Tisch reserviert. Geht schon mal hin. Ihr werdet gleich bedient."

Im hinteren Teil des Parterres waren die Versorgungs- und Lagerräume untergebracht und an der Straßenseite mehrere gemütliche Gaststuben, die alle schon gut besetzt waren. Im ersten Obergeschoss gab es nur Gaststuben und oben drüber nur Schlafzimmer, wie Franz erklärte. Nicht nur die Wirtin, auch andere Leute kannten und begrüßten ihn.

Das Holz der Wände, Decken Fußböden und Möbel dämpfte die Geräusche der vielen Menschen im Haus. Jede Gaststube erweckte den Eindruck eines gemütlichen Wohnzimmers.

„Das Haus ist ein beliebter Treffpunkt für Wanderer und Bergsteiger. Sie kommen zum Abschluss ihrer Touren aus allen Richtungen hierher und reisen später oder am nächsten Tag nach Hause."

„Agatha hat Dir sicher gesagt, dass wir schon viele schöne Gegenden mit unseren Harleys erkundet haben. Aber dieses Erlebnis mit Dir ist etwas ganz anderes."

„Mir geht es auch so. Ich sehe die Bergwelt mit anderen Augen als vorher.“

„Und ich bin dankbar dafür, diese Erfahrung gemacht zu haben.“

„Ja, meine Herren. Wir lieben unsere Motorräder. Der Preis ist aber, dass wir sehr verwöhnt sind durch das Stadtleben und die vielen Annehmlichkeiten.“

„Wenn man sich für die Natur öffnet, erlebt man Wunder, die manchem Menschen verborgen bleiben.“

„Alles, was Ihr sagt, stimmt. Stellt Euch mal vor, ich würde versuchen bei Euch zu wohnen. Sicher könnte ich das, weil ich schon einmal in der Stadt gelebt habe. Aber ich würde mich nicht wohlfühlen. Und ich sage Euch ehrlich: Ich bin glücklich, wenn ich vielen Menschen wie Euch meine Bergwelt nahebringen kann. Ihr sechs seid ein besonders aufnahmefähiges Völkchen. Es hat mir sehr viel Spaß gemacht mit Euch.“

„Bei uns z.B. wäre es üblich, bei dieser Gelegenheit in ein Geschäft zu rennen, irgendein Geschenk für Deine wunderbare Leistung zu kaufen und Dir als Andenken und zur Erinnerung an uns zu überreichen. Du würdest es brav nach Hause schleppen und zum Verstauben in Deinem Wohnzimmer aufstellen. Hier ist das gar nicht nötig.“

„Paul, das war jetzt aber ziemlich unromantisch.“

„Nora, Paul hat recht. Wir sind Freunde geworden. Das ist doch vielmehr wert. Ich trage meine Erinnerung an Euch sechs immer in mir. Ich muss keinen einen Staubfänger anschauen, um an Euch zu denken.“

Das deftige Essen, die zünftige Umgebung und die anregende Unterhaltung motivierten sie immer wieder zu gegenseitigen Komplimenten. Dazu kamen ein paar Biere mehr als gewöhnlich bis Franz irgendwann am späten Abend den Absprung suchte. Man merkte, dass es ihm schwerfiel: „Freunde, ich werde beim Frühstück nicht mehr dabei sein. Mein Bus fährt schon ganz früh in Richtung Heimat. Deswegen werde ich mich jetzt von Euch verabschieden. Agatha weiß, wo Ihr mich findet. Ich würde mich freuen, mal wieder etwas von Euch zu hören. Und Dir, Nora, drücke ich ganz fest die Daumen. Alles Gute für Euch!“

Schon war Franz verschwunden. Die Mädels wischten sich flüchtig über die Augen.

„Und Agatha, wie geht es jetzt weiter?“

„Wir frühstücken!"

„Oh. Vielen Dank für die erschöpfende Auskunft."

Alle lachten und bestellten ein letztes Bier, ehe sie sich ihre Müdigkeit eingestanden.

Esra schaute auf das einladende Bett mit den dicken Kissen und den mit Daunen gefüllten Bettdecken.

„Endlich wieder ein Bett. Ich schätze es mehr, nachdem ich den Strohsack kennengelernt habe."

„Ja, Schatz. Ich schlafe schon."

„Sag mal Karl, kann das sein, dass Du vergessen hast, mir Deine Hochzeitsnacht zu schenken?"

Karl hatte schon die Augen geschlossen und hörte ihre Worte aus der Ferne. Er schoss hoch: „Was hast Du gesagt? Niemals! Ich werde Dich sofort daran erinnern."

Esra lächelte verschmitzt und Karl begrub sie in wilder Leidenschaft unter sich in den weichen Kissen.

Agatha und Paul standen im Bad und machten sich bettfertig. Sie küsste ihn zärtlich und betrachtete ihr Gesicht im Spiegel: „So müde bin ich noch nicht! Oder meinst Du ich sollte bei Franz schlafen?" Paul wurde mit einem Schlag hellwach und blass im Gesicht. „Naja, wir sind nicht verheiratet …"

Er packte Sie und küsste sie, bis sie nach Luft schnappte: „Das wollen wir doch mal sehen!"

In Windeseile rissen sie sich gegenseitig die Kleider vom Körper und schafften es gerade noch bis zum Bett, ehe er zart aber bestimmend in sie eindrang. Erschöpft und glücklich lagen sie ineinander gekuschelt. Agatha streichelte ihn zärtlich und flüsterte: „Jetzt weiß ich, wie ich Dich reizen kann. Mit Heiratsandrohungen bestimmt nicht …" Lachend wälzte er sich über sie und flüsterte ebenso leise: „Hast Du etwa immer noch nicht genug …"

Fritz gab schon Schlafgeräusche von sich und Nora sprach eher für sich selbst: „Was er wohl sagen wird, wenn ich es ihm einmal erzähle?!"

„Wer? Von wem sprichst Du?"

„Von unserem Sohn."

„Wir haben ihm doch erklärt, dass wir verreisen."

„Ich meine doch auch den, der dabei ist und es trotzdem nicht mitbekommt.“

„Soll ich jetzt Rätsel raten? … Was? … Soll das heißen …“

Sie küsste ihn und biss ihm zärtlich in die Zunge: „Ja Fritz, in mir wächst Dein zweiter Sohn.“

Das Gespräch war zu Ende, aber er küsste sie, streichelte ihre zarte, aber feste Brust und Nora kannte jede Stelle seines Körpers, die seine Leidenschaft erregte.

Die ganze Gesellschaft fuhr mit einem Zug nach Hause. Am Bahnhof wurden sie von Esras Eltern und den Kindern empfangen, dann besuchten sie alle Elfi in der Stammkneipe. Elfi strahlte vor Freude, versorgte zuerst die Kinder und schließlich gab es endlich wieder etwas zu trinken. Paul erhob sich plötzlich und verschwand: „Ich habe noch etwas zu erledigen.“

Es dauerte nicht lange, bis er mit drei prächtigen Blumensträußen im Arm wiederauftauchte: „Die Hochzeiter werden mir bestimmt verzeihen, dass ich mich nach vorne drängele, aber ich war ja auch dabei. Unserem Organisationsteam spreche ich einen herzlichen Dank aus. Elfi hat die Termine koordiniert, Esras Mutter hat sich um die Kinder gekümmert … der Vater natürlich auch … und Agatha hat für uns eine Reise zusammengestellt, von der wir sicher noch viel zu berichten haben. Ich bedanke mich im Namen von uns allen und ich hoffe, Agatha, ich war lieb genug zu Dir, dass Du Dich nicht als Anhängsel der Hochzeiter fühlen musstest.“

Alle wussten, was Paul andeutete und sie lachten fröhlich. Die Frauen bewunderten die Blumen und die Männer fanden ebenfalls Dankesworte. Nur Agatha konnte sich einen Kommentar nicht verkneifen: „Naja, mein lieber Paul, das letzte Wort ist noch nicht gesprochen. Vielleicht klappt es bei der nächsten Gelegenheit.“

Nicht nur für die Hochzeiter brach eine glückliche Zeit an. Nora hatte ihren zweiten Sohn geboren. Esras Eltern waren immer zur Stelle, wenn ihre Hilfe gebraucht wurde. Die jungen Mütter pflegten gemeinsame Interessen. Eigentlich drehte sich alles um die Kinder. Karl war erfolgreich mit seinen Assistenten und überlegte ab und zu, ob er eine eigene Kanzlei gründen sollte. Paul und Agatha hatten das Geschäft so organisiert, dass die Mitarbeiter auch selbständig arbeiten konnten. Fritz bekam einen Sitz im Vorstand und hatte sich so viel Erfahrung erarbeitet, dass er auch an der Börse als Fachmann galt. Er beobachtete z.B. eine Firma, die eine empfindliche Baisse erlebte. Die Firma hatte eine bahnbrechende Technik für die Energieversorgung in Fahrtzeugen entwickelt, aber die KFZ-Industrie zog nicht mit, da die herkömmlichen Fahrzeuge noch verkauft werden musste und eine Umstellung noch nicht vorbereitet war. Fritz kaufte ein Aktienpaket zu einem Spottpreis und wartete die gesetzliche Spekulationsfrist ab. Dann kam die von ihm erwartete Hausse. Er zwang sich selbst lange zur Geduld und verkaufte die Aktien zu einem Preis, der ihm ein Vermögen bescherte, das ihm und seiner Familie für ewig ein sorgenfreies Leben ermöglichte.

Agatha und die Jungs nutzten ihre freie Zeit, um ihre Motorräder in der Werkstatt zu pflegen und unternahmen häufig, fast regelmäßig Fahrten. Aus verständlichen Gründen selten waren auch Elfi und die jungen Mütter dabei. Agatha hatte wie immer eine glückliche Hand bei der Auswahl ihrer Ziele. Sie sorgte für interessante Anlaufpunkte und überraschte die Freunde oft während den Touren. Wenn sie ihr Weg zum Schloss führte, war das immer ein ganz besonderes Erlebnis. Sie wurden dort mit freudigem Hallo empfangen. Selbst neue junge Leute des Personals wussten Bescheid, wer sich unter PFENEKA verbarg. Der Aufenthalt im Schloss war immer auch ein besonderes Fest mit schönen Erinnerungen.

So reihte sich ein erlebnisreiches und erfolgreiches Jahr an das nächste. Sie blieben alle gesund und die Kinder, die ja schon auf die Schule vorbereitet wurden, liebäugelten auf die schönen Motorräder. Sie durften ab und zu auch mal probesitzen.

Eines Tages fuhren die drei mit Agatha alleine los. Sie freuten sich auf schönstes Wetter und fanden eine Strecke in einer hügeligen Landschaft. Die Straße führte sie durch endlose Wälder, verschlafene Ortschaften und sie rasteten in gemütlichen Biergärten, wo man ihnen nicht übelnahm, dass sie auf Alkohol verzichteten. Die Gegend war so entlegen, dass sie äußerst selten mit Straßenverkehr konfrontiert wurden. Agatha bremste und alle hielten an, um sich mit ihr zu besprechen.

„Das Licht ist vortrefflich. Wir sind hier im Wald auf freier, leicht abschüssiger Straße. Es ist ideal zum Filmen. Ich brauche mal wieder ein Video für Erich."

„Prima. Das machen wir. Sollen wir uns in den Straßengraben stellen?"

„Etwas Fantasie braucht es schon, Karl. Du hast überhaupt kein Gefühl für das Fotografieren."

„Das finde ich auch, Karl. Zieh Dir mal ein ordentliches Hemd über."

„Genau. Und leg den dämlichen Helm weg und setz einen richtigen Hut auf Deinen Kopf."

„Männer, könnt Ihr nicht mal einen Moment konzentriert und ernst bleiben? Ich fahre jetzt einen halben Kilometer vor bis hinter die nächste Kurve. Ich gebe Euch Bescheid, wenn Ihr losfahrt, aber schön langsam und mit kurzem Abstand, damit ich Euch alle draufkriege. Also bis gleich."

Agatha fuhr los; sie verschwand aus dem Blickfeld der Männer und sie warteten.

„Warum gibt sie kein Signal? Das dauert doch jetzt lange genug."

„Na, wenn sie den Helm absetzt, dann kann sie uns auch nicht rufen. Wir sollten Ihr langsam folgen."

Paul ging als erster in die Kurve und brüllte plötzlich: „Nein, nein, nein!!!"

Das Motorrad lag mitten auf der Straße. Die Männer stellten ihre Maschinen ab, warfen die Helme zur Seite und rannten los: „Wo ist Agatha???"

Sie rannten an der Leitplanke entlang, blickten eine Böschung hinunter. Es dauerte gefühlt eine Ewigkeit. Dann fanden sie Agatha hinter der Leitplanke. Sie lag auf dem Rücken und hatte den Helm noch auf. Paul öffnete das Visier: „Agatha, was ist mit Dir? Mach doch die Augen auf. Agatha!"

Fritz fühlte vorsichtig den Puls: „Nimm ihr vorsichtig den Helm ab. Wir müssen sie reanimieren!" Er fing an zu pumpen. Zwischendurch presste ihr Paul Luft in den Mund. Fritz fand auch am Hals keinen Puls.

„Weiter!"

Karl schob das Motorrad von der Straße, rief den Rettungsdienst und schaute sich im Straßengraben um. Im Gebüsch wurde seine Aufmerksamkeit auf ein unbekanntes Röcheln gelenkt. Da lag ein Wildschwein und blutete aus dem Maul. Schon nach wenigen Minuten war die Sirene der Rettungsfahrzeuge zu hören. Die Sanitäter legten ihre Messgeräte an, nachdem Fritz und Paul Platz gemacht hatten. Der Notarzt legte vorsichtig seine Hand an Agathas Nacken und schüttelte den Kopf: „Exitus!"

Paul, Fritz und Karl saßen fassungslos im Straßengraben. Paul stieß einen Fluch aus: „Die verdammte Wildsau!" Der Notarzt schaute sich die drei Fahrer an, um festzustellen, ob sie noch fähig waren zu fahren. Dann lief die ganze Szene vor ihren Augen ab wie ein Film: Die Polizeibeamten nahmen den Unfall auf, orderten einen Bestatter, um Agatha in die Rechtsmedizin zu bringen. Dort musste festgestellt werden, ob sie Alkohol oder Drogen zu sich genommen hatte. Der herbeigerufene Jäger gab dem Tier den Gnadenschuss. Die Rettungsfahrzeuge verschwanden. Die Leute vom Abschleppdienst luden die Maschine auf, um sie in die Werkstatt des Meisters zu bringen. Der protokollierende Beamte kam auf sie zu: „Der Sachverhalt ist klar: Ihre Freundin muss ganz langsam gefahren sein. Es gibt keine Bremsspuren. Das Tier muss sie überrascht haben. Die Fahrerin wurde durch die Luft katapultiert. Sind sie in der Lage weiterzufahren oder sollen wir eine Maschine mittransportieren?"

Fritz und Karl schauten Paul an; der schüttelte den Kopf: „Nein, ich bin klar. Ich fahre mit Euch!"

Dann waren auch die Polizisten weg und es kehrte eine seltsame Ruhe ein.

Sie kamen gleichzeitig mit dem Abschleppdienst in der Werkstatt an. Der Meister kam sofort auf den Hof, schaute auf die Maschine und fragte: „Wo ist Agatha?"

Fritz nahm ihn auf die Seite: „Wildunfall! Agatha ist tot." Der Meister wurde blass, drehte sich um und verschwand in seinem Büro. Karl entschied für die Freunde: „Die Maschinen bleiben hier. Nora und Esra sind bei mir zu Hause. Da fahren wir jetzt hin."

Ein Geselle sagte spontan: „Ich fahre Euch mit einem Vorführwagen."

Traurig saßen sie im Wohnzimmer, dachten an die Geschehnisse und überlegten, wie es mit ihnen weitergehen würde. Gesprochen wurde nur zaghaft, weil jeder mit sich selbst zu tun hatte. Die Kinder bekamen die gedrückte Stimmung mit. Sie spielten im Garten und verhielten sich ruhig. Fritz ging aus dem Raum und informierte Elfi und Erich per Telefon.

Es wurde bereits dunkel. Nora und Esra erfuhren zögernd von den Männern Einzelheiten vom Unfall und sie alle machten sich Gedanken über die Konsequenzen, die sich aus der für sie niemals erwartenden

Situation ergaben: „Paul, bleibst Du hier heute Nacht?"

„Nein. Ich will nach Hause."

Die Frauen schauten sich an, nickten und Karl und Fritz entschieden spontan: „Wir lassen Dich jetzt nicht alleine!"

Gemeinsam organisierten sie in der Nacht die notwendigen ersten Schritte des weiteren Vorgehens und legten permanenten Kontakt fest. Paul suchte im Geschäft Ablenkung und seine Mitarbeiter halfen ihm, indem sie zwar vorsichtig, aber möglichst normal mit dem Chef umgingen. Die beiden jungen Familien blieben am nächsten Tag noch in Karls Anwesen zusammen.

Die beiden Männer saßen im Garten und Ulf kam auf Fritz zu: „Papa, wo ist Agatha?"

„Wie Du mitgekriegt hast ist ihr ein Wildschwein ins Motorrad reingelaufen und sie stürzte und brach sich dabei das Genick."

„Ja. Aber wo ist sie jetzt? Im Himmel?"

„Mit dem Himmel ist das so eine Sache. Schau mal hoch. Wo soll sie da wohl sein?! Das weiß keiner."

„Aber sie kann doch nicht weg sein. Ich sehe sie doch genau vor mir."

Steffi, Hanno und Rolf kamen hinzu und lauschten neugierig dem Gespräch. Fritz lächelte und nahm Hanno auf seinen Schoß: „Das ist auch gut so. Nur ihr Körper ist nicht mehr da. Der wird beigesetzt. Das ist das Einzige, was wir tatsächlich wissen. Aber Agatha hat uns etwas Wunderschönes zurückgelassen, so als würde sie jetzt nur irgendwo anders leben: Wir alle haben sie immer sehr liebgehabt. Wir erlebten vieles mit ihr gemeinsam. Sie war sehr schön, wir haben oft Späße mit ihr gemacht. Erinnert Euch, wie sie Euch spannende Geschichten aus ihrer Heimat erzählte. Sie hatte eine angenehme Stimme und sie konnte zuhören. Und diese schönen Erinnerungen an Agatha sind uns geblieben, deshalb kann sie auch niemals ganz verschwinden."

„Aber ich kann doch gar nicht mehr mit ihr sprechen."

„Warum nicht? Wenn Du an sie denkst, kannst Du ihr doch etwas sagen oder sie etwas fragen. Dann stellst Du Dir einfach vor, was sie Dir antworten würde. Und schon sprichst Du mit Ihr."

„Papa, Du meinst sicher, ich soll in Gedanken mit ihr sprechen."

„Ja. Das wird wohl meistens der Fall sein."

„Aber dann höre ich doch ihre Stimme nicht."

„Steffi, Du musst sie Dir nur ganz fest vorstellen, dann wirst Du Dich wundern, wie nahe sie Dir ist.“

„Spricht Paul auch mit Agatha?“

„Ganz gewiss tut er das. Er wird auch mit ihr lachen und streiten, vielleicht sogar mit ihr singen. Das werden wir aber nicht mitkriegen, weil er das nur macht, wenn er alleine ist und seine geliebte Agatha ganz für ihn da ist.“

„Wird Paul jetzt immer alleine bleiben?“

„Rolf, erstens ist er nicht alleine, denn er hat immer noch uns. Und zweitens wissen wir nie, wer oder was uns im Leben noch begegnet.“

„Aber Papa, jeder Mann braucht doch eine Frau!“

„Ja, Steffi. Meistens ist das so. Bei Paul wird für diese Lösung sicher noch eine lange Zeit vergehen.“

URLAUB UND LANDFLUCHT

Jahre vergingen. Der Schmerz über Agathas Tod ebbte wenigsten so weit ab, dass sie alle in die Realität zurückfanden. Agathas Motorrad wurde nach der Reparatur nicht verkauft, sondern diente Erich in seinem Geschäft als Vorführmaschine. Erich führte nach wie vor die schönen Videos von und mit Agatha und ihren Freunden zu Werbezwecken vor. Die Harleys der drei Männer verstaubten in den Garagen. Keiner wagte es, an eine gemeinsame Tour zu denken. Alle drei Freunde und die Familien waren sehr wohlhabend geworden. Die Kinder wohnten in Studentenbuden und eiferten ihren Eltern im Fleiß nach. Die Männer arbeiteten verantwortungsbewusst in ihren Berufen. Nora und Esra hatten mehr Freizeit gewonnen, seit die Kinder studierten und sie bemühten sich, die Männer mit gemeinsamen Hobbys vom Stress abzulenken. Theater- und Konzertbesuche standen an und sie fungierten als Zuschauer, wenn die Kinder in ihren Sportvereinen Veranstaltungen und Spiele hatten. Die Eltern von Esra wurden weder von den Erwachsenen, noch von den Enkeln vernachlässigt. Bei größeren Anlässen wurden auch Erich, Elfi und der Meister eingeladen. Steffi, Rolf, Ulf und Hanno pflegten eine enge Freundschaft und unterstützten sich gegenseitig im Studium. Fritz, Karl und Paul hatten nur kurzzeitig ihre Stammkneipe bei Elfi nicht mehr regelmäßig besucht, als Agatha verstorben war. Später begleiteten Nora und Esra fast ebenso regelmäßig ihre Männer. Elfi hat einmal mit zorniger Entschlossenheit geäußert: „Wenn jemand sich erdreistet, uns PFENEK, anstatt PFENEKA zu nennen, dann schmeiße ich ihn eigenhändig und hochkant raus! Das Andenken an Agatha werden wir immer behalten!"

Eines Abends zur späten Stunde wurde in der gewohnten Runde immer noch über ein schon lange interessantes Thema diskutiert. Nur Paul schien abwesend zu sein. Er stierte in sein leeres Glas und murmelte: „Wir müssten mal wieder mit unseren Harleys fahren."

Sie horchten auf und schauten gespannt auf ihren Freund: „Was hast Du gesagt, P?"

„Es ist doch wahr. Wir haben schon ewig keinen gemeinsamen Urlaub oder wenigstens eine Tour gemacht."

„Da müssten wir erst einmal prüfen, ob sich an unseren Maschinen überhaupt noch etwas dreht, ob die Reifen nicht schon zu hart sind usw."

„Aus unseren Anzügen sind wir vielleicht herausgewachsen."

„Wir hatten jahrelang kein Training. Also müssten wir unsere Fahrkünste aufbessern. Sind wir nicht schon zu alt dafür?"

„Nein. Zu alt sind wir nicht. Aber alles, was angesprochen wurde, stimmt. Und es käme eine ganze Menge Arbeit auf uns zu. Die eigentliche Frage ist jedoch: Wollen wir uns das überhaupt noch antun?"

Das anfängliche Lachen und Geschmunzel verstummte und machte einer nachdenklichen Stimmung Platz. Nora und Esra schauten sich an und begannen zu protestieren.

„Sind unsere Männer etwa schon senile Greise?"

„Wollt Ihr etwa behaupten, Ihr hättet alles vergessen?"

„Ihr wart immer fleißig und habt alles erreicht, was Ihr wolltet. Wollt Ihr etwa mit Eurem Zögern andeuten: Das war es, jetzt können wir uns auf die faule Haut legen. Jetzt lassen wir uns bedienen. Wir sind unseren Pflichten nachgekommen."

„Von uns verlangt Ihr, dass wir für Euch ewig schön sind. Und dann meint Ihr vielleicht dafür bräuchtet Ihr nichts mehr zu tun."

„Nur mal langsam, N, Dir ist bestimmt klar, dass unsere Argumente nicht so zu verstehen sind."

„Wenn Ihr auf dem Sozius sitzt, sind wir für Eure Sicherheit verantwortlich."

„Das sehen wir schon ein, F. Aber Ihr seid doch nicht zu alt, um etwas dafür zu tun."

„Genau. Und ich erinnere Euch an Euren jugendlichen Elan. Zeigt uns, dass wir Euch etwas wert sind. Wir wollen schließlich stolz auf Euch sein!"

„Oha, P. Da hast Du aber ein heißes Thema auf den Tisch gelegt."

Elfi kam lachend hinter dem Tresen hervor: „Jetzt habt Ihr genug und spaßig den Ernst auf die Spitze getrieben. Sagt doch einfach: Ja wir wollen! Zerlegt die Aufgabe in kleinere Abschnitte und löst sie."

„Für mich ist N immer schön, ich habe nie aufgehört, sie zu lieben und habe mich immer um sie gekümmert."

„Ja, ja. Jetzt ist es gut. Also, wann kommt Ihr Männer endlich in die

Gänge?"

„Na schön. Ich probiere heute Abend noch meine Klamotten an. Das solltet Ihr Frauen übrigens auch tun!"

Die Harleys waren bald entstaubt, aber die Motoren sprangen erst an, nachdem die Batterien stundenlang am Ladegerät angeschlossen waren. Die Reifen waren so hart, dass sie auf der Straße keinen Gripp mehr fanden. Das Zulassungsdatum auf den Nummernschildern war längst abgelaufen. Also ließ der Meister die Maschinen mit seinem Abschleppwagen in die Werkstatt holen. Nach wenigen Tagen war es soweit, dass die ersten Testfahrten stattfinden konnten. Selbstverständlich konnten die Männer noch fahren, aber sie brauchten etwas Geduld, um sich wieder den Mut anzutrainieren für den Umgang mit ihren Feuerstühlen.

Als sie alle wieder zusammensaßen, hatten sie eigentlich vor, Pläne für eine Reise zu schmieden. Sie einigten sich auf einen Termin. Jetzt ging es um ein Ziel und die Freunde erinnerten sich daran, wie viel Arbeit sich Agatha für die Organisation gemacht hatte. Paul fühlte sich betroffen und wagte einen Vorschlag.

„Unsere Planerin ist nicht mehr da und ich will auch nicht in ihre Fußstapfen treten. Ich denke, wir sollten eine Himmelsrichtung auswählen und nur den Ablauf des aktuellen Tages der Reise besprechen, d.h. wir nehmen uns zwei oder drei Wochen Zeit und fahren los. Wir lassen uns praktisch durch den Verlauf der Tour treiben. Wir werden bestimmt überall in den Dörfern und Städten Übernachtungsmöglichkeiten finden."

„Das klingt gut. Wir können dann jederzeit nach Gutdünken, die Richtung ändern oder abbrechen oder länger an einem Ort bleiben."

Die Vorbereitungen waren bald abgeschlossen und die Männer hatten ihre Urlaubsvertretungen eingearbeitet.

Sie fuhren kreuz und quer durch die Republik und ins Ausland, behielten aber die allgemeine Richtung Süden bei.

Nach einigen Tagen hatten sie Berge, Ebenen, Flusstäler überwunden und viele Sehenswürdigkeiten in Augenschein genommen. Dann tat sich vor ihnen das Meer auf. Besonders die Frauen waren begeistert: „Strahlende Sonne, das Meer mit seinen rauschenden Wellen, der Strand. Das ist doch der ideale Ort, um Urlaub zu machen!"

„Auf den ersten Blick ja. Aber schaut Euch den Strand an: Wollt Ihr

Euch zwischen die vielen Menschen auf eine Decke legen und Euch braunbrennen lassen wie die Ölsardinen?"

„Ich habe einen anderen Vorschlag: Wir fahren ein paar Kilometer weiter. Dort seht Ihr auf der Karte eine Fähre. Die bringt uns auf eine Insel, die wir noch nie gesehen haben, die aber interessant sein soll, wie ich gehört habe. Dort herrscht kaum Straßenverkehr und Strände gibt es auch."

Sie setzten über und erreichten eine kleine moderne Stadt, wo sie problemlos ein Nachtquartier fanden. In dem Hotel bekamen sie alle Informationen für die Insel. Sie erwarteten für den nächsten Tag einen spannenden Streckenabschnitt. Ihre Maschinen machten keine Schwierigkeiten bei der Überwindung von recht steilen Straßen und Wegen und sie gelangten auf einen hohen Berg mit einer Aussichtsplattform. Das Meer schien unendlich weit zu sein. Das Festland war nicht auszumachen.

„Ist Euch aufgefallen, dass wir keiner Menschenseele begegnet sind?"

„Ja. Man könnte meinen, die Insel sei unbewohnt. Nach der Karte gibt es wenige Ortschaften in Flusstälern, die wir aber von hieraus nicht sehen. An der Küste gibt es einige größere Ortschaften. Das könnten Städte sein."

„Schaut mal, von hieraus haben wir einen Blick bis nach unten an die Küste. Ich kann ein paar Häuser entdecken."

„Dann fahren wir einfach mal hin und erkundigen uns, was hier los ist."

Sie fuhren die Serpentinen abwärts bis zur Küstenstraße. Die führte zu einer großen Hotelanlage, die den Urlaubern jeden Komfort bot. Auf dem weiten Strand war mehr Platz, als sie es auf dem Festland gesehen hatten.

„Wahrscheinlich hängt es damit zusammen, dass die Wellen hier wesentlich höher sind."

„Naja, zum Sonnen baden reicht es. Lasst uns noch ein Stück weiterfahren. In dem Hotel gibt es für uns sicher kein Quartier."

Hinter dem Anwesen des Hotels verlief die Straße weiter an der Küste entlang. Nach etwa zwanzig Kilometern passierten sie ein offensichtlich verlassenes Haus. Dann wurden die Häuserreihen auf beiden Seiten der Straße dichter, aber alle schienen verlassen zu sein. Vorhänge hingen in Fetzen vor den Fenstern, Scheiben waren zerborsten. Vor den Häusern wucherte am Straßenrand das Unkraut. Sie hielten an.

„Was ist denn hier nur los? Kein Mensch ist auf der Straße. Ich sehe keine Geschäfte."

Ein Bus fuhr an ihnen vorbei und die Biker schlossen daraus: „Entweder der findet eine Haltestelle oder er fährt hier nur durch. Wir folgen ihm mal."

„Halt, das bringt uns nichts. Ich sehe einen Kirchturm und ich weiß von meinem Vater, dass in der Nähe jeder christlichen Kirche eine Kneipe zu finden ist." Sie lachten alle und entschieden sich für diese Alternative. Rechts hinter den Häusern öffnete sich ein grünes Tal. Sie mussten gar nicht abbiegen, denn nach ein paar Metern hielten sie auf einem freien Platz umgeben von Häusern. Ein paar Bänke standen unter Bäumen. Das Gras war gemäht und ein Weg führte quer über den Platz.

Vor einem Haus saßen zwei Männer auf ehemals guten, aber immer noch zu gebrauchenden Metallstühlen bei einem Getränk und blickten neugierig auf die Fremden mit den tollen Motorrädern. Die Harleys wurden an einer passenden Stelle geparkt und Nora und Esra gingen auf die Männer zu: „Bitte entschuldigen Sie, wenn ich Sie so direkt frage: Das sieht hier aus wie ein Dorf ohne Menschen. Ist hier etwas passiert?"

Die Männer lachten höflich: „Nicht ganz ohne. Mein Freund und ich und ein paar andere sind noch da. Aber sonst stimmt Ihre Beobachtung. Ich bin hier der Bürgermeister. Was kann ich für Sie tun?"

„Wir wollten eigentlich irgendwo einkehren und etwas trinken."

„Nun, meine Damen, wenn sich Ihr Anspruch mit dem deckt, was ich Ihnen anbieten kann, dann haben Sie gewonnen. Ich bin nämlich auch der Wirt des Ortes und mein Freund ist der Kaufmann."

„... auch des Ortes?", fragte Esra zögernd. Die Männer lachten und der Wirt antwortete einladend: „Kommen Sie doch erst einmal herein und bringen Sie Ihre Freunde mit!"

Sie setzten sich alle um den runden Tisch in einer schlichten kleinen Gaststube, die von anderen Räumen abgeteilt war. Der Wirt stellte Gläser, einen Krug Wein und etwas Wasser in einem zweiten Krug auf den Tisch.

„Wir trinken unterwegs keinen Alkohol! Können wir etwas zu essen bekommen, vielleicht dürfen wir auch bei Ihnen übernachten?"

Da kam auch schon die Frau des Wirts aus der Küche hinter dem Tresen hervor: „Selbstverständlich, junger Mann! Ich heiße Sie erst einmal als Gäste willkommen. Bei meinem Mann müssen Sie vorsichtig sein, denn manchmal spricht er als Bürgermeister und manchmal als Wirt."

Der Kaufmann lachte laut schallend: „Da hast Du es wieder Mateo. Deine Valeria durchschaut Dich immer. Ich bin übrigens Daniel, der einzige Kaufmann hier im Ort, aber ich besorge alles! Nur vom Wein lasse ich die Finger weg, denn der Wein meines Freundes Mateo ist der beste überhaupt."

„Also liebe Gäste, wenn Ihr bleiben wollt, braucht Ihr wohl drei Zimmer. Die sind fertig, ich will sie nur noch etwas lüften. Wenn Ihr warm essen wollt, habe ich Steaks, Kartoffeln und Gemüse aus unserem Garten. Daniel, Du besorgst für morgen frisches Brot."

Esra und Nora schauten sich an und antworteten spontan: „Wir bleiben hier!"

Die Männer machten große Augen und grinsten dann aber verständnisvoll, während der Wirt sich räusperte: „Aha! So läuft das bei Euch!"

„Na dann schenke mal die Gläser voll, Mateo."

„Oh. Daniel, Du hast nicht übertrieben. Der Wein von Mateo schmeckt vorzüglich. Das Wasser können wir sparen zum Händewaschen."

„Nur langsam, liebe Gäste. Der Wein hat auch seine Wirkung."

Die ganze Gesellschaft war sofort in einer guten Stimmung. Esra und Nora schauten in die Küche, ob sie Valeria helfen konnten, die Männer erzählten am Tisch von der Reise und dem Schicksal des Dorfes. Für die Biker war es die freudige Erwartung, etwas Neues zu erfahren und für die Einheimischen die willkommene Abwechslung von der Langeweile.

Es dauerte nicht lange, da kam noch ein weiterer Mann in die Gaststube. Er trug schulterlange Haare, einen Bart und war mit Jeans und T-Shirt bekleidet. Er grüßte freundlich.

„Oh, wir haben Gäste. Seid willkommen. Valeria, hast Du etwas zu essen für mich. Ich habe heute noch nichts zu mir genommen."

„Das ist Petro, unser Pfarrer. Wir sind zwar schon fertig, aber selbstverständlich wärme ich etwas für Dich auf. Setz Dich zu uns an den Tisch."

Paul schaute von einem zum anderen in der Runde.

„Meine Herren, wenn jetzt noch der Braumeister zur Tür hereinkäme, dann wären die wichtigsten Männer einer Stadt versammelt!"

Mateo schaute etwas betrübt in sein Glas und erinnerte sich an längst vergangene Tage.

„Du hast nicht Unrecht, Paul. Unsere Brauerei wurde schon vor Jahren stillgelegt. Die Menschen von nah und fern liebten das Bier unseres Braumeisters. Wir waren auch ein berühmter und wohlhabender Marktflecken. Wöchentlich boten hunderte Händler auf unserem Markt ihre Waren zum Kauf an. Unser Haus war ein großes Hotel mit einer Bar und einem großen Speisesaal. Valeria und ich beschäftigten fünfundzwanzig Menschen. An der Straße entlang gab es in vielen Geschäften alles zu kaufen. Es gab Ärzte, Juristen, eine Polizeistation, eine Schule und eine Möbelfabrik. Es gab sogar einen kleinen Hafen, wo die Fischer sich ansiedelten und ihren Fang auf dem Fischmarkt verkauften."

„Meine Kirche war sonntags immer voll!"

„Dann wurde in der Industrie und im Handel rationalisiert. Die Stadtgeschäfte schlossen ihre Filialen bei uns. An einladenden Stränden wurden riesige Touristenburgen gebaut. In den Städten eröffneten sich günstigere Transportmöglichkeiten. Die Käufer richteten sich mehr nach den Angeboten in den Städten. Investitionen in Modernisierung lohnte sich bei uns nicht mehr. Die Fischer bekamen keine Fangrechte mehr. Und die Folge war, dass auch unsere Arbeitskräfte hier kein Geld mehr verdienen konnten. Sie bekamen Angebote dort zu wohnen, wo sie Arbeit fanden. Die Häuser verwahrlosten und wurden wertlos. Viele Auswanderer haben ihre Eigentumsrechte an die Gemeinde gegeben."

„Hier wohnen nur noch wenige Menschen, die ihre Heimat nicht verlassen wollen und nicht mehr arbeiten müssen, um Geld zu verdienen. Es gibt keine Kinder mehr. Also brauchen wir auch keine Schule. Ich bin Bürgermeister, weil es unser Dorf noch gibt und weil dafür ein Ortsvorstand gesetzlich vorgeschrieben ist. Daniel nimmt alle Bestellungen von den Leuten hier auf und fährt täglich in die Stadt zum Einkaufen. Wir freuen uns über jeden Gast, der sich zu uns verirrt. Die Einheimischen haben meistens bei ihren Häusern einen Garten, wo sie wenigsten Gemüse anbauen können. Aber auf die Dauer gesehen werden wir wohl aussterben."

Der Pfarrer hob die Hand, weil er wohl vermeiden wollte, dass die Stimmung sich in Traurigkeit wandelte und rief aus: „Aber noch ist es nicht so weit! Wir leben und haben bzw. achten einander. Sollte jemals wieder Leben in unsere Heimat kommen, sind wir, die Gemeinde, durch die geschenkten Eigentumsrechte reich und können unseren Ort neugestalten. Und der Tag wird kommen! Ihr macht den großen Fehler, dass Ihr das Wagnis des Glaubens nicht eingeht. Ihr meint nur das, was Ihr wisst, ist möglich und reell."

„Petro, jetzt übertreibst Du aber. Wir kommen doch sonntags in Deine Kirche."

„Ja, weil Ihr sonst nichts zu tun habt und weil meine Predigt für Euch eine Ablenkung von der Langeweile ist. Warum sind wir, die letzten Einwohner, noch hier?"

„Weil wir unsere Heimat lieben. Dass habe ich doch schon gesagt."

„Einige schon. Ich z.B. bin hiergeblieben, weil ich Euch nicht alleine lassen will und weil ich fest daran glaube, dass auch für uns bessere Zeiten kommen. Ihr anderen seid enttäuscht, verzweifelt, weil Ihr nichts Besseres wisst. Ihr habt Euch mit der Situation abgefunden. Ihr habt nicht bewiesen, ob Ihr etwas tun könnt oder nicht. Ihr habt Euch in Euer Schicksal zurückgezogen, wie die Schnecke in ihr Haus und wartet auf den Tod. Ich muss daraus schließen, dass Ihr gar keinen trotzigen Willen habt."

„Ehe das hier zu einer Predigt wird, hole ich uns lieber noch einen Krug Wein."

Nora schaute Petro in die Augen: „Herr Pfarrer, ich bewundere Ihre positive Einstellung, Ihren Enthusiasmus!"

„Es macht keinen Unterschied, wenn Du mich mit Petro und Du ansprichst. Ich maße mir ja auch nicht an, Dich meine Tochter zu nennen. Ich danke Dir, dass Du mir wenigstens zuhörst. Es darf einfach nicht sein, dass der Geist des Menschen sich zurückzieht nur, weil der Körper im Alter schwach wird."

„Ja, Petro. Du hast recht. Wenn ich einen guten Tag erwische, dann denke ich auch daran, meiner Vorbildpflicht als Bürgermeister zu folgen und positiv zu erscheinen. Aber ich finde überhaupt keine Möglichkeit, den Untergang unseres Dorfes zu verhindern."

Nun mischte sich Paul ein: „Wenn einen die Keule des Schicksals trifft, meint man zu wissen: Das ist das Ende! Und dann läuft man Gefahr, dem Ende freien Lauf zu gewähren. Der Glaube könnte einem schon helfen, an eine Zukunft zu denken. Und siehe da, es geht weiter."

Karl nahm den Gedanken von Paul auf, sprach aber nicht das Schicksal im Zusammenhang mit Agatha an: „Gestattet mir bitte ein Beispiel: Ein Volk wird beherrscht von radikalen Religionsführern, die sich die Einfalt der gläubigen Menschen zu Nutze machen, um ihre eigene absolutistische Macht auszudehnen. Die Kultur des Volkes wird zerstört. Die Menschen werden zu Armut und auswegloser Hingabe zur Religion vergewaltigt. Jahrzehnte bekamen die Menschen Hilfe vom Ausland; die Extremisten wurden zurückgedrängt. Die Menschen atmeten auf, weil die Ausländer sie schützten und die kulturellen und wirtschaftlichen Kräfte im Volk förderten. Plötzlich entfällt die ausländische Hilfe und die Radikalen überrennen das Volk: Das Volk wird aussterben und ein mächtiger Gottesstaat, der auf Angst, Gewalt und Unfreiheit besteht, wird geboren.“

Der Bürgermeister schüttelte verständnislos den Kopf: „Was willst Du uns damit sagen? Wir haben weder Krieg noch extremistische Religionsführer. Was hat Dein Beispiel mit uns zu tun?“

Esra antwortete für Karl: „Die Menschen im Volk haben die ausländische Hilfe verbraucht und sind nun doppelt enttäuscht: Erstens, weil die Ausländer nicht mehr helfen und zweitens, weil die Extremisten sie mit Gewalt beherrschen werden. Sie ergeben sich in ihr Schicksal, ein Leben in Unfreiheit.“

Fritz räusperte sich: „Ich lege jetzt mal die Gedanken von Petro wie eine Schablone über das Beispiel, dann ergibt sich ein entscheidender Mangel.“

„Jetzt wird es kompliziert.“, lachten die anderen. „Was willst Du uns damit sagen?“

„Es ist nicht kompliziert, nur logisch. Angst und Schrecken machen es dem Menschen schwer, sich an das ihm naheliegende zu erinnern: Sein Wollen und sein Können, seine Fähigkeiten!“

„Richtig. Der Mensch ist ein funktionierender Organismus mit natürlichen Fähigkeiten einerseits und seinem Verstand andererseits. Und das heißt: Irgendetwas geht immer!“

„Das besagte Volk hat die Konsequenzen aus vergangenem Leben ebenso zu tragen wie Ihr hier im Dorf. Das Volk hat die ausländische Hilfe verbraucht, wie Ihr Euren Wohlstand aus der Zeit des blühenden Marktfleckens, ohne sich auf ein eventuelles Ende der heilen Welt vorzubereiten.“

„Ich stimme Dir zu, Karl. Die Chance ist aber vertan. Die kriegen wir nicht mehr. Niemand kann die Zeit zurückdrehen. Es ist also müßig, darüber zu klagen. Ich möchte lieber den Gedanken über die Fähigkeiten des Menschen diskutieren. Petro stimmst Du mir zu?"

„Unbedingt. Und ich fange sofort und ganz unten bei mir an: Ich werde nicht aufhören mit meinem Verstand zu versuchen, die Menschen aufzurichten und werde stets meinen Körper einsetzen, um meinen Mitmenschen zu helfen."

„Mmh, das Einzige, was von Deiner dankenswerten Arbeit übrigbleibt, sind Aktivitäten im Status quo. Sie sind nicht in die Zukunft gerichtet. Paul, Dir fällt bestimmt dazu etwas ein."

„Ja. Ich formuliere es etwas unerwartet und lasse dann unseren Gastgebern den Vortritt: Mateo, was meinst Du, spreche ich Dich als Bürgermeister an oder als Wirt, wenn ich Dich frage, was kannst Du für Eure Zukunft tun?"

„Wir kennen uns erst seit wenigen Stunden und ich überlege, was Du an mir besonders schätzen könntest. ..." Er legte die Stirn in Falten und plötzlich grinste er und blickte Paul direkt an: „Ich vermute, Du siehst meine mir naheliegende besondere Fähigkeit im Wein und im Schnaps."

Alle lachten und hielten die zögernde Äußerung des Bürgermeisters für einen Scherz. Paul grinste nur mit und blieb dann nachdrängend: „Genau, Mateo. Du findest bei den anderen Dorfbewohnern Helfer und baust den Wingert aus. Du bleibst bei Deiner Qualität und verkaufst mit Daniel den Wein auf dem Markt in der Stadt. Irgendwann kommt der erste Arbeitslose aus der Stadt und sucht eine Verdienstmöglichkeit. Du bietest sie ihm. Er will auch hier wohnen. Du gibst ihm eine Wohnung, die aber erst hergerichtet werden muss. Er bringt einen Kumpel mit. Ach, hier kann man aber schön wohnen ... usw."

„Ach Paul, wenn das so einfach wäre ..."

„Es hört sich nur einfach an, aber es ist ein Weg, der ein Beginn eines wirtschaftlichen Aufschwungs sein könnte. Wir haben auch von Gärten gesprochen. Warum sollte nicht auch frisches Obst und Gemüse vom Land in der Stadt verkaufbar sein?! Was meinst Du dazu, Daniel?"

„Ich könnte den Pickup vollladen, mit einem Dorfbewohner einen Stand in der Stadt aufstellen und verkaufen, was die Einheimischen produzieren."

„Und was machst Du, wenn Dir das alles zu viel wird?"

„Dann stelle ich einen Stand auf unserem Marktplatz auf und die Leute kommen hierher."

„Wir können nun unser Gespräch als amüsante Märchenerzählung abtun oder die Anregungen in uns wirken lassen. Vor allen Dingen müssen wir wohl noch öfter darüber sprechen, ob wir so eine Entwicklung hier im Ort überhaupt haben wollen."

Am anderen Morgen kamen Valeria und Mateo nach dem Frühstück an den Tisch und plauderten noch mit ihren Gästen. Ab und zu wurde noch mit Zitaten an den vergangenen Abend erinnert. Valeria war etwas traurig: „Müsst Ihr wirklich schon fahren?" Und Mateo ergänzte; „Das Gespräch mit Euch war richtig erfrischend. Ich werde auf jeden Fall versuchen, die Dorfbewohner wieder hierher zu locken. Ich denke, wir müssen öfter als bisher miteinander reden."

„Valeria, wir wollen die Inseln erforschen. Wo wir hinkommen, steht nicht fest."

„Aber bevor wir wieder aufs Festland gehen, kommen wir noch einmal bei Euch vorbei."

„Wir würden uns sehr freuen."

Sie fuhren weiter auf der Küstenstraße. Auf ihrer rechten Seite öffneten sich immer mal wieder kleine Täler, in denen grüne Wiesen und Bäume sichtbar wurden. Von Wäldern konnte keine Rede sein, aber Obst- oder Olivenbäume hätten es sein können. Ansonsten begleiteten sie schroffe Felshänge, die zwar nicht sehr hoch aufstrebten, aber den Küstenstreifen beengten. Sie passierten eine Kleinstadt, die sie aber nicht zum Anhalten motivierte. Fast am Ende der Insel wurde die Ebene breiter. Vereinzelt weideten Viehherden auf saftigen Wiesen, aber eine verbreitete Landwirtschaft war nicht zu erkennen. Dann erreichte sie eine Stadt mit einem Hafen. Die höchstens dreigeschossigen Häuser stammten aus einer lang vergangenen Zeit und säumten ein enges Straßennetz. Manche mit Kopfsteinen gepflasterte Straßen waren so eng, dass ein PKW sich nur mit Mühe hindurchzwängen konnte. Auch eine oder zwei steinerne Treppenstufen vor den Hauseingängen behinderten den Verkehr. Menschen saßen vor den Häusern am Straßenrand, tranken etwas und schienen sich mit Erzählen und Spielen die Zeit zu vertreiben. Betriebsamkeit von Menschen war vor Geschäften und am Hafen zu erkennen. Einige Hotels hatten ihre Restaurants auf die Promenade mit Sonnenschirmen, Tischen und

Stühlen erweitert, wo die Urlaubsgäste die schöne Aussicht auf die Segelschiffe und das Meer genießen konnten. Etwas abseits entdeckten die Biker einen kleinen Marktplatz, auf dem alle möglichen Waren wie auf einem Basar angeboten wurden. Der Hafen lag in einer Bucht. Zur Meerseite hin war in der Ferne eine Art Wellenbrechen – eine Mauer oder aufgeschüttete Felsen – zu erkennen. Am Ende der Bucht gab es eine Werft, wo viele Boote vielleicht zur Reparatur an Land lagen.

„Das sind ausschließlich Sportboote im Hafen. In der Werft können auch nur Sportboote geslippt oder gekrant werden.“

Esra blieb einen Moment auf der Mole stehen und schaute über die betonierten Stege: „Die Masten der Boote vermitteln den Eindruck eines undurchdringlichen Waldes. Nur ab und zu ist auch mal ein Kahn oder ein Boot ohne Mast zu erkennen.“

„Aha, Du schaust genau hin. Die Kähne sind Fischerboote oder sie dienen zum Betrieb im Hafen. Sie werden mit Riemen gerudert oder sie haben am Heck so eine Metallkiste. Das ist die Maschine und wird Außenborder genannt. Dann gibt es da auch noch Kajütboote. Das sind Motorsportboote, vielleicht von Urlaubsgästen.“

„Du meinst, das sind dann Leute, die hier wohnen und zum Spaß aufs Meer hinausfahren? Und wenn sie nicht hier wohnen, dann kommen sie doch vom Festland auf die Insel.“

„Genau. Du siehst, die Boote sind verhältnismäßig klein im Vergleich zu den Seglern. Wenn sie vom Festland kommen, haben sie schon eine starke Leistung auf dem Meer hinter sich.“

„Kann man solche Boote auch mieten und damit selbst aufs Meer hinausfahren?“

„Einzelne werden sicher auch verchartert, aber steuern darf sie nur ein ausgebildeter Skipper. Das ist vergleichbar mit dem Autoführerschein.“

„Schau mal, da kommt ein Segelboot in den Hafen. Wo sind denn seine Segel`“

„Der Skipper hat sie gerefft und fährt unter Motor, um leichter im Hafen manövrieren zu können.“

Sie saßen noch eine Weile im Hafenrestaurant auf der Promenade und tranken einen Kaffee.

„Ich könnte stundenlang dem Betrieb hier zuschauen.“

„Was sagt uns denn die Karte, was könnten wir noch unternehmen?"

„Also, von hier aus führt die Straße in die Berge. Die sind zwar nicht all zu hoch, aber schroff. Das kann man schon von hier aus erkennen. Erinnert Ihr Euch noch an unseren Bergführer Franz? Der hat mal gesagt: Wenn Du auf dem Berg stehst, erkennst Du, warum der Mensch den Berg besteigt. Ich bin neugierig, was uns in den Bergen erwartet."

„Ich sehe auch hier oben einen See. Wie passt das denn zusammen?"

„Schauen wir uns das mal an. Weit kann es ja nicht sein."

Die Straße wurde steiler. Sie fuhren durch einen Tunnel, der wohl eigens für den Verkehr in die Berge geschlagen worden war. Als sie oben ankamen, bot sich eine Aussichtsplattform zum Anhalten an. Nora schaute über die hölzerne Brüstung und erschrak: „Nicht vor uns, sondern unter uns geht es steil in den Abgrund." Die Plattform war auf einem überhängenden Felsvorsprung angelegt. Das konnte einem überraschten Menschen schon Angst einjagen. Aber der Blick ging unbegrenzt übers Meer bis zum Horizont. Große Schiffe bewegten sich gemächlich auf der Wasserstraße wie Spielzeug. Wäre das Meer ganz ruhig gewesen, dann hätte sich die Sonne bereits im Westen im Wasser gespiegelt. So wurden die Strahlen der Sonne in den sprühenden Wassertropfen der Wellenkämme gebrochen. Die Tropfen erschienen wie Feuerfunken. Sie fuhren noch ein Stück auf gleicher Höhe.

Von links neigte sich eine Bergnase über die Straße zum gegenüber steil aufragenden Berghang: „Das sieht aus, als würde die Nase vom Berg über die Straße angezogen und würde jeden Moment abbrechen."

„Das tut sie aber nicht. Der Fels schimmert blau, d.h. er besteht aus Basalt. Wahrscheinlich gibt es hier in der Nähe einen erkalteten Vulkankrater. Wir haben damit keine Schwierigkeiten, aber wenn sich ein hoher LKW hier hochquält, muss er wohl umkehren."

Zwischen zwei Felsspitzen neigte sich die Straße talwärts und sie hielten noch einmal an.

„Nach der Karte ist da unten eine bebaute Küstenfläche, wo die Straße endet. Nach ein paar Kurven müssten wir sie sehen. Sie liegt in einer Bucht. Da ist sogar ein Campingschild eingezeichnet."

Sie ließen die Maschinen ganz langsam, gebremst und im kleinsten Gang abwärts gleiten. Die Serpentinen mit den Spitzkehren erforderten die höchste Konzentration der Fahrer.

Nora rief über Funk: „Ich habe gerade unten in der Schlucht einen Bus liegen sehen!"

Esra antwortete: „Ich auch. Was für Schicksale haben sich hier wohl abgespielt?! Jetzt wird es gruselig."

Fritz versuchte einen Spaß: „Keine Angst, Ladys. Unsere Harleys wollen auch nicht fliegen. Sie bringen uns ganz gemütlich runter bis zum Strand."

Karls Kommentar kam nicht so gut an: „Habt Vertrauen in die Technik!"

Als Paul antwortete, hatten sie es bald geschafft: „Hab ich, aber ich bin auch froh, wenn wir unten sind."

Die Einheimischen hatten wohl mit der Strecke sicher keine Schwierigkeiten, aber ungeübte Fahrer, gleich mit welchem Fahrzeug, mussten sich überwinden. Um unten fehlerlos anzukommen, wartete eine heftige Leistungsanforderung auf die Maschinen, denn es gab nur diesen einen Weg.

Unten an der Küste endete die Straße direkt an einem Kiosk. Dahinter lehnte sich ein massives Haus an den Berg. Das ganze ebene Areal an der Küste entsprach etwa der Größe zweier Fußballfelder. Etwas weiter weg vom Kiosk reihte sich ein Wohnwagen am anderen und auf einer Wiese standen mehrere Zelte. Direkt am Wasser lagen Kanus, Nachen und Segeljollen.

Erleichtert bockten sie die Maschinen auf und bestellten erst einmal ein Bier. Eine freundliche junge Frau lächelte sie an, brachte die Getränke an den Tisch und stellte fest: „Ihr seid zum ersten Mal hier bei uns. Willkommen!"

„Woher wollen Sie das wissen?"

„Ihr seid etwas blass um die Nase, aber Ihr habt es geschafft. Und das zählt."

„Vielen Dank für Ihr Mitgefühl. Auf dieser Strecke muss aber auch alles passen."

„Ja. Leichtsinn ist nicht angebracht. Unsere Gäste haben es alle gelernt, sich an die Strecke anzupassen. Wenn einer seinen Wohnwagen mit einem zu schwachen Auto bis oben hingeschleppt hat, dann ruft er uns an. Wir holen ihn dann mit unserem SUV herunter. Die meisten Wohnwagen bleiben für immer stehen und die Leute kommen jedes Jahr wieder."

„Das ist doch gut fürs Geschäft."

„Was habt Ihr heute noch vor?"

„Hier in der Nähe gibt es einen See. Den wollten wir uns anschauen."

„Das wird nichts. Erstens ist das für heute noch eine weite Strecke und zweitens ist dort nichts los. Der See ist unser Trinkwasserreservoir. Ihr kämt in die Dunkelheit. Und das ist in den Bergen nicht zu empfehlen. Ihr könnt bei uns übernachten. Jetzt erholt Euch erst einmal."

„Danke für den Tipp. Ich beginne, mich wohlzufühlen."

Das Klima war angenehm. Sie legten ihre Motorradmontur ab, saßen bald in Sporthose und T-Shirt am Tisch und ließen sich das Bier schmecken. Der Kiosk war mit einer Küche ausgestattet. Also aßen sie auch im Freien. Nur die Unterkünfte für Nichtcamper waren im Haus untergebracht. Sie konnten im Meer schwimmen, sich am Strand in den sauberen, weißen Sand legen, sie konnten sich bewegen. Sie hatten den idealen Urlaubsort gefunden. Es gab einige Urlauber, aber trotzdem war der Platz nicht überfüllt.

Esra und Nora gingen mit ihren Männern ans Wasser und spazierten das ganze Gelände ab.

Die Wohnwagen waren zum Teil bewohnt. Sie trafen Leute aus ihrer Heimat. Paul sprach die junge Frau an, die nach dem Bedienen einiger Gäste eine Pause einlegte.

„Junge Frau können Sie mir eine Frage beantworten?"

„Wir sind hier alle per Du. Du darfst ruhig Zenzi zu mir sagen. Ich bin als Urlauberin hier hängengeblieben. Was wolltest Du wissen?"

„Wie muss ich mir das vorstellen mit dem Trinkwassersee?"

„Der See liegt in einer Senke und wird von einem erkalteten Vulkankrater gespeist. Das Wasser drückt sich ins Erdreich und fließt über Quellen - wie hier bei uns - ans Tageslicht. Wir haben zwei Quellen in unserem Rohrsystem aufgefangen und haben so immer feinstes Quellwasser. Der See versorgt die ganze Insel mit Wasser. Wenn an einer Stelle mehr Wasser gebraucht wird, wie z.B. in einer Stadt, dann wird ein Rohrsystem bis an den See gebaut. Es kommt auch vor, dass mehr Wasser verbraucht wird, als zulaufen kann. Dann gleicht der Regen den Pegel wieder aus. Wir haben trotzdem Wasseruhren und bezahlen an die Kommunen, denn die sorgen dafür, dass unser Wasser sauber und die Rohrsysteme in Funktion bleiben."

„Deswegen wird der See sicher auch weiträumig gesperrt bleiben?!“

„So ist es. Es gibt aber eine Aussichtsplattform, wo man die Wasserfläche und den Kraterrand aus der Ferne anschauen kann. Dort wächst übrigens kein Baum, kein Grashalm, noch nicht einmal Erdreich ist dort zu finden. Es gibt nur nackte Felsen. Es wurden auch keine Tiere dort gesehen, außer vielleicht mal eine Bergdohle. Fahrt morgen mal hin und macht Euch selbst von diesem Wunder ein Bild.“

„Zenzi, darf ich mir für heute Abend etwas zu essen wünschen?“

„Selbstverständlich!“

„T-bone-Steak mit Zwiebelringen.“

„Kriegst Du!“ Zenzi lachte, als Paul sie sprachlos anstarrte.

„Das hätte ich jetzt nicht erwartet. Das ist ein Wunder oder der Wahnsinn! Dann hast Du bestimmt auch einen guten Whiskey jetzt für mich. Ich beginne, mich sauwohl zu fühlen!“

Auf dem Platz zwischen dem Kiosk und dem Strand war eine Feuerstelle mit Steinen eingegrenzt. Holz für ein kleines Lagerfeuer wurde von Zenzis Freund aus der Stadt besorgt. Sobald es dunkel wurde, sammelten sich viele Gäste um das Feuer, unterhielten sich bei einem guten Schluck und genossen die ungetrübte Stimmung. Ein Mädel brachte eine Gitarre mit und dann wurde gesungen. Zenzi war mitten drin und versorgte ihre Gäste mit allem, was aus dem Kiosk gebraucht wurde.

Am nächsten Morgen erzählte Paul, was er von Zenzi erfahren hatte. Sie sahen sich die Karte an und errechneten die Zeit, die sie bis zum See brauchen würden. Von da schlängelte sich ein Weg zwischen Bergen durch bis auf die Küstenstraße: „Wir können locker vor Einbruch der Dunkelheit wieder bei Mateo sein.“ Mit etwas Herzklopfen starteten sie die Harleys und begannen den Aufstieg. Aber es gab keine Schwierigkeiten.

Oben auf der Wegscheide zweigte ein befestigter Weg ab zum See, den sie nach kurzer Zeit erreichten. Zenzi hatte Paul die Landschaft, den Vulkansee und die Aussichtsplattform, richtig beschrieben. Hier war absolut nichts los. Die riesige Wasserfläche war abgesperrt, um unvorsichtige Schwimmer abzuhalten und um Verschmutzung des Wassers durch Müll zu verhindern. Die Senke war sicher durch den Vulkan entstanden, aber dass der eigentliche Krater mit einem tiefen

Einbruch in der Mitte sein sollte, konnten die Besucher sich nur vorstellen. Der See war rundum in glatten Felswänden eingeschlossen. Die ganze Landschaft bestand nur aus Felsen und Bergspitzen.

Sie fuhren wieder ein Stück die Strecke zurück und fanden den Abzweig des Weges, der ins Tal führen sollte. Der Weg war notdürftig befestigt. Es hatte sich auch wieder etwas Erdreich angesammelt und hin und wieder entdeckten sie grüne Flecken zwischen den Felsen. Sie mussten sehr vorsichtig fahren, damit sie Steinen und Löchern ausweichen konnten. Esra sprach über Funk: „Merkt Ihr das auch, dass die Felsformationen sich geändert haben?"

„Ja. Einzelne große Brocken liegen auf flachem Boden und die Berge sehen aus wie aufgeschüttete Steinhaufen. Zum Klettern taugen die wohl nicht."

„Die Steinhaufen bestehen aber aus dicken Felsbrocken. Ich denke, da kann man schon hochklettern."

„Aber ob das angenehm ist, bezweifle ich. Und wenn ich da oben wäre, würde ich sicher kein glückliches Berg Heil empfinden, so wie wir es mit Franz erlebt haben."

„Schaut mal auf zwei Uhr. Der Steinhaufen sieht richtig künstlich aus. Da führt auch ein Weg hoch. Den schauen wir uns an."

Sie bogen vom Weg ab, fuhren einen halben Kilometer zu Berg und erreichten ein Plateau.

„Tatsächlich. Das ist eine Ruine. Die Mauer rund um den freien Platz besteht aus aufgesetzten Steinen und Felsen."

„Dann hatten hier auf dem Platz vielleicht Gebäude gestanden."

„Hier führt sogar eine Treppe nach unten in einen Keller. Da steht noch ein Gitter davor."

Paul und Karl gingen hinunter, stellten das Gitter zur Seite und betraten ein Gewölbe. Ein Handy diente als Taschenlampe. Feuchte Luft schlug ihnen entgegen. Die Wände bestanden aus kunstvoll aufeinandergesetzten Steinen und stützten sich oben als Spitze oder Rundbogen gegenseitig ab. Nach ein paar Schritten kam wieder eine Treppe, über die sie nach unten stiegen. Jetzt kamen sie in einen hohen Raum mit Ketten an den Wänden.

„Das könnte ein Verlies gewesen sein."

„Und das Ganze war bestimmt mal eine Burg. Durch die Felsenmauer war sie dann getarnt wie ein Berg."

„Was müssen die Leute früher wohl geschuftet haben. Sklaven, Unfreie, Bauern leisteten ihren Frondienst."

„Hörst Du das Knistern?"

„Unter der dünnen Erdschicht liegt Schotter. Der knistert durch unsere Schritte."

„Es könnten auch Mäuse oder Ratten sein."

„Und was sollten die hier suchen? Hier gibt es nichts zum Fressen."

Plötzlich zitterte für einen Moment das ganze Gewölbe. Einzelne Steine fielen von der Decke. Paul und Karl erschraken und flohen instinktiv über die Gänge und Treppen nach oben ins Freie. Fritz und die beiden Frauen waren kreidebleich geworden. Sie hatten das Beben und das anschließende Gepolter mitbekommen: „Nichts wie weg!"

Als sie wieder auf ihrem nach der Karte richtigen Weg waren, hielten sie noch einmal an und schauten hoch zur Burgruine.

„Was war das eben? Ein Erdbeben?"

„Jedenfalls hat die Erde ganz kurz gezittert. Könnte das auch von dem Vulkan kommen?"

„Wer weiß das schon?! Und die Leute, die dort gebaut haben, wussten es auch nicht."

„Wenn die aufgesetzten Steine in den Bergen auch so locker sind, dann ist das hier ja ziemlich gefährlich."

„Können die Gewölbe, die wir gesehen haben, ohne Mörtel die Erdstöße ohne Schaden überstehen?"

„Mit oder ohne Mörtel, das spielt bei der Bauweise nicht die entscheidende Rolle. Das Wichtigste ist, dass die Flächen der Steine aufeinanderpassen und so gegenseitig die Kräfte gegen die Gravitation abstützen."

„Es geht doch nichts über eine Bauweise mit ordentlich armiertem Beton."

Ihr Weg führte sie noch weitere Stunden kreuz und quer durch die triste Berglandschaft, bis sie gegen Abend endlich in ein Tal kamen, wo sie ein Bach und grüne Wiesen mit einzelnen Bäumen empfingen. ... Ob der Bach wohl auch aus dem See kommt? ...

„Mateo, sie sind wieder da!", rief Valeria und rannte zur Begrüßung der Biker auf den Platz vorm Haus. „Wir freuen uns, Euch wiederzusehen. Kommt rein und stärkt Euch erst einmal."

Wie es nicht anders zu erwarten war, kamen bald auch der Kaufmann Daniel und der Pfarrer Petro zu der Gesellschaft in die Gaststube. Es wurde über die Erlebnisse der Gäste geredet, gestaunt, gelacht und gerätselt. Valeria war entsetzt, als sie hörte, dass die jungen Leute über die steilen Serpentinen hinab bis zur Küste gefahren waren: „Das war doch bestimmt sehr gruselig. Da trauen sich nur wenige Einheimische hinunter."

Paul runzelte bedächtig die Stirn: „Sagen wir es einmal so: Wenn an einem Fahrzeug egal welcher Art irgendetwas nicht in Ordnung ist, hat der Fahrer kaum eine Chance, auf dieser Strecke zu bestehen."

Nora ergänzte: „Mag sein Paul, was Du sagst. Esra und ich haben mit Euch Fahrern gezittert. Aber es hat sich gelohnt. Wir fanden den idealen Urlaubsort in der Bucht bei Zenzi. Man kann ja auch das Fahrzeug oben abstellen und zu Fuß die Bucht erreichen. Das ist dann weniger gefährlich."

„Aber anstrengender, besonders der Aufstieg!"

„Die Bergregionen, durch die wir gefahren sind, bieten ja nur karge Felsen und teilweise massive und glatte Wände wahrscheinlich aus erloschenen Vulkanen. Wir haben zwar keinen Krater gesehen, aber das Gestein kommt bestimmt aus dem Erdinneren."

„Erst das Tal bis zu Eurem Ort hat uns mit den Pflanzen und dem Bach in der natürlichen Zivilisation begrüßt. Das ist kein Widerspruch. Natur und Zivilisation sind oft Gegensätze, aber naturbewusste Menschen können sich in beiden Bereichen glücklich fühlen."

Esras Kommentar dazu klang etwas bissig: „Und Du meinst, wir gehören zu dieser Art Menschen?! Lassen wir das mal so stehen, denn mir erscheint es als allgemeine Wahrheit, dass der Mensch sich im Zweifel für die Bequemlichkeit entscheidet. Ich z.B. könnte mich am Spülbecken mit kaltem Wasser waschen, aber ich ziehe jetzt eine warme Dusche vor."

 Damit war sie in ihrem Zimmer verschwunden und die Gesellschaft lachte. Karl erklärte dazu: „So habe ich meine liebe Frau kennengelernt: Sie stellt Behauptungen immer den Wahrheiten gegenüber."

„Ich habe nichts dagegen", reagierte Petro. „Das ist ein in der Erfahrung gewonnener nüchterner Charakterzug. Das Schicksal ist sicher nicht immer zimperlich mit ihr umgegangen."

Fritz wechselte das Thema: „Ich lasse mich von der warmen Dusche inspirieren und möchte etwas wissen über Eure Energieversorgung. Wir haben gehört, dass der Vulkansee die ganze Insel mit Trinkwasser versorgt."

„Ja, das ist ein wahrer Segen für uns. Wir haben immer feinstes Quellwasser zur Verfügung. Selbst der Bach, von dem Ihr gesprochen habt, führt sauberes klares Wasser zu uns und bis ins Meer. Ihr hättet anhalten und ein paar Forellen mitbringen sollen."

„Das haben wir verpasst. Mich bringt das aber auf eine Idee für Daniel: Warum bringst Du den Städtern nicht fangfrische Forellen auf den Markt, wenn Du schon Obst und Gemüse aus eigenem Anbau anbietest?!"

„Euch verdanken wir es, dass dieses Thema noch lange nicht vom Tisch ist. Mateo hat schon einige Gespräche mit mir und den anderen Dorfbewohnern geführt."

„Das stimmt. Aber es ist erst ein Umdenkprozess in den Gehirnen erforderlich. Ich möchte den Faden zu Karls Thema wiederaufnehmen: Was wolltest Du wissen, Karl?"

„Die Gemeinde zapft also den See an und verkauft das Wasser an die Bürger."

„So war das früher üblich. Heute nutzen unsere Bürger das Wasser kostenlos. Wenn am Rohrsystem etwas investiert werden muss, legen wir zusammen und unterstützen die Gemeindekasse. Das ist bisher noch nicht nötig gewesen. Es fallen nur minimale Arbeiten in der Gemeinde an, die wir mit den gesetzlich vorgegebenen Gebühren abdecken können."

„Das hört sich wie ein paradiesischer Zustand an. Bei uns sind die Nebenkosten für eine Wohnung so hoch, wie eine zweite Miete. ... Zur erforderlichen Energieversorgung gehören Strom und Gas. Wie habt Ihr das geregelt? Das ist deshalb eine wichtige Frage, weil Du ja davon gesprochen hast, dass Ihr hier aussterbt."

„Grundsätzlich versorgen die städtischen Versorgungsbetriebe uns, d.h. jeden Haushalt mit Strom und Gas. Die Kosten hierfür halten sich aber für uns in Grenzen, da wir schon in unseren guten Zeiten mit Photovoltaikanlagen auf fast allen Dächern im Ort dafür vorgesorgt haben."

„Naja, wie die Brauerei und das Möbelwerk noch in Betrieb waren, wurde sicher viel mehr Gas und Strom verbraucht.“

„Richtig und die Versorgungsnetze sind nach wie vor in Ordnung. Ernst wird es für uns, wenn Investitionen an den Netzen erforderlich werden.“

„Ja, ganz gewiss“, warf Daniel ein. „Dann wird von der Regierung aus entschieden werden müssen, ob die Netze weiter auf Staatskosten instand gehalten werden oder ob eine Umsiedlung unumgänglich ist.“

Valeria unterbrach das Gespräch: „Ihr habt jetzt genug gequasselt. Mateo, was hältst Du davon, mit Paul zum Bach zu gehen und ein paar Forellen fürs Abendessen zu holen?“

„Gute Idee. Petro und Daniel, bleibt Ihr zum Essen?“ Die beiden Männer lehnten ab, weil sie in den eigenen Wohnungen noch zu tun hatten.

„Gut. Dann reichen uns sieben schöne Müllerinnen für heute Abend.“

„Ich habe noch Kräuterbutter, Kartoffeln und Zwiebeln im Kühlschrank. Auf Zitronen müssen wir heute leider verzichten.“

„Mateo, können wir dahin gehen oder müssen wir fahren?“

„In hundert Metern Entfernung liegt meine Fangstelle am Bach.“

Die Forellen waren Prachtexemplare und Valeria machte ein Festessen daraus. Nora und Esra deckten den Tisch und Mateo stellte einen Krug wohltemperierten Wein dazu.

Am nächsten Morgen rüsteten sich die Biker zum Abschied. Sie nahmen die letzte Fähre, um ans Festland zu kommen und fanden im Hafen eine Unterkunft für die Nacht.

Paul hatte sich für die Heimfahrt unterwegs noch etwas Besonderes ausgedacht. Er führte seine Freunde in eine Großstadt mit Straßenbahnen und U-Bahnen, Bussen, Droschken. Moderne Hochhäuser und traditionelle Bauten, die den Krieg überstanden hatten, säumten die verstopften Straßen. Großmärkte und Einkaufszentren boten ihre Waren an, genauso wie noch wenige kleine Geschäfte und Boutiquen. Sie quälten sich durch verkehrsreiche breite Straßen, bogen immer wieder in Nebenstraßen ein, wo Fußgänger jegliche Verkehrsregeln missachteten und verloren allmählich die Geduld, weil sie auf der Fahrt bis jetzt eher die Natur genossen hatten. Dann hielten sie in einem Parkhaus eines First-Class-Hotels an.

„Paul, was hast Du Dir dabei gedacht, dass Du uns in diesen Großstadtdschungel führst?"

„Habt ein wenig Geduld. Ich kenne mich aus, denn ich habe hier mal studiert."

„Richtig. Du warst ja mal ein Jahr verschwunden."

Livrierte Pagen brachten ihre wenigen Habseligkeiten in modern ausgestattete Zimmer. Dort fragten sie hübsche Mädels nach ihren Wünschen und klärten sie über einzelne Nebensächlichkeiten im Hotel auf. Teppichböden auf den Gängen und in den Zimmern und isolierte Fenster schützten sie vor jeglichem Lärm und Schmutz von der Straße. Bequeme Möbel, Marmor und goldfarbene Armaturen, ein an der Wand hängender Flachbildschirm strahlte bereits irgendein Programm aus. Alles vermittelte ihnen den Eindruck von Luxus und höchstem Komfort.

In der Bar nahmen sie einen Begrüßungsdrink. Es herrschte eine angenehme Wohnzimmeratmosphäre. Paul grinste und seine Freunde schüttelten nur den Kopf. In ihrer Heimatstadt lebten auch Millionen Menschen, aber dort gab es noch ländliche Gegenden, weil sie aus vielen Dörfer zusammengewachsen war.

„Hier hast Du also ein ganzes Jahr verbracht und studiert?!"

„Ja. Diese Stadt hat mich geprägt und mir meinen beruflichen Werdegang vorgezeichnet. Sie lebt praktisch von einem riesigen Containerhafen etwas außerhalb. Dort führe ich Euch nicht hin, aber ich habe etwas zu erzählen."

„Paul, Du machst es spannend. Ich dachte immer, wir wüssten alles voneinander."

„Wartet es ab. Hier wurde ich Kaufmann. Nach dem Essen gehen wir in die Altstadt, wo die Studenten der angesehenen Universität sich aufhalten, ebenso wie alle anderen Arten der menschlichen Geschöpfe. Dort lernt man alle Fassetten des Lebens kennen."

Die Altstadt war eine Ansammlung von alten, teils modernisierten Gebäuden, die meistens wohl unter dem Denkmalschutz standen. Also Erneuerungen konnten nur mit großen Schwierigkeiten und unter Auflagen durchgeführt werden. Die meisten Gebäude waren Wohnhäuser. Wer dort lebte, war aus dem Trubel der Stadt geflohen. Sie waren wie in einem Spinnennetz mit engen Straßen verbunden. Kneipen,

Freudenhäuser, Spielhallen und Geschäfte mit exotischen und oft unnützen Waren konnten mit wenigen Schritten erreicht werden

Zielgerichtet führte Paul seine Freunde in den Roten Ochsen, einem Studentenlokal. Das zweigeschossige Haus hatte eine schmucklose Fassade. Die Grundfläche war für die beengten Verhältnisse in der Altstadt riesengroß. Rechts und links lehnten sich Nachbargebäude an das Haus und vorne und hinten führten Ein- und Ausgänge auf Straßen. Direkt hinter dem Eingang betraten sie einen unübersichtlichen Saal, der sich über die ganze Fläche des Gebäudes ausdehnte. Am Rande gab es Zugänge zu kleineren Sälchen, die aber nicht durch Türen verschlossen waren. Die abgegriffenen Stühle, Bänke und Tische unterschieden sich farblich nicht vom Dielenboden. Mehrere Kronleuchter spendeten sparsames Licht von der ehemals weißen Decke, die teilweise mit Hopfenmotiven bemalt war. Flinke Kellner beiderlei Geschlechts, mit Jeans, T-Shirts und kurzen Lederschürzen bekleidet, eilten zwischen der langen Theke und den Tischen hin und her. Es dauerte einen Moment, bis Paul mit seinen Freunden einen Tisch besetzen konnte. Das Stimmengewirr war laut und wegen der Vielsprachigkeit meist nicht zu verstehen. Kaum saßen sie, als schon das erste Bier vor ihnen auf dem Tisch stand, ohne dass sie etwas bestellt hatten.

„An den Wänden seht Ihr Portraits bedeutender Menschen aus Politik, Wirtschaft und Kunst, die alle schon einmal hier gezecht haben und die heute noch von den Studenten geachtet werden. Hier wird gefeiert, philosophiert und gestritten. Man holt sich Wissen und diskutiert die zu lösenden Aufgaben. Lehrer und Studenten, Veteranen der Stadt und Kenner, wie wir jetzt, treffen sich hier. Der Betrieb beginnt um zehn Uhr und endet um Mitternacht. Ruhetage oder Feiertage gibt es hier nicht."

„Und trotzdem schmeckt das Bier, obwohl man es aus Holzkrügen trinkt. Von der Theke ertönte gerade eine Glocke. Was hat das zu bedeuten?"

„Der Wirt signalisiert, dass ein neues Fass angeschlagen wurde. Manchmal läuft auch ein Bäcker durch die Reihen und verkauf Brezeln und Laugenstangen. Selbstverständlich werden an den Tischen auch Angebote gemacht und Geschäfte abgeschlossen. Es wird gehandelt und gefeilscht. Hier herrschen Freude, Betriebsamkeit und gegenseitige Achtung. Nur käufliche Damen sind hier verpönt. Manche studentische Bewegung hat hier ihren Ausgang genommen und sich überall im Land verbreitet. Ihr seht da drüben an der Wand das Portrait von

John F. Kennedy. Könnt Ihr Euch vorstellen, was hier los war, als bekannt wurde, dass er ermordet wurde? Die Studenten müssen außer sich gewesen sein vor Trauer und Zorn."

Sie hatten sich allmählich an die Atmosphäre in der Kneipe gewöhnt und auch schon das eine oder andere Bier getrunken, als Paul anfing, eine Geschichte zu erzählen.

„Niemand hat bisher etwas von meiner Studentenzeit hier in der Stadt zu hören bekommen, selbst meine Eltern nicht, die damals noch meine Bude finanzierten. Vielleicht habe ich mich geschämt, vielleicht erschien mir die Geschichte auch selbst zu fantastisch, als dass sie glaubwürdig in der Realität aufgenommen worden wäre."

„Jetzt machst Du uns aber neugierig. Du warst für uns immer das Vorbild, der brave Student und erfolgreiche Geschäftsmann."

„Los jetzt! Heraus mit der Sprache. Wir wollen Deine Schandtaten hören."

„Ich hatte zum ersten Mal das Gefühl von Freiheit und Selbständigkeit. Niemand konnte mich bremsen. Ich habe zwar den Professoren zugehört, aber oft die Praxis vermisst. So wurde meine Aufmerksamkeit mehr auf das Geldverdienen gelenkt. Die Menschen in dieser Stadt schienen fast ausschließlich ihre Gewinne im Handel zu finden. Ich spitzte meine Ohren und beobachtete, was meine Kommilitonen brauchten. Das habe ich beschafft und dabei kleine Gewinne für mich herausgeschlagen. Die wussten auch bald, dass sie mich ansprechen konnten, wenn sie z.B. besondere Bücher, Gebrauchsartikel, Textilien, Geschenke usw. suchten und bezahlten ohne Murren meine Preise. Dabei war ich nie ein Wucherer, sondern erkannte meinen Gewinn durch Beobachtung meiner Kunden. Ich hatte immer Geld zur Verfügung und genoss alle Ausschweifungen des Studentenlebens. Das Freiheitsbewusstsein beflügelte mein Handeln genauso wie mein Leben. Ihr könnt Euch sicher vorstellen, dass ich hier im Roten Ochsen Stammgast war. Eines Abends setzten sich fünf Matrosen zu mir an den Tisch. Sie hatten mächtig Durst und erzählten von Fahrten auf dem Meer. Sie kannten alle Weltmeere und Häfen. Die Ladung ihres Containerschiffs wurde gerade im Hafen der Stadt geleichtert und der Kapitän hatte ihnen zum Landgang freigegeben. Ich hörte fasziniert zu und spendierte auch die eine oder andere Runde. Von Heldentaten in schwerer See, von fremden Menschen und schönen Mädels, die in jedem Hafen auf sie warteten, war die Rede. Der Kapitän behielt vorsichtshalber immer etwas von ihrer Heuer ein, weil die beim Landgang immer draufging. Wie lang der Abend ging und wie er endete, konnte ich niemals mehr rekonstruieren. Ich erinnere mich erst wieder an einen Traum, in dem ich auf einer Schaukel saß. Plötzlich brüllte jemand und ich landete auf der Erde. Die Schaukel war eine Hängematte, die Erde war der Schiffsboden über der Bilge und gebrüllt hat der Bootsmann: Raus aus der Koje, Benjamin. Du wirst an Deck gebraucht. Verwirrt fragte ich: Wo bin ich? Er brüllte weiter: Du bist an Bord der Kap Horn mitten im Atlantik. Ich wollte wissen wie ich hierherkam. Fünf Matrosen haben Dich an Bord geschleppt und Dich mit einem Vertrag dem Käpten übergeben. Der Käpten war einverstanden, zahlte die Provision für Dich und wir haben Dich unter Deck geschafft. Hier sind Hose, Jacke, Stiefel und ein Südwester. Zieh Dich an und komm nach oben, aber sofort! Wenn Du kotzen musst, dann häng Deinen Schädel über die Reling.

An Deck peitschten mir der Wind und die Gischt der Wellen ins Gesicht. Ich wurde schlagartig nüchtern. Das Schiff rollte und stampfte durch die aufgebrachte See. Ich wollte etwas fragen, aber meine Stimme war noch nicht stark genug. Ein Matrose winkte mich zu sich und brüllte mir ins Ohr: Verzurrung der Container prüfen! Der Matrose sah, dass ich mich unsicher von einer Sicherungsleine zur nächsten hangelte und schickte mich zum Smutje in die Pantry. Der Schiffskoch empfing mich: Ah, Du bist der Benjamin. Bist wohl noch unsicher auf den Beinen, deshalb haben sie Dich zu mir geschickt. Trink erst mal einen Schluck Kaffee und dann schälst Du die Kartoffeln! An Bord muss sich jeder nützlich machen.

Smutje, ich weiß immer noch nicht, wie ich an Bord gekommen bin. Ich muss sturzbetrunken gewesen sein. Er lachte: Das ist manchem Seemann schon so ergangen. Du bist Werbern in die Falle gegangen, hast im Suff ein Arbeitsgesuch unterschrieben. Der Käpten braucht immer Leute. Die Werber haben ein hübsches Sümmchen kassiert und sind verschwunden, nachdem sie Dich geschanghait und abgeliefert hatten. Du gehörst jetzt für die Reise zu unserer Crew. Wir haben einen guten Kapitän. Nur der Bootsmann ist etwas rau. An Bord bekommen wir alles, was wir brauchen ... außer Frauen. Wir bringen Container nach Kapstadt. Die Araber kriegen auch Container und geben uns welche mit. Dann geht's durch den Suez-Kanal nach Ägypten und wieder nach Hause. Dort wird die Crew abgelöst und wir erhalten unsere Heuer. Mach Dich nützlich und genieße was geht. Die Reise kann sich bis zu einem halben Jahr hinziehen. Ich schüttelte den Kopf: Das kann doch nicht sein. Ich bin illegal und unfreiwillig an Bord. Ich habe keine

Papiere bei mir usw. Das ist doch eine Art Freiheitsberaubung. Der Smutje lachte wieder: Das macht nichts und spielt auch keine Rolle. Wir brauchen Dich und unter dem Kommando des Kapitäns wird manches legal. Und vergiss nicht, dass Du nichts beweisen kannst! So wurde ich unfreiwillig Seemann. Meinen Eltern schrieb ich von Kapstadt, dass ich mich auf einer Studienfahrt befinde, damit sie sich keine Sorgen machten und meine Bude weiterbezahlten. Als Benjamin wurde ich überall hingeschickt und lernte sehr viel. Wenn ich dem Maschinisten half, zeigte er mir die Maschinen und ihre Funktionen. Wenn ich dem Käpten und dem Steuermann Kaffee brachte, durfte ich beim Navigieren zuschauen. Die beiden erfahrenen Seeleute erzählten mir vieles von Winden und Strömungen und dem Verhalten von Menschen und Schiffen auf dem Meer. Einer der Matrosen war medizinisch ausgebildet und brachte mir bei, wie ein Arm wieder eingerenkt oder die Blutung einer Wunde gestillt wird. An Deck lernte ich vieles über Sicherheit und den Umgang mit Tauen. Ich lernte Knoten schlagen und Leinen spleißen. Wenn sich das Wetter beruhigte war auch mal Langeweile an Bord. Die Westküste Afrikas war unbeliebt bei den Seeleuten, weil sie sich unendlich lang hinzog, tobte aber ein Sturm von Westen oder von Nordwesten, dann waren alle auf Alarm eingestellt. Der Käpten ordneten auch Notfallübungen an, um Feuer an Bord zu löschen oder Rettungsboote ins Wasser zu lassen. Als wir den Äquator querten gab es wie üblich an Bord ein Besäufnis mit allerlei Späßen. Vor Kapstadt musste der Kapitän drei Tage vor Anker warten, bis er in den Containerhafen einlaufen durfte. In der modernen Großstadt lebten Menschen aller Nationalitäten. Ich erlebte meinen ersten Landgang. Die Kameraden nahmen mich mit in die ihnen bekannten Bars. Alles, was für uns hier selbstverständlich ist, gab es auch dort. Der Käpten drängte zwar zur Eile, weil er hohe Liegegebühren zu zahlen hatte, aber das Löschen der Ladung und das Stauen der neuen Container dauerte seine Zeit, in der nur zwei Leute zur Wache an Bord bleiben mussten. Endlich umrundeten wir das Kap der Guten Hoffnung bei heftigem Seegang und nahmen Kurs Nord in den Indischen Ozean. Der Käpten wollte die Meerenge zwischen Madagaskar und Afrika nehmen, weil der Weg kürzer ist. Aber plötzlich bauten Winde aus Süd und Nord große Wellenberge auf. Deswegen drehte der Käpten wieder ab und umrundete Madagaskar und die Inselgruppe Mauritius. Das Wetter hatte sich wieder beruhigt und die Freiwache konnte es sich gemütlich machen. Eines Nachts gab es Alarm in Höhe der Küste Somalias: Piratenalarm! Alle Mann stürmten an Deck, der Bootsmann gab Schusswaffen aus. Wir verteilten uns steuerbords und backbords auf dem Gangbord und sofort peitschten Salven übers Deck. Die Piraten sind sehr geschickt und werfen von ihrem Boot aus an Leinen befestigte Mauerhaken über die Reling und klettern an der hohen Bordwand hoch. Zwei müssen schon an Deck gewesen sein. Unsere Kugeln haben sie wahrscheinlich vertrieben. Wir hörten Geschrei und das Aufklatschen auf der Wasseroberfläche. Wir schickten noch ein paar Salven auf das Boot der Piraten und holten die Leinen ein. Das Boot trieb ab. Unklar blieb, ob jemand verletzt oder gar getötet wurde.

Dann suchten alle Mann das Schiff ab, um sicher zu gehen, dass sich keiner der Burschen irgendwo versteckt hatte. Die Araber ließen sich Zeit beim Löschen und Stauen der Container. Im Kanal wurde es etwas hektisch, denn der Schiffsverkehr nahm schon im Golf von Aden erheblich zu. Es dauerte lange bis jedes Schiff von einem Lotsen ins Mittelmeer entlassen wurde. In Alexandria durfte ich noch einen Tag an Land verbringen. Dann ging die Fahrt über das Mittelmeer und durch die Meerenge von Gibraltar hinaus auf den Atlantik. Als wir hier in der Stadt wieder ankamen, rief mich der Käpten zu sich und sprach mich zum ersten Mal mit meinem Namen an: Paul ich weiß, geschanghait werden ist Scheiße. Nimm es als einen Lebensabschnitt. Du hast viele Erfahrungen gemacht und am Schluss noch eine hübsche Heuer verdient. Wenn Du zusätzlich zu dem, was ich für Dich aufbewahrt habe, noch etwas sparsam warst, kannst Du sicher einige Zeit davon studieren. Ich gebe Dir außerdem eine Art Soldbuch mit. Da steht drin, was Du gearbeitet und gelernt hast an Bord. Das hilft Dir, wenn Du wieder einmal auf einem Schiff anheuerst. Ich wünsche Dir alles Gute!"

Als Paul seine Erzählung beendet hatte, waren die Freunde noch minutenlang in Gedanken versunken. Nora fasste sich als Erste und holte tief Luft: „P, Du hast recht gehabt mit Deiner Einleitung. Ich weiß nicht, wie es Euch geht, aber mir fällt es schwer die Geschichte als bare Münze aufzunehmen."

„Naja, bei der Szene mit den Piraten habe ich vielleicht etwas übertrieben, aber sonst …"

„Donnerwetter, P, ich wusste gar nicht, dass Du auch Geschichten erzählen kannst."

„Mein Soldbuch habe ich immer noch, wenn das als Beweis für meine Glaubwürdigkeit gelten sollte."

„Versteh uns nicht falsch. Wir sind Freunde und würden Deine Glaubwürdigkeit nie anzweifeln. Aber die Geschichte klingt für uns Landratten heute so unwahrscheinlich, dass wir sie eher in einer lang vergangenen Zeit der Seefahrt verstehen würden.“

„Hat Dir das Abenteuer eigentlich gefallen?“

„Wenn es mir gefallen hätte, würde ich es schön finden. Das bestimmt nicht. Aber was ich erlebt habe, sind eine Menge Erfahrungen, die ich nicht missen möchte.“

„Bist Du noch einmal solchen Werbern begegnet?“

„Nein. Mir wurde gesagt, dass sie in jedem Hafen zu finden sind. Wenn ich jemals wieder einem begegne, dann wird er es bereuen.“

„Warum hast Du Dich nicht während eines Landgangs einer Polizei anvertraut?“

„Die hätten mich ohne Beweise nur ausgelacht.“

DIE IDEE

Die fünf Freunde blieben noch einen Tag in der Stadt. Paul konnte ihnen noch Sehenswürdigkeiten zeigen und einige Anekdoten aus seinem Studentenleben hier erzählen. Dann starteten sie zur letzten Etappe ihrer Reise nach Hause. Ulf, Hanno, Steffi und Rolf hatten sich verabredet, die Eltern von Esra abzuholen und bereiteten eine Wiedersehensfeier im Anwesen von Karl und Esra vor. Die Jungs kauften ein, Oma und Steffi würzten die Steaks und bereiteten Salate zu und Opa war der Grillmeister. Sie saßen alle zufrieden auf dem Rasen hinter dem Haus und genossen den milden Sommerabend, den Duft des heimischen Fassbiers und unterhielten sich über alle interessanten Themen, nachdem die Biker einen Urlaubsbericht abgegeben hatten. Bald trat der Alltag wieder in den Vordergrund. Die Männer gingen ihrer Arbeit nach, die Mütter korrespondierten häufig mit den Kindern und pflegten den Kontakt zueinander. Steffi konnte bald das Examen für ihre pädagogische Laufbahn ablegen. Rolf studierte Wirtschaftswissenschaften und verlängerte die Ausbildung im Bereich Bankwesen. Hanno war bald so weit, dass er in der Kanzlei des Vaters als Anwalt mitarbeiten konnte. Ulf brach sein Studium schon nach dem ersten Semester ab und absolvierte eine Lehre im Elektrohandwerk mit Abschluss. Er hatte die Ausbildung zum Meister noch nicht ganz fertig und konzentrierte sich mehr und mehr auf den Fachbereich Elektrotechnik und EDV. Obwohl die Kinder unterschiedliche Ausbildungsrichtungen verfolgten, stimmten sie immer wieder in ausgedehnten Gesprächen ihre Erkenntnisse ab und jeder zeigte Interesse für die Ziele der anderen. Sie pflegten ihre Freundschaft, wie sie es bei ihren Eltern erlebten und wuchsen zu einem Team heran, das gemeinsam viele Aufgaben löste. So vermieden sie Umwege und Misserfolge in der Ausbildung. Das merkten auch die Eltern, wenn sie in die Entwicklung der Kinder eingreifen wollten oder Fragen nach einem bestimmten Status stellten. Sie erhielten oft die Antwort: „Wir haben beschlossen, wir haben erkannt, wir werden das diskutieren."

Eines Tages kam Rolf auf Fritz zu: „Vater, ich habe Dich als Bub mal gefragte, warum es uns so gut geht und Du erzähltest mir die Geschichte, wie Du eine Firma praktisch gerettet hast durch den Kauf eines wertlosen Aktienpaketes. Die folgende Hausse hat uns bzw. Dir ein gewaltiges Vermögen beschert. In der Literatur meines Faches treffe ich immer wieder auf Deinen Namen, wenn es um Aktiengesellschaften und Börse geht. Auch bei den Professoren steht Dein Name in hohem Ansehen."

„Das ist sehr schmeichelhaft für mich, aber ich habe noch nie darauf geachtet."

„Was ist eigentlich aus der Firma geworden? Du hast damals nicht alle Aktien verkauft. Verfolgst Du eigentlich heute noch die Kurse?"

„Ja. Die Firma steht in hohem Rang. Ihre Erfindungen haben die Industrie nachhaltig beeinflusst. Aber ich verfolge die Kurse nicht mehr. Du kennst doch meine Einstellung zur Börsenspekulation."

„Du hast mit geringem Risiko und Glück gewonnen. Du bist weder ein Spieler, noch ein Spekulant und betrachtest dennoch das Kaufen und Verkaufen von Aktien als ein Spiel."

„Das hast Du richtig erkannt. Wenn man sich auf Börsengeschäfte einlässt, sollte man den Einsatz als übriges Spielgeld bewerten, damit die eigene Existenz nicht gefährdet wird. Du darfst Dich nie darauf verlassen, dass die Börse auf Dich Rücksicht nimmt."

„Schon, Vater. Deine Erfahrung ist mir als Lehre geläufig. Ich wundere mich nur, dass Du nicht einmal nach dem Stand der Kurse schaust, z.B. um Dich zu freuen. Zumindest hast Du nie mit mir darüber gesprochen."

„Mein Sohn, was willst Du mir eigentlich damit sagen?"

„Naja, die Kurse der Aktien stehen zurzeit so hoch, wie Du sie wohl nie gesehen hast. Und ich weiß nicht wie viele Aktien noch in deinem Depot liegen."

„Und was soll ich mit einem zusätzlichen Vermögen anfangen?! Wir besitzen genug und ich will unsere Familie nicht durcheinanderbringen."

„Vater, ich will Dich weder beeinflussen, noch zum Spekulieren verleiten. Es reicht mir, wenn Du weißt, wie hoch Dein Paket im Wert steht."

„Also gut, mein Sohn. Ich werde mich darum kümmern. Aber Du bleibst bitte weiter vorsichtig und lässt Dich auf keine Spekulation ein. Wann machst Du eigentlich Dein Examen? Und mich interessiert vor allen Dingen, ob Du Dich in meiner Bank bewirbst?"

„Am Ende des Semesters werde ich examiniert und dann bewerbe ich mich!“

In der Folgezeit war Fritz oft nachdenklich und verschlossen. Nora merkte das veränderte Verhalten ihres Mannes. Wenn sie mit den Freunden bei Elfi zusammensaßen, fiel es auch auf, dass Fritz sich nicht wie gewohnt am Gespräch beteiligte. Sie machten sich Sorgen darüber, dass Fritz vielleicht eine Affäre haben könnte. Paul zog Fritz während eines Werkstattbesuchs in ein vertrauliches Gespräch zu diesem Thema. Fritz lächelte nur und versprach, beim nächsten Treffen in der Stammkneipe seine Gedanken mitzuteilen.

Nora Freimann erinnerte sich an ihre Zeit im *Schloss* und die erste Begegnung mit Fritz. Er war wie von einem Donner berührt, als sich ihre Blicke trafen. Minutenlang konnte er keinen zusammenhängenden Satz formulieren und versuchte lange Zeit, sich in der für ihn neuen Situation zurechtzufinden. Sie lächelte vor sich hin: Fritz verhielt sich wie ein angeschlagener, im Ring taumelnder Boxer. Als er dann begriffen hatte, dass sie sich beide wie vom Blitz getroffen ineinander verliebt hatten, wurde er zum wunderbarsten Mann, der ihr jemals begegnet war. … Das kann nicht zu Ende sein! Ich muss ihm helfen, sich in seiner Situation zu orientieren, aber in welcher? …

„Fritz, komm heute nicht zu spät nach Hause“, sagte sie beim Frühstück. „Wir sind bei Elfi in der Stammkneipe verabredet.“

„Danke. Das hätte ich fast vergessen“, antwortete er etwas abwesend.

„Dann kommst Du bestimmt auf andere Gedanken.“

Am Abend kamen Nora und Fritz tatsächlich etwas später in der Stammkneipe an. Jedenfalls saßen die Freunde schon zusammen und hatten sich gerade über etwas unterhalten und beendeten abrupt ihr Gespräch. Alle schauten Fritz fragend an, als sie am Tisch Platz nahmen.

„Ich weiß, dass Ihr Euch Sorgen gemacht habt über meine oft gedankliche Abwesenheit und deshalb versprach ich Paul, mich Euch mitzuteilen.“

„Das wird aber auch Zeit, mein Freund. Allerdings gestatten wir Dir, erst einmal einen Schluck zu trinken“, mischte sich Elfi ein, um den Ernst in der Stimmung etwas zu verscheuchen.

„Ich beschäftige mich schon einige Zeit mit einem Thema und gebe letztlich zu, dass ich alleine und alleine mit meinen Mitteln keine Lösung finden kann. Ich finde einfach keine Antwort auf die Frage: Was kann ich tun, um ein aussterbendes Dorf zu retten!"

„Es geht sicher um das Dorf von Mateo, wo wir gemeinsame Erlebnisse im Urlaub hatten. Du kommst aber jetzt hoffentlich nicht mit moralischen oder gar religiösen Gründen, um einen Spendenaufruf zu formulieren oder dort zu missionieren?!"

„Nein. Ganz bestimmt nicht. Mir ist klar, dass den Menschen in dem Dorf mit ein paar Millionen nicht zu helfen ist. Nein, meine Gedanken basieren auf einer gesellschaftlichen Aufgabe, die auf dem Engagement und der Zivilcourage aller betroffenen Menschen, zu denen ich mich zähle, beruht. Ich will wissen, ob es überhaupt eine Lösung geben kann und bitte Euch um Eure Meinung dazu!"

Alle am Tisch atmeten auf und im Gesicht von Fritz zeigte sich Freude über seinen Mut, sich geöffnet zu haben und in seinen Augen blitzte eine erste Begeisterung.

„Ich verstehe. Du zählst Dich zu den Betroffenen und stellst fest, dass der Schuh, den Du Dir angezogen hast, zu groß für Dich ist."

„Und Dein Charakter lässt es nicht zu, dass Du Dich damit abfindest."

„Fragen wir uns doch zunächst, ob die anderen Betroffenen überhaupt eine Aktivität in die Richtung Rettung des Dorfes anstreben wollen."

„Damit sieht es schlecht aus. Ich hatte den Eindruck, dass die Leute sich mit dem Aussterben des Dorfes abgefunden haben."

„Ich hatte auch den Eindruck. Aber das liegt wohl daran, dass sie auch keine Lösung finden, oder dass sie nicht den Mut haben, einen vielleicht anstrengenden, anderen Weg zu gehen. Andererseits glaubt der Pfarrer Petro fest an eine Lösung. Wir haben ja auch dem Kaufmann Daniel ein paar Vorschläge gemacht. Oder wie siehst Du das Paul?"

„Du hast recht, Esra. Der Glaube kann höchstens eine Sache oder eine Idee wachhalten, aber er verändert nichts. Damit wird unser Fritz sich nicht zufriedengeben. Ich versuche es einmal pragmatisch zu formulieren: Der Mensch strebt immer einen Wert, einen Gewinn an für sein persönliches Überleben. Würde er es nicht tun, würde er nicht leben. Er wird also etwas tun oder produzieren, was er selbst braucht oder verkaufen kann. Das kann also eine Dienstleistung oder ein Produkt sein. Er kann aber auch etwas für andere beschaffen. Dann sind wir beim Handel. Und dafür braucht er seine Mitmenschen, die Gesellschaft."

„Und was macht der Mensch, wenn keine Leute da sind, z.B. im Dorf?"

„Er geht dorthin wo Leute sind. Damit sind wir wieder bei der Landflucht. Die Katze beißt sich in den Schwanz!"

Am Tisch wurde für einen kurzen Moment gelacht, aber jeder zog sich in seine eigenen Gedanken zurück, um eine Lösung für diese ausweglos erscheinende Situation zu finden.

„Ich habe einen kleinen Vorteil vor Euch, weil ich länger mit dem Thema behaftet bin: Wir teilen die Menschen ein nach ihrem Status. Es gibt arme und reiche, einheimische und Ausländer, kranke und gesunde, kluge und dumme. Und so wie wir sie einteilen, neigen wir auch dazu, sie zu beurteilen. Die Paralympischen Spiele haben mich beeinflusst. Diese Menschen lassen sich nicht eindeutig einteilen. Sie können alle Eigenschaften haben. Sie sind nur zusätzlich behindert und sind im Rahmen ihrer Behinderung zu außerordentlichen Leistungen fähig."

„Das ist schon klar, Fritz. Ihr Leben hängt von der Art und der Schwere ihrer Behinderung ab. Danach können sie auch eingeteilt werden."

„Karl, gestatte mir bitte noch eine andere Einteilung: Es gibt Behinderte, die sich in der Wirtschaft, in der Politik, im Sport erfolgreich einbringen können wie normal gestaltete Menschen. Sie brauchen nur eine minimale Rücksichtnahme in der Gesellschaft. Wofür gibt es dann Behindertenzentren oder Pflegeheime? Weil dort die vermeintlich hoffnungslosen Fälle untergebracht sind. Ich bohre weiter: Sind alle diese Leute wirklich nicht mehr ins gesellschaftliche Leben einzugliedern? Können diese bedauernswerten Menschen wirklich keine Fähigkeiten mehr abrufen? Sind diese Fähigkeiten zwar da, stehen aber nicht zuverlässig zur Verfügung? Sind vielleicht Fähigkeiten da und sie kommen nur in der Gesellschaft nicht an?"

„Das können wohl nur Ärzte und Psychologen als Gutachter feststellen."

„Freunde, lasst uns doch wieder zum Thema zurückkehren: Wir brauchen Leute im Dorf, die bereit sind, etwas zu produzieren oder etwas zu leisten, was andere Menschen motivieren würde, das Dorf zu besuchen oder sich gar wieder dort anzusiedeln. D.h. wir suchen Menschen, die etwas tun wollen und können. Dann ergibt sich die Frage, Fritz: Wie sollen sie dazu motiviert werden, sich im Dorf anzusiedeln?"

„Darauf komme ich gleich. Ich bin dennoch überzeugt davon, dass in den Behindertenzentren oder auch in pflegenden Familien Menschen zu finden sind, die in das Projekt passen würden. … Jetzt erst kommen Organisation und Geld ins Spiel! Nehmen wir einmal an, wir könnten Menschen dazu bringen, im Projekt mitzumachen, wenn sie etwas Produktives tun könnten und dafür nicht sofort entlohnt, aber total versorgt würden. Dann würde ich das Risiko eines finanziellen Engagements eingehen, weil ich wie Paul auch der Meinung bin, dass durch Handel und Veränderungen wieder Leben ins Dorf einfließen würde. Das Projekt würde zum Selbstläufer werden. Die Finanzierung der totalen Versorgung für die angesiedelten Menschen könnte durch Verkaufsgewinne von eigenen Produkten und Handelsgütern heruntergefahren werden und die Leute würden selbständig Geld verdienen.“

„Wie kommst Du eigentlich auf die Einstellung, Fritz, dass es Leute gibt, die ohne sofortige Entlohnung für Dich arbeiten?“

„Erstens würden in diesem Projekt die Menschen nicht für mich arbeiten, sondern ich biete ihnen lediglich die Möglichkeit, sich nützlich zu machen und schließlich selbst für sich selbständig Geld zu verdienen; und zweitens ging ich zunächst bei meinen Überlegungen davon aus, mit Behinderten das Projekt auf die Beine zu stellen und für die ist die Versorgung zwangsläufig das Wichtigste. … Ich würde Euch sicher überfordern, zu diesem Zeitpunkt mit mir Einzelheiten zu diskutieren.“

„Ich halte das für eine kluge Feststellung. Du hast zunächst von uns gefordert, unsere Meinung zu Deiner Idee kundzutun. Für mich ist die Idee so interessant, dass ich zumindest darüber nachdenken werde.“

„Nora, ich stimme Dir zu. Wenn die Realisierung der Idee von Fritz bei der Diskussion über Einzelheiten sich als undurchführbar ergibt, können wir uns immer noch aus vernünftigen Gründen zurückziehen.“

„Zumindest hätten wir dann Fritz geholfen, die vielen Fragezeichen in seinen Gedanken zu beseitigen.“

„Und das heißt, wir gehen jetzt endlich zum gemütlichen Teil des Abends über. Von dem vielen Reden bekomme ich einen ganz trockenen Hals. Ich schlage vor, wir treffen uns das nächste Mal zu einem Braintrust. Vielleicht können wir auch unsere studierten Kinder mit einbeziehen.“

Am nächsten Tag rief Elfi bei Fritz an, weil sie während ihrer Arbeit ihre Meinung noch schuldig geblieben war: „Fritz, Du bist ein guter Mensch! Das wusste ich schon immer. Ich konnte nicht immer zuhören und mit Euch diskutieren, aber ich bin auch der Überzeugung, es ist wichtig für Dich, dass wir alle über Dein Projekt nachdenken. Als Ihr gestern Abend schon weg wart, kam ein Gast auf mich zu und sprach zwar zögerlich, aber ernsthaft: Frau Wirtin, bitte entschuldigen Sie, dass ich Ihre Gäste am Nebentisch belauscht habe. Es ist mir peinlich das zu gestehen, aber es betrifft mich. Ich bin Handwerker und habe meine Familie und mein Geschäft verloren, niemand braucht mich mehr. Ich schlage mich bis zur Rente mit der minimalen staatlichen Unterstützung herum. Ich würde sofort bei dem Projekt mitmachen. Würden Sie mich bitte informieren, ob und wann ich Kontakt zu Ihren Freunden aufnehmen darf?"

„Das ist doch mal eine gute Motivation dafür, dass wir weiterdenken. Du hast die Kontaktdaten zu dem Mann? Wir melden uns, sobald wir einen konkreten Anlass dazu haben. Danke, Elfi!"

Fritz sprach ab und zu nach der Arbeit mit Nora über das Thema. Er äußerte sich dankbar darüber, dass er mit seinen Gedanken nicht mehr alleine war und Nora sprach ihre ersten Bedenken aus: „Hast Du Dir das genau überlegt mit der Finanzierung?"

„Schatz, Du weißt, dass unser Vermögen seit einigen Jahren so groß ist, dass wir unsere Familie und unsere Freunde ewig damit versorgen könnten. Rolf hat mich darauf gebracht, mal nach dem Aktienpaket zu schauen. Dabei konnte ich feststellen, dass ich unbedingt verkaufen muss, um nicht einen gewaltigen zusätzlichen Gewinn zu verlieren. Und von dem Geld ist die Rede im Projekt. Wir brauchen es nicht, aber es gehört uns!"

Etwa eine Woche hatten Paul und die beiden Familien entgegen ihrer sonstigen Gepflogenheiten keinen Kontakt. Dann wurden sie ungeduldig und trafen sich bei Karl und Esra Kluge in deren Anwesen.

Alle hatten sie teilweise beschriebenes Papier vor sich liegen. Fritz übernahm die Gesprächsleitung. Schließlich handelte es ja um seine Idee: „Es wird sich zuerst wohl nicht vermeiden lassen, dass wir einzelne, erforderliche Schritte festhalten und uns entscheiden, wer diese übernimmt bzw. beaufsichtigt. Die betroffenen Menschen sind wohl der erste Faktor, an den allerdings viele Einzelheiten gebunden sind. Ich werde mich mit Behindertenzentren zusammensetzen, um eine Mannschaft von siedlungswilligen Leuten zusammenzustellen. - Übrigens hat Elfi mir gesagt, dass einer ihrer Gäste uns belauscht hat und sofort mitmachen will. Er ist Handwerker, nicht behindert und ohne Familie."

„Ist der Mann in Not oder was hat er?"

„Wie ich Elfi verstanden habe, ist er hauptsächlich unglücklich, weil niemand mehr ihn braucht. Wenn wir eine Mannschaft zusammengefunden haben, werden uns Fachleute sagen können, wie viele Betreuer wir dafür brauchen. Ich werde auch mal bei den Ärzten ohne Grenzen Informationen einholen. Bevor ich diese Kontakte knüpfe, sollte ich mit Mateo über das Projekt gesprochen haben, denn er muss einverstanden sein, auch wenn es nur ein Versuch werden sollte. Er muss den Wohnraum und die stillgelegte Möbelfabrik zur Verfügung stellen und ich denke, er sollte auch für die Ernährung der Mannschaft sorgen."

„Halt! Fritz, das kannst Du schon aus zeitlichen Gründen nicht alles alleine machen."

„Danke Karl! Ich hatte schon Angst vor meiner eigenen Courage."

„Also, die einzelnen Schritte sind notiert und wir werden sie verteilen. Aber die Adressaten werden vielleicht nicht die Geduld aufbringen, wenn wir über das Projekt reden. D.h. wir werden einen kleinen Prospekt zusammenstellen, wie wir uns das Projekt vorstellen. Den Prospekt benutzen wir als Türöffner. Esra, könnten wir das vielleicht Steffi zumuten?"

„Ich werde mit ihr darüber reden, wenn Ihr einverstanden seid."

„Diesen Prospekt würde ich an Mateo schicken und mit ihm besprechen, was auf ihn zukommt, wenn er mitmacht. Wahrscheinlich geht es auch um Renovierungen, Möbel usw.

Dein Hinweis auf Ärzte ohne Grenzen ist super, aber das ist ein separater Punkt, der auch die Betreuer mit einbezieht."

„Da könnte ich einsteigen. Ich habe noch Verbindungen aus meiner früheren Tätigkeit."

„Das ist gut, Esra. Dann bleibt mir vorläufig die Rekrutierung der Siedlergemeinschaft."

„Es muss uns klar sein, dass alle Punkte des Plans zusammenpassen müssen. Ich werde mich schon einmal darum kümmern, was produziert bzw. von den Siedlern zum Handeln angeboten werden könnte und wie der Handel stattfinden könnte. Was wird von wem gebraucht. Machen wir Werbung z.B. im Touristenhotel und in der Stadt. Fritz, denke bitte daran, dass bei den Rekrutierten auch Leute dabei sind, die etwas verkaufen können."

„So, Paul. Nun haben wir eine Mannschaft zusammen, haben Produkte zum Handeln, aber wir haben noch keine rechtlichen Grundlagen. Ich notiere mir alle juristischen Erfordernisse: Das Projekt braucht eine rechtliche Form, die Leute brauchen vielleicht Einreisebewilligungen und Arbeitserlaubnisse, wie ist das ganze Projekt steuerlich zu betrachten, machen die Versicherungen mit, wird die Versorgung als Entlohnung angesehen, gibt es Eigentums- und Mietverhältnisse. Hanno und ich werden diesen Punkt bearbeiten.“

„Ich habe in Erinnerung, dass in der stillgelegten Fabrik noch Werkzeuge und Maschinen zur Verfügung stehen. Wenn die Produkte feststehen, kann auch entschieden werden, was von dem Zeug noch gebraucht wird. Wenn Mateo Wohnraum zur Verfügung stellt, wird die Frage zu beantworten sein, ob alle Installationen dort in Ordnung sind. D.h. wir brauchen zumindest einen Techniker. Ob Ulf daran interessiert ist?“

„War da vorhin nicht von einem Handwerker die Rede, der sofort einsteigen würde? Wenn wir den unserem Ulf zur Seite stellen, müsste das gehen.“

„In diesem Projekt fließt Geld rein und raus. Nora, wäre das etwas für Dich?“

„Wenn wir Rolf dazugewinnen, traue ich mir das zu. … Nun haben wir uns fleißig in das ganze System eingebaut. Damit entsteht der Eindruck, dass wir auswandern.“

Alle lachten und freuten sich über Noras Bedenken. Über diesen Punkt hatte keiner bisher nachgedacht, weil ein derartiges Engagement nie in Frage gekommen wäre. Fritz beruhigte seine Frau Nora: „Nein, Schatz. Wenn wir die einzelnen Aufgaben hier im Plan verteilen, dann kann das nur bedeuten, dass wir eine Zeit lang dafür die Verantwortung übernehmen. Wir können von hier aus die Positionen und die Erfordernisse planen und dafür sorgen, dass sie vor Ort so ausgeführt werden, sodass unser Projekt gelingt. Wenn wir erfolgreich sind, kommen die ausgewanderten Leute zurück oder es siedeln sich viele andere Leute im Dorf an. Das gelingt aber nur, wenn es wieder zuverlässige wirtschaftliche Verhältnisse gibt. Dann gibt es auch wieder Kinder im Dorf und Mateo kann wieder eine Schule und vielleicht eine Klinik bauen. Außerdem können wir das Projekt nicht ewig unterhalten.“

Schon vierzehn Tage später lagen einzelne konkrete Ergebnisse vor. Steffi hatte einen kleinen, farbigen Prospekt erstellt und einer Druckerei in Auftrag gegeben. Die Heimleiter traten Fritz skeptisch gegenüber, weil sie zuerst daran dachten, eine Ausbeutung der pflegebedürftigen Menschen zu verhindern. Als einige junge Menschen mit körperlichen Behinderungen von dem Projekt hörten, waren sie begeistert darüber, ihr Können wieder produktiv einsetzen zu dürfen. In den Zentren wurden die arbeitswilligen Frauen und Männer genau überprüft, ob sie tatsächlich fähig waren, an dem Projekt mitzuarbeiten. Man einigte sich darauf, zunächst zwei Gruppen zu fünf Personen mit einem Pfleger zusammenzustellen und zur Probe auf die Insel zu schicken. Mateo, Valeria, Petro und Daniel waren sofort einverstanden. Wohnraum in unmittelbarer Nähe zur Gastwirtschaft und zur Fabrik wurde ausgesucht und erforderliche Arbeiten in Angriff genommen. Die juristischen Erfordernisse dauerten noch an, weil einige Bestimmungen durch Ausnahmegenehmigungen abgesichert werden mussten. Ulf überlegte, sich in dem Dorf mit einem Handwerksbetrieb selbständig zu machen. Der Kontakt zu Georg, dem Gast aus Elfis Kneipe war hergestellt. Die beiden Männer bekamen ein passendes Haus vom Bürgermeister zugewiesen und richteten sich zunächst notdürftig mit Werkzeugen und Maschinen ein. Besonders hilfreich war die Tatsache, dass Georg nicht nur Elektriker war, sondern auch in anderen Gewerken am Bau gearbeitet hatte.

Fritz war wohl der Meinung Ärzte ohne Grenzen für sein Projekt zu gewinnen, musste allerdings feststellen, dass diese Organisation in anderen Einsatzgebieten arbeitet. Er besuchte eine Gemeinschaftspraxis in der Stadt und diskutierte mit den Ärzten über eine Lösung. Sie einigten sich darauf, dass Fritz eine Praxis im Dorf notdürftig einrichteten würde, und dass die Ärzte abwechselnd zu festgesetzten Zeiten gegen Bezahlung dort zur Verfügung stehen sollten. Notfälle würden in der Stadt behandelt. Allerdings blieb die Option offen, diese Praxis vielleicht später zu einem vollwertigen Stützpunkt auszubauen.

Die Vorbereitungen in der Heimat waren schließlich abgeschlossen und die fünf Freunde, Ulf und Georg reisten auf die Insel, um die Örtlichkeiten in Augenschein zu nehmen und selbst noch Hand anzulegen. Als sie dort ankamen, waren sie überrascht. Mateo und die Dorfbewohner hatten die Unterkünfte schon bewohnbar hergerichtet. Es fehlten noch Möbel.

Ein großes Möbelhaus in der Stadt stellte gebrauchte Schränke, Betten, Tische und Stühle fast kostenlos zur Verfügung. Ulf und Georg holten sich Werkzeuge und Maschinen aus der Fabrik und komplettierten Elektro- und Sanitärinstallationen in den Wohnungen. Nach einigen Tagen waren auch vor Ort die Vorbereitungen abgeschlossen. Daniel hatte seine beiden Kühlzellen bereits mit Nahrungsmitteln bestückt. Mateo erweiterte seinen Gastraum und Valeria hatte sich darauf vorbereitet, täglich alle Beteiligten mit drei Mahlzeiten zu versorgen.

„Valeria, Du wirst viel Arbeit bekommen."

„Das schaffe ich schon. Mateo und noch zwei Frauen aus dem Dorf helfen mir."

„Ich bin aber eigentlich nur für Getränke und den Einkauf bei Daniel zuständig."

„Du wirst dort eingesetzt, wo ich Dich brauche!"

Alle lachten, waren bester Stimmung und zuversichtlich, dass ihr Vorhaben gelingen würde. Mateo kam noch mit einer Überraschung: „Ist einer von den Siedlern vielleicht Schafhirte? Ich werde nämlich eine kleine Herde anschaffen, die im Tal, das zum Dorf gehört, das ganze Jahr über grasen kann. Die Schur gebe ich in eine Weberei und wir bekommen Wolle, die unsere Neubürger zu Kleidung usw. verarbeiten können. Da staunst Du wohl, Paul?!"

„Allerdings." Paul blätterte in seinen Papieren. „Zwei Frauen sind dabei, die das Stricken beherrschen. Und schon haben wir ein zusätzliches Produkt anzubieten. Dazu kommen drei Gärtner, die aus Euren Gärten immer die besten Gemüse, Salate, Gewürze und Früchte herausholen. Einer ist Schuhmacher, dem wir eine kleine Werkstatt einrichten. Für einen Korbflechter habe ich bereits Weiden geordert. Eine Näherin flickt nicht nur die Arbeitsklamotten, sondern sie kann auch besonders schöne Kleidungsstücke produzieren. Dann haben wir noch einen Maler, der beide Unterarme verloren hat. Er malt mit dem Mund. Und siehe da, es gibt auch einen Mann, der sich auf zwei Prothesen fortbewegt und darauf wartet, jede Arbeit auszuführen. Dem übergeben wir Deine Schafe. Zwei Pfleger kümmern sich um das Wohlbefinden ihrer Schützlinge und packen überall dort mit an, wo sie gebraucht werden."

„Das hört sich fantastisch an. Wer von Euch übernimmt eigentlich die Leitung des ganzen Projekts?"

„Nora und Rolf werden zunächst die Buchhaltung und den Geldfluss einrichten. Sobald das einwandfrei läuft, bauen wir eine Steuerung per Computer von zu Hause auf die Insel auf. Dazu brauchen wir einen Verantwortlichen hier vor Ort, den wir noch finden müssen."

„Ich war noch nicht fertig, als Mateo mich unterbrach. Ihr wisst noch nicht, wie die Produkte verkauft werden: Wenn wir jetzt wieder zu Hause sind, kann Fritz die Neubürger losschicken. Mateo, Du und die Dorfbewohner helfen ihnen, sich in den Unterkünften einzurichten. Mateo, Du kümmerst Dich um Deine Schafherde. Ich bleibe ein paar Tage länger und sorge dafür, dass die Leute sofort arbeiten können. Wenn dann schon einige Produkte auf Lager hergestellt sind und aus den Gärten etwas zur Verfügung steht, werden wir mit einer Eröffnungsfeier und dem ersten Markt hier auf dem Platz vor Deiner Haustür beginnen. Daniel und ich machen entsprechende Werbung. Wenn noch zu wenige Produkte da sind, wird Daniel Waren zum Verkaufen beschaffen. Mit entsprechender Werbung und bestem Preis-/Leistungsverhältnis, wird das Leben bald wieder in Euer Dorf zurückkehren."

„Paul, Du verstehst es, den Menschen Hoffnung zu machen!"

„Und ich ziehe meinen Hut", ergänzte Daniel. „Und ich spendiere eine Lokalrunde."

„Ich habe noch etwas hinzuzufügen", räusperte sich Karl: „Ulf und Georg werden neben Daniel das zweite Geschäft im Dorf eröffnen: Dort gibt es LED-Lampen, Lichtschalter, Kabel, Wasserhähne, Waschmaschinen, Fernseher usw. zu kaufen. Zusätzlich bieten die beiden Handwerker beste Dienstleistung im Bereich Reparaturen und Beschaffung an. Vielleicht wird da auch bald ein Lehrling ausgebildet."

„Esra und Nora, wir drei trinken jetzt erst einmal einen Prosecco. Versprecht mir bitte, dass Ihr uns oft besucht. Ich möchte auch Steffi kennenlernen. Sie hat einen so schönen Prospekt gemacht mit unserem Haus vorne drauf."

„Übrigens habe ich auf dem Markt in der Stadt Leute getroffen, die sich über unser Projekt unterhalten haben. Einige sah ich, wie sie im Prospekt gelesen haben und nachdenklich mit anderen darüber sprachen."

„Fritz hat uns mit der Idee infiziert. Deswegen stehen wir alle dahinter. Es bleibt uns nur zu hoffen, dass die Menschen im Dorf und der ganzen Umgebung mitziehen, die Produkte kaufen und das Dorf wieder neu beleben."

Nachdem Fritz dem Leiter des Behindertenzentrums den Abschluss der Vorbereitungen gemeldet hatte, wurden die Mannschaften zusammengerufen. Es waren noch Fragen der betroffenen Frauen und Männer zu beantworten. Die Leute mussten noch ihre persönlichen Sachen einpacken, die Betreuer hatten für jeden, wenn es erforderlich war, einen Medikamentenplan und eine Grundversorgung dabei. Seltsamerweise machten sich die Behinderten keine Gedanken darüber, wie lange der Einsatz dauern würde. Nur die Betreuer wollten wissen, wann sie abgelöst würden.

Fritz versuchte eine Erklärung abzugeben: „Grundsätzlich hängt die Dauer des Projektes davon ab, wie wir alle damit zurechtkommen und ob das Ergebnis uns motiviert, das Ziel zu erreichen. Wenn z.B. Eure Produkte nicht gekauft werden und keine Menschen ins Dorf zurückkehren, kann das Dorf vor dem Aussterben nicht gerettet werden. Dann hätten wir unser gemeinsames Ziel verfehlt und wir müssten das Projekt abbrechen. Wenn jemand von Euch Heimweh bekommt, keine Lust mehr hat oder wegen Verpflichtungen heimkehren will, werden wir sicher mit der Heimleitung einen Ersatz organisieren können. Eure persönlichen Wünsche haben absolut Vorrang. Ich persönlich baue auf Eure Zivilcourage, Euer gesellschaftliches Engagement und ich hoffe, dass Euch das Leben auf der Insel und Eure wertvolle Arbeit viel Spaß machen werden. Ihr werdet erleben, dass der Bürgermeister Mateo und seine Leute Euch mit Freude empfangen werden. Sie wollen genauso wie Ihr, meine Freunde und ich das Ziel erreichen.“

Eine Woche später saßen alle zwölf im Flieger zu dem letzten Airport auf dem Festland, wo sie in eine andere Maschine umstiegen. Der Flughafen auf der Insel war nur für kleine Flugzeuge geeignet. Er lag in unmittelbarer Nähe zur Stadt am Hafen. Paul Prager ließ es sich nicht nehmen, die Gesellschaft zu begleiten und beantwortete immer wieder Fragen zu den vielen neuen Eindrücken, die auf die Menschen einströmten. Im Flugzeug wurde es kalt. Schon vor dem Start hatte sich schlechtes Wetter mit Regen und Wind angekündigt.

Die Passagiere zogen sich vorsichtshalber wärmende Klamotten über. An Bord gab es nur wenig Komfort. Der Flug sollte auch nur kurze Zeit dauern. Eine Flugbegleiterin an Bord reichte ihnen warme Getränke.

Paul traute seinen Augen nicht: Die Frau zog auch noch ihre Uniformjacke aus und bediente sie im Rock und leichter Bluse. Sie ließ sich die Kälte nicht anmerken.… Die hübsche Frau sieht richtig sexy aus. … Das Licht flackerte ab und zu. Die Motoren waren laut und ließen kaum ein Gespräch zu. Der Regen peitschte an die kleinen Fenster. Die Maschine sackte ein paar Meter in ein Luftloch. Der Flug wurde unruhig und die durch schaukelnde Bewegungen entstehende Unsicherheit übertrugen sich auf die Stimmung der Passagiere. Heftiger Donner und Blitze deuteten auf ein Gewitter hin. Der Pilot meldete sich beruhigend: „Liebe Fluggäste, Sie müssen keine Angst haben. In dieser Gegend toben häufig Gewitter. Wir sind schon über der Insel. Ich ziehe noch eine Schleife übers Meer und dann leite ich den Landeanflug ein. Bleiben Sie angeschnallt."

An den Bewegungen der Maschine war zu erkennen, dass der Pilot bei dem Manöver immer wieder gegensteuern musste. Der Sinkflug begann und plötzlich verstummten die Motoren. Die erfahrene Flugbegleiterin saß bewegungslos angeschnallt auf ihrem Sessel. Sie versuchte ein Lächeln, um die Reisenden zu beruhigen. Die Passagiere bekamen nicht mit, dass der Pilot einen Notruf an die Bodenstation meldete: „Mayday, Mayday, Mayday. Bin im Sinkflug. Beide Motoren sind ausgefallen!"

Die Maschine hatte noch so viel Schub, dass der Pilot sie mit dem Höhenruder waagerecht in der Luft auf Kurs halten konnte. Sie stürzte nicht in die Tiefe, sondern sie *segelte* immer tiefer übers Meer auf den Hafen zu. Die Menschen blickten sich ängstlich an. Da nutzte auch die Binsenweisheit, die man aus Filmen kannte, nichts mehr: Nach unten kommen sie alle! Die Maschine näherte sich immer schneller dem Hafen, aber noch schneller dem Meer. Die Absicht des Piloten, die Maschine auf der Wasseroberfläche zu landen, kannten die Passagiere nicht. Er zerrte am Ruder, um die Nase oben zu halten. Die Windgeräusche wurden immer lauter. Mit einem unbeschreiblich lauten Knall, als hätte ein Ungeheuer mit einem großen Hammer auf sie eingeschlagen, prallte die Maschine auf die Meeresoberfläche. An den Fenstern wurde Wasser sichtbar und es entstand ein Geräusch, als würde der blecherne Rumpf von einem gewaltigen Wasserfall geduscht. Die Passagiere wirbelten durcheinander. Dann hatte der Pilot es geschafft: Die Maschine trieb im Wasser vor den roten und grünen Leuchtfeuern der Hafeneinfahrt. Die Lichter im Hafen und von der Stadt her waren zum Greifen nahe.

Paul hatte sich - nicht nennenswert - die Hand verstaucht und half sofort der Flugbegleiterin, kleinere Verletzungen der Passagiere zu versorgen. Alle hatten überlebt. Der Pilot versuchte die Leute zu beruhigen: „Der Tower hat uns beobachtet und sofort Alarm gegeben. Die Retter sind gleich bei uns. Der Flieger säuft nicht ab!" Dennoch spürte man das Eindringen von Wasser in den Rumpf der Maschine.

Es war dunkel. Mit der dürftigen Notbeleuchtung war das Chaos im Passagierraum zu erkennen. Die Menschen hingen teilweise mit versteinerten Blicken angeschnallt in ihren Sitzen. Bei anderen waren die Gurte gerissen. Sitze waren aus der Verankerung gebrochen. Einige Menschen heulten oder redeten verwirrt. Der Schock saß allen in den Gliedern. Überall verstreutes Handgepäck und Einrichtungsgegenstände behinderten die Bemühungen der handlungsfähigen Menschen bei der Betreuung der anderen. Die Tragflächen waren beim Aufprall nicht abgebrochen. So blieb die Maschine waagrecht auf der Oberfläche liegen, aber sie tauchte Zusehens ins Wasser ein.

Nach einer gefühlten Ewigkeit rasten mehrere Rettungsboote aus dem Hafen auf die verunglückte Maschine zu. Dann wurde eine Tür geöffnet und eine Rutsche automatisch aufgeblasen. Paul half mit, einen nach dem anderen über die Rutsche in die Boote gleiten zu lassen. Gleichzeitig brachte ein Helikopter Stabilisatoren und einen Notarzt zur Unglückstelle.

Die Stabilisatoren wurden unter die Tragflächen bugsiert und aufgeblasen, um das weitere Absinken des Wracks zu verhindern.

Auf der Mole im Hafen nahmen mehrere Rettungsfahrzeuge die Geretteten auf und transportierten sie in die Unfallklinik. Paul erklärte dem Chef der Station, wo seine Gruppe herkam und wo er sie hinführen wollte. Der Arzt nahm sich ein paar Minuten Zeit für ihn.

„Herr Prager, ich habe von Ihrem Projekt gehört und werde bestimmt Gelegenheit finden, Ihre Arbeit zu verfolgen und Sie auch zu besuchen. Jetzt werden alle Leute erst einmal untersucht und ich werde alle zur Beobachtung bis nächsten Morgen hierbehalten. Sie können hier nichts mehr tun."

„Dann fahre ich jetzt ins Dorf und organisiere für den Vormittag eine Transportmöglichkeit für meine Leute."

„Ja, aber erst telefonieren wir beide vorher, nach der Visite um elf Uhr."

Paul ging in die Stadt und nahm das erste Taxi: „Bringen Sie mich zum

Dorf! Wissen Sie, wo das ist?"

„Klar, da habe ich meine Kindheit verbracht."

„Darf ich telefonieren? ... Fritz, hier ist Paul. Hast Du etwas von einem Absturz gehört?"

„Paul, um Himmelswillen! Ist etwas passiert?"

„Ja. Wir haben alle eine Notlandung vor der Hafeneinfahrt auf dem Wasser überlebt. Mach Dir keine Sorgen. Ich habe alles im Griff. Schau ins Internet und informiere die anderen. Ich melde mich morgen wieder."

„Oh, Chef. Gehören Sie zu der Siedlertruppe, die mit dem Flieger notgelandet ist? Das war bestimmt ein fürchterliches Erlebnis. In der Stadt wird Ihr Projekt mit Staunen und Achtung diskutiert."

„Das freut mich zu hören. Im Moment denke ich nur an meine Leute."

„Das glaube ich Ihnen gerne. Ist jemand ernsthaft verletzt?"

„Alle sind in der Klinik. Nach dem ersten Augenschein haben wir wahrscheinlich alle Glück gehabt."

„Ich kenne den Piloten. Er ist ein Meister seines Faches, mutig und trotzdem vorsichtig."

„Gibt es eine Busverbindung von der Klinik zum Dorf für meine Leute?"

„Gibt es, aber nur selten. ... Ich spreche mal eben mit meinem Chef. ... Hallo Zentrale! Gib mir bitte den Chef! ... Chef hast Du von der Notlandung gehört?"

„Habe ich, wahrscheinlich wie jeder hier in der Stadt."

„Mein Fahrgast ist Herr Prager, der Verantwortliche für die Truppe. Ich bringe ihn zum Dorf."

„Stell mal auf laut. ... Herr Prager, ich freue mich mit Ihnen darüber, dass alle überlebt haben. Kann ich etwas für Sie tun?"

„Danke. Ich habe gerade den Fahrer nach einer Transfermöglichkeit für meine Leute von der Klinik zum Dorf gefragt."

„Das soll morgen sein? ... Machen Sie sich keine Sorgen. Das übernehmen wir. Tauschen Sie mit dem Fahrer die Handynummern und geben Sie Bescheid, wann wir an der Klinik sein sollen. Alles Gute für Sie. Übrigens, wir sind gespannt, ob Ihr Projekt funktionieren wird."

Paul brauchte dem Fahrer gar nicht zu sagen, wo er im Dorf hinfahren sollte. Er hielt wie selbstverständlich vor dem Gasthaus von Mateo. Die

Dörfler wussten noch nichts von dem Unglück, aber als Valeria Paul zur Begrüßung in die Arme nahm, merkte sie seine Anspannung: „Paul, ist etwas passiert?" Mateo brachte etwas zu trinken und Paul berichtete in knappen Worten. Dann fragte er nach Ulf.

„Die Jungs haben Tag und Nacht gearbeitet. Morgen werden sie fertig sein mit der letzten Baustelle. Du kannst ihn aber anrufen."

„Ulf, hier ist Paul. Ich bin bei Mateo."

„Dann komme ich gleich vorbei."

„Das muss nicht sein, wenn Du noch zu tun hast. Ich wollte Dir nur eine Information geben, ehe Du Dir Sorgen machst wegen eines Flugzeug-absturzes: Das war unsere Maschine. Wir haben überlebt. Unsere Leute sind bis morgen noch in der Klink."

„Was ist das denn für eine verdammte Scheiße? Wann werden diese Buschpiloten endlich lernen ordentlich zu fliegen?!"

„Nein, nein! Der Pilot hat die Situation meisterlich gelöst. Wir haben auf dem Meer vor der Hafeneinfahrt aufgesetzt."

„Mann, oh Mann, wenn er da reingedonnert wäre, wäre vom Hafen nicht viel übriggeblieben.

Wir treffen uns zum Frühstück. Georg und ich werden heute Nacht noch fertig."

Mateo, Daniel, Petro und noch zwei weitere Männer aus dem Dorf sa-ßen mit am Stammtisch und wollten selbstverständlich jedes Detail des Unglücks wissen. Valeria bemerkte bald die Erschöpfung von Paul: „Dein Zimmer ist bereit, mein Junge. Ich glaube, Du brauchst jetzt erst mal etwas Ruhe!"

„Valeria, Du hast wie immer recht. Ich möchte nicht unhöflich sein, aber für heute reicht´s mir."

Als Ulf und Georg zum Frühstück erschienen, hatten sie noch kein Auge zugemacht: „Wir sind fertig geworden. Jetzt holen wir unsere Leute aus der Klinik in der Stadt. Hoffentlich ist keiner ernsthaft verletzt."

Paul lächelte erfreut über den Eifer der beiden Männer: „Der Arzt war gestern guter Dinge. Er gibt mir nach der Visite Bescheid. Dann wartet schon das Taxiunternehmen auf meinen Anruf und eine Stunde später sind alle hier versammelt. Es ist besser, Ihr legt Euch noch etwas hin. Die Leute brauchen unsere Hilfe, wenn sie hier ankommen." Dann machte Paul eine kleine Pause und fügte mit gespieltem Ernst im Gesicht hinzu: „Ich hoffe, Ihr habt bei Eurem Eifer nicht gepfuscht am Bau!"

Valeria erschrak und nahm die Jungs sofort in Schutz: „Aber Paul, wie kannst Du so etwas behaupten? Die Jungs waren wirklich fleißig!"

Alle anderen bemerkten den Spaß, der hinter Pauls Ausspruch steckte. Sie lachten und freuten sich darüber, dass nach der düsteren Anspannung wieder eine heitere Stimmung aufkam.

DAS PROJEKT

Paul erfuhr am Flugplatz, dass alles Gepäck der Reisenden glücklicherweise mit einer separaten Maschine angekommen war und zur Abholung bereitstand. Er informierte das Taxiunternehmen und schon am frühen Nachmittag erschienen drei mit Menschen und Gepäck vollgestopfte Großraumtaxis im Dorf. Einer der Fahrer, den Paul schon kannte, begrüßte ihn: „Hallo Chef. Wir haben alles erledigt. Keiner ist zurückgeblieben. Es wäre gut, wenn wir wüssten, wo die Klamotten hinkommen. Dann müssten sie nicht geschleppt werden."

„Danke. Wir wissen es selbst noch nicht. Das ist aber keine schwere Aufgabe. Alle wohnen dicht um die Gastwirtschaft herum."

Der Fahrer lachte: „Das ist eine weise Entscheidung! Keiner hat es weit bis zur Quelle!"

„Kann ich für Euch noch etwas tun?"

Die anderen Fahrer grinsten auch: „Danke, wir sind im Dienst. Aber wir besuchen Euch sicher bald wieder. Viel Glück!"

Im Gasthaus gab es ein Stimmengewirr bei der Begrüßung bis alle einen Platz an den Tischen eingenommen hatten. Bürgermeister Mateo hieß alle willkommen und machte ein paar humorvolle Bemerkungen, um die letzte Scheu von den Neusiedlern zu nehmen. Und Petro ergänzte ihn noch mit einer spaßigen oder ernstgemeinten Einladung in seine Kirche: „Jeden Sonntag!"

Mateo und seine Leute wussten von jedem, welche Beschwerden er hatte. Also konnten sie die Unterkünfte entsprechend aussuchen und einteilen. Dazu gehörte selbstverständlich auch, dass Wünsche des Zusammenwohnens berücksichtigt wurden. Jeder packte mit an, um das Gepäck von der Straße in die verschiedenen Häuser zu verholen. In der Gastwirtschaft wirbelte Valeria zwischen den endlich wieder vielen Menschen herum und freute sich, dass sie viele Wünsche erfüllen konnte. Daniel machte sich bereits Notizen, welche Vorräte als nächstes von ihm beschafft werden mussten.

Am nächsten Morgen führten Paul, Ulf und Georg die beiden Betreuer mit ihren Mannschaften in das Hauptgebäude der stillgelegten Möbelfabrik. Hinter dem Empfangstresen öffnete sich der ehemalige Ausstellungsraum, der sich über das ganze Erdgeschoss erstreckte. Der Raum war auf zwei Seiten mit großen Fenstern verglast. Ein paar Stühle standen noch herum. Paul sprach über die ehemalige Fabrik, die vom Unternehmer verlassen wurde, weil es keine Menschen mehr gab, die im Dorf leben und hier arbeiten wollten: „Ihr Lieben, ich denke über unser Projekt seid Ihr aufgeklärt. Ihr habt sicher schon gemerkt, dass wir uns alle mit Vornamen ansprechen. Damit unterstreichen wir, dass wir gemeinsam unser Ziel anstreben. Ihr unterliegt keinerlei Verpflichtungen, es sei denn sie kommen von Euch selbst. Fritz Freimann hat die Idee zu dem Projekt so formuliert: Ihr sollt die Möglichkeit haben, Eure Fähigkeiten so zu gestalten, dass sie Euch Spaß machen, in der Zukunft wirtschaftlich interessant werden und letztendlich wieder Menschen ins Dorf locken, um hier einzukaufen und zu leben. Entfaltet Eure Selbständigkeit. Das betrifft nicht nur Eure Ideen, sondern auch Veränderungen der Räumlichkeiten, die Beschaffung von Einrichtungen, Werkzeugen, Material usw. Sprecht Eure Betreuer an oder Ulf, Mateo, mich usw. Wenn Ihr irgendwie nicht zurechtkommt, fresst es nicht in Euch rein. Ihr könnt nur Hilfe erwarten, wenn Ihr darüber sprecht.

Es gibt einen Aufzug für die Gehbehinderten zu kleineren Räumen, wo einzelne von Euch ungestört arbeiten können, z.B. der Maler Udo, die Näherin Susi. Schaut selbst nach und entscheidet Euch. Dort hinten seht Ihr Weidenzweige aufgeschichtet. Na, Alan, da geht Dir doch das Herz auf, oder?! Die Weidenzweige habe ich nach Alans Angaben beschafft. Und so soll es auch bleiben. Daniel und ich werden nichts einkaufen, was Ihr nicht braucht. Damit komme ich zu einem ganz wichtigen Punkt: Erstellt Euch eine Liste über benötigte Dinge."

„Paul, Du gehst davon aus, dass wir sofort produktiv werden?"

„Ja, wenn Ihr das könnt. Z.B. stehen für Udo schon Staffelei, Farben usw. zur Verfügung. Den Gärtnern Emil, Gert und Hans stehen bereits einige Gärten zur Verfügung. Geräte, Samen und Pflanzen beschaffen wir nach ihren Angaben. Von den Strickerinnen Ina und Xenia müssen wir noch wissen, was sie stricken oder sticken wollen und was sie dafür brauchen. Unser Schafhirte Ulrich wird sich sofort mit Mateo auseinandersetzen. Viktor, von Dir wissen wir noch nicht, ob Du Schuhe reparieren oder auch herstellen willst und was Du dafür brauchst.

Wir wissen auch nicht, wann Ihr in der Lage sein werdet, Eure Produkte anzubieten. Wenn Ihr Euch allerdings dazu entschließt, etwas zu verkaufen und es sammelt sich ein Sortiment an, dann planen Daniel und ich einen Markt vor dem Gasthaus mit einem Biergarten und sorgen dafür, dass viele Neugierige uns besuchen. Wir haben auch noch andere Ideen: Gert und Hans sprechen Französisch und Englisch. Warum sollten sie nicht Schülern, die von ihren Eltern zu uns gebracht werden, Nachhilfeunterricht geben. Emil könnte Nachhilfe in Mathematik geben. Ihr seht also, wir haben eine große Palette an möglichen Aktivitäten zur Verfügung und es liegt an uns allen, gemeinsam etwas daraus zu machen."

„Paul, was ist mit den anderen Gebäuden?"

„Die brauchen wir eigentlich nicht, höchstens zur Lagerung von Materialien."

„Naja, wir könnten z.B. aus der Produktionswerkstatt eine Markthalle machen." Alle lachten, aber Emil fuhr grinsend fort: „Wir Gärtner sorgen fast täglich für frische Ware. Daniel könnte auch seine Waren mit verkaufen. Und wir wären unabhängig vom Wetter."

„Nicht schlecht die Idee. Allerdings kommt sie noch etwas zu früh. Wir sind noch nicht bekannt genug, dass wir andere Menschen anlocken könnten. Damit kommen wir zu der wichtigsten Frage: Wie locken wir die Käufer an?"

„Das weißt Du doch Paul. Angebot und Nachfrage regeln den Markt. Wir bieten beste Qualität zu einem interessanten Preis. Wenn die Leute das einmal herauskriegen, dann kommen sie regelmäßig."

„Leute, ich freue mich auf die Zusammenarbeit mit Euch! ... Noch einmal zur Organisation:

Valeria holt sich zwar noch Hilfe für die Küche, aber es wird für sie leichter, wenn Ihr die Zeiten einhaltet. Wicki und Urban, Ihr stellt Euch bitte in der Arztpraxis vor. Ulf und Georg haben in jedem Haus eine Waschmaschine installiert. Entweder Ihr wascht selbst oder ihr bittet jemanden darum, aber Ihr sorgt selbst dafür. Wenn Ihr mal in die Stadt gehen wollt, bestellt Euch Mateo ein Taxi oder Ihr wartet auf einen Bus. Da müsst Ihr noch etwas kreativ sein. Vielleicht kriegen wir irgendwann einen eigenen Bus mit der Aufschrift: Wir sind das Projekt!"

Susi, die Näherin, die sich wegen ihrer verkrüppelten Füße meist mit ihrem Rollstuhl bewegte, kam bald mit einer Liste auf Paul zu: „Paul, ich habe in der Produktionshalle eine funktionsfähige Nähmaschine gefunden und in der Nähe von Alan und Viktor im ehemaligen Ausstellungsraum am Fenster einen Platz dafür. Ich brauche verschiedene Garne und Stoffe. Ich werde Handtaschen, kurze Sommerhosen, T-

Shirts, Taschentücher, Hemden, Blusen usw. nähen, sobald ich das Material dazu habe. Ich werde täglich mehrere Teile produzieren."

Auch Viktor fand noch eine Maschine in der ehemaligen Sattlerei und bestellte seine Ledersorten und das Zubehör. Für Ulrich wurde eine Hütte im Tal hinter dem Dorf eingerichtet. Ein Tierpfleger, der auf die Schafzucht spezialisiert war, brachte Ulrich bei, was er wissen musste. Ein Hirtenhund machte bald die Bekanntschaft des Hirten. Die beiden verstanden sich sofort. Ein Pferch wurde abgesteckt. Dann lieferte Mateo dreißig Schafe an, die von dem Hirten und seinem Hund in den Pferch getrieben wurden. Sie begannen sofort das saftige Gras zu äsen: „Ulrich, ich schau zunächst fast täglich bei Dir vorbei, bis Du Dich eingelebt und eingearbeitet hast. Wenn sich ein Tier verletzt, meldest Du Dich sofort. Du steckst täglich einen neuen Platz für die Schafe aus, etwas weiter von Deiner Hütte entfernt, denn das Gras muss sich erholen und die Tiere müssen sich bewegen. Merke Dir, Du läufst vor der Herde und Dein Hund macht den Rest. Wenn es Zeit wird, die Schafe zu scheren, helfe ich Dir am Anfang. Mateo schickt einen Wagen mit einem Gehilfen. Die Wolle wird in Säcke gestopft und abtransportiert. Beobachte den Nachwuchs! Deine Verpflegung klärst Du mit Mateo. Im Winter werden die Tiere vermarktet. Ich wünsche Dir alles Gute."

Alan, der Korbflechter, hatte einen Rückenschaden und konnte seinen Oberkörper nur an den Hüftgelenken beugen. Deshalb arbeitete er meist stehend oder aufrecht sitzend. Er war so fleißig, dass für seine Produkte ein separates Lager im Haus eingerichtet wurde.

Viktor, der Schuhmacher, war oberhalb des rechten Knies amputiert worden und musste sich oft von der Last der Prothese entspannen. Seine Augen beobachteten ständig das Schuhwerk seiner Kameraden. Er konnte sogar am Gang einer Person feststellen, wenn mit den Schuhen etwas nicht in Ordnung war. Es kam dann vor, dass er eindringlich den Betroffenen ansprach: „Dein linker Absatz ist schief abgelaufen." Bei einem seltenen Besuch von Ulrich rief er spontan: „Deine Stiefel sind ausgelatscht."

„Ich habe doch nur dieses eine Paar. Soll ich vielleicht barfuß gehen?!"

Dann lächelte Viktor: „Wieso, es macht doch Deinen Prothesen nichts aus, im Dreck herumzulaufen. Nächste Woche lass ich Dir ein Paar neue Stiefel ins Tal bringen. Ich rate Dir, sie gut zu pflegen, sonst trifft Dich mein Hammer!" Trotz ihrer Behinderungen gingen die Leute oft humorvoll miteinander um.

Auch für Susi, die Schneiderin, wurde ein kleines Lager mit Regalen eingerichtet. Die edlen Stücke, wie Seidenblusen und -hemden wurden auf Kleiderbügeln aufgehängt.

Bei Ina und Xenia dauerte es etwas länger bis ein Paar Socken, eine Jacke, ein Pullover fertig waren. Sie stickten auch Wandbehänge, Handtücher, Tischdecken, Taschentücher usw. Daniel staunte immer wieder, wie häufig er aufgefordert wurde, die verschiedensten Materialen zu beschaffen.

Mateo war froh, dass sich Gert, Emil und Hans u. a. um seinen Garten kümmerten. Er fand keine Zeit mehr dafür. Die anderen Gartenbesitzer waren froh über das Wissen der Gärtner. Verschiedene Kohlsorten, Karotten, Salate, Zwiebeln und Gewürze gediehen prächtig, ebenso wie Tomaten, Gurken, Bohnen und Beeren. Valeria wurde täglich von den Gärtnern beliefert.

Udo, der Maler, arbeitete in einer etwas abgeschotteten Ecke im Ausstellungsraum. Seine Nachbarn schauten ab und zu nach ihm, um ihm Farben zu mischen oder eine Leinwand auf die Staffelei zustellen. An den Wänden in seinem Raum hingen schon einige Bilder auf Leinwänden und auf Papier, wenn er mit Wasserfarben arbeitete.

Paul wollte eigentlich längst schon wieder zu Hause sein. Zwei Wochen versorgten er und Daniel die fleißigen Siedler mit Materialien. Jetzt stand unbedingt der erste Markttag an.

Er informierte Fritz, der mit den Familien und den Freunden unbedingt dabei sein wollte und begann mit Mateo die feierliche Einweihung und den ersten Markttag zu organisieren.

Valeria hatte im Lokal alles vorbereitet für viele Gäste. Draußen wurden Tische und Bänke aufgestellt und dekoriert. Nora, Esra, Karl, Fritz, Elfi und die Kinder kamen einen Tag vorher und quartierten sich bei Valeria und Mateo ein. Am frühen Morgen wurden Pavillons und Verkaufsstände aufgebaut. Die Waren positionierten Steffi, Hanno, Rolf und Ulf mit Daniel und Paul zusammen. Alles war ordentlich und sauber angeordnet. Ulrich hat dafür gesorgt, dass ein kleiner Pferch abgesteckt wurde, teils bedeckt mit etwas Stroh. Eine Krippe stand darauf mit Grünfutter und ein Mutterschaf mit Lamm blökte. Es war eine typische Marktszene entstanden. Fritz war erstaunt.

„Wann wurde das alles produziert oder habt Ihr etwas zugekauft?"

„Das ist alles aus eigener Produktion unserer Leute."

„Das ist enorm. Aber wo nimmst Du Deinen Optimismus her, Paul, dass so viele Leute kommen, um das alles zu kaufen?"

„Wir müssen es abwarten. Daniel und ich haben geworben, Steffis Prospekt ist überall angekommen. Bei den Ämtern haben wir unser Vorhaben angekündigt und Erlaubnisse eingeholt. Unsere Lieferanten haben offen über unser Vorhaben mit anderen Kunden gesprochen. Wir machen gute Umsätze mit ihnen. Ein Journalist hat in einer Tageszeitung darüber berichtet. Außerdem herrscht wunderbares Wetter für einen Tagesausflug. Viele Menschen in der Stadt wissen die gute Küche von Valeria zu schätzen. Besucher und Käufer werden kommen. Davon bin ich überzeugt."

Um zehn Uhr fuhr eine Gruppe Radfahrer durchs Dorf an dem noch leeren Marktplatz vorbei. Minuten später kamen sie zurück: „Gibt es bei Euch schon etwas zu trinken?"

Steffi, die mit den Jungs als Bedienung eingeteilt war, rief zurück: „Klar! Ihr seid Willkommen."

Ulf und Georg hatten ein paar Lautsprecher und eine Musikanlage installiert. Das Mikrofon mit Fernbedienung steckte in seiner Hosentasche. Ulf testete: „Hereinspaziert!"

Es dauerte nicht lange, bis dass ein oder andere Auto in der Straße geparkt wurde und Neugierige den Markt besuchten. Die Neusiedler standen oder saßen in ihren Rollstühlen bei ihren Verkaufsständen. Wicki und Urban richteten ihre Aufmerksamkeit auf ihre Schützlinge, sprangen aber auch überall dort ein, wo sie gebraucht wurden. Alle waren da bis auf Ulrich, der seine Schafe nicht alleine im Tal lassen wollte. Auf das Lamm und seine Mutter passte Wicki auf.

Während die Erwachsenen sich das Bier schmecken ließen oder die Auslagen begutachteten, tollten schon Kinder zwischen den Tischen herum, bewunderten das Lamm und durften es streicheln. Der Platz vor dem Gasthaus füllte sich und die ersten Besucher suchten schon im Gastraum einen Platz. Valeria hatte drei Frauen von den Dorfbewohnern als Helferinnen für sich rekrutiert, die begeistert davon waren, etwas Sinnvolles tun zu dürfen.

Um elf Uhr, der Zeitpunkt war als offizielle Eröffnung des Marktes so gedacht, fuhren zwei Polizeimotorräder mit Blaulicht vor den Platz, gefolgt von einer Limousine. Ein Regierungsvertreter stieg aus. Damit hatte keiner gerechnet. Bürgermeister Mateo wurde aus der Küche gerufen. Er band schnell seine Schürze ab und empfing den hohen Gast: „Herr Stadtratsvorsitzender, bitte entschuldigen Sie, dass wir nicht mit Ihrem Besuch gerechnet haben."

„Herr Bürgermeister, das sollte auch eine Überraschung sein. Darf ich hier am Biertisch bei den Gästen sitzen? Wir haben im Stadtrat über Ihr mutiges Projekt diskutiert."

„Ich werde Ihnen meine Freunde - das sind ehemalige Gäste - vorstellen, die als Initiatoren des Projekts fungieren und heute alle mitarbeiten."

„Großartig. Aber jetzt freue ich mich erst einmal darauf mit Ihnen und den Leuten ein gutes Bier zu trinken. Die erste Lokalrunde geht auf mich!"

Ulf hatte sich zu den beiden gedrängt und mit seinem Mikrofon den entscheidenden Satz auf laut gestellt. Unter den Gästen brach sofort Gelächter und Beifall aus. Die Stimmung konnte nicht besser sein. Der Stadtratsvorsitzende flüsterte zu Mateo: „Darf ich den Markt offiziell eröffnen? … Wo ist das Mikro?"

„Ich stehe bei Ihnen, Herr Stadtratsvorsitzender", sagte Ulf lässig.

„Lieber Mateo, liebe Bürger, liebe Initiatoren und vor allen Dingen liebe Neusiedler, ich erkläre diesen Markt offiziell für eröffnet. Ich hoffe, Sie freuen sich genauso wie ich, an diesem schönen Fest teilnehmen zu dürfen. Unsere Regierung hat mich beauftragt, das wunderbare Projekt persönlich in Augenschein zu nehmen. Es ist uns bewusst, dass es sich bei dem Projekt nicht um eine Selbstverständlichkeit handelt, sondern um eine gelebte Initiative für eine gute Sache. Ich wünsche uns allen, dass sich der erhoffte Erfolg einstellt und die Wiederbelebung und Wiederbesiedlung des Dorfes stattfinden. … So, junger Mann wir brauchen jetzt kein Mikrofon mehr. Jetzt wird gefeiert und ich will unbedingt die selbstproduzierten Waren Ihrer Leute begutachten. Danke." Der Politiker hatte längst sein Jackett seinem Fahrer gegeben und die Ärmel hochgekrempelt, als er zu den Verkaufsständen ging. Mateo begleitete ihn und stellte ihm Fritz Freimann und jeden einzelnen seiner Freunde und die behinderten Neusiedler mit den Betreuern vor.

„Das habt Ihr aber nicht alles selbst produziert oder?"

„Oh doch! Unsere fleißigen Neusiedler arbeiten in der stillgelegten Möbelfabrik. Es fehlt nur unser Ulrich, der Schafhirte, der aus verständlichen Gründen nicht selbst hier sein kann. Dafür hat er allerdings ein Schaf und ein Lamm als Vertretung geschickt!“

Der Mann ging staunend von einem Stand zum anderen. Als er bei Udo ankam, fragte er: „Sind die Bilder zu kaufen? Ich sehe da an der Wand ein besonders schönes Gemälde. Es würde in mein Büro im Rathaus passen.“

Rolf antwortete für Udo: „Ja, es sind alles Unikate. Wie Sie sehen, malt der Künstler mit dem Mund. Auf der Rückseite der Leinwand ist sein Eigenzertifikat dokumentiert. Wir haben leider noch das Manko, dass wir keinen Rahmenbauer finden konnten. Mit einem passenden Rahmen würde das Bild noch besser auf den Beschauer wirken.“

„Ich werde dieses Bild kaufen und suche mir einen Rahmenbauer auf dem Festland. Sie schreiben mir sicher eine Rechnung, damit wir dem Finanzamt gegenüber korrekt gehandelt haben. Ist es in Ordnung, dass ich das Bild morgen abholen lasse, Sie geben mir die Rechnung mit und ich überweise den Betrag dann sofort?“

„So machen wir das. Darf ich mir eine Bitte erlauben? … Wenn Sie einen guten Rahmenbauer gefunden haben, würden Sie dann den Kontakt zu uns herstellen?“

„Das werde ich. Schon alleine deswegen, weil Udo ein wirklich begnadeter Maler ist. Sie werden bestimmt noch viele Bewunderer finden.“

„Danke für das Kompliment, Herr Vorsitzender. Ich höre gerne Menschen, die wissen, dass ich, wie jeder Künstler, zwar durch die Kritik lebe, aber auch vom Applaus.“

Später saßen Mateo und Fritz mit ihrem hohen Gast wieder am Tisch:

„Meine Herren, Sie werden sicher nicht genau wissen, ob und wie lange die Neusiedler hierbleiben. Sollten die Aufenthaltserlaubnisse begrenzt sein, dann werde ich Sie, Herr Bürgermeister, autorisieren lassen, die Dokumente selbst unbürokratisch zu verlängern. Sie brauchen dann nur den Stadtrat darüber informieren. Außerdem werde ich veranlassen, Ihr dankenswertes Projekt als förderungswürdig einzustufen. D.h. sie werden mit Zuschüssen aus den zur Verfügung stehenden Mitteln versorgt. Ich weiß, dass die meisten Häuser des Dorfes der Gemeinde gehören. Sehen Sie zu, dass Sie durch Renovierungen Siedlungswilligen einen Anreiz schaffen, wieder hier zu wohnen. Bleiben

Sie aktiv, meine Herren. Sie dürfen davon ausgehen, dass ich persönlich ein Interesse dafür zeige, das Dorf nicht aussterben zu lassen. Fast hätte ich es vergessen, die Papierkörbe im Rathaus, werden künftig nicht mehr aus Plastik bestehen, sondern die Körbe sein, die Alan für uns fertigt."

Eine Mutter stand mit ihren drei Kindern bei Ina und Xenia am Stand und bewunderte die Strickwaren: „Sind die Socken aus der Wolle Ihrer Schafe gestrickt?"

„Leider noch nicht. Die werden erst dieses Jahr geschoren. Nächstes Jahr bestehen die Socken aus unserer eigenen Wolle. Das gilt auch für unsere Pullover. Heute haben wir nur zugekaufte Schurwolle und Baumwolle zur Verfügung."

„Die Muster sind sehr schön. Sie haben nach skandinavischen Vorbildern gearbeitet."

„Die werden nächstes Jahr noch schöner, weil wir uns entschieden haben, die Farben kräftiger ausfallen zu lassen."

„Ich nehme jetzt sechs Paar Socken mit und nächstes Jahr hole ich mir gleich ein Dutzend bei Ihnen. Mit Pullover warte ich noch bis nächstes Jahr. Aber ich brauche zwei Tischdecken, Handtücher und Taschentücher mit eingestickten Namen."

„Wenn Ihnen die Tischdecken gefallen, können Sie die sofort haben. Für die Handtücher und Taschentücher lassen Sie bitte die Namen da. Die Teile sind dann spätestens übermorgen fertig, wenn Sie mit der Qualität einverstanden sind."

„Die Qualität ist in Ordnung. Können Sie mir sagen, wann ich mich wegen der Pullover bei Ihnen melden kann?"

„Ich frage mal unseren Oberschafhirten. ... Mateo, kommst Du bitte mal."

„Was kann ich denn für die Damen tun?"

„Wir wollen wissen, wann wir mit der Wolle unserer eigenen Schafe stricken dürfen. Die Kundin besteht auf Pullover."

„Die Schafe werden im Frühjahr geschoren. Die Weberei und die Färberei brauchen ca. vierzehn Tage. Ich schätze mal ganz vorsichtig Ende April oder Anfang Mai wird es werden. Die vorhandenen Pullover haben unsere Mädels doch auch gut hingekriegt."

„Ganz bestimmt. Die Pullover sollen aber für mich auch einen symbolischen Wert haben. Deshalb warte ich bis nächstes Jahr."

Alan schickte die Jungs schon wiederholt ins Lager, weil seine Flechtmaterial zur Neige gingen.

Bei Susi am Stand schaute ein Mann etwas verlegen auf die schönen Blusen an der Wand.

„Mein Herr, für Sie hätte ich ein schön gemustertes Flanellhemd oder ein weißes Hemd, dezent tailliert aus einem sehr angenehm zu tragenden Stoff zu bieten. Beides würde Ihnen super stehen. Ich kann aber auch nach Ihren Maßen arbeiten."

„Sie haben schon recht, die gefallen mir ja auch, aber ich bin eigentlich wegen meiner Frau hier."

„Aha, Sie suchen ein Geschenk. Wie sieht Ihre Frau denn aus?"

„Ja … sie ist ausgesprochen hübsch. Sie hat blondes langes Haar und eine … sexy Figur."

„Dann empfehle ich Ihnen meine weiße Seidenbluse aus einem ganz zarten, fließenden Stoff. Sie ist etwas sportlich geschnitten und wird nur großzügig zugeknöpft, hat einen lässigen Kragen und wird mit leicht hochgekrempelten Ärmeln getragen. Die beiden Brustseiten sind durch aufgenähte Taschen dezent verstärkt. Wenn Sie noch meine zartblauen Samt-Hotpants mit den Fransen an den Oberschenkeln dazu nehmen und Ihre Frau trägt die Bluse mit einem Knoten über dem Bauchnabel, … dann kann ich - was Sie betrifft - für nichts mehr garantieren." Susi grinste dazu schelmisch und der Mann lächelte ihr hoffnungsfroh ins Gesicht.

„Sie haben mich überzeugt. Packen Sie bitte beides ein und legen Sie noch ein Flanellhemd für mich dazu. Sie sind sehr verständnisvoll. Ich will meine Frau zum Geburtstag damit überraschen. Wir sind erst ein Jahr zusammen und ich weiß noch nicht alles, was sie gerne hat."

„Sie werden ganz bestimmt Erfolg bei ihr haben. Ich wünsche Ihnen viel Glück. Schauen Sie noch an unserem Blumenstand vorbei und nehmen Sie ein paar rote Rosen mit. Damit können Sie überhaupt nichts falsch machen."

Emil, Gert und Hans hatten den größten Stand und alle Hände voll zu tun. Selbst Urban musste aushelfen. Es wurden jede Menge Blumen verkauft und die für den Haushalt zuständigen Frauen und Männer packten den ganzen Tag über die Nahrung aus der Gartenernte ein.

Immer wieder musste einer von ihnen Nachschub aus den Gartenanlagen holen. Ihre Ware bestach durch Frische und Sauberkeit.

Ulf untermalte die lustige und gemütliche Stimmung mit seiner dezenten Musik. Manches Mal schnappte er auch - wie zufällig - eine scherzhafte Bemerkung auf oder einen lustigen Dialog und unterbrach dafür die Übertragung der Musik aus den Lautsprechern. Der Erfolg war meistens ein heftiges Gelächter. Ulf hatte aber so viel Feingefühl, dass kein Grund zur Beleidigung aufkam.

Gäste suchten auch den Gastraum auf, um ungestört etwas Deftiges zu essen. Die Kinder holten sich Eis an der Theke. Die Bedienungen waren flott und zuverlässig.

Ein kleines Mädchen von knapp fünf Jahren schlich sich unbeobachtet von allen anderen Gästen an Udo heran. Sie schaute ihm fasziniert zu. Sie tippte vorsichtig an seinen Arm.

Die Mutter sah das und wollte das Kind zurückholen, weil sie glaubte, das Mädchen würde Udo stören. Hanno bekam die Szene zufällig mit, winkte die Mutter mit einem Lächeln zurück und legte seinen Zeigefinger auf die Lippen. Die Mutter verstand und beobachtete nun ihrerseits die Szene.

„He, Du da! Was machst Du?" Udo legte den Pinsel auf die Vorrichtung und sah das Mädchen an.

„Ich male schöne Bilder."

Das Mädchen schüttelte ungläubig den Kopf: „Im Kindergarten malen wir alle mit Farben und Buntstiften Bilder für die Mama, den Papa oder die Oma. Da sind Herzen drauf oder Tiere. Aber Du hast doch keine Hände. Dann kannst Du auch nicht malen."

„Ich kann das auch, aber ich nehme dafür meinen Mund. Soll ich es Dir zeigen?"

„Oh ja. Das will ich sehen, aber Du darfst mich nicht betrügen."

„Das würde ich nie wagen, junge Dame. Also schau her: Meine Freunde haben nach meinen Anweisungen Farben in verschiedenen Gläsern gemischt. Auf der Staffelei haben sie mir Papier auf eine feste Tafel gespannt und hingestellt. Auf dieser Vorrichtung liegen meine Pinsel und Stifte."

„An unseren Stiften sind am Ende Radiergummis draufgesteckt. Das hier sind aber keine Radiergummis."

„Richtig. Das sind Mundstücke. Und jetzt setz Dich mal auf den Schemel und schau mir zu. Ich male etwas für Dich.“

Udo nahm den Bleistift am Mundstück auf und skizzierte mit wenigen
Strichen das Gesicht des Mädchens. Dann machte er eine Pause, legte
den Stift ab und schaute das Mädchen an. Mit offenem Mund nahmen
die Kinderaugen die Situation und das Ergebnis wahr. Nach ein paar
Sekunden jubelte es: „Das bin ja ich! Wie hast Du das gemacht?“

Udo amüsierte sich über die Unbekümmertheit des Kindes: „Meistens
male ich auf Leinwand mit Ölfarben. Heute nehme ich Papier und Pla-
katfarben. Das geht auch mit Wasserfarben. Wenn Du mir jetzt noch
Gesellschaft leistest und ruhig auf dem Schemel sitzenbleibst, male ich
Dein Portrait mit Farbe aus.“

Udos Augen gingen zielgerichtet von dem Mädchen zum Papier und
wieder zurück, wählte die richtigen Farben und den richtigen Pinsel
und wusch auch mal einen Pinsel aus. Mit sicheren Bewegungen seines
Kopfes und seiner Lippen malte er jedes Detail des Portraits aus. Dann
machte er eine Pause und sagte: „Junge Dame, wie heißt Du? Ich bin
der Udo. … Eva! Das passt zu Dir. Du hast so wunderschönes Haar. Du
wirst nachher aussehen, wie ein kleiner Engel.“

Das ging so weiter, bestimmt eine halbe Stunde lang. Hanno ging in
der Zwischenzeit zu der besorgten Mutter und erklärte ihr die Situation: „Machen Sie sich keine Sorgen. Ihr Kind erlebt gerade eine ein-
malige Erfahrung. Unser Udo ist nicht nur ein exzellenter Maler, sondern er hat auch sehr viel Geduld im Umgang mit Kindern. Und Ihre
Eva zeigt größtes Interesse. Gönnen Sie Ihrem Kind das Erlebnis.“

Fast ohne eine Miene zu verziehen hielt Eva durch. Udo deutete noch
etwas blauen Himmel mit Sonnenschein im Hintergrund an. Dann legte
er den letzten Pinsel auf: „So junge Dame, Dein Portrait ist fertig. Du
darfst es anschauen.“

„Oh! … Mama, Papa. Der Udo hat mich gemalt. Das müsst Ihr sehen.
Kommt schnell“, rief sie ihren Eltern zu und war dabei ganz aufgeregt.

Ulf hatte während der ganzen Zeit mit dem Mikrofon in der Nähe gestanden und alle Gäste lauschten gebannt dem Dialog zwischen dem
Meister und seinem Modell. Jetzt klatschten sie alle Beifall und viele
näherten sich Udos Stand, um einen Blick auf das Bild zu werfen.

„Eva, ich danke Dir. Wenn Dein Bild gleich trocken ist, schneiden meine
Freunde es noch richtig zu, dann wird es gerollt und in einen Pappkö-
cher gesteckt und Du darfst es mit nach Hause nehmen.“

„Udo, kann ich das bei Dir lernen, so schöne Sachen zu malen?"

„Du kannst mir zuschauen und ich kann Dir etwas erzählen, aber mehr geht nicht. Schau, meine Freunde müssen mir helfen bei den Vorbereitungen usw. Meine Tätigkeit ist also immer begrenzt. Ich kann Dir z.B. nicht die richtige Pinselführung beibringen."

„Darf ich Dich denn wieder besuchen?"

„Jeder Zeit würde ich mich über Deinen Besuch freuen. Ich arbeite täglich in meinem Atelier. Du kommst doch jetzt bald in die Schule. Dann hast Du wichtigere Dinge zu lernen."

„Das sagen Mama und Papa auch immer zu mir. Ich will aber auch malen!"

„Du bist jung, gesund und sehr aufmerksam. Du wirst bestimmt einmal eine große Malerin, und ich werde mich dann über Deine Bilder freuen."

Zur vorgerückten Stunde kam ein Mann mit einem schon etwas schwerfälligen Schritt zu Udos Stand: „Großer Maler, ich habe jetzt lange gezögert und schon etwas Bier getrunken. Aber keine Angst, ich bewundere Sie und Ihre Werke. Ich bin Breda, der Chef des Taxibetriebs in der Stadt. Als Ihr damals abgestürzt seid, habe ich Herrn Prager kennengelernt. Seitdem fahren meine Autos fast täglich zwischen dem Dorf und der Stadt hin und her."

Udo schaute kurz zu Rolf und der signalisierte Paul zum Stand zu kommen.

„Ich bin Paul Prager."

„Herr Prager! Wie schön, dass wir uns endlich mal begegnen. Wir haben nur am Funk miteinander gesprochen. Ich bin Breda, der Chef der Taxifahrer. Sie nehmen sich bestimmt die Zeit, mit mir eins Ihrer köstlichen Biere zu trinken, aber jetzt muss ich mit Udo noch ein ernstes Wörtchen reden. Bleiben Sie ruhig dabei. ... Also Meister Udo, das Bild dahinten an der Wand, aus dem die Wellen des Meeres ständig auf mich zurollen, mich aber nie erreichen, lässt mich nicht mehr los. Verkaufen Sie es mir!"

Rolf mischte sich ein: „Herr Breda, Udos Bilder sind nicht nur meisterhaft gelungen, sie sind auch Einzelstücke und stellen somit zwangsläufig einen hohen Wert da. Alleine schon die Tatsache, dass Udo sich von einem seiner Bilder trennt, kostet ihn Überwindung."

„Junger Mann, das kann ich nachempfinden. Und mit der gleichen

Liebe fühle ich mich zu dem Bild hingezogen. Ich möchte es haben."

„Es ist uns auch noch nicht gelungen, einen Rahmenbauer zu finden."

„Ich frage Sie nicht, was Sie für das Bild haben wollen. Ich biete Ihnen viertausend und Sie sagen mir, ob ich richtigliege."

Udo blickte Rolf fragend an und sagte: „Rolf, ist das nicht übertrieben?"

„Nein, meine Herren. Ich will den Preis nicht diskutieren. Erstens kann ich es mir leisten, zweitens ist meine Bewunderung für Udo und das Bild echt und drittens kenne ich Ihr wertvolles Projekt schon seitdem die Idee auf die Insel geschwappt ist. Herr Prager, wollen wir das Gespräch nach einem Bier fortsetzen?"

„Halt! Herr Breda, ich schätze Ihre Bewunderung für mein Bild! Rolf, wollen wir ihm nicht seinen Wunsch erfüllen?"

„Udo, ich sehe es ein. Du hast das letzte Wort. Herr Breda, Sie bekommen das Bild."

„Ich danke Ihnen. Das Bild wird einen schmucken Rahmen erhalten und bekommt eine exponierte Stelle in meinem Haus. Ich lasse es morgen abholen. Und jetzt wollen wir den Handel begießen."

Am Biertisch machte Paul noch einen letzten höflichen Versuch: „Breda, wir wissen beide, dass Sie zu viel für das Bild ausgeben. Ich denke, wir wären damit einverstanden, wenn Sie den Preis noch einmal überdenken."

„Nein. Auf gar keinen Fall! Immerhin geht es mir auch darum, Ihr Projekt zu unterstützen."

Es wurde Abend und die Verkaufsstände waren fast alle leer. Ausverkauft! Ulf ging mit seinem Mikrofon mitten hinein ins Publikum: „Liebe Gäste, wir alle, die wir diesen Markt und das Fest vorbereitet haben, sind Ihnen dankbar für Ihren Besuch. Wir haben uns zwar alle Mühe gegeben, aber wir hätten nie damit gerechnet, Ihnen so viel Freude bereiten zu können. Unsere alten Herren, Paul, Karl und mein Vater Fritz, bringen jetzt jeder Dame eine rote Rose, um sich auch mit einem freundlichen Wort persönlich zu bedanken." Dann senkte er seine Stimme und flüsterte verschwörerisch: „Männer passt auf Eure Frauen auf, die alten Herren können noch flirten!" Auf diesen überraschenden Hinweis folgte Gelächter. Dann fuhr er fort: „Die Blumengeste heißt aber nicht, dass Sie uns alle verlassen sollen. Nein, diesen herrlichen

Abend lassen wir noch zünftig und gemütlich ausklingen. Bitte vergessen Sie uns nicht. Wir werden den Markt sicher wiederholen. Tragen Sie die Botschaft hinaus: Im Dorf ist wieder Leben eingekehrt!" Dann schaltete Ulf die Musik wieder lauter. Es wurde noch getanzt bis spät in die Nacht. Die Neusiedler setzten sich mit an die Tische und beantworteten viele Fragen.

Am nächsten Tag halfen alle, die am Projekt beteiligt waren, bei den Aufräumarbeiten. Ulrich hatte sein Schaf und das Lamm bereits wieder zur Herde geholt. Die Neusiedler stellten zusammen, was noch an Material und fertigen Produkten zur Verfügung stand und welche Waren sie erneut für ihre Arbeit benötigten. Valeria und Mateo zahlten die Bedienungen und Helfer aus und stellten bei ihrer Abrechnung der Ausgaben und Einnahmen einen erfreulichen Überschuss fest. Nora und Rolf erahnten das Ergebnis ihrer Abrechnung für das Projekt bereits. Sie hatten schon vorher alle Rechnungen für Materialien aufgelistet und nun die Erlöse addiert. Selbst staunend berichteten sie Fritz, dass der Gewinn die Ausgaben um das Doppelte überstiegen. Sie vermerkten in der Abrechnung, dass die Gartenprodukte nichts gekostet hatten und die gesamten Arbeitszeiten der Neusiedler nicht in Zahlen festgehalten wurden. Karl, Esra und Paul nickten zufrieden. Nora schaute auf ihren Mann und erwartete eine Reaktion von ihm. Schließlich wussten alle, dass der Grundstock für das ganze Unternehmen auf die Initiative und das eingesetzte Vermögen von Fritz aufbaute.

„Ich freue mich selbstverständlich auch! Wir dürfen uns allerdings nicht vom momentanen Erfolg blenden lassen, sondern das Geschehene ist mit der Vergangenheit und der Zukunft zu verbinden. Deswegen fasse ich noch einmal zusammen: Die Ursache für unsere Idee war und ist, die Wiederbelebung des Dorfes zu erreichen. Zu Hilfe kam uns dabei die Erkenntnis, dass es Menschen gibt, deren Fähigkeiten zu verkümmern drohen. Das sind z.B. unsere hier anwesenden Neusiedler, die immer wieder beweisen, was sie können und was sie wollen. Ich bedanke mich bei Euch in dem Bewusstsein, mit Euch absolut wertvolle und gleichgestellte Mitglieder der Gesellschaft in unser Projekt aufgenommen zu haben. Ich bewerte Eure Aktivität nicht als Treppenstufe zu unserem Bestreben, sondern als separates zusätzliches Ziel, das wir bereits jetzt erreicht haben. Das sind keine leeren Worte! Ich habe jeden einzelnen von Euch beobachtet und mich besonders darüber gefreut, mit welcher Überzeugung Ihr Eure Produkte angeboten habt und ich bin sicher, dass unsere Gäste Euch nicht als bemitleidenswerte Behinderte angesehen haben, sondern als Partner!" Zufriedene und freundliche Gesichter und ein langanhaltender Beifall begleiteten seine Worte. Dann fuhr Fritz fort: „Ich komme nun zu unserer zukünftigen Perspektive: Der Grundstock für unsere Bemühungen ist und bleibt unser Konto mit dem finanziellen Polster, von dem die totale Versorgung und die Beschaffung der notwenigen Materialien für die Neusiedler gespeist werden. Ulf wird alle anfallenden Rechnungen auf dem hier installierten Computer einscannen und zu Nora und Rolf schicken, die dann die erforderlichen Buchungen vornehmen. Der gleiche Weg gilt auch für sämtliche Erlöse, die wir hoffentlich täglich, aber bestimmt bei jedem Markttag, erwirtschaften. Mit dieser Übersicht werden wir uns wohlgesonnene Ämter, Sponsoren und die Euch bekannten Behindertenorganisationen erreichen. Bestimmt wird unsere Gemeinschaft an Mitgliedern wachsen. Darüber hinaus werden zusätzliche Arbeitskräfte gebraucht, die nach und nach in die leerstehenden Häuser einziehen. Ich habe z.B. von Daniel gehört, dass er sein Geschäft wieder in seinem Haus einrichten will. Er schafft die Besorgung unserer Materialien und die Belieferung der Dörfler alleine nicht mehr und stellt einen Kaufmann ein. Mateo und Valeria brauchen Hilfe in ihrem Betrieb. Ulf und Georg betreuen mehrere Baustellen, wofür sie Handwerker brauchen. Herr Breda denkt bereits über eine ständige Fahrverbindung zwischen dem Dorf und der Stadt nach. Wicki und Urban werden sich künftig nicht nur um Eure Gesundheit kümmern, sondern auch mehr um Eure Arbeiten, Arbeitsplätze und die damit zusammenhängende Versorgung. Hoffentlich wird sich bald wieder ein Arzt hier fest ansiedeln. Mateo wird seinen Gemeinderat wieder aktivieren usw. Leute, wenn wir so beherzt an die Sache herangehen wie bisher, wird unser Projekt gelingen, auch wenn wir seltener bei Euch sind. Wir haben ja zu Hause auch Aufgaben zu erfüllen." Beifall begleitete Fritz. Dann erhob sich Udo, der Maler: „Ich erlaube mir, für meine Kameraden zu sprechen: Fritz ich danke Dir für Deine Worte, aber auch ganz besonders für Dein Engagement und das Deiner Freunde und Euren Familien. Ich habe mich seit meinem Zustand noch nie so wohl gefühlt wie hier in dieser Gemeinschaft. Wir werden durch Deine Hilfe mit allem versorgt und ich kann gerne auf einen persönlichen Lohn verzichten. Ich habe Grund, Deine Hoffnung für die Zukunft zu teilen. Elfi hat mir signalisiert, eins meiner Bilder mit nach Hause zu nehmen und in

Eurer Stammkneipe auszustellen. Esras und Karls Tochter, Steffi, will meine Bilder katalogisieren. Sie hat schon mit dem Fotografieren begonnen. Über so etwas, hätte ich nie gewagt nachzudenken. Naja, nachdem ich es gelernt hatte, begann ich bald auch aus Langeweile zu malen. Da haben sich eine Menge Bilder angesammelt. Zu Hause im Heim stehen auch noch welche herum. Aber wenn jemand auf die Idee käme eine Ausstellung aufzuziehen, würde ich wohl einen Rückzieher machen. Ich würde Gefahr laufen, irgendwo anders alleine angesiedelt zu werden. Und das werde ich nie zulassen. Ich gehöre in diese Gemeinschaft und ich will und werde sie um keinen Preis verlassen!" ... Beifall! ... „Ulrich, unser Hirte, wäre gestern bestimmt auch gerne dabei gewesen. Ich hoffe Mateo fällt dazu etwas ein, damit er ab und zu bei uns erscheinen kann. Valeria ist die beste Köchin, die ich je kennengelernt habe. Ich bin auch überzeugt davon, dass die Menschen hier uns nicht nur aus Mitleid akzeptieren. Wir wollen anerkannt werden, wie jeder andere Mensch. Die Akzeptanz können wir leider nicht als selbstverständlich voraussetzen, aber wir tun etwas dafür. Und das dürfen und können wir hier."

———————————

Es waren erst ein paar Tage vergangen, als ein vollbesetzter Bus die Dorfstraße entlangfuhr. Der Fahrer kannte sich wohl aus, denn er betrat sofort das Gasthaus: „Mateo, ich habe gehört, hier im Dorf gibt es wieder einen Markt. Deswegen bin ich mit mehreren Besuchern hierhergekommen. Wo ist der Markt? Es gibt doch eigentlich nur den Platz vor Deiner Wirtschaft."

„Da hast Du recht. Aber der Markt war schon letzte Woche. Wo hast Du die Info her?"

„Im Touristenhotel lag so ein Zettel herum. Keiner wusste etwas. Ich bin mit meinen Leuten einfach losgefahren. Meinst Du, es findet wieder ein Markt statt?"

„Grundsätzlich ja, aber ich weiß noch nicht wann. Unsere Neusiedler produzieren und verkaufen alles selbst, bei mir wird gegessen und getrunken, wie in alten Zeiten. Wir hatten viele neugierige Besucher. Die Stimmung war großartig und unsere Lager sind leer geworden. ... Da kommen gerade Daniel und der Betreuer Urban. Vielleicht wissen die, wann es weitergeht."

Die beiden setzten sich an den Tisch und wurden sofort ins Gespräch mit einbezogen. Vorher musste der Busfahrer noch eine Bemerkung loswerden: „Mateo, Du hast ja wieder gezapftes Bier. Das ist wunderbar:"

„Ja! Und das lasse ich mir auch nicht nehmen, auch nicht, wenn ich mit Valeria alleine hier wohne!"

Urban kam zur Sache: „Ihr stellt Euch gar nicht vor, wie fleißig unsere Leute arbeiten."

Und Daniel ergänzte: „Ich kann es bestätigen. Einzelne Produkte werden bei mir schon wieder gelagert, damit sie den Leuten nicht im Weg sind. Ich bin dafür, dass wir uns diese Woche noch auf einen Termin in ca. vierzehn Tagen einigen. Du kannst den dann von uns erfahren und wir würden uns freuen, wenn Du einen Haufen Besucher mitbringst."

Der Fahrer nickte. Für heute war er allerdings enttäuscht, weil er seine Fahrgäste umsonst hierhergebracht hatte. Aber Urban hatte eine Idee: „Meinst Du, Deine Leute wären interessiert daran, unsere Neusiedler bei der Arbeit zu beobachten und einige Produkte anzuschauen?"

So kam es, dass ungefähr dreißig Neugierige in die ehemalige Ausstellungshalle der Möbelfabrik strömten. Urban informierte kurz die überraschte Wicki und die Neusiedler und die Besucher verteilten sich überall da, wo die lächelnden Behinderten arbeiteten und ihre Produkte zeigten.

„Das ist ja ein wunderschönes Kostüm! Kann ich das kaufen?"

Susi zögerte: „Ich habe es eigentlich für den nächsten Markt vorgesehen. Wenn es für Sie persönlich ist, müsste ich es noch genau auf Ihre Maße anpassen."

„Dann nehmen Sie jetzt meine Maße und ich hole mir mein neues Kostüm ab, sobald es fertig ist! Wenn ich noch Gelegenheit habe, den Markt zu besuchen, hängt Ihr schönes Ausstellungsstück auf Ihrem Stand und ich führe stolz vor, wie es am Körper getragen aussieht."

„Wenn es Sie nicht stört, dass Ihr Kostüm dann kein Einzelstück mehr ist, tun Sie mir einen großen Gefallen."

„Was soll mich daran stören?! Erstens wird Ihnen bestimmt eine kleine Unterscheidung einfallen und zweitens könnten Ihre Strickerinnen eine dezente weiße Rose aufs Revers sticken, direkt über dem Herz."

„Gute Idee. Xenia, kommst Du bitte mal?! ... Könnt Ihr auf diesen Stoff etwas aufs Revers sticken? … Ja? Dann beratet Ihr gleich meine Kundin.“

Susi nahm die Maße vom Rock im Rollstuhl sitzend. Dann stellte sie sich kurz auf und nahm auch die restlichen Maße: „Sie haben eine ideale Figur und schöne Beine. Da können wir den Rock eine Idee kürzer zuschneiden. Ich kann einen verdeckten Schlitz einbauen oder eine versteckte Falte. Innen füttere ich das Kostüm mit reißfester, zartblauer Seide.“

„Eine Falte bei einem engen Rock? Wie soll das möglich sein?“

„Ich habe da meine speziellen Tricks. Sie werden sich wohlfühlen.“

„So, dazu möchte ich eine weiße Bluse aus einem weichen, fließenden Stoff, der sich an meine Haut anschmiegt mit einem sportlichen Kragen, den ich auf dem Revers tragen kann oder elegant darunter. Die Rose kommt an die gleiche Stelle, aber in Königsblau wie das Kostüm. Wenn ich die Jacke nicht anhabe, muss mein Mann den Eindruck bekommen, ich sei nicht ganz angezogen. Verstehen Sie was ich meine?“

„Verführerisch! Ihr Mann wird keine Chance mehr haben! … Dazu brauch Sie aber noch die richtige Fußbekleidung. Dazu lassen Sie sich von meinem Kollegen Viktor beraten. Der hat einen vorzüglichen Geschmack. Sagen Sie ihm, welche Farben wir benutzen und schlagen Sie ihm vor, die Farbe des Leders an Ihr Haar anzupassen. … Können Sie nächsten Dienstag zur Anprobe kommen?“

„Das trifft sich gut. Dann werde ich meinen Mann an seinem Geburtstag damit überraschen.“

„Wenn Sie früh genug da sind, kann ich eventuelle Änderungen sofort machen und dann ist das ganze Ensemble fertig. Sie werden mit Ihren schönen blonden Haaren toll darin aussehen.“

Bei den Strickerinnen herrschte Hochbetrieb. Ein Ehepaar suchte Pullover mit skandinavischem Muster und war begeistert, als der Vorschlag kam: „Für Ihre Zwillinge? Da sticken wir zusätzlich die Namen ein, damit die beiden keinen Streit kriegen. Wenn Sie bis Dienstag warten können, kann eine Ihrer Mitreisenden Ihnen die Pullover mitbringen.“

„Nein, wir schließen uns an. Vielleicht fallen uns bis dahin noch andere schöne Sachen ein.“

Ein Mann suchte Wollsocken mit Zopfmuster am Beinteil. „Aber ein Zopfmuster trägt man doch eher an einem Pullover.“

„Das ist es ja. Meine Socken sollen etwas Besonderes sein.“

Alan wurde gefragt, ob er einen Korb für eine Weinflasche flechten kann.

„Schauen Sie hier ins Regal neben den Vogelfiguren. Mit meinem Material kann ich Ihnen fast jeden Wunsch erfüllen. Die Wäschekörbe kann ich z.B. von Susi innen mit Stoff auskleiden lassen. suchen sich den richtigen Korb aus. Sie können auch bei mir bestellen.“

„Ja. Der ist schön. Der hat sogar einen Deckelverschluss von oben und steht griffbereit schräg auf dem Tisch. So etwas habe ich schon immer gesucht.“

Zwei Männer suchten bei Viktor im Regal passende Schuhe. Die gefielen den beiden zwar, aber bei dem einen war die Größe nicht dabei und der andere liebäugelte mit einer anderen Farbe. Viktor vermaß die Füße und schaute nach seinem Material: „Vielleicht schaffe ich es bis Dienstag. Ich hoffe das reicht Ihnen.“

„Was meinst Du, Konrad? Gibt es am Hotel ein Taxi?!“

„Erst brauchen wir noch Hausschuhe! Dann machen wir uns einen schönen Tag, der hier in der Gastwirtschaft am Dienstag mit einem Frühschoppen beginnt.“

„Gute Idee, meine Herren. Übrigens bei uns hier gibt es ein zuverlässiges Taxi. Lassen Sie sich von Mateo die Nummer geben.“

Um Udo bildete sich eine Traube mit bestimmt zehn Personen. Wenn der Maler nicht gerade einen Pinsel im Mund hatte, bombardierten sie ihn mit Fragen. Jeder wollte erleben, wie Udo ganz ohne Hände die wunderschönen Gemälde hinbekam. Einer wollte sofort ein Porträt haben. „Das kann ich zwar machen, aber ich muss mich eine Zeit lang auf das Modell konzentrieren. In Öl auf Leinwand ist das mit einer Sitzung nicht zu schaffen. Mit Plakatfarbe auf Papier geht es zwar schneller, aber ich brauche meinen Gehilfen für die Farbmischungen.

Vorige Woche während unseres Marktes habe ich ein Kind porträtiert. Da hatte ich Zeit genug, weil meine Leute wissbegierige Menschen etwas ablenken konnten und mir assistierten.“

„Dann mache ich Ihnen einen Vorschlag: Meine Frau und ich sind gerade erst zum Urlaub hier angekommen. Ich bestelle jetzt je ein Porträt in Öl und Sie geben mir Termine, wann Sie uns in den nächsten vier Wochen sehen wollen.“

„Das ist eine sehr gute Einstellung. So haben wir Zeit und können während der Arbeit noch die eine oder andere Kleinigkeit abstimmen. Wenn Sie wollen, können wir bereits morgen beginnen."

Die Gärtner hatten in aller Eile ein paar Körbchen mit frischen Erdbeeren, Mirabellen und Johannisbeeren zurechtgemacht und am Ausgang an einem Tisch zum Kauf angeboten.

Der Busfahrer zog sich nach dem Beginn des Besuchs in der ehemaligen Ausstellungshalle zu Mateo ins Gasthaus zurück.

„Mateo, das ist ja großartig, was Ihr hier aufgezogen habt. Schau nur, meine Fahrgäste können sich gar nicht trennen von Euren Neusiedlern."

„Das wollen wir auch so erreichen. Die Leute sollen wiederkommen und andere mitbringen. Wir wollen, dass sich hier wieder Menschen ansiedeln. Dafür brauchen wir Handwerker und Geschäfte."

„Und wie wollt Ihr das bewerkstelligen?"

„Wir haben Arbeit, mit der Menschen Geld verdienen können. Daniel z.B. platzt bald aus allen Nähten. Wir verhandeln mit Firmen, dass sie Filialen hier aufmachen. Das Taxi verkehrt täglich mehrmals zwischen der Stadt und unserem Dorf. Heute machen wir eine neue Erfahrung: Bisher wurde an einem gewöhnlichen Tag wie heute nur produziert. Jetzt kaufen die Leute schon. Bestimmt werden die Organisatoren des Projekts die Produktionsmannschaft aufstocken müssen. Dafür brauchen wir dann neuen Wohnraum. Leere Häuser haben wir.

D.h. die Häuser müssen hergerichtet werden. Ich hoffe mit der Friedhofsruhe wird es in unserem Dorf bald vorbei sein."

„Ich drücke Dir die Daumen, Mateo. Wenn es Dir passt, komme ich öfters mit Reisegruppen hierher."

Es war schon spät am Tag, als die Besucher sich zu Kaffee und Kuchen in der Gastwirtschaft einfanden und es wurde bereits dunkel, als sie sich in bester Stimmung zur Rückfahrt ins Hotel entschieden. Mehrfach hörten Valeria und Mateo: „Wir kommen wieder!"

Als die Betreuer ihre Schützlinge versorgt hatten, besuchte Urban Ulf, um ihm zu berichten, was sich an dem Tag bei den Neusiedlern abgespielt hatte. Der staunte über die Belege und die Summe, die dabei herauskam: „Die Belege schicke ich heute noch nach Hause. Meine Mutter wird Augen machen. Wir dürfen wohl gespannt darauf sein, wie das hier weitergeht."

„Udo hat ab morgen schon einen festen Auftrag und am Dienstag werden einige Waren abgeholt. Ich rechne damit, dass es dabei nicht bleibt. Für feste Verkaufszeiten ist es wohl noch zu früh, aber die Organisatoren sollten sich darauf vorbereiten, dass sich in Kürze etwas ändern wird.“

Während am nächsten Tag Udo seine beiden Modelle skizierte und die Einzelheiten mit den beiden festhielt, hatten die andern alle Hände voll zu tun, um die Bestellungen für Dienstag fertigzumachen. Wicki und Urban halfen Udo mit und stimmten mit Daniel die zusätzlichen Materialien ab. Daniel musste mehr Nachschub einkaufen und bei sich einlagern, um auf Überraschungen vorbereitet zu sein.

Udo schaffte die beiden Porträts bis zum Wochenende. Die Farbe trocknete, die Bilder hingen an der Wand, die Modelle freuten sich und die Kameraden beglückwünschten Udo. Nur Mateo schüttelte den Kopf: „So geht das nicht! Udo schafft Kunstwerke und wir kriegen es nicht fertig, direkt mit einem Rahmenbauer zu verhandeln. Ich werde sofort mit Breda sprechen. Wenn ich das richtig verstanden habe, hat der einen Rahmenbauer an der Hand. Der soll herkommen und die Gemälde einrahmen. Und ich hoffe Ihr seid alle damit einverstanden, dass sie bis dahin nicht transportiert werden. Udo sprich Du mit unseren beiden Gästen die Rahmenwünsche ab und ich sorge dafür, dass der Mann morgen hier erscheint. Ich wünsche mir, dass die beiden Kunstwerke in Udos Atelier bleiben und beim nächsten Markt einen besonderen Platz an der Wand bekommen. Ich hoffe unsere Gäste sind dann auch da, denn es könnte ja sein, dass Interessenten die Personen mit den Bildern vergleichen wollen.“

Das Ehepaar tuschelte miteinander und Ulf bemühte sich, eine Kontroverse zu vermeiden: „Mir imponierte der Einwand von Mateo auch, dennoch entscheidet der Meister zusammen mit seinen Modellen. Sachlich verstehe ich zu wenig von der Malerei. Ein Bild ist das Werk des Malers. Der Betrachter sollte es ansehen wie den Inhalt eines Buches, das er liest. Der Meister sieht weniger den Rahmen, aber für den Betrachter ist es mit Rahmen komplett und nicht nackt.“

Der Mann antwortete direkt: „Ulf, ich kann Ihren Gedanken folgen. Dann wäre der Rahmen Sache des Käufers. Der könnte allerdings dem Bild bzw. dem Maler schaden, wenn mit der Auswahl des Rahmens eine falsche Interpretation zustande käme. In unserem Fall handelt es sich um die Darstellung von Personen. Wir werden die Rahmung bezahlen, aber wir werden die Art der Umrahmung mit Udo festlegen.

Denn es geht auch darum, die meisterlichen Farbkompositionen nicht zu schwächen, sondern zu unterstreichen. Udo, was meinen Sie dazu?"

„Ich habe über diese Dinge noch nie ernsthaft nachgedacht. Offensichtlich haben Sie alle recht."

Nach einer kurzen Gedankenpause entschied die Frau: „Gut. Der Mann soll kommen und wir werden Udo und Ihnen die Freude machen, die Bilder beim nächsten Markttag zu zeigen."

Die Neusiedler hatten alle Vorbestellungen erledigt. Sie erwarteten ihre Kunden zur Abholung und ansonsten rechneten sie mit einem ganz gewöhnlichen Arbeitstag. Aber sie hatten sich geirrt. Statt der einzelnen Kunden kam ein Bus vorgefahren. Der Busfahrer begrüßte Mateo lachend.

„So schnell sieht man sich wieder."

„Du hast ja wieder einen ganzen Bus voll Leute mitgebracht. Darauf sind unsere Neusiedler gar nicht vorbereitet."

„Du wirst es nicht glauben. Euer Projekt ist Thema Nummer eins im Touristenhotel."

Die Abholer warteten nicht darauf, bis Urban sie in die ehemalige Ausstellungshalle führte. Sie kannten den Weg, und allen voran stürmte die blonde Frau auf Susi zu, während die anderen Frauen und Männer sich staunend und erwartungsvoll auf die arbeitenden Neusiedler verteilten.

„Susi, haben Sie es geschafft?"

„Wie versprochen. Wir gehen gleich in den Anprobierraum. Da sind wir ungestört."

Das königsblaue Kostüm, die Bluse, die Schuhe, alles lag oder hing griffbereit über einem Tisch. Die Frau staunte nur und wusste erst gar nicht, wo sie zuerst hingreifen sollte.

„Nur Mut. Probieren Sie es an. Ich bin auch gespannt darauf, wie es Ihnen gefällt. Die Bluse hat keine störenden Knöpfe. Die Ärmel haben Manschetten mit abschließenden, dezenten Rüschen, die mit einem Zentimeter aus den Ärmeln der Jacke herausschauen."

„Bleibt der Rock so schön eng?"

„Probieren Sie es aus. ... Und jetzt die Schuhe. ... Legen Sie den Kragen der Bluse über die Jacke. Sie haben schöne Beine und können auf Strümpfe verzichten. Auf gar keinen Fall passen farbige Strümpfe dazu.

… Schauen Sie in den Spiegel."

Von der Bluse war außer dem Kragen und den Rüschen nur ein schmaler Streifen zu sehen, der unter dem Revers der Jacke herausragte und wie ein dezenter Rahmen um das Dekolleté wirkte. Das weiße Röschen auf dem linken Revers fiel kaum auf und wirkte eher als Versuch, die Männerblicke von dem tiefen Dekolleté abzulenken.

„Susi, es ist wunderschön."

„So jetzt laufen Sie ein paar Schritte hin und her, setzen sich auf den Stuhl und in den Sessel. Probieren Sie es auch mit geöffneter Jacke. Bewegen Sie Ihre Arme. Bücken Sie sich. Bewegen Sie sich wie gewohnt und als hätten Sie nicht dieses neue Ensemble am Körper. … Ich beobachte jedes Detail und Sie sind bitte sehr kritisch und sagen mir, ob es irgendwo zwickt."

„Ich fühle mich pudelwohl. Der Stoff der Bluse schmeichelt meiner Haut. Wie haben Sie das nur gemacht mit dem Rock? Er passt sich meiner Figur an und bleibt eng, ohne dass ich irgendwie beeinträchtigt bin. Alles passt!"

„Ich gebe Ihnen einen Tipp: Zeigen Sie Ihr makelloses Dekolleté ohne jeden störenden Schmuck. Den haben Sie nämlich nicht nötig!"

„Vielen Dank. Sie schmeicheln mir, aber ich werde Ihrem Rat folgen."

„Ja, mir fällt auch nichts auf, was stören könnte. Jetzt ziehen Sie die Jacke wieder aus und schauen Sie in den Spiegel. Bewegen Sie sich ganz normal. Ich will sehen, ob die Bluse aus dem Rock herausrutscht."

Die Frau bewegte sich tänzerisch vor dem Spiegel, aber nichts an ihrer Kleidung veränderte sich.

„Jetzt krempeln Sie die Manschetten zweimal um, so dass die Ärmel noch über die Ellenbogen reichen. Fantastisch! Sie bieten einen sportlichen und reizvollen Anblick. … Und jetzt kommt der Clou: Ziehen Sie die Bluse wieder aus und die Jacke über. … Ja. Das Kostüm können Sie auch ohne Bluse tragen. … Gefallen Ihnen die Schuhe?"

„Sie passen, als hätte ich nie andere getragen."

„Es ist ein Jammer, dass ich für Sie nicht ein reizendes Dessous schneidern konnte. Mir fehlt leider das Material dazu. Vielleicht kriege ich etwas bis zum nächsten Markttag. Ich vermute aber, dass Ihr Mann sich in Sie mit diesem Outfit wiederholt verlieben wird."

„Susi, Sie machen mich glücklich. Am liebsten würde ich die Sachen nicht mehr ausziehen."

„Aber Sie haben doch etwas anderes vor. Und Sie kommen doch bestimmt auch zum nächsten Markttag?!"

„Ich komme auf jeden Fall und ich werde mein neues Outfit zeigen! Mein Mann hat morgen Geburtstag und ich werde ihn um Mitternacht so überraschen."

„Dann brauchen Sie gewiss kein anderes Geschenk für ihn. … Gut. Dann verpacken wir alles schön. Die Stoffe bleiben absolut faltenfrei. Und noch eins: Suchen Sie sich zu Hause eine erstklassige Reinigungsfirma."

Mit strahlenden Gesichtern gingen sie zurück an Susis Arbeitsplatz, wo die Schneiderin schon erwartet wurde. Daniel verkaufte gerade fertige Ware und Susi nahm von einem Mann die Maße für einen Anzug.

Die Herren, die sich Schuhe bei Viktor bestellt hatten, machten mit dem Schuhmacher ihren Spaß bei der Anprobe. Der eine hielt die Schuhe noch in der Hand, zog die Schultern hoch und blickte Viktor ratlos an: „Kennen Sie eigentlich den alten Brauch, neue Schuhe mit Cognac zu füllen, damit sie sich besser an den Fuß anpassen?"

„Sie werden lachen. Ich kenne diesen Brauch. Jetzt nehmen Sie erst einmal Platz, ziehen die Schuhe an und laufen ein paar Schritte. Wenn Sie der Meinung sind, mir ein Ergebnis mitteilen zu können, dann sagen Sie mir, ob Sie wirklich einen Cognac brauchen."

Die gute Stimmung schwappte auch auf die neuen Gäste über. Die Herren wurden lächelnd beobachtet und kamen schon bald wieder an des Schuhmachers Arbeitsplatz.

„Ja, Viktor, wir beide sind uns einig: Wir brauchen doch einen Cognac!"

„Aber nicht zum Einweichen der Schuhe, sondern zum Trinken, weil die Schuhe so einwandfrei sitzen."

Die Umstehenden amüsierten sich und warteten ab, wie der Schuhmacher darauf reagieren würde. Viktor schaute mit ernster Miene auf die Männer und die Zuschauer, so als würde er nachdenken. Dann schlug er heftig mit dem Hammer auf den Dreifuß und lächelte breit.

Dabei drehte er sich zu einem kleinen Schränkchen um, öffnete die Tür und holte eine Flasche Cognac und drei Gläser heraus. Die Leute brüllten vor Begeisterung und riefen: „Wohl bekomms!" Die Szene war damit aber noch nicht zu Ende. Sie tranken erst einmal.

Dann sagte der eine: „Also, Viktor das haben wir jetzt davon: Die neuen Schuhe kriegen wir nicht mehr von den Füßen."

„Genau, was machen wir mit unseren alten Schlappen? Nehmen Sie die in Zahlung?"

Die Umstehenden wurden stutzig. Die Situation schien spannend zu werden. Viktor wandte sich leicht ab, um die Fassung beizubehalten, dann räusperte er sich und sagte laut und vernehmlich: „Ja!!!" Dabei grinste er schelmisch, nachdem er vor der Zusage versucht hatte, den Ausdruck einer ausgequetschten Zitrone auf seinem Gesicht zu zeigen. „Ja, wenn es denn unbedingt sein muss: Sie bestellen noch einmal neue Schuhe. Sie sagen mir, was Sie für Ihre Alten haben wollen. … Und erst dann, meine Herren, erst dann sage ich Ihnen, was die ganze Sache kostet!"

Mittlerweile standen fast alle Gäste um Viktor und die beiden vor ihm sitzenden Männer herum und nahmen bei jeder Bemerkung mit lachender Zustimmung oder Ablehnung am Gespräch teil.

„Sagen Sie mal, Herr Schuhmacher, geben Sie eigentlich auf die schönen neuen Lederschuhe lebenslange Garantie?"

„Klar, wenn die Schuhe solange im Schrank stehenbleiben wie Sie leben."

„Naja, wir wollen auch ab und zu mit unseren Jungs im Garten Fußballspielen."

„Das dürfen Sie ruhig. Aber passen Sie auf, so wie Sie gebaut sind, werden die Kinder Sie nach zwei Schritten zu Fall bringen."

„Und was ist dann?"

„Dann liegen Sie im Matsch oder die Feuerwehr transportiert Sie ins Krankenhaus. Lederschuhe sind nicht immer rutschfest."

„Und die Kosten dafür übernehmen Sie, selbstverständlich. Auch den Verdienstausfall?"

„Das geht alles zu Lasten unseres Hauses. Sie müssen nur einen Gutachter finden, der feststellt, dass meine Schuhe für Ihre Schusseligkeit verantwortlich sind."

„Dann bauen Sie doch einfach Stollen auf die Ledersohlen."

„Das macht die Angelegenheit noch teurer. Sie wollen doch auch tanzen mit den Schuhen. Wissen Sie, wie weh es tut, wenn Sie mit Stollenschuhen auf dem Parkett hinfallen? Sie müssen auch damit rechnen, wenn Sie Ihrer Partnerin mit den Stollen auf die Füße treten, dass die sich von Ihnen scheiden lässt."

Die beiden Männer schauten sich ernstlich erregt an und der eine sagte schließlich zu seinem Freund: „Ich glaube, wir geben die Schuhe besser zurück. Sie sind absolut nicht geeignet für unsere Zwecke."

„Und dann hat der Schuhmacher auch noch gegen jedes unserer Argumente etwas dagegenzusetzen."

Viktor konnte sich ein lautschallendes Lachen nicht mehr verkneifen, mit tränenden Augen.

„Wir gehen lieber gleich in ein Fachgeschäft. Jetzt werden wir auch noch ausgelacht!"

„Nein, meine Herren. Ganz gewiss nicht, aber mich hat noch nie ein Kunde so zum Lachen gebracht wie Sie. Trinken Sie noch einen Cognac. Ich darf leider nicht, sonst falle ich noch von meiner Prothese. Unser kurzes Gespräch war sicher auch bühnenreif. Prost!"

Die drei Akteure lachten sich an und die Zuschauer spendeten Beifall. Einer rief: „Gut habt Ihr das gemacht, aber wir müssen noch einkaufen. Sonst macht Ihr den Laden dicht, ehe wir alles zusammenhaben."

Die Gäste saßen noch eine Weile bei Mateo und Valeria im Lokal, ehe sie wieder zur Rückfahrt aufbrachen. Einer wollte wissen, ob bei den Leuten immer so eine gute Stimmung herrschte. „Ja, die Menschen sind versorgt, sie stehen zu unserem Projekt, sie arbeiten gerne und freuen sich, wenn die Gäste sich für ihre Arbeit interessieren."

„Wenn Ihr alles selbst produziert, ist das viel Arbeit, zumal Ihr ja sogar einen Markttag bestücken wollt."

Mateo schmunzelte: „In knapp zwei Wochen sind die Lager wieder voll. Besucht uns. Schaut es Euch an. Die Neusiedler entscheiden selbst, was sie leisten wollen und entscheiden auch über den Markttermin."

Kaum war dieser schöne Tag vergangen und abgerechnet, da begannen bereits die Vorbereitungen für den Markttag. Der Termin war schon festgelegt und verkündet, aber nun mussten neue Waren produziert werden. Wicki und Urban warnten: „Das wird für die Leute zu viel! Daniel sollte mehr zukaufen, sonst haben wir nur wenig anzubieten."

Die Behinderten waren aber guter Dinge, dass sie für ihr eigenes Lager genügend bereitstellen würden. Dennoch betrachteten Sie Daniels Zukäufe als sichere Reserve und arbeiteten unermüdlich weiter.

Die Arztpraxis war jeden zweiten Tag in der Woche besetzt. Wicki hatte dafür Sorge zu tragen, dass alle Schützlinge regelmäßig zur Untersuchung gebracht wurden. Häufig bekam sie jedoch die unwirsche Bemerkung zu hören: „Was soll das? Mir fehlt nichts. Ich will meine Teile rechtzeitig fertig haben!" Meistens hatte der Arzt auch nicht viel zu beanstanden, gab Ratschläge und händigte Medikamente aus. Nur Xenia fiel den anderen auf, weil sie sich ab und zu unwohl fühlte. Die Kameraden frotzelten schon: „Xenia, Du wirst doch nicht schwanger sein?" Dem Arzt fiel die Blässe in ihrem Gesicht auf und untersuchte sie. Er stellte nur fest, dass der Blutdruck zu niedrig war und verordnete ihr ein entsprechendes Medikament: „Xenia, Du darfst nicht zu viel arbeiten. Mach ab und zu eine Pause, leg Dich öfter für ein paar Minuten hin und geh häufig an die Luft. Du weißt, dass Deine Organe schwach sind. Du musst Dich schonen, damit wir alle noch lange etwas von Dir haben. … Wicki, Du achtest bitte besonders auf Xenia!"

Die Zeit wurde knapp, aber alle halfen, wo sie nur konnten. Sogar Ulf und Georg mischten sich in die Vorbereitungen ein, wenn sie nicht auf den Baustellen arbeiteten. Die Verkaufsstände wurden augenfälliger positioniert, Spotts beleuchteten die Waren. Mateo fand in der Stadt einen Mann mit einem Leierkasten. Für die Kinder gab es eine Hüpfburg. Die Gärtner ernteten bereits frisches Obst und bauten einen schmalen, aber langen Tisch für ihre appetitlichen Auslagen. Sie bereiteten sogar ein paar Tabletts mit Probierstückchen vor. Und sie beanspruchten einen zusätzlichen Platz für eine besondere Überraschung, mit der sie erst während des Markttages herausrückten.

Dann kam der große Tag. Ungewohnt früh trafen sich alle Mitarbeiter zum Frühstück bei Valeria im Lokal und begannen dann sofort, Tische und Bänke aufzustellen und dezent mit Herbstlaub zu dekorieren. Die Auslagen wurden greifbar und ordentlich positioniert. An den Wänden in den Buden hingen besonders schöne Teile und auch Bilder von Udo.

Das Bier war angezapft und Ulf ließ die Musik spielen. Fertig. Da kam auch schon der Bus aus dem Touristenhotel und Taxis brachten Menschen aus der Stadt zum Marktbesuch.

Tische und Bänke waren bald besetzt und an den Verkaufsständen bildeten sich Trauben von neugierigen Menschen. Die Kinder tollten auf der Hüpfburg herum. Valeria bot köstliche Speisen im Lokal an. Der

Leierkastenmann zauberte Melodien aus seinem Gerät und sang seinen eigenen Text dazu: „Jo, jo das Bier schmeckt guet, i brauch koan neichen Huet. I setz moi oalden auf, bevor i Wasser sauf! …"

Mateo hatte bei den Dörflern einen Rentner gefunden, der gerne dem Schafhirten auf den Weidegründen im Tal half. So konnte Ulrich sich ab und zu im Dorf blicken lassen. Für eine kurze Zeit war er die Attraktion auf dem Markt mit seinem breiten Hut und dem langen Mantel. Er hielt mit der einen Hand seinen Hirtenstab und trug ein Lamm auf den Armen, während das Mutterschaf treu und blökend hinter ihm herlief.

Plötzlich rumpelte ein Leiterwagen gezogen von einem Maulesel auf den Platz. Vier junge Männer mit bunten Hemden und Halstüchern riefen gut gelaunt „HALLO", als Emil ihnen zeigte, wo sie ihre Fracht abladen sollten. Die Männer stammten aus dem Dorf, lebten aber schon lange in der Stadt. Mateo hatte leichtes Spiel, die Jungs für diesen Spaß zu begeistern. Die Fracht bestand aus einigen Säcken mit Äpfeln und zwei Maschinen. Binnen weniger Minuten hatten sie den Häcksler mit Äpfeln gefüllt und die Schnitzel in die Presse gefüllt, mit Brettern abgedeckt und zwei Mann drehten das Gewicht an der Spindel herunter. Frischen Apfelsaft fingen sie in einer Kanne auf und füllten Becher für die Gäste. Manche Eltern erklärten nun den Kindern: „Jetzt seht Ihr mal, wo der Apfelsaft herkommt, den Ihr so gerne trinkt."

Mateo fand in seinem Vorratskeller kleinere Plastikkanister, die er zur Kelterpresse brachte. So konnten Gäste auch für einen symbolischen Preis Apfelsaft mit nach Hause nehmen.

Als die blonde Frau im königsblauen Kostüm am Arm ihres Partners auf den Platz kam, vergaß so mancher Mann seine begonnene Rede. … Donnerwetter! Was für eine Schönheit! …

Der Partner suchte einen Platz am Tisch und die Frau ging lachend auf die Schneiderin zu: „Susi! Ich hatte vollen Erfolg", flüsterte sie ihr ins Ohr und beide lachten. Prompt kam eine andere Frau verlegen auf die beiden zu.

„Verzeihung, dass ich Sie so einfach anspreche. Sie sehen fantastisch aus."

„Ich danke Ihnen. Das ist alleine Susis Verdienst."

„Das haben Sie geschneidert?"

„Ja. Schauen Sie an die Wand. Dort hängt ein ähnliches Kostüm."

Um Viktor scharten sich mehrere Frauen und Männer, weil er einige Paare handgefertigte Schuhe auf seinem Tisch ausgestellt hatte. Die Gäste durften die einzelnen Kunstwerke in die Hand nehmen und versuchten sofort, ein praktisches Urteil abzugeben: „Das sind sehr schön Schuhe. Aber da ist doch etwas faul. Handgefertigte Schuhe sind unbezahlbar."

Zwei Männer drängten sich nach vorne an den Tisch und mischten sich in die Gespräche ein.

„Da haben Sie vollkommen recht. Schauen Sie, ich habe hier ein Paar handgefertigte Schuhe von einem Schuhmacher in Mailand."

„Denen sieht man doch gleich an, dass sie handgefertigt sind. Das ist eine ganz andere Qualität. Unten auf der Sohle ist auch eingebrannt, in welcher Werkstatt sie gefertigt wurden. Die Industrie kann so etwas auch. Aber nicht so gut wie ein Künstler."

Viktor erkannte die Männer. Es waren die beiden, mit denen er Cognac getrunken hatte.

Er grinste erst, dann spielte er den beleidigten Schulmeister: „Dann zeigen Sie mir mal die Schlappen her! ... So, greifen Sie mal da rein. Was macht die Zunge? ... Sie bleibt bei meinen Schuhen, wo sie ist. ... Und wie sind die Sohlen fixiert? ... Selbstverständlich genäht. Sehen Sie bei meinen Schuhen den unteren Teil der Naht? ... Nein. Biegen Sie mal die Sohle. ... Die ist doch viel zu steif für einen Straßenschuh. ..."

Einer der Gäste unterbrach Viktor: „Darf ich die beiden Kritisierer mal fragen, was Sie für Schuhe tragen."

Der eine Kunde antwortete selbstbewusst: „Selbstverständlich dürfen Sie. Und wir antworten auch." Dann stellte er einen Fuß mit dem neuen Schuh auf den Tisch.

Der zweite ergänzte: „Wir tragen die Schuhe vom Meister Viktor. Immerhin kriegen wir auch einen Cognac dazu!"

Die Umstehenden brachen in schallendes Gelächter aus, nachdem der Spaß bei ihnen angekommen war. Dann holte einer der Kunden eine Flasche aus seiner Tasche: „Meister Viktor, heute haben wir den Cognac mitgebracht!"

Als die Gäste dann hörten, dass Viktors Preise erschwinglich waren, entstand eine lebhafte Diskussion über Wünsche und Bestellungen, so dass Viktor bald für zwei Wochen ausgebucht war. Mateo bekam etwas von dem Spektakel mit und ließ Cognacgläser aus dem Lokal holen. Die wurden am Stand des Schuhmachers gefüllt und jeder durfte sich bedienen.

Einzelne Gäste und auch Gruppen gingen immer wieder ins Lokal, um Valerias Köstlichkeiten zu genießen. Als sie dann wieder auf den Markt zurückkamen, waren die Plätze besetzt. Aber niemand störte sich daran. Die Menge der Gäste bewegte sich ständig zwischen den Verkaufsständen und den Biertischen. Viele standen auch mit dem Glas in der Hand in Gruppen zusammen und unterhielten sich.

Einer der Gärtner war häufig unterwegs, um frisches Obst, Gemüse und Blumen aus den Gärten zu holen. Ina erklärte Strickmuster und Wollqualitäten, während Xenia etwas geschwächt über ihrem Stickrahmen gebeugt arbeitete. Udo hatte die beiden Porträts fertig. Sie hingen beide an der weißen Wand mit den Gesichtern zueinander. Der Schreiner hatte sie mit einem nur dezent lackierten Holzrahmen ergänzt. Das Ehepaar stellte sich in der gleichen Position dazu und die Gäste fotografierten. In den Gesprächen wurden vergeblich Unterschiede zwischen den Modellen und den Gemälden gesucht. Udo kam kaum zum Arbeiten, denn er hätte etwas mehr Ruhe gebraucht, als es bei dem Trubel möglich war. Bei Alan blieben immer wieder interessierte Gäste stehen, um ihm genau zuzusehen, wie er kunstvoll die Weidengerten zu Körben zusammenflocht. Ein Bediensteter des Hotels war unter den Gästen und telefonierte mit dem Chef: „Wir könnten doch jedes Zimmer mit einem schmucken, geflochtenen Wäschekorb ausstatten."

So ging es den ganzen Tag auf dem Platz zu bis in die Nacht. Als die letzten Gäste sich verabschiedet hatten, saßen die Neusiedler mit den Betreuern und allen sonst am Marktgeschehen Beteiligten an den Biertischen beieinander. Nur Ulrich war wieder bei seiner Schafherde und Xenia hatte sich bald zur Ruhe zurückgezogen. Alle strahlten über den schönen Erfolg und den harmonischen und lustigen Verlauf dieses Markttages. Die Lager hatten erwartungsgemäß abgenommen und viele Bestellungen sorgten für einige Wochen Arbeit. Daniel plante neue Lager und einen neuen Verkaufsraum in seinem Haus. Er beauftragte Ulf zwei Wohnungen herzurichten, denn er suchte bereits ständiges Verkaufspersonal. Ina bat Ulf, mit Fritz Freimann zu sprechen: „Xenia kann zurzeit nicht so intensiv mitarbeiten wie bisher. Die vielen Aufträge sind so auf die Dauer nicht zu schaffen. Dein Vater soll versuchen, noch eine Strickerin zu finden. Eine Strickmaschine wäre auch eine erleichternde Idee. Ich könnte dann ganze Teile schneller erstellen und müsste sie nur noch zusammenstricken."

Fritz antwortete prompt: „Großartig. Ihr seid spitze! Mama und Rolf haben anhand der Zahlen festgestellt, dass die Erlöse bald den aktuellen Gesamtaufwand decken, so dass unser eingesetztes Kapital immer weniger in Anspruch genommen wird. Sprich bitte allen ein großes Lob von uns aus. Hoffentlich macht Ihr bald Fortschritte bei der Besiedlung. Um eine Strickmaschine kümmert sich Paul. Ina soll genau festlegen, worauf sie denn Wert legt. Wir haben zu wenig Fachwissen, um die Maschine auszusuchen. Richte Xenia unsere Genesungswünsche aus. Einen Ersatz für sie zu finden, wird nicht einfach sein. Wenn Wicki Schwierigkeiten mit den Ärzten hat, soll sie mir Bescheid geben."

Fritz, Karl und Paul saßen mit Elfi zusammen in der Stammkneipe. Sie hatten allgemeine Themen, freuten sich auch über die Entwicklung auf der Insel und schauten ab und zu auf das Gemälde von Udo. Der Maler hatte eine Marktszene dargestellt, wo er und seine Kameraden mit ihren Gewerken, der Marktplatz und das Lokal von Valeria und Mateo zu erkennen waren. Den Hintergrund bildeten Berge, ein grünes Tal und der Hirte mit seinen Schafen.

Außer ihnen besetzte eine Gruppe von zehn jungen Männern einen Tisch. Sie unterhielten sich etwas angeregter, weil sie schon das eine oder andere Bier getrunken hatten, aber sie machten einen friedlichen Eindruck und Elfi ging ab und zu zum Tisch, um die Männer nach ihren Wünschen zu fragen.

Plötzlich wurden zwei viel lauter, einer packte den anderen am Kragen, Fäuste flogen, die anderen sprangen hoch, Stühle kippten um. Elfi wäre mit der Situation überfordert gewesen und hätte die Polizei alarmieren müssen. Fritz. Karl und Paul standen ganz ruhig auf und nahmen drei Raufbold in den Schwitzkasten: „Halt, meine Herren! Was ist hier los?" Sie wollten weiter rangeln und diskutieren, bis Paul energisch rief: „Ruhe!!! Hinsetzen! Oder wollt Ihr raus auf die Straße?"

Nach und nach kehrte wieder Ruhe ein und einer der Jungs kam zu Elfi und den Freunden an den Tisch: „Ich bitte für mich und meine Kameraden Sie und die Frau Wirtin um Entschuldigung."

„Setz Dich mal hin und erzähle, was bei Euch los ist. Ihr seht doch gar nicht aus wie Raufbolde."

„Wir haben vor einem halben Jahr unsere Handwerksgesellenprüfung abgelegt. Seitdem liegen wir auf der Straße, finden keine Anstellung und ernähren uns von Erspartem, von der Tafel, von Foot-Sharing und aus Containern. Unsere Nerven liegen blank. In unserer Gruppe gibt es verschiedene Berufe. Wir würden alles arbeiten, aber nirgendwo ist Bedarf für uns. Wir fühlen uns, als rutschten wir immer tiefer."

„Wie heißt Du, junger Mann! Und bist Du der Sprecher für die Gruppe?"

„Ich bin der Florian und ja, die anderen hören oftmals auf mich."

„Du sagst, Ihr würdet alles tun, um aus der Misere herauszukommen. ... Naja, ein Schumacher kann nicht unbedingt Wasserrohre verlegen."

„Verzeihung, wenn ich widerspreche. Wenn ich sage alles, dann stimmt das, und zwar mit der Begründung, dass wir zwar nicht alles auf Anhieb können, aber dennoch so lernwillig sind, dass wir in kürzester Zeit jeden Arbeitsplatz ausfüllen."

„D.h. also Ihr könnt nicht alles, aber Ihr wollt alles können. Das ist die richtige Einstellung: Nur wer bereit ist Leistung zu erbringen, kann mit Gegenleistung rechnen."

„Außerdem meine ich mit „ alles “ ausschließlich legale Tätigkeiten! Wir sind Handwerker aus Überzeugung! Wir stammen alle aus Handwerkerfamilien."

„Und warum arbeitet Ihr nicht dort?"

„Weil die elterlichen Betriebe der modernen Industrialisierung zum Opfer gefallen sind."

„Was hältst Du von folgendem Vorschlag: Meine Freunde und ich denken über Euch nach. Morgen Abend um die gleiche Zeit erwarten wir Dich, Florian, alleine hier. Wenn wir eine Lösung für Euch finden, reden wir darüber."

„Selbstverständlich werde ich da sein. Ich kann es gar nicht fassen, dass ich hier bei Ihnen überhaupt ein offenes Ohr für uns gefunden habe."

„Schauen wir mal. Jetzt trinkt Ihr noch ein Bier auf uns, Du sagst Deinen Männern, dass sie friedlich sein sollen und dann beendet Ihr den Abend. Du sagst Deinen Männern nur, dass Du noch einmal mit uns reden willst, nicht mehr."

Die jungen Männer verließen mit einem freundlichen Gruß die Kneipe und Karl grinste seinen Freund Paul an; „Ich wusste gar nicht, dass Du auch ein guter Diplomat bist.“

„Wahrscheinlich liegt es an meinem Beruf. Meine Kunden muss ich auch manchmal beruhigen, wenn es um Preise, Termine usw. geht.“

„Jetzt wollen wir aber wissen, wie Du auf die Idee kommst, diesen Männern Hoffnung zu machen. Du kannst sie doch nicht bei Dir einstellen. Was meinst Du, Fritz?“

„Nun, mir ist bei Pauls Worten auch ein Licht aufgegangen. Wir suchen Leute für unser Projekt! Warum sollten wir nicht über die Jugendlichen nachdenken?!“

„Aber die sind doch nicht behindert und wollen Geld verdienen.“

„Ja, wir könnten sie mit diesen beiden Aspekten konfrontieren.“

„Es wird auch für diese Männer schwer sein, sich mit unserem Projekt zu identifizieren.“

„Nehmen wir einmal an, wir könnten sie für unser Projekt begeistern, dann bleibt die Frage noch zu klären, ob unsere Neusiedler damit einverstanden sind.“

„Überlegt doch mal. Wenn das klappt, hätten die Jungs einen Start für aktives und selbständiges Arbeiten. Nora und Rolf haben festgestellt, dass wir bald wirtschaftlich denken können. Vielleicht haben die ja Interesse daran, auch Neusiedler zu werden. Der Stadtrat steht auf unserer Seite und Mateo hat Vollmachten. Ich sehe da eine echte Zukunftsperspektive für diese Jungs, zumal die nichts zu verlieren haben.“

Elfi mischte sich ein: „Ihr bindet Euch aber eine ziemliche Verantwortung ans Bein. Euer Ziel ist es, das Dorf zu retten durch neue Besiedlung. Auf der einen Seite haben wir engagierte und ehrgeizige Behinderte, die die von Euch gebotene Chance begriffen haben und auf der anderen einen Haufen haltloser Typen. Wenn da irgendetwas schiefläuft, war alle Bemühung umsonst und alle fallen in ein tiefes Loch.“

„Elfi, Du bist vorsichtig. Und das ist gut, aber Du siehst es zu schwarz.“

„Außerdem wissen wir es nicht, wie es ausgeht, wenn wir es nicht versucht haben.“

„Ich denke, wir dürfen es den Jungs nicht zu leicht machen mit ihrer Entscheidung. Sie sollten im Detail wissen, worauf sie sich einlassen.

Die gehen ja für sich auch ein Risiko ein."

„Florian hat doch gesagt, sie sind alle Handwerker und stammen aus Handwerksbetrieben, die durch wirtschaftliche Veränderungen in Schwierigkeiten geraten sind. Das heißt aber doch auch, dass wir mit einem fachlichen Potential und entsprechendem gesellschaftlichen Verhalten der Jungs rechnen können."

„Richtig. Wenn beides zutrifft, ist uns geholfen und sie werden die Existenz und die Arbeit unserer Neusiedler akzeptieren und sich letztlich in die Gesellschaft des Dorfes einfügen. Versuchen wir es, dann wissen wir mehr."

„Vielleicht hat der eine oder andere den Mut, sich selbständig und im Dorf ein Geschäft aufzumachen. Das würde genauso zu unserem Projekt passen. Karl sitzen unsere Frauen und die Kinder mit Ulf nicht heute bei Dir zusammen und planen einen gemeinsamen Urlaub?"

„Gute Idee. Es ist noch nicht zu spät. Wir gehen jetzt dahin und besprechen mit ihnen das Thema. Dann sind alle informiert und wir können beruhigt eine Entscheidung für oder gegen die Jungs fällen. Wenn wir uns dafür aussprechen, müssen wir nur noch Mateo, seine Freunde und unsere Neusiedler überzeugen. … Da sehe ich überhaupt keine Schwierigkeiten."

Elfi verabschiedete die Freunde: „Jungs, ich bewundere wie immer Euren Mut und Eure Zivilcourage. Egal, wie Ihr Euch entscheidet, ich stehe hinter Euch!"

In Karls Haus wurde noch lange diskutiert. Jeder trug seine Einwände und Meinung vor. Ulf schilderte die aktuelle Situation und merkte an, dass genügend Arbeit für alle da sei. Nora und Rolf versicherten, dass der Kontostand die zukünftigen Siedler verkraften würde, zumal es erste Anzeichen dafür gab, dass der Verkauf der Waren nicht nur alleine von den Markttagen abhing, weil fast täglich Kunden In der Produktionshalle erwartet wurden. Esra und Steffi schauten sich an und waren sofort der Meinung, dass die Jungs dumm wären, eine solche Chance auszulassen. Sie mahnten aber auch zur Vorsicht, alle Aspekte zu berücksichtigen, z.B. auch die ihnen noch unbekannten Fähigkeiten der jungen Leute.

Als die drei Freunde am nächsten Abend in die Stammkneipe kamen, räumte Florian, von Elfi nicht dazu aufgefordert, leere Gläser von den Tischen. Sie setzten sich an ihren Tisch und baten Florian Platz zu nehmen: „Na Florian, Du steigst wohl bei Elfi ein?!"

Er lächelte: „Nein, so weit ist es noch nicht. Ich wollte nur etwas gutmachen."

Fritz übernahm sofort die Gesprächsführung: „Florian, Du hörst mir jetzt bitte bis zum Ende zu. Du musst viele Dinge aufnehmen und verstehen. Danach gibst Du einen Kommentar ab oder Du erhältst eine Bedenkzeit. Zunächst sollst Du wissen, dass alle Familienmitglieder zugestimmt haben, Euch aus Eurer miesen Lage herauszuhelfen. ..."

Florian unterbrach Fritz euphorisch: „Wir machen alle bedingungslos mit und ich bin Ihnen so dankbar, dass ich es kaum beschreiben kann!"

Die Freunde lächelten verständnisvoll und Karl legte ihm die Hand auf die Schulter: „Florian, Herr Freimann bat Dich, erst zuzuhören, bis Du alles weißt. Hab Geduld."

„Verzeihung! Ich sah nur plötzlich ein Licht am Ende des Tunnels."

„Zuerst möchten wir wissen, welche Berufe Du und Deine Leute repräsentieren."

„Vier Leute sind im allgemeinen Bauwesen ausgebildet, also Maurer, Maler und Verputzer, Heizung und Sanitär, und Elektrik, einer ist Fahrzeug und Maschinenschlosser, einer ist Wollweber und Färber, einer ist Bäcker, einer ist Schuhmacher, einer ist Schreiner und wurde auch im Gartenanlagenbau ausgebildet und ich bin Einzelhandelskaufmann."

„Wenn man das so hört, müsste man meinen, Ihr hättet alle etwas auf dem Kerbholz, weil Ihr keinen Job findet. Wie dem auch sei. Ich stelle Dir jetzt unser Projekt vor: Es geht um ein Dorf auf einer Insel, das auszusterben droht, weil alle arbeitsfähigen Leute und Geschäfte in die Stadt abgewandert sind. Häuser stehen leer. Es gibt keine Schule mehr, kein Krankenhaus, keine Sportvereine, keine Feuerwehr, kein Kino, sondern nur eine Kirche mit einem Pfarrer, eine Kneipe und einen Händler, der die übriggebliebenen älteren Menschen versorgt, die ihre Heimat nicht verlassen wollen. Es gilt also, lukrative Geschäfte zu machen in der Hoffnung, dass Filialen eröffnet werden und Menschen das Dorf neu besiedeln. Wer in dem Projekt mitmacht, arbeitet, verkauft auch Produkte, aber er verdient auf unbestimmte Zeit kein Geld." Florian wurde blass um die Nase, schaute in sein Glas und schwieg. Fritz fuhr fort: „Alle Mitarbeiter des Projekts werden voll versorgt mit Nahrung, Kleidung, Unterkunft, Material für die Produktion. Alle werden medizinisch versorgt. Dafür existiert ein gutgefülltes Konto, das mit

Verkaufserlösen gegengerechnet wird. Alle arbeiten an ihren Produkten und verkaufen diese. Gegenseitige Hilfe ergibt sich selbstverständlich. ... Wenn Du bis dahin zunächst keine Fragen hast, komme ich zu zwei wesentlichen Punkten. ..." Florian schüttelte nur den Kopf und Fritz fuhr fort: „Die Insel liegt im Ausland und das Projekt läuft bis heute sehr gut und die ersten Mitarbeiter sind Behinderte."

„Können die Behinderten überhaupt arbeiten?", wagte Florian verschüchtert zu fragen.

Paul griff ein: „Oh ja. Wir haben diese Leute aus Heimen ausgesucht, wo sie ein hoffnungsloses Dasein fristeten. Die sind regelrecht aufgeblüht. Unser Schuhmacher z.B. fertigt seine Schuhe selbst und kommt mit der Produktion kaum nach. Ich stelle mir schon vor, wie Euer Wollweber die Wolle unserer Schafe für unsere Strickerinnen erstellt. ... Schau auf das Bild an der Wand. Das hat unser armloser Maler mit dem Mund gemalt. Wenn Du genau hinschaust, siehst Du jedes bis jetzt besetzte Gewerk. Im Hintergrund ist unser Schafhirte mit seiner Herde zu sehen. Florian, wir hatten uns erst gedacht, die Ware wird eine Zeit lang gelagert, bis genug für einen Markt da ist. Nach dem ersten Markttag waren wir bereits unerwartet ausverkauft, und jetzt kommen die Leute von überall her und suchen die gute Qualität, die unsere Mitarbeiter erstellen. Wir brauchen Leute, die mitmachen. Ulf, der Sohn von Herrn Freimann hat ein Elektrogeschäft aufgemacht, die Häuser sind alle renovierungsbedürftig. Kannst Du Dir vorstellen, was es in dem Dorf für Arbeit gibt und welche Möglichkeiten sich ergeben können, wenn sich z.B. einer von Euch selbständig macht."

„Herr Prager, was Sie sagen verstehe ich, aber das Projekt erscheint mir als Kaufmann so unwahrscheinlich und für Sie drei so risikobehaftet, dass ich gezwungen bin nachzudenken. Ich z.B. werde unabhängig von meinen Leuten sofort mit Ihnen gehen, Herr Freimann. Ich sehe für mich das Projekt als einen Start in ein anderes Leben. Ich habe ja nichts zu verlieren und Sie haben noch keinen Ton gesagt zu irgendeiner Verpflichtung. Ich sehe mich schon als Verkäufer im Laden Ihres Händlers, damit er freie Hand hat für die Materialbeschaffung. Und wenn das Projekt gelungen ist, werde ich dort ein eigenes Geschäft aufmachen. Ich kann mir vorstellen, dass die Qualität Ihrer Behinderten für sich selbst spricht. Ich frage mich nur, wie ich das den anderen beibringen soll. Wo ist der Haken an der Geschichte?"

„Es gibt keinen. Die Grundidee kommt aus einem humanitären Gedanken: Das Dorf vor dem Aussterben retten! Wir haben uns gefragt, wie wir das anstellen können. Das finanzielle Risiko trägt Herr Freimann. Wo kriegen wir die Leute her, die aus Freude arbeiten und dadurch am Ziel mitwirken. Mittlerweile ist unser Projekt im ganzen Land bekannt und die ersten Neusiedler kommen. Irgendwann wird das Dorf wieder ein beliebter und belebter Marktplatz sein. Dann bringen die Umsätze unserer Leute so viel ein, dass sie auf die finanzielle Absicherung verzichten und das Geld für sich verdienen können."

Karl hatte nachdenkend zugehört und versetzte sich nun in die Lage von Florian: „Ich vermute, Florian sieht ein anderes Hindernis, nämlich die Tatsache, dass unsere aktuellen Neusiedler Behinderte sind und seine Leute nicht. Versuchen wir mal einen Unterschied festzustellen und eine Gemeinsamkeit zu finden: Die Behinderten, die heute mitarbeiten haben einen nicht zu reparierenden körperlichen Schaden. Wenn sie von gesunden Menschen aus humanitären Gründen oder mit der Absicht, ein eigenes schlechtes Gewissen zu beruhigen, die Behinderten bemitleiden, dann bestärken sie diese geschädigten Menschen in dem Bewusstsein, für die Gesellschaft untauglich, also nur eine Last zu sein. Die Handwerksburschen finden keine Arbeit und erleben damit auch eine Art der Behinderung. Sie sind gezwungen, auf der Straße zu leben. Wenn sie nun bemitleidet werden in der Form, dass andere Menschen nur Abfälle und Almosen für sie übrighaben, dann drohen sie ebenso, sich wertlos für die Gesellschaft zu fühlen. D.h. ihnen droht das gleiche Schicksal. Die Gesellschaft ist froh, wenn sie mit dem Ballast nichts mehr zu tun hat. Die Behinderten und die Penner nehmen diese Rolle an und gehen irgendwann zugrunde. Daraus können wir schließen, dass weder die Mildtätigkeit, noch die Almosen eine Hilfe für beide betroffenen Gruppen sind, sondern die Anerkennung als gleichwertige Menschen in der Gesellschaft. Also die Achtung der Fähigkeiten und Nützlichkeiten von Behinderten und Pennern für die Gesellschaft sind entscheidend.

Jeder Mensch möchte Zufriedenheit, Liebe, Glücklichsein erleben. Damit können wir das geachtet werden durch unsere Mitmenschen in der Gesellschaft als ein Grundbedürfnis betrachten. Wir wissen alle, dass diese Achtung nicht ein ewiger Selbstläufer ist. Sie muss ständig erworben und gepflegt werden. Das können wir aber nur, wenn wir die Kraft haben, unseren eigenen Wert für die Gesellschaft bewusst zu zeigen. D.h. aus der Achtung erwächst die Selbstachtung. Und damit ist die Selbstachtung, das Selbstwertgefühl eine Notwendigkeit für das Überleben des Betroffenen. Florian, wenn Du mit diesen Gedanken Deinen Leuten klarmachst, dass es keinen Unterschied zwischen den beiden

Gruppen gibt, dann werden sie bestimmt mitziehen.“

Fritz stimmte seinem Freund zu: „Das gemeinsame Ziel wird nur erreicht, wenn beide Gruppen Deine Gedanken aufnehmen und lernen wollen, miteinander zu leben.“

Paul setzte den Schlusspunkt: „Wenn wir so weit in die Verhaltensweise der Menschen zurückgehen, dann erinnere ich daran, dass nicht nur die beiden Gruppen anzusprechen sind, sondern dass dies für uns alle gilt.“

„Entschuldige Paul. Ein Gedanke muss noch zu Ende gebracht werden. Florian, Du hast gehört, dass es keinen Haken gibt. Es gibt keine vertraglichen Verpflichtungen. Wir können den Mitarbeitern nur die Möglichkeit bieten, an einem großen Ziel mitzuwirken. Wie sie das tun, liegt bei jedem selbst. Da haben wir die Selbständigkeit. Wenn z.B. Dein Bäcker auf die Idee kommt, im Dorf eine eigene Bäckerei aufzumachen, dann wird er das tun. Und er verlässt dabei nicht die Gemeinschaft, weil er das gemeinsame Ziel mitverfolgt. Die Leute kommen und kaufen seine guten Brötchen. Sein Geschäft fördert die Neubesiedlung des Dorfes. Wir haben bereits ein anderes Beispiel erlebt mit unserem Meister Udo: Meine Tochter Steffi hat einen Katalog über die Bilder von Udo erstellt und vorgeschlagen die Bilder bei einer Vernissage auszustellen. Udo hat das kategorisch abgelehnt. Er schätzt das unmittelbare Leben in der Gemeinschaft höher als einen Haufen Geld zu verdienen und vielleicht irgendwo alleine in einer Villa zu leben. Florian, mach Deinen Leuten klar, die Möglichkeit zur Selbständigkeit ist da, egal ob sie nach außen oder nach innen gerichtet ist. Alles ist gut, was unserem gemeinsamen Ziel und dem sich ergebenden Nebeneffekt nützt, chancenlose Menschen glücklich zu machen. “

„Meine Herren, ich bin Ihnen dankbar. Sie haben mir geholfen, meine Aufgabe wahrzunehmen. Ich werde meine Kameraden entsprechend motivieren.“

„Florian, da Du telefonisch nicht erreichbar bist, sollten wir die Kontaktverbindung über die Wirtin Elfi nutzen. Ich hoffe, wir hören recht bald etwas von Dir.“

„Kindchen, hast Du denn gar keinen Appetit? Du musst aber etwas essen. Ich mache Dir jetzt eine klare Hühnerbrühe.“ Valeria machte sich

Sorgen um Xenia. Die Strickerin lächelte dankbar und schlürfte zwei Löffel der kräftigenden Brühe. Dann zog sie sich wieder zurück in ihre Wohnung, die sie mit ihrer Freundin Ina teilte.

Die Kameraden schauten täglich bei der Strick- und Stickabteilung vorbei, um nach Xenia zu sehen. Sie erschien immer seltener zur Arbeit. Der Arzt besuchte sie jeden zweiten Tag, weil sie kaum noch die Kraft aufbrachte, den Weg zur Praxis zurückzulegen. Sie hatte enorm an Gewicht verloren. Wicki war häufig bei ihr, um sie etwas abzulenken. Ab und zu bat Xenia auch darum, in Ruhe gelassen zu werden.

Als Xenia dreißig wurde, richteten die Neusiedler mit Mateo das Lokal zur Feier gemütlich her. Valeria hatte köstlichen Kuchen gebacken. Die Gärtner brachten duftende Blumen mit. Sogar Ulrich hatte seine Herde in der Obhut seines Freundes gelassen und war aus dem Tal zur Feier erschienen. Xenia wurde von Ina und Wicki ins Lokal begleitet. Sie hatte ein hübsches Kleid angelegt. Ihre Freunde begrüßten sie mit Beifall und möglichst lachenden Gesichtern. Sofort wurde ein Geburtstagslied angestimmt. Xenia schien sich wohlzufühlen und hielt auch zwei Stunden durch. Aber dann zog sie sich wieder zurück, nachdem sie sich bei allen bedankt und den Kameraden ein Lächeln gezeigt hatte. Die Neusiedler feierten zwar noch eine Zeit lang weiter, aber eine richtige Stimmung kam nicht mehr auf.

Ina berichtete dem Arzt, dass Xenia oft im Schlaf jammerte. Auch bei Tag liefen ihr oft Tränen über die Wangen. Sie klagte immer öfter über Schmerzen. Wicki verlor die Geduld und redete zunächst mit Urban.

„Wir rufen die Heimleitung an. Die sollen uns sagen, wie wir uns verhalten sollen.“

„Ja. Informieren sollten wir die Heimleitung. Meinst Du, dass sie dann nach Hause geholt wird? Die wissen genau wie unser Arzt, was mit Xenia los ist.“

„Aber wir können doch nicht hilflos zusehen, wie sie sich quält!“

„Komm mit. Wir reden noch einmal mit dem Arzt.“

Ina war ziemlich aufgebracht, als sie und Urban von ihm mit ernster Miene empfangen wurden. Während er den beiden Betreuern zuhörte, schüttelte er immer wieder den Kopf.

„Ihr wisst, dass ich mir auch Sorgen um Eure Freundin mache und ich habe Euch schon vor einiger Zeit gesagt, was in Xenias Körper vor sich geht. Mit zunehmendem Alter können die inneren Organe den Körper von Xenia nicht mehr versorgen. Wir werden Xenia verlieren.“

„Das haben wir schon verstanden. Können wir nicht irgendetwas tun, um ihr Leiden zu lindern? Sollen wir sie nach Hause schicken? Kann sie nicht in der städtischen Klinik eine bessere Pflege erhalten?“

„Für ihre Heilung können wir nichts mehr tun. Es gibt kein Mittel gegen diesen Prozess. Transplantationen hätten bereits in ihrer Kindheit stattfinden müssen. Aber alle Organe sind von dieser Krankheit betroffen. Welcher Körper hätte wohl die vielen Operationen durchstehen sollen? Man hatte Xenia schon sehr früh gesagt, dass sie nicht alt werden würde. Ich wundere mich über Ina. Die hat das gleiche Schicksal vor sich, zeigt aber überhaupt noch keine Anzeichen. Xenia nach Hause zu schicken ist erstens zu spät und zweitens könnten die Kollegen dort auch nichts tun. Ich rede mit den Kollegen in unserer Klinik. Vielleicht können wir sie in einer Pflegestation in der Klinik unterbringen. Xenias Herz wehrt sich tapfer gegen den Tod, aber richtet Euch darauf ein, dass es nicht mehr lange dauern wird. Tut mir leid, dass ich Euch nicht trösten kann.“

Schon am nächsten Tag wurde Xenia mit einem Sanitätsfahrzeug liegend in die Klinik transportiert. Ina und Wicki fuhren mit und begleiteten die Freundin in ein freundliches Zimmer mit einem bequemen Bett. Die drei Mädels scherzten und lachten. Dann kam die Schwester herein und bemühte sich ebenfalls um gelockerte Stimmung: „So meine Damen, Sie gehen jetzt einen Kaffee trinken. Ich bringe Xenia ins Bett. Dann kommt noch der Arzt und Xenia wird ein Tropf angehängt. In etwa einer halben Stunde dürfen Sie sich von Xenia verabschieden. Sie braucht dann Ruhe.“

Nach der halben Stunde kamen Ina und Wicki zurück. Xenia hatte schon Mühe, die Augen offen zu halten, weil der Tropf bereits wirkte. Die Mädels streichelten die Freundin und sagten ihr noch ein paar Nettigkeiten. Dann verließen sie das Zimmer und gingen schweigend zum Taxistand.

„Na Mädels, was macht Ihr hier alleine in der Stadt?“, fragte der ihnen bekannte Fahrer.

„Wir haben Xenia hergebracht.“

„Was, Xenia? Ist ihr etwas passiert? Hatte sie etwa einen Unfall?“

„Nein, sie ist nur krank und wird bald wieder. Frauengeschichten.“

„Na, dann richtet ihr mal einen Gruß von mir aus.“

Als sie im Dorf wieder ankamen, war Wicki etwas erleichtert, weil sie sich Sorgen wegen der Pflege gemacht hatte. Ina dagegen warf sich aufs Bett und weinte bitterlich, denn sie wusste, was jetzt mit Xenia passieren würde. Später gab sie niemandem Auskunft. Urban zog Ulf ins Vertrauen, der sofort seinen Vater zu Hause informierte, damit er mit der Heimleitung sprechen konnte.

Täglich fuhren zwei der Kameraden mit dem Taxi in die Stadt, um Xenia zu besuchen. Sie plauderten mit ihr in der kurzen Zeit, wo sie wach war und sie berichteten, dass es Xenia gut gehe und sie hätte keine Schmerzen.

Doch schon nach einer Woche kam die traurige Nachricht aus der Klinik, Xenia sei friedlich entschlafen. Die Trauer war tief, als Ulf sie alle ins Lokal von Mateo rief. Auch Petro, der Pfarrer, war da und versuchte, wo er darum gebeten wurde, tröstende Worte zu finden. Die Mädels weinten, die Männer schwiegen mit ernsten Gesichtern. Ulf fielen große Worte ebenso schwer, aber er informierte: „Wir können am Lauf der Dinge nichts ändern. Lasst uns Xenia in guter Erinnerung behalten. … Ich erwarte von meinem Vater Nachricht, wo sie bestattet wird. Da sie keine Angehörigen hatte, wird man vermutlich Petro mit der traurigen Handlung beauftragen."

Jeder ging mit der Trauer um die Freundin anders um: Susi versuchte Ina zu trösten, indem sie mit ihr über notwendige Dinge sprach. Viktor zeichnete einige Entwürfe für Frauenschuhe. Vielleicht stellte er sich vor, wie sie an Xenias Füßen ausgesehen hätten. Die Gärtner flochten zwei Kränze mit Schleifen in den Lieblingsfarben von Xenia und bereiteten Blumenschmuck vor. Ulrich sprach wie so oft mit seinem Hund und den Schafen. Vielleicht hoffte er, dass sie seine Trauer verstanden. Udo malte Xenia in Öl auf eine Leinwand. Er erinnerte sich genau an ihr Aussehen, weil er sie oft unbemerkt bewundert hatte. Vielleicht war sie seine heimliche Liebe. Alan begann mehrmals einen neuen Korb oder eine Figur zu flechten und warf sie wütend in eine Ecke. Wicki ging von einem zum anderen Kameraden und versuchte sie abzulenken.

Wenn Kunden kamen empfing sie Urban, führte sie nicht in die Abteilungen im großen Produktionsraum, sondern schickte sie zu Daniel, der noch genügend Ware in seinem Geschäft eingelagert hatte. Die Stimmung blieb noch lange gedrückt. Erst als die Vorbereitungen zur Bestattung anstanden, wurden die Neusiedler wieder aktiv. Die Klinik, die Heimleitung und Mateo korrespondierten über die Fakten und

Fritz Freimann entschied mit der Heimleitung, dass Xenia auf dem Friedhof im Dorf beigesetzt werden sollte. Ulf informierte Petro und die Kameraden. Der Tag wurde festgelegt. Dann wussten alle, was zu tun war. Susi nähte ein Kleid für Xenia. Sechs Totengräber aus dem Kreis der Dörfler bahrten den Sarg in der Kirche vor dem Altar auf und bereiteten die Grabstätte vor. Das von Udo gemalte Portrait wurde vor den Sarg gestellt. Udo hatte Xenia täuschend echt gemalt, wie er sie sah: Ihr feines Gesicht mit dem etwas dunkleren Teint und einem freundlichen Lächeln, ihre Haarpracht, ein schulterfreies Kleid. In sitzender Haltung hob sie die Hand wie zu einem lässigen Gruß. Unter dem Saum des weißen Kleides lugte - wie vorwitzig - eine rote Schuhspitze hervor.

Rechts und links davon die beiden Kränze und viele Blumen schmückten den Sarg rundum.

Die Trauergemeinde versammelte sich in der Kirche. Außer allen am Projekt beteiligten mit Fritz, Karl und Paul kamen auch Herr Breda vom Taxi-Unternehmen, der zweite Stadtratsvorsitzende, der Arzt, die einheimischen Dörfler und einige Kunden, um Xenia die letzte Ehre zu erweisen. Petro konnte nicht viel aus dem Leben von Xenia berichten: Sie war ohne angehörige als Findelkind in Heimen aufgewachsen. Sie hatte fleißig in der Schule und aus vielen Büchern gelernt und sich schon als Kind mit der Kunst des Strickens und Stickens beschäftigt. Ihre Krankheit wurde früh entdeckt und mit Medikamenten, vielen Kuren, Sport und spezieller Ernährung behandelt. Obwohl sie wusste, dass ihre Lebenszeit begrenzt war, sprach sie nie darüber. Sie erlebte viel Freude durch ihr freundliches und einnehmendes Wesen.

Die sechs Totengräber trugen den Sarg zum Grab. Petro und die Trauergemeinde folgten in andächtigem Schweigen. Petro sprach den Segen, der Sarg wurde langsam ins Grab gesenkt und die Trauergemeinde nahm Abschied von Xenia. Nur die am Projekt beteiligten Menschen trafen sich noch mit dem Pfarrer Petro zusammen in Mateos Lokal. Valeria hatte Kaffee und Kuchen vorbereitet. Allmählich entstanden aus dem Schweigen dezente Gespräche. Erinnerungen an Erlebnisse mit Xenia zauberten manches Lächeln auf die Gesichter der anwesenden Frauen und Männer.

Sie begannen auch über die Zukunft zu sprechen, denn das Projekt sollte ja weiterlaufen. Ina brauchte unbedingt Ersatz für Xenia, sofern das überhaupt möglich war. Paul erklärte ihr, dass eine Strickmaschine nach ihren Wünschen bestellt war und direkt hier angeliefert würde.

„Gut. Das wird auf die Dauer aber nicht reichen. Wir brauchen bei den Arbeiten, die auf uns zukommen, Manpower zur Unterstützung."

„Ina, das ist schon klar, aber es ist nicht einfach, so fähige und arbeitswillige Menschen in den Heimen zu finden. … Fritz erzähle Du mal, was wir erlebt haben."

„Wir haben Kontakt zu einer Männergruppe gefunden, die arbeitslos auf der Straße leben."

„Das können nur Versager und Penner sein. Was sollen wir mit denen anfangen?!"

„So dachten wir auch zuerst. Dann konnten wir aber interessante Gespräche führen mit dem Ergebnis, dass diese jungen Männer bereit wären, mit Euch am Projekt zu arbeiten."

„Aber die können doch gar nicht zu uns passen. Sie sind anders als wir."

Karl wiederholte nun seine philosophischen Gedanken aus dem Gespräch mit Florian und stellte heraus, dass es keinen Unterschied zwischen den beiden Gruppen gibt, weil ihr Status sich aus einer unverschuldeten Notsituation ergeben hatte: „Entscheidend sind doch der Wille und die Fähigkeit zur Arbeit, die wir hier brauchen, um unser Ziel zu erreichen."

Nach einer Schweigeminute fuhr Fritz fort: „Wir werden trotz guter Vorzeichen keine Entscheidung fällen ohne Euer Mitwirken. Wir achten alle Eurer Argumente. …" Fritz wurde unterbrochen durch einen donnernden, unbeschreiblich lauten Lärm von draußen.

Sie stürzten an die Fenster und ein lähmender Schreck fuhr ihnen in die Glieder: „Rettet Euch! Das ist eine Sintflut!" „Meine Herde!" „Das Haus wird einstürzen!" „Eine Riesenwelle vom Meer!" „Ein Tsunami!" „Wir sind verloren!"

Sie sahen mit Entsetzen, wie sich eine gewaltige Flut vom Meer her durch die Häuser quetschte, die Dorfstraße und den Marktplatz meterhoch überspülte. Das Wasser stieg über die Treppe vor dem Eingang, drückte sich durch den Türspalt und bedeckte den Fußboden des Lokals. Dann trat eine seltsame Stille ein, in der nur das Rauschen von Wasser zu hören war. Mateo rannte zur Kellertür und öffnete sie: „Unser Keller ist bis oben hin vollgelaufen! Die Welle muss die Kellerfenster eingedrückt haben."

Dann setzte der fürchterliche Lärm wieder ein. So schnell wie das Wasser gekommen war, gurgelte es jetzt in einem gewaltigen Sog zurück ins Meer und hinterließ eine Spur der Verwüstung, Schmutz, Trümmer. Von den Häusern am Hang unterhalb der Straße blieb nur Bauschutt übrig. Boote wurden bis auf die Straße gespült. Die Kellerräume und das Erdgeschoss des Hauptgebäudes der ehemaligen Möbelfabrik waren überflutet. Damit gab es keine eingelagerten Waren mehr. Daniel stellte fest, dass sein Geschäft und sämtliche Lagerräume überflutet waren. Gellende Schreie von Menschen, die sich noch vor der Flut retten konnten.

Wer dazu fähig war, rannte auf die Straße, um zu helfen. Menschen schöpften mit Eimern Wasser aus den unbeschädigten Räumen und Kellern. Sirenen von Rettungsfahrzeugen waren zu hören, die mit höchster Eile aus der Stadt heranbrausten. In Mateos Lokal wurde ein Lazarett improvisiert. Im Dorf wimmelte es von allerlei Helfern in verschiedenen Uniformen. Leichen wurden auf einen Platz zum sofortigen Abtransport abgelegt. Unermüdlich pumpten Feuerwehren Keller aus. Bautrupps sicherten einsturzgefährdete Ruinen. Verantwortliche Personen riefen Befehle, organisierten Einsätze und führten die Helfer. Räumfahrzeuge rollten an.

Ärzte und Sanitäter drangen in Häuser ein, um Verletzte zu bergen.

Valeria behielt in dem Chaos die Übersicht, zunächst in ihrer unmittelbaren Umgebung. Sie hatte zwar moderne Küchengeräte, die mit Strom und Gas betrieben wurden, aber der Strom war ausgefallen. Der alte Herd, der mit Holz befeuert wurde stand noch in der Küche und einen kleinen Holzvorrat hatte sie dabei aus unergründlichen Überlegungen immer noch. Also kümmerte sie sich sofort um heißes Wasser. Sie rückte Tische zusammen und bedeckte sie mit Betttüchern, damit Verletzte darauf behandelt werden konnten. Auf dem Herd garte bereits eine Suppe, Thermoskannen mit Kaffee waren wenig später gefüllt. Die Ärzte konnten die Verletzten nicht alle in den Autos versorgen und waren froh für den Platz im Lokal. Ina, Wicki und Susi gingen Valeria zur Hand. Udo beobachtete und gab Informationen weiter oder warnte Menschen vor gefährlichen Trümmern. Urban hielt sich meistens in der Nähe seiner Schutzbefohlenen auf. Jeder tat, was er konnte. Wege wurden freigeräumt, geübte Helfer unterstützt oder versorgt. Fritz bemerkte zu seinen Freunden: „Offensichtlich haben sich doch schon ein paar Leute hier angesiedelt. Dieser Tsunami ist ein verdammter Rückschlag für unser Projekt. Wir werden mit den Überlebenden zusammen wieder bei NULL anfangen müssen. Vor allen Dingen brauchen wir sofort die jugendlichen Handwerker hier. Wir werden mit unseren Leuten noch heute eine Entscheidung herbeiführen! Ich werde Viktor sagen, dass er mit Alan eine Bestandsaufnahme der produzierten Waren macht, sobald die beiden frei sind."

Sie schufteten bis spät in die Nacht. In einer ersten Übersicht stellte Mateo mit den Verantwortlichen erleichtert fest, dass doch nicht so viele Menschen verletzt wurden, wie vorher angenommen. Allerdings hatten es fünf Fischer und ein kleiner Junge, der in den Klippen spielte. nicht geschafft. Sie waren alle ertrunken.

Das provisorische Lazarett wurde aufgelöst und Valeria und die Mädels versorgten die erschöpften Helfer. Einige Trupps wurden für die Nacht von neuen Mannschaften abgelöst.

Alan und Viktor stellten fest, dass die Flechtwerke nach einer Reinigung wieder zu verwenden waren. Die Wollwaren lagen in den leergepumpten Räumen auf schmutzigen und nassen Haufen. Sie vermuteten, dass nach einer gründlichen Reinigung Pullover, Socken usw. noch verwendet werden konnten. Dasselbe galt für Susis Flanellhemden. In den Produktionsräumen war kein Schaden entstanden. Die Wohnräume blieben auch unversehrt. Ihr größtes Chaos herrschte in Daniels Geschäft.

Die Räumfahrzeuge hatten bereits am nächsten Tag die Dorfstraße und Verbindungswege gereinigt und die gefährlichen Gebäudetrümmer eingerissen. Mateo ging durch die Straßen und Wege und versuchte sich ein Bild davon zu machen, wie viele Häuser noch als bewohnbar renoviert werden konnten und wo Lücken entstanden waren. ... Wenn Häuser eingestürzt sind, können Neubauten erstellt werden. Was mache ich mit dem Bauschutt? So sind die Grundstücke wertlos. Wir waren so schön im Aufwärtstrend und jetzt hat uns der Tsunami noch weiter zurückgeworfen. Ich muss sofort handeln. Ein Dorf mit freien Grundstücken sieht besser aus als ein Dorf mit Ruinen!

Der zweite Stadtrat war ja bei der Trauerfeier für Xenia dabei. Sein Fahrer brachte ihn zurück zur Dienststelle. Dann hörte er von dem Seebeben und der Flutwelle, die das Dorf zerstörte. Er ließ sich sofort wieder ins Dorf bringen, um sich ein Bild von der Zerstörung zu machen. Er sprach mit den Helfern und ging durch die Straßen und traf Mateo, der mit seinen Zukunftsgedanken vor einem zerstörten Häuserblock stand und den Mann im guten Anzug nicht gleich erkannte.

„Herr Bürgermeister, der Schaden in Ihrem Dorf ist groß."

„Ja, es hat uns richtig hart getroffen. Ich danke Ihnen, dass Sie so schnell für Hilfe sorgten."

„Das war das mindeste, was ich tun konnte. Wir haben uns bei der Trauerfeier gesehen, ich weiß was Sie mit dem Projekt vorhaben, ich unterstütze gerne Ihre Aktivitäten und jetzt bin ich schon wieder hier. Sie erkennen sicher meine Verbundenheit mit Ihnen und dem Dorf. Deshalb hat mich das Unglück auch getroffen."

„Die Welle war so gewaltig, dass wir von wesentlich höherem Personenschaden ausgegangen sind. Der Sachschaden sieht aus wie nach einem Bombenangriff. Es wird Jahre dauern, bis die Lücken wieder geschlossen sind. Wir wissen noch nicht, ob das Projekt weitergeführt werden kann. Schade. Ich hatte gerade die ersten Kontakte zu Investoren geknüpft. Die werden sich aber zurückziehen, weil die Grundstücke mit Schutt und Trümmern bedeckt sind. Nicht nur die Kosten für die Entsorgung werden sie hindern, sondern alleine schon der Anblick. Wer will schon in ein zerstörtes Dorf investieren?!"

„Halt, Bürgermeister. Wir geben noch nicht auf. Stellen Sie sich das Bild vor: Ein Dorf im Dornröschenschlaf. verlassene Häuser, dazwischen Grundstücke, die vom Unkraut überwuchert sind. Investoren sind die Prinzen, die die Grundstücke mit berechtigten Spekulationen bebauen."

„Ja, durchaus ein schönes Bild. Aber die Entsorgung der Trümmer wäre die Voraussetzung."

„Unsere Räumkommandos sind noch da mit ihren Maschinen. Sie finden im Bereich Ihres Dorfes eine Stelle, wo der Schutt zu einem Monte Scherbelino abgelegt werden kann. Es wird ein Hügel entstehen, den Sie mit Erdreich bedecken lassen. Den Rest macht die Natur."

„Meinen Sie, ich bekomme die Erlaubnis dazu?"

„Ich werde den Gedanken im Amt prüfen lassen und Sie liefern einen konkreten Plan und den entsprechenden Antrag dazu. Ich werde nachher mit dem Bauleiter sprechen, der sofort beginnt, den Schutt an die von Ihnen angegebene Stelle zu bringen."

„Gute Idee. Ich danke Ihnen. Kommen Sie später noch ins Gasthaus? Ich will mir die Stelle für den Monte Scherbelino auf der Karte noch ansehen, ehe Sie mit dem Bauleiter sprechen."

Die Aufräumarbeiten sollten noch einige Tage dauern, ehe ein Neuaufbau begonnen werden konnte. Die Neusiedler bemühten sich aus den zerstörten Lagern zu retten, was noch brauchbar war. Dennoch wurde bereits über die neue Produktion nachgedacht. Für ein entscheidendes Gespräch mit den Neusiedlern über die Aufnahme der Handwerkergruppe fand Fritz keine passende Gelegenheit am ersten und zweiten Tag. Fritz, Karl und Paul hatten Verpflichtungen in der Heimat. Sie saßen für ein paar Minuten mit Ulf und Mateo zusammen und Fritz informierte die anderen über seinen Plan: „Wir können nicht länger warten, deshalb schlage ich vor: Florian wird noch heute die Jungs mobilisieren, sodass sie bereits morgen hier sind, denn hier wird jede Hand gebraucht. Sie gehören vorläufig zum Projekt. Ulf Du wirst sie zur Arbeit einteilen. Mateo ich schicke Dir die Daten der Männer auf Ulfs Computer, dann kannst Du die Papiere fertigmachen. Ihr nehmt sie alle in die Versorgung auf und gebt ihnen Quartiere. Alles andere wird später entschieden. ... Unser Taxi ist da. Wir müssen los." Dann waren sie auch schon weg.

Gegen Abend meldete sich Fritz bei Elfi: „Wann kommt Florian?"

„Er kommt täglich alle paar Stunden vorbei, um nach Neuigkeiten zu fragen. Ich erwarte ihn bereits."

Florian kam durch die Tür und Elfi sagte Fritz noch: „Er ist hier."

Fritz eilte in die Stammkneipe und klärte Elfi und Florian nach der Begrüßung über das Unglück auf. Dann entschied er kurz und mit Nachdruck: „Die Jungs sollen sich sofort fertigmachen. Ihr nehmt die Frühmaschine zum Airport auf dem Festland. Dort steigt Ihr in den Flieger zur Insel. Am Ausgang des Flugplatzes stehen die Taxis. Ihr meldet Euch dort mit dem Satz: Wir sind die Neuen für das Projekt im Dorf. Eine halbe Stunde später empfangen Euch Ulf und Mateo. Dann erfahrt Ihr wie es weitergeht. Eure Tickets liegen am Schalter der Fluggesellschaft bereit. Viel Glück!"

Florian meldete sich bei dem ersten Taxifahrer. Der nickte freundlich und rief seine Zentrale: „Die Neuen fürs Dorf sind da. Schick mir bitte noch ein Großraumtaxi!"

Die wenigen Habseligkeiten der jungen Männer waren schnell verpackt und die Taxis rasten zum Dorf, wo Ulf und Mateo die Jungs willkommen hießen. Die Notunterkünfte waren schnell belegt. Daniel schaffte die Arbeitskleidung heran, dann gab es Frühstück im Gasthaus und Ulf teile die Leute ein: „Helmut, Kuno, Willi, Albert, Benno Ihr gehört zu meinem Bautrupp. Ludwig, Du meldest Dich bei Ina und Susi. Hans, Du gehst in die Küche zu Valeria. Egon, Du meldest Dich bei Viktor, Deinem Schuhmacherkollegen. Bertram, Du gehst zu Emil. Dich brauchen wir später. Florian, Du stellst Dich bei Daniel vor. Mateo, wenn Du noch Leute zum Aufräumen brauchst, meldest Du Dich bei mir. Ich gehe mit meiner Truppe an das Erdgeschoss der Produktionshalle, Daniels Geschäft und dann an eine Wohnung nach der anderen."

Mateo lächelte anerkennend: „Du kannst genauso gut organisieren wie Dein Vater."

Ulf und Georg hatten bereits die Telefonanlage und die Stromversorgung in Daniels Geschäft wiederhergestellt und Florian besetzte Daniels Schreibtisch im Obergeschoss. Eine Liste der Lieferanten lag auf dem Tisch und die Materialanforderungen von Ulf und den Neusiedlern.

„Florian, mach denen höflich Dampf!"

Emil und seine Kollegen nahmen Bertram in Empfang: „Der Tsunami hat uns nicht sehr geschadet. Wir stützen gerade unsere neugepflanzten Bäume ab und dann brauchen wir ein Hochbeet für Gewürze. Das ist aber nicht vordringlich. Wir warten gerne auf Dich."

Gert meinte: „Ich vermute mal, Ulf braucht Dich zuerst bei Daniel und im Erdgeschoss der Produktionshalle."

Als Bertram bei Ulf erschien, war dieser erfreut: „Prima, da müssen Regale gebaut werden und schau Dir den Boden im Untergeschoss an. Wenn wir bei Daniel fertig sind, machst Du dort weiter."

Ina und Susi hatten sofort ein Fachgespräch mit Ludwig, als sie hörten, was er alles konnte.

„Unsere Schafe werden bald geschoren. Dann beginnt Deine Hauptarbeit. Aber jetzt brauche ich Dich für die Einrichtung der Strickmaschine. Wenn Du die erst bedienen kannst, geht mein Plan auf."

Susi hatte Wünsche für die Einfärbung von Stoffen: „Du brauchst bestimmt Chemikalien dafür und die richtigen Behälter. Wenn das Untergeschoss fertig ist, baust Du Dir einen Platz zurecht für diese Arbeiten. Aber erst muss die Strickmaschine laufen."

Viktor und Egon verstanden sich auf Anhieb: „Wir bauen den Reparaturbereich aus und dann entwickeln wir eine Kollektion. Meine männlichen Kunden sind schon begeistert, aber bei den Frauen fehlen mir manchmal die Ideen. Lass Dir schon mal einen Schemel besorgen. Wir haben hier genug Platz. Ein zweiter Dreifuß ist auch da und das Werkzeug reicht vorläufig für uns beide. Komm, wir gehen mal zu Alan."

„Egon, schön, dass Du da bist. Viktor brauchst Du etwas?"

„Nur eine Idee: Was hältst Du von einem Ausstellungsregal aus Korbgeflecht für fertige Schuhe?"

„Gute Idee. Ich werde mal mit Bertram über die Stabilität sprechen. Wir haben ja jetzt einen Schreiner im Haus."

Im Erdgeschoss der Produktionshalle war die Eingangstür zerbrochen. Ulf ließ sie über Mateo bestellen und baute die neue Tür ein. Der Putz an den Wänden war nicht zerstört. Nach der Austrocknung legte Kuno die Wände neu an. Bertram stellte fest, dass der Boden aus Eichenparkett bestand: „Der wird gereinigt und abgeschliffen." Er baute rundum Regale an die Wände, in denen Ware ausgestellt und gelagert werden konnte. Zwischen den Regalen ließ er Platz für Udos Bilder, die er selbstverständlich einrahmte.

Daniel hatte es am schlimmsten getroffen. Das gesamte Mobiliar in der Verkaufsetage war unbrauchbar und die Feuchtigkeit teilweise ins Mauerwerk gedrungen, sodass der Putz abbröckelte. Das warme Klima und einige Gebläse halfen beim Austrocknen. Dann wurde frischer Putz aufgetragen und die Wände frisch angelegt. Bertram baute großzügige Regale in jeder Abteilung und die dazugehörigen Verkaufstische. Der gefliesste Boden brauchte keine Reparatur. In den Lagerräumen herrschte Chaos. Die Neusiedler räumten ihre nassen und schmutzigen Waren aus, aber die Regale und der komplette Putz waren zu erneuern. Seltsamerweise hatten die Kühlzellen für Fleisch und andere Nahrungsmittel das Hochwasser unbeschädigt überstanden. Daniel strahlte schon wieder. Florian bekam im zweiten Obergeschoss eine eigene Wohnung neben Daniel und dem Kaufmannsgehilfen eingerichtet.

Bertram inspizierte das zweite Haus der ehemaligen Möbelfabrik, welches kein Wasser abbekommen hatte. Er fand in der großen Werkstatt etliche Maschinen, die noch intakt zu sein schienen. Albert, Georg und Ulf machten sich auf die Suche nach eventuellen Fehlern in Leitungen, Schaltern und Maschinen und stellten nach einem Tag fest, dass alles nach der Behebung von Kleinigkeiten in Ordnung war. „Dann kann ich mir ja hier eine Werkstatt einrichten. Schade, dass ich kein eigenes Geld habe, sonst würde ich Euch ein Glas Bier ausgeben."

Ulf antwortete: „Nur Geduld, mein Junge. Das kommt noch. Aber ich habe eigenes Geld und führe Euch in Mateos Gastwirtschaft."

Mateo verhandelte immer wieder mit Investoren bzw. er suchte nach Geldgebern oder Firmen, die sich im Dorf ansiedeln würden. Einer, der vor dem Tsunami fest zugesagt hatte, war wieder abgesprungen, trotz bebauungsfähiger Trümmergrundstücke. Aber eine Computerfirma suchte ein Haus für Schulungszwecke. Die Interessenten sahen sich im Dorf um und saßen dann mit dem Bürgermeister zusammen.

„Wir erkennen die Spuren des Hochwassers und wir sind auch über Ihr Projekt informiert. Wenn wir ins Geschäft kommen, wäre das wohl ein Segen für Ihre Gemeindekasse. Wir suchen einen etwas abgelegenen und ruhigen Ort für unsere Zwecke. Das Brauereigebäude entspricht unseren Vorstellungen."

„Das freut mich zu hören. Sind Sie am Kauf oder an einer Miete interessiert?"

„Zunächst wollen wir mieten, da unser Vorhaben auch risikobehaftet ist. Allerdings sollte eine Option für den Kauf möglich sein. Wir würden das Haus von unseren Handwerkern räumen und renovieren lassen und mit unseren Computern und Mobiliar ausrüsten. Die Schüler die hier ausgebildet werden sollen, sind unsere Mitarbeiter, aber auch Kunden."

„Ihre Leute könnten dann für die Lehrgangsdauer bei uns wohnen. Das wäre für uns ein doppelter Segen. Wir könnten den Wiederaufbau forcieren und für einige Firmen wäre die Eröffnung von Filialen lukrativ."

„Gut Herr Bürgermeister. Dann machen wir das. Sie klären bitte, dass keine Lasten oder anderweitigen Rechte auf dem Gebäude liegen und unsere Anwälte machen einen Vertragsentwurf, den Sie nach Prüfung und eventuellen Änderungen unterzeichnen. Dann fangen wir sofort an."

Mateo informierte begeistert Fritz. Darauf antwortete der Anwalt Karl Kluge: „Mateo, wenn das so gut wird, wie sich das Gespräch anhörte, haben wir alle einen Grund zum Feiern. Du unterschreibst bitte nichts ohne meine Zustimmung. Ich werde mich sofort darum kümmern, dass uns keine amtliche Überraschung das Geschäft streitig macht. Übrigens haben wir mit Freude von Ulf gehört, dass die Handwerker sich gut an das Projekt anpassen."

Valeria und Hans arbeiteten zusammen, als wäre das schon immer so gewesen. Er stellte seine Brötchen, Brot und Kuchen her und jeder freute sich über die immer frischen und gutschmeckenden Teile. Aber er bemängelte auch, dass die Maschinen in der Küche zu klein und arbeitstechnisch und energiebezogen veraltet waren: „Valeria, es hat nichts mit Dir zu tun, aber Deine Küche ist auf die Dauer auch zu klein für das Kochen und Backen."

„Du willst mich doch hoffentlich nicht verlassen?!"

„Aber nein. Ich stelle mir nur vor, dass ich eine eigene Bäckerei aufmachen, die Meisterschule besuchen, einen Gesellen einstellen und meine Waren dann an Daniel und die Bürger verkaufen könnte. Ich würde Dich selbstverständlich mit den besten Waren vorrangig bedienen. Es gab doch früher auch einen Bäcker im Dorf oder etwa nicht?! Für uns alle wäre das gut, wenn ich mich hier fest ansiedle, mein eigenes Geld verdiene und aus der Versorgung durch das Projekt ausscheiden würde."

„Ich weiß, dass Du recht hast. Für Dich wäre es das Beste. Die Backstube unseres Bäckers ist sogar noch teilweise eingerichtet. Aber das geht alles nicht. Erstens bist Du noch kein Meister und zweitens brauchst Du viel Geld, um die Bäckerei wieder auf Vordermann zu bringen. Die wertvollen Teile hat der Bäcker damals mitgenommen, als er das Dorf verließ."

Am Abend sprachen die beiden mit Mateo darüber, der genauso überrascht war wie seine Frau. Mateo räusperte sich verlegen und gab zu: „Das entspricht der Denkweise von Fritz und unseren Freunden. Ich denke, wir sollten einen Schritt nach dem anderen tun. D.h. Du besuchst jetzt nebenbei die Meisterschule in der Stadt und dann sehen wir weiter."

Bertram kam kaum dazu, seine Gärtnerkollegen zu unterstützen. Ulf hatte immer wieder neue Baustellen auf Kosten der Gemeinde zu bearbeiten. Mateo vereinbarte mit dem Gemeinderat, einen Kredit aufzunehmen. Die Bank zierte sich wegen der fehlenden Sicherheiten, stimmte aber doch zu, nachdem der Vertrag mit der Computerfirma abgeschlossen war. So konnte der Bürgermeister die noch leerstehenden Häuser nach und nach Ulf zur Modernisierung in Auftrag geben. Ulf hatte bereits eine positive Bilanz, nahm nach Absprache mit seinem Vater Albert aus der Versorgung durch das Projekt heraus und bezahlte ihn selbst, wie er das schon mit Georg durchgezogen hatte.

Helmut, Kuno, Willi, Albert, Benno und Bertram waren sich einig darüber, dass die Zusammenarbeit mit Ulf auch ohne Selbständigkeit die beste Chance für ihre Zukunft wäre.

„Uns fehlt nur noch ein Zimmermann. Dann hätten wir alle Gewerke für den Wohnungsbau in einer Firma. Wir könnten komplexe Baustellen auch außerhalb des Dorfes übernehmen und unsere Planung wäre einfacher. Maurer, Schreiner usw. wären dann Helfer z.B. für den Elektriker."

„Nicht schlecht, Leute. Könnt Ihr Euch vorstellen, hier im Dorf sesshaft zu werden?"

„Warum nicht? Wenn der Bürgermeister uns eine Wohnung zuweist und das Material bezahlt, renovieren wir in unserer Freizeit. Dann haben wir doch alles. Sollten die wirtschaftlichen Verhältnisse es erforderlich machen, können wir immer noch über ein eigenes Geschäft reden. Wenn Mateo uns die Wohnungen eine Zeit lang mietfrei überlässt, haben wir Arbeit, verdienen durch unseren Fleiß und wohnen sicher. Damit können wir gut leben."

Ludwig hatte sich mittlerweile auch mit dem Schafhirten Ulrich angefreundet. Er richtete sich in der Nachbarschaft von Bertrams Schreinerwerkstatt eine eigene Werkstatt ein, mit einem Spinnrad, einem Webstuhl und Bottichen zum Reinigen und Färben der Wolle. Er hatte mit Ina zusammen die Bedienung der Strickmaschine erlernt. Er half ihr auch mit. Aber wenn Ina Wolle brauchte, dann hatte seine eigene Arbeit Vorrang. Er half auch Ulrich bei der Schur. Das hatte den Vorteil, die Wolle schon beim Scheren nach der entstehenden Qualität sortieren und verpacken zu können. Er dachte über seine Sesshaftigkeit im Dorf nicht besonders nach, aber die Arbeit im Team mit Ina, Susi und Ulrich machte ihm viel Spaß.

Ähnlich erging es auch dem Schuhmacher Egon in der Zusammenarbeit mit Viktor. Aus der ganzen Gegend um das Dorf kamen Kunden mit zu reparierenden Schuhen. Sie hielten ihre zugesagten Termine ein und halfen Menschen, die sich keine neuen Schuhe leisten konnten, mit einem erschwinglichen Preis für ihre Arbeiten. Als Steffi überraschend zu Besuch kam, um mit Udo den Bilderkatalog zu besprechen, kam Egon eine Idee: „Steffi, wir haben uns eine Kollektion ausgedacht und die neuen Kreationen skizziert. Könntest Du für unsere Schuhe auch so eine Art Katalog erstellen?"

Steffi dachte kurz nach und ließ sich dann auch von der Euphorie der beiden Schuhmacher anstecken: „Ein Schuhkatalog ist eigentlich für eine Serienproduktion gedacht und sinnvoll."

Egon war nicht zu bremsen: „Schon. Das könnten für uns auch nur ein paar Blätter sein. Nehmen wir einmal an, Udo würde die Skizzen malen und wir würden einige Paare zum Fotografieren fertigen und beschreiben das Bild mit Qualität, Zweckmäßigkeit und dem Preis. Das müsste doch auch eine gute Werbung werden."

Steffi lachte: „An mir soll es nicht scheitern. Unterhalte Dich mal mit Udo. Wenn er Euch hilft, entwerft Ihr einen Text und kalkuliert Euren Preis. Dann bringen wir das Ganze auf Papier und schauen es uns gemeinsam an. Es muss ja nicht gleich ein Katalog sein. Vielleicht produzieren wir Handzettel oder einen Flyer. Habt Ihr den überhaupt Zeit für eine Mehrfachproduktion bei den vielen Reparaturen?"

Viktor mischte sich ins Gespräch: „Seit wir zu zweit arbeiten, sind wir schneller und ergänzen uns mit unseren Ideen. Dazu kommt der Spaß beim Entwurf der Kollektion. Allerdings müssen wir einsehen, dass der Entwurf eines Schuhs nur dann sinnvoll ist, wenn er sich auch verkaufen lässt. Probieren wir es doch einfach."

Während der Umbauphase hatte Florian gelernt, wie flexibel Daniel sein Geschäft führte. Der Geschäftsmann gab nie auf und improvisierte sofort, wenn eine Aufgabe zu schwierig erschien. Florian übernahm diesen Umgang mit einer kniffligen Situation.

So wurde er zu einer wichtigen Stütze für Daniel. Die beiden Kaufleute passten sich an und bauten das Geschäft weiter aus. Die Lagerräume konnten wieder benutzt werden. Sie dachten nach, was die Menschen im Dorf brauchten und kauften dementsprechend ein. Sie stellten Forderungen an die ursprünglichen Neusiedler und weiteten ihre Vielseitigkeit ständig aus. Nun ging es darum, keinen unnötigen Wettbewerb zwischen ihrem Geschäft und dem direkten Verkauf der Neusiedler entstehen zu lassen, denn es gab Kunden, die nicht zu Daniel gehen wollten, sondern sich lieber bei Ina, Susi, Alan und Viktor beraten ließen. Also vereinbarten sie, dass lagerfähige Waren bei Daniel verkauft wurden und Neusiedler spezielle Kundenwünsche erfüllten. Bei Udos Bildern war das relativ einfach. Florian und Daniel hatten nur ein oder zwei Bilder ausgestellt, über die sie auch werbend sprechen konnten. Den Verkauf überließen sie Wicki, Urban und dem Künstler. Susi produzierte Massenware nach Anforderung von Florian und Daniel, aber besondere Stücke stellte sie auch nur in ihrem Lager aus und Maßanfertigungen gab es nur in ihrem Atelier. Ina verkaufte fast alles an Daniel und behielt sich nur spezielle Stickereien vor. Auch der Verkauf von Ludwigs Wolle war über die Ladentheke einfacher. Alan entwickelte sich immer mehr zum Künstler, wenn er Figuren flocht. Die Körbe als Gebrauchsgegenstände wurden bei Daniel und Florian verkauft. Sonderbestellungen kamen von Kunden direkt oder auch von den beiden Kaufleuten. Die Laufkundschaft war bei Daniel und Florian besser bedient und die Produktion wurde weniger gestört.

Diese Entwicklung hatte den Vorteil, dass die Neusiedler ständig Umsatz machten. Die Erlöse waren auf das Doppelte der Kosten für die Versorgung angewachsen und das Grundkapital auf dem Konto von Fritz Freimann wurde immer weniger benötigt.

Das Angebot im Geschäft wurde ständig erweitert. Die Taxifahrer brachten Kundschaft aus der Stadt und mehr und mehr Kunden kamen von überall auf der Insel her. Der Kaufmannsgehilfe, der eigentlich für die Buchhaltung verantwortlich war, wurde oft im Verkauf eingesetzt. Daniel dachte bereits darüber nach, einen zusätzlichen Verkäufer einzustellen. Eines Tages saßen Daniel und Florian im Gasthaus.

„Mateo, setz Dich bitte zu uns.“

„Ich bin für Euch da. Wo drückt der Schuh?“

„Unser Geschäft läuft gut. Es hat sich bei der Kundschaft herumgesprochen, dass wir fast alle Waren am Lager haben. Kaum ein Kunde muss warten, bis wir etwas bestellt haben.“

„Ich freue mich für Dich. Wo ist Dein Problem?“

„Ich kaufe das Haus neben unserem Geschäft, wenn Du es mir gibst. Wenn ja, beauftrage ich heute noch Ulf, das Haus zu vier kleinen Komfortwohnungen umzubauen!“

Ohne zu zögern antwortete der Bürgermeister: „Beauftrage Ulf. Ich informiere heute Abend den Gemeinderat. Wir haben noch nicht über den Preis gesprochen.“

„Du hast Augen im Kopf und weißt, dass wir das Haus brauchen. Außerdem sind wir Freunde. Du wirst richtig entscheiden.“

Als Mateo wieder gegangen war, schaute Daniel Florian an und fragte: „Ist Dir etwas aufgefallen?“

„Du hast über Dein Geschäft gesprochen und ein Haus gekauft. Du wirst es wohl vermieten wollen.“

„Ich habe über unser Geschäft gesprochen.“

„Klar doch. Das sagst Du so, weil Du gemerkt hast, dass ich mich mit

Dir und Deinem Geschäft identifiziere."

„So einfach ist es nicht. Du warst von Anfang an bei mir angestellt. Nicht das Projekt, sondern ich habe Dich bezahlt. Damit ist jetzt Schluss!"

„Aber Daniel, Du wirst mich doch nicht feuern?!"

„Wieder falsch! … Du wirst mein Teilhaber und bist damit am Gewinn und den Kosten beteiligt. In dem neuen Haus wohnen wir beide und der Gehilfe. Die vierte Wohnung bleibt frei für einen zusätzlichen Verkäufer."

„Daniel, Du bist doch immer wieder für eine Überraschung gut. Ich danke Dir für Dein Vertrauen und ich werde wie bisher meine ganze Energie in unser Geschäft stecken!"

„Recht so, Partner! Wir werden die Menschen motivieren, sich wieder bei uns anzusiedeln!"

Florian, hatte wohl noch nicht richtig erfasst, was eben passiert war. … Vor nicht allzu langer Zeit war ich noch ein Penner. … Sie unterhielten sich noch über Einzelheiten. Dann ging Florian wieder ins Geschäft und Daniel zu Ulf.

„Donnerwetter, jetzt willst Du es aber genau wissen! Ich habe gerade Zeit. Schauen wir uns das Haus an. Dann mache ich einen Plan und berücksichtige Deine Wünsche. Nächste Woche geht's los."

Hans besuchte die Meisterschule in der Stadt. Valeria richtete es so ein, dass er dreimal in der Woche bei ihr fehlen konnte. Nach der Schule arbeitete er noch nachts in der Küche, um Valeria zu entlasten, obwohl sie ihn immer wieder an seine Bücher erinnerte. Hans' Ehrgeiz lohnte sich. Er schloss als Bester die Prüfung ab: „Mateo, der erste Schritt ist getan. Ich bin jetzt Bäcker- und Konditormeister! Hilfs Du mir auch beim zweiten Schritt?"

„Immer schön langsam, Meister! Jetzt freuen wir uns erst einmal und dann schauen wir uns an, was von der Backstube übriggeblieben ist."

Es hatte sich unter den Freunden schnell herumgesprochen, dass Hans es geschafft hatte. Sie kamen alle in die Gaststube und feierten mit Hans und den Wirtsleuten. Valeria war etwas traurig, denn sie hatte den fleißigen jungen Mann liebgewonnen.

Ulf war bei der Besichtigung der ehemaligen Bäckerei anwesend und hörte sich die Vorstellungen von Hans an. Der Eingang von der Straße führte in den Verkaufsraum. Schränke und Regale standen noch zur

Verfügung. Kühlschränke und die Verkaufstheke fehlten. Eine Tür führte in die Backstube. Die Werkbank und der große Backofen waren noch da und brauchbar. Das Lager für Mehl und Zutaten war leer. Ulf fasste zusammen, während die anderen noch rätselten, was zu tun war: „Eine Gruppe muss gründlich saubermachen. Ich werde die gesamte Elektrik überprüfen und die Beleuchtung etwas freundlicher gestalten. Kuno wird sich um die Malerarbeiten kümmern. Ich bin gespannt, was Bertram noch verbessern will."

Florian erklärte sich bereit, Kühlschränke und die Verkaufstheke zu besorgen: „Wenn alles fertig ist, schreibst Du auf, welches Material Du für die Herstellung Deiner Produkte haben willst. Dann wird die Bäckerei mit einem Fest eröffnet."

Mateo ergänzte: „Hans, Du wohnst so lange bei mir, bis alles läuft und Du eine eigene Wohnung gefunden hast. Valeria will noch eine Zeit lang etwas von Dir haben. Um die Wohnung hier im Haus kümmern wir uns später!"

Hanno und sein Vater Karl prüften den Vertragsentwurf mit der Computerfirma und fügten Änderungen an, nachdem alle rechtlichen Fragen geklärt waren. Die Firma bekam alle Freiheiten zugesichert für den bestimmungsmäßig erforderlichen Umbau. Die Arbeiten zogen sich noch ein paar Wochen hin. Dann meldete sich der Chef: „Wir nehmen in zwei Wochen den Betrieb auf. Herr Bürgermeister bitte sorgen Sie dafür, dass zunächst fünfzehn Schüler und zwei Lehrer untergebracht und verpflegt werden. Wie lang der Lehrgang dauert, wissen wir noch nicht."

Mateo sagte zu, wusste aber sofort, dass ein Risiko auf ihn zukam: „Valeria, hast Du das mitgekriegt? Die Computerfirma will sich mit siebzehn Mann auf unbestimmte Zeit bei uns einquartieren. Die wollen die Schule in Betrieb nehmen."

„Na prima, dann läuft unser Geschäft bald wieder richtig an!"

„Ich freue mich ja auch, aber wie sollen wir das schaffen? Unsere Gästezimmerkapazität ist fast erschöpft. Und die Malzeiten musst Du in Schichten organisieren."

„Lass uns mal nachdenken: Wir brauchen zwei Kräfte für den Service und ich brauche zwei Gehilfen in der Küche."

„Und wie sollen wir die Leute unterbringen? Hanses Wohnung ist noch nicht fertig. Also fallen schon fünf Zimmer weg. Wenn Freunde oder Touristen kommen, müssen wir absagen. Die Wohnungen für die

Handwerker von Ulf sind auch noch nicht alle bezugsfähig."

„Ja, Du hast recht. Es wird Stress geben, den die Gäste mitkriegen und dadurch von uns abgeschreckt werden."

„Das klingt zwar schizophren, aber was hältst Du davon, wenn wir uns Konkurrenz ins Dorf holen?"

„Dann müssen wir von unserem Geschäft wieder etwas abgeben, aber auf die Dauer rechnet sich das sicher wieder. Wir haben doch früher auch mit zwei Restaurants ganz gut im Dorf gelebt. Außerdem wollen die Leute nicht immer in dasselbe Gasthaus gehen. "

„Ich spreche mal mit unserem Kollegen Joe. Der hat damals sein Geschäft verlassen, weil es sich für ihn nicht mehr gelohnt hat. Er ließ alles stehen und liegen, aber er ist nach wie vor noch Eigentümer."

Mateo besuchte seinen Kollegen in dessen gutgehendem Hotelbetrieb in der Stadt. Erst wurden Erinnerungen aufgefrischt und belächelt, ehe Mateo mit seinem Anliegen herauskam. Dann antwortete Joe spontan: „Mateo, sobald ich einen Käufer finde, stoße ich den Betrieb im Dorf ab. Da ist nichts mehr zu holen, zumal Du ja gerade noch den Tsunami zu verkraften hast. Das Dorf stirbt aus:"

„Die aktuelle Entwicklung zeigt andere Vorzeichen: Du hast sicher von unserem Projekt gehört?! Das sind alles willige Leute, die nichts zu verlieren haben und sich fleißig ins Zeug legen."

„Meinst Du wirklich, Du kannst mit denen ein Wirtschaftswunder herbeizaubern?"

„Nun, wir können bereits auf ein paar erfolgreiche Markttage zurückblicken. Und die Leute haben bereits Stammkundschaft für ihre Waren gewonnen. Wir produzieren sogar unsere eigene Wolle. Unsere Gärtner bringen täglich feinstes Gemüse und Obst an einem Stand vor unserem Haus zum Verkauf. Ein Handwerksbetrieb mit acht Mann ist angesiedelt und hat alle Hände voll zu tun. Daniel hat sein Geschäft wiederaufgebaut, das Haus nebenan gekauft und beschäftigt zurzeit drei Mann. Bei dem kannst Du alles kaufen, und zwar jetzt schon auf zwei Etagen. Er hat gar keine Zeit mehr, die Dörfler zu beliefern. Die kommen alle wieder zu ihm. Außerdem erweckte ein Bäckermeister die Bäckerei wieder zu neuem Leben. Er versorgt nicht nur alle Leute im Dorf mit seinen frischen Köstlichkeiten. Bei dem halten Kraftfahrer und holen sich ihr Frühstück und er hat bereits Kunden auf der ganzen Insel."

„Mateo, wir kennen uns schon sehr lange und ich weiß, dass Du mir keine Märchen erzählst. Deshalb bewundere ich Dich für die schönen Erfolge. Nur bezweifle ich, dass diese positiven Erfolge ausreichen für einen dauerhaften und nachhaltigen Aufschwung für das Dorf in der Zukunft. Das Dorf ist quasi von der Zivilisation abgeschnitten und ich befürchte, dass es so bleibt."

„Wir haben zurzeit keinen Grund, unsere Hoffnung aufzugeben. Ein Großteil der leerstehenden Häuser ist bereits wieder bewohnbar gemacht. Ich habe die ehemalige Brauerei an eine Computerfirma verpachtet. Dort wird ein Schulungszentrum eingerichtet. Meine Zimmerkapazität ist erschöpft. ... Und jetzt komme ich zu meiner Idee, die Dich betrifft: Dein Betrieb im Dorf ist funktionsfähig. Selbst wenn ich diesen Betrieb von Dir kaufen oder pachten würde, würden mir das Personal fehlen. Wenn Deine Gästezimmer und Dein Hotel im Dorf ständig mit Lehrgangsteilnehmern belegt wäre, könnte sich doch eine Wiederinbetriebnahme für Dich lohnen?!"

„Das hast Du Dir fein ausgedacht, aber ich kann auch nicht mehr arbeiten als Du. Wir beide müssen uns bald mit dem Alter auseinandersetzen!"

„Da stimme ich Dir selbstverständlich zu. ... Du solltest mal miterleben, mit welchem Elan die Neusiedler sich ins Zeug legen. Die sind teilweise körperlich behindert, sie leben mit der Anerkennung durch die Kundschaft und das wiederbeginnende Leben im Dorf regelrecht auf. Die Freude in den Gesichtern der Menschen ist nicht zu übersehen."

„Mateo, Du hast Dich nicht verändert. Deine Euphorie ist nach wie vor echt und ansteckend. Vielleicht ergibt sich gerade jetzt eine Möglichkeit, Dir und mir zu helfen: Mein Junior ist fertig mit der Ausbildung und hat dieses Jahr eine Gastwirtstochter geheiratet. Er träumt davon, meinen Betrieb hier in der Stadt zu übernehmen. Ich will aber noch nicht abtreten. Du und ich sollten versuchen, ihm den Betrieb im Dorf schmackhaft zu machen!"

„Das wäre es! Wenn der junge Hotelier sein Personal mitbringt und einen guten Koch für die Küche anstellt, ist auch wieder mit Touristen und Laufkundschaft zu rechnen. Das Schulungszentrum habe ich gesehen. Es ist modern eingerichtet und hat eine Menge Geld gekostet. Ich kenne die Leute. Die haben eine klare Vorstellung und werden nicht nur Mitarbeiter, sondern auch Kunden dort ausbilden. Die sind zwar vorsichtig, aber sie haben mir signalisiert, dass die Zahl der Auszubildenden größer wird."

„Mateo, ich werde heute Abend meine Familie über unser Thema informieren."

„Danke mein Freund. Ich erwarte mit Spannung das Ergebnis. Besuche uns doch mal, wenn wir wieder einen Markttag haben. Du brauchst nur zu den Taxifahrern zu sagen: „Zum Projekt ins Dorf". Dann brausen die los! Auch die machen schon von Anfang an Geschäfte mit uns."

Zwei Wochen später war alles im Dorf auf die Ankunft der Lehrgangsteilnehmer vorbereitet.

Der junge Hotelier hatte das ganze Dorf zur Wiedereröffnungsparty eingeladen. Hans Bezog seine Wohnung über der Bäckerei. Auch Daniel und seine Leute zogen in ihre Wohnungen neben dem Geschäftshaus ein und Bertram war mit seinen Arbeiten in der zweiten Etage fertig geworden. Die Taxifahrer trugen die Neuigkeiten aus dem Dorf in die Stadt und ins Touristenhotel. Daniel hatte die zweite Etage mit einem kleinen Umtrunk eröffnet. Mateo und Daniel konnten sogar Gäste begrüßten, die sie schon von den Markttagen her kannten.

Der Chef des Schulungszentrums fuhr mit seinem Chauffeur dem Bus voraus und kam verlegen und blass auf Mateo zu: „Herr Bürgermeister, ich bin untröstlich darüber, dass ich Sie so überfalle."

„Aber Herr Neumann, wir haben Sie doch erwartet und unser Dorf ist für Sie vorbereitet."

„Es ist ganz alleine meine Schuld, dass ich Sie nicht informiert habe. Wir kommen nämlich nicht mit fünfzehn Schülern und zwei Lehrern, sondern mit fünfundzwanzig Teilnehmern und drei Lehrern. Wenn Sie keinen Platz haben, bringe ich die Leute ins Touristenhotel oder in die Stadt."

„Herr Neumann, ich kann Sie beruhigen. Wir sind auch dafür vorbereitet. Unweit unseres Lokals haben wir ein größeres Hotel eröffnet, wo die meisten Ihrer Leute unterkommen. Sie und Ihre Mitarbeiter sind in meinem Haus einquartiert."

„Herr Bürgermeister, ich bin Ihnen dankbar. Jetzt schicken wir den Bus zum Hotel und wir beide trinken erstmal ein schönes Bier. Ich habe auch gehört Ihre Frau sei eine hervorragende Köchin."

„Ganz gewiss. Das sehen Sie an mir."

Die Männer lachten, gingen ins Lokal und ein adrett angezogener Kellner servierte sofort die Getränke.

———————————————

Der Bürgermeister hatte einen Makler damit beauftragt, die fertiggestellten Häuser und Wohnungen zu vermieten. Tatsächlich kamen mehrere Anfragen von jungen Familien, da die Preise nicht hoch kalkuliert waren und Ulf und seine Männer einen ordentlichen Komfort geschaffen hatten. Immerhin warben die ruhige, ländliche Atmosphäre, die Nähe zum Meer und die abwechslungsreiche Insellandschaft rund ums Dorf für sich selbst. Daniel und Florian boten alle Waren für den Haushalt an. Hans, der Bäcker, hatte bereits einen Gehilfen eingestellt und ein Lebensmittelgeschäft aus der Stadt mietete ein Haus für eine Filiale. Die Gärtner bauten einen festen Stand für Gemüse und Obst am Marktplatz auf, wo sie jeden Morgen ihre Waren anboten. Die Arztpraxis war fast täglich besetzt und Petro, der Pfarrer, sorgte für das Seelenheil der Dorfeinwohner. Die fleißigen Neusiedler in der ehemaligen Möbelfabrik versorgten ihre Stammkunden, die zu unregelmäßigen Zeiten den Weg zu ihnen suchten und immer gespannt darauf waren, welche neuen Kollektionen sie bewundern durften.

„Herr Bürgermeister, wir würden uns sofort bei Ihnen ansiedeln, aber wir haben schulpflichtige Kinder", äußerten sich einige Eltern.

„In der Stadt gibt es zwei Grundschulen und ein Gymnasium. Geplant ist eine regelmäßige Busverbindung zwischen unserem Dorf und der Stadt", versuchte Mateo die umsichtigen Eltern zu beruhigen.

Viele interessierte Eltern scheuten den weiten Weg für ihre Kinder. Der Bürgermeister dachte weiter: „Ulf, schau Dir mal den freien Gebäudekomplex der ehemaligen Brauerei neben dem Schulungszentrum an. Ich überlege, ob wir daraus ein privates Internat machen könnten. Kalkuliere bitte mal die Kosten. Wenn sich das rechnet, verhandele ich mit den Schulbehörden."

Es gab auch junge Paare, die von der Chance im Dorf zu siedeln überzeugt waren und den Weg in die Stadt zur Arbeit auf sich nahmen.

Die Mitglieder des Gemeinderates hielten mit ihrer Skepsis nicht hinterm Berg: „Mateo, lass uns doch nicht alles auf einmal anpacken, sonst geraten wir wieder in eine Schuldenfalle. Bisher sind wir Schritt für Schritt vorgegangen und wir haben schon viele gute Entscheidungen für unser Dorf und die Bewohner getroffen."

„Ihr habt schon recht, aber vergesst nicht, das Eisen muss geschmiedet werden, solange es heiß ist. Der Ursprung unseres wirtschaftlichen

Aufschwungs kommt von der Idee des Projektes und den Neusiedlern. Das Risiko trägt nach wie vor Fritz Freimann! Und ich will meinem Freund nicht ewig auf der Tasche liegen. Wenn wir unsere ersten Neusiedler nicht nach Hause schicken wollen - das werden wir nicht zulassen, eher verliere ich mein Bürgermeisteramt - dann müssen wir auf die Dauer den Betrieb des Projekts in eine Werkstatt der Gemeinde umwandeln und die Leute bezahlen. Mit einer Selbständigkeit wären sie überfordert. Übrigens bin ich dafür, regelmäßig einen Markt auszurichten."

Der Bürgermeister konnte sicher sein, dass seine Kollegen im Gemeinderat sich Gedanken über die Zukunft und die Aufgaben machten, die vor ihnen lagen.

Wicki und Urban klinkten sich, neben ihrer Pflicht, für die Gesundheit ihrer Schützlinge zu sorgen, verstärkt in die Leistungen der Neusiedler ein. Der diensthabende Arzt in der Praxis stellte bei seinen regelmäßigen Untersuchungen meistens erforderliche Anpassungen von Prothesen fest, die er mit einem Orthopäden in der Stadt durchführte. Der Einsatz von Medikamenten war übersichtlich und die Neusiedler strahlten eine mitreißende Freude und Zuversicht bei ihrer Arbeit aus. Egon und Viktor hatten sogar orthopädische Schuhe entwickelt für Leidensgefährten, die von überall her als Kunden zu ihnen kamen. Die Umsätze stiegen zur Freude von Nora und Rolf Freimann. Trotzdem füllten sich die Lager.

Mateo, Daniel, Ulf, Wicki und Urban saßen zusammen und diskutierten die Notwendigkeit und den Termin für einen neuen Markttag.

„Die Lager sind voll und unsere Leute warten schon auf einen neuen Markttag. Einigen von ihnen wären zwei Tage auch eine schöne Abwechslung", sagte Wicki.

Urban sinnierte: „Dann käme nur ein Samstag und ein Sonntag in Frage. Naja, wir hätten den Vorteil, dass wir nur einmal aufbauen müssten und an zwei Tagen verkaufen könnten."

„Ich vermute, dafür sind wir noch nicht lange genug im Geschäft. Wie wäre es denn, wenn wir monatlich einen Tag einführen, und wenn der Andrang unserer Gäste groß genug ist, können wir immer noch einen Tag dranhängen."

„Ich bin dafür, dass wir jetzt den längst fälligen Markttag ausrichten und dabei die Kunden fragen, was sie von wiederholten Marktagen halten. Was meinst Du, Mateo? Vielleicht besuchen uns die Leute vom

Schulungszentrum in ihrer Freizeit.“

„Da ist etwas dran. Es darf auf keinen Fall langweilig werden. Einer meiner Kollegen im Gemeinderat ist gut bekannt bei der Feuerwehr. Er schlägt vor, die Besucher zu überraschen, den Musikzug über die Dorfstraße marschieren zu lassen und um elf Uhr mit einem Trommelwirbel und Fanfaren den Markt zu eröffnen. Der Biergarten vor meinem Haus bleibt. Wenn ich gute Geschäfte mache, ist das immer ein Vorteil für die Gemeinde. Auf dem freien Platz daneben könnte ein Löschfahrzeug stehen mit kleiner Besatzung. Die Feuerwehrleute könnten für Interessierte auch einen Einblick in ihre Arbeit geben. Mehrere Schausteller haben angefragt, ob sie den Markt mitgestalten dürfen.“

„Nicht schlecht. Aber unsere produzierenden Neusiedler müssen im Mittelpunkt bleiben.“

„Das ist gar keine Frage. Nur sollten wir die Stände etwas komfortabler gestalten. Z.B. sollte da schon mal ein Stuhl stehen, dass sich ein Kunde hinsetzen und zuhören kann.“

Viele Ideen sprudelten aus den Gesprächsteilnehmern heraus und Urban hatte Mühe alles zu notieren. Dann wurden die Aufgaben auf die Organisatoren verteilt, der Termin festgelegt und die Neusiedler jubelten nach der Botschaft: „Es geht wieder los!“

Die neuen Verkaufsstände wurden einheitlich an den stabilen Wänden und Decken mit einem auffallend gefärbten Stoff bespannt. In leicht zugänglichen Regalen lagen Muster und Waren für die Kunden bereit. Die Arbeitsplätze waren dezent im Hintergrund aufgebaut. In der halben Breite der offenen Seite stand der Verkaufstisch und daneben konnten die Kunden in den Stand hineingehen. Die Stände von Udo und Ludwig standen in der Mitte. Sie waren ganz offen. Udo saß zwischen zahlreichen Bildern an den Wänden vor seiner Staffelei und wartete darauf, dass er für einen Kunden ein Portrait skizzieren durfte. In Ludwigs Stand fielen links zwei farbige Wollhaufen neben dem Spinnrad auf, rechts stand der Webstuhl mit dem Rahmen und in der Mitte hatte er Bilder aufgebaut, die ihn bei seinen einzelnen Arbeitsgängen zeigten. Die Gärtner bauten die ganze Breite ihres Standes mit dem Verkaufstisch zu und darauf waren die schönsten Gemüsesorten und Obstsorten dekoriert. Sie trugen alle drei Strohhüte und eine Schürze. Sie schnitten kleine schmackhafte Stückchen Obst zum Naschen für die Kunden zurecht. Direkt daneben saß der Korbflechter Alan zwischen angefangenen Flechtarbeiten. Für die Waren der Gärtner hatte er passende Körbchen hergestellt, die von den Kunden mitgekauft werden konnten. Susi und Ina bekamen einen Stand ganz links neben Ludwig. Ihre ausgestellten Stücke aus Stoffen und Wolle waren als Blickfang für die Gäste gedacht. Viktor und Egon waren ganz rechts in der Reihe mit ihrem Stand angeordnet. Sie hatten keinen Verkaufstisch, dafür aber volle Regale mit Schuhen und Mustern an den Wänden. Sie saßen mit ihren Lederschürzen in der Mitte an ihren Arbeitsplätzen.

Unter mehreren Sonnenschirmen waren die Biertische und Bänke aufgebaut.

Am Morgen wurde es unruhig im Dorf. Menschen liefen von einer Straßenseite auf die andere, blieben in Haustüren stehen und schauten aus den Fenstern. Ulrich und sein Gehilfe führten die Schafherde über die Dorfstraße. Die Hunde hatten alle Mühe, die vielen Schafe zusammenzuhalten. Die Schafhirten grüßten freundlich nach links und rechts. Hinter der Herde kam die Feuerwehr mit einem Löschzug und einer Drehleiter. Der Fahrer musste so langsam fahren, wie die blökenden Schafe das zuließen. Die ersten Kunden, die mit dem Auto anreisten, kamen auch nicht weiter. Einige waren noch früh genug gekommen und schauten dem Spektakel amüsiert am Straßenrand zu. So dicht war der Verkehr im Dorf wohl noch nie gewesen. Als die Herde am Marktplatz vorbeikam, wurde sie mit Freude begrüßt und ein Stück Weges begleitet, bis sie schließlich, nachdem die Hirten ein Bier getrunken hatten, wieder ins Tal nach links abbogen und das Feuerwehrauto seinen vorgesehenen Platz einnehmen konnte.

Die Gäste hatten sich bereits im Biergarten niedergelassen, da gab es schon wieder Unruhe, aber dieses Mal von Musikinstrumenten. Der Musikzug marschierte ins Dorf ein. Die Menschen jubelten den Musikern zu, und pünktlich um elf Uhr stand der ganze Musikzug nach einem lauten Paukenschlag still. Ein geheimnisvoller, lauter werdender Trommelwirbel und danach Fanfaren eröffneten den Markttag offiziell. Der Musikzug hatte seine Aufstellung auf der Straße beibehalten und spielte schmissige Marschmusik. Dann kehrte Ruhe ein, bis das Gläserklingen und Prosten an den Tischen einsetzte.

Die Einführung zur Feststimmung war gelungen. Die Kellner flitzten hin und her. An einem Stand brutzelten bereits Kartoffelpuffer in heißem Fett. Ulf sorgte für dezente Musik in den verschiedenen Verkaufsständen und Trinklieder an den Biertischen. Während die Männer sich eher noch mit dem Frühschoppen beschäftigten, richtete sich die Aufmerksamkeit der Frauen bereits auf die Auslagen in den Verkaufsständen. Stammkundinnen zögerten nicht und verwickelten die Neusiedler sofort in Gespräche über Erfahrungen, die sie mit den Waren bereits gemacht hatte.

„Eure Pflaumen waren zuckersüß! Wie praktisch, Ihr habt sie heute gleich in Körbchen verpackt."

„Ja, das war Alans Idee. Sie können das Körbchen gleich mitkaufen. Probieren Sie die Pflaumen."

„Köstlich! Ich nehme das größere Körbchen. Und geben Sie mir noch einen Strauß Blumen dazu. Die haben Sie bestimmt erst heute Morgen frisch geschnitten."

„Ja, selbstverständlich. Ludwig, unser Tuchfärber, hat kleine Deckchen gemacht, um das Obst etwas zu schützen. Das lege ich jetzt darüber, und darauf kommen dann die Blumen zu liegen."

„Das sieht richtig toll aus. Hoffentlich werden mir die Pflaumen nicht schon am Tisch weggenascht. ..."

Die Gärtner hatten es bisher so eingerichtet, dass immer einer von ihnen in den Gärten frische Ware holen konnte. Das war heute wegen des großen Andrangs von Anfang an nicht möglich, so dass immer wieder Urban, Wicki oder einer der Handwerker beim Verkauf aushalfen. Auch Hans verbrachte immer wieder Zeit in der Bäckerei für frische Brezeln und Laugenstangen, die sein Mitarbeiter aus einem großen Korb an den Biertischen verkaufte.

Mehrere Frauen betrachteten neugierig die Modelle, die bei Ina und Susi am Stand hingen. Die schöne Kundin mit dem königsblauen Kostüm begrüßte Susi mit überschwänglicher Freude. Die beiden Frauen hatten sich mittlerweile angefreundet.

„Susi, überall, wo ich auftauche, errege ich Aufsehen. Und das schmeichelt besonders meinem Mann. Ich kann das Kostüm zwar nicht immer anziehen, aber ich werde öfter gefragt, wo ich es gekauft habe."

„Ich freue mich darüber, dass Du so begeistert bist."

„Na ja, wir Frauen sind nun mal der Schmuck für unsere Männer. Heute bringe ich eine neue Idee mit: Eine Hose in dem gleichen Stoff, mit tiefem Bund, der mit einem schicken Gürtel von Viktor verziert wird. Das Oberteil eng an Hüften, Gesäß und Oberschenkel angepasst und am Unterschenkel ausgestellt, glatt oder mit Rüschen. Meine schönen

Schuhe sind bei jedem Schritt dezent sichtbar. Dazu brauche ich eine Bluse in dem weichen Stoff, aber nicht eng am Körper anliegend, sondern großzügig geschnitten. Die Ärmel bleiben lässig hochgekrempelt, der Ausschnitt lässig offen mit sportlichem Kragen. Die Bluse wird über dem Bauch verknotet, so dass der Nabel bei jeder Bewegung sichtbar wird. Der Stoff ist so super, dass ich nicht einmal einen BH brauche. Und Ina stickt das dezente Röschen auf die Teile, dann kannst Du das Modell weiterverwenden."

„Wow, ich weiß was Du willst. Du wirst schöner aussehen, als jedes Modell im Katalog."

„Jetzt stelle ich Dir meine Freundin vor, mit der Du unsere neue Idee besprichst. Wir brauchen ein Abendkleid und wollen dabei wie Schwestern aussehen. Ich gehe noch zu Viktor und bespreche das mit dem Gürtel. Außerdem habe ich gehört, Ihr habt einen Spezialisten für Frauenschuhe."

„Gut. Ich vermesse jetzt Deine Freundin. Ich schätze mal, ich werde kaum einen Unterschied zu Dir feststellen. Wenn ich dann heute noch dazu komme, skizziere ich die Entwürfe, die wir dann später besprechen. Lasst Euch Zeit und genießt diesen schönen Tag."

Die Freundin war ebenso eine Schönheit mit gleicher Figur, aber sie trug pechschwarzes langes Haar. Susi freute sich auf die anspruchsvolle Aufgabe.

An Viktors und Egons Regalen herrschte Betrieb. Frauen und Männer bewunderten die Schuhe. Viktor holte tief Luft, denn er hatte seine beiden Kunden mit dem Cognac in der Menge der Besucher entdeckt.

„Also Viktor, ich muss es Dir mal sagen: Deine Schuhe sind unmöglich. Ich kriege sie nicht mehr von den Füssen."

„Ich habe ja nichts dagegen, dass Du sie zum Fußballspielen mit Deinen Kindern anziehst, aber wenn Du ins Bett gehst, solltest Du sie schon ausziehen."

Die Umstehenden Besucher wurden auf das seltsame Gespräch aufmerksam.

„Ich habe da eine Idee für Euch: Mein Freund Egon ist Spezialist für Frauenschuhe. Schaut Euch doch mal die Entwürfe an. Ihr findet bestimmt etwas Passendes für Eure Frauen."

Der zweite Mann blätterte schon in dem kleinen Katalog.

„Das sind also wirklich schöne Entwürfe. Viktor hat recht. Wir sollten unsere Frauen mit hierherbringen."

„Nein, nein, nein! So schnell geht das nicht! Wir trinken jetzt mit unseren beiden Schuhmachermeistern einen Cognac und dann erzähle ich Euch, was ich davon halte."

Die Besucher hatten sich mittlerweile in einer Traube um die vier sitzenden Männer gestellt, die sich ein Glas Cognac gönnten.

„Also, bisher wurden wir von unseren Frauen für die schönen, von Viktor gearbeiteten Schuhe bewundert. Wenn unsere Frauen Modellschuhe von Egon tragen, dann bewundern sie uns nicht mehr, sondern sie verlangen, dass wir sie bewundern. Die genießen es doch, wenn wir Männer auf ihre schönen, beschuhten Füße schauen und unsere Blickrichtung nach oben kein Ende findet. … Dann werden wir auch noch doppelt bestraft, weil die Frauenschuhe mindesten doppelt so teuer sind, wie unsere. Nein! Die Frauen bleiben zu Hause und wir bestellen uns lieber ein neues Paar bei Viktor."

Die umstehenden Männer brüllten vor Lachen und die Frauen blickten mokiert zur Seite.

„Aber, aber meine Herren! Wenn Ihre Frauen gut aussehen und bewundert werden, dann werden Sie doch auch darin bestätigt, die richtige Wahl getroffen zu haben."

„Schau an Viktor, schau an, Du hast Dir einen guten Kameraden angelacht: Er ist Schuhmachermeister und dazu auch noch Philosoph! Wir haben zusammen Cognac getrunken und selbstverständlich achten wir Deine Meinung, Egon, als Freunde. Eigentlich wollten wir nur ein Späßchen machen. Und das scheint sogar gelungen zu sein. Beim nächsten Mal bringen wir unsere Frauen mit!"

Die Gäste freuten sich über den lockeren Umgang mit Viktor und Egon. Einige Interessenten wurden an diesem Tag noch zu Kunden und ließen sich Schuhe anmessen.

Unter den Gästen waren auch Familien mit Kindern. Die Mädels und Jungs tollten zwischen den Buden und Biertischen herum, naschten Obst und Gebäck und einige interessierten sich für das Feuerwehrauto. Also blieb einigen Vätern nichts anderes übrig, als die uniformierten Feuerwehrleute in Gespräche zu verwickeln. Ab und zu durfte ein Kind mit dem Vater im Korb angeschnallt auf der Leiter ganz nach oben fahren. Die Kinder konnten sich gar nicht damit sattsehen, aus der Vogelperspektive über den Dächern auf der Erde etwas zu erkennen. Es dauerte nicht lange, bis die ersten Wünsche kamen: Ich will auch Feuerwehrmann werden! Die Männer lachten und setzten den Kindern Mützen auf mit der Aufschrift Feuerwehr.

Um Wicki hatte sich eine Gruppe Kinder versammelt. Sie wollten wissen, ob es stimmte, was ein schulpflichtiges Mädchen behauptete: Die schönen Pullover werden aus den Schafen gemacht!

„Gut. Wenn Ihr Lust habt, gehen wir der Sache auf den Grund. Wir fragen nicht zuerst Ina, unsere Strickerin, sondern Ludwig, der die Wolle für Ina herstellt!"

Lachend und neugierig folgten sie ihr zum Stand des Wollwebers, der die Kinder mit offenen Armen empfing: „Kinder sucht Euch einen Platz zum Sitzen und ich erzähle Euch, wie wichtig diese wundervollen Tiere, die Schafe, für uns alle sind. Heute Morgen haben einige von Euch unsere Herde gesehen. Die sahen doch aus, wie lustige und fettgefressene Wollknäuel. Hier auf dem Bild seht Ihr die Herde auf der Weide, wo sie von den Hirten und den Hunden bewacht werden. Auf dem nächsten Bild seht Ihr, dass sie nicht immer so aussehen.

Sie werden nämlich geschoren, und zwar gründlicher als Ihr beim Friseur, aber ihre Haare wachsen bald wieder. Die Haare - wir nennen sie die Wolle - werden gesammelt und in Säcke oder Ballen verpackt. In den Bottichen, wie Ihr sie dahinten seht, wird die Wolle gewaschen. Dann kommt meine Freundin Ina und wünscht sich eine bestimmte Farbe für die Wolle. Also mische ich die richtige Farbe in dem Bottich an und gebe die Wolle hinein. So wird aus der weißen Wolle eine rote, schwarze oder grüne Wolle. Die wird dann getrocknet und feinsäuberlich ans Spinnrad gelegt. Ich setz mich mal auf meinen Arbeitsplatz, greife in den Wollhaufen und lege einen feinen Faden auf die Spindel. Dann drehe ich die Spindel mit dem Rad und Ihr seht, dass der Faden unendlich lang ist und auch nicht abreißt. Wenn Ina das Wollknäuel reicht, gebe ich es ihr, damit sie einen Pullover daraus stricken kann. Ich kann aber die Wolle auch zum Weben nehmen und Tuche oder Teppiche auf meinem Webrahmen daraus herstellen."

Die Kinder staunten und klatschten Beifall. Einige wollten sofort spinnen und weben, aber Ludwig musste ihre Begeisterung bremsen.

„Das sind Arbeiten, die man lernen muss. Obwohl das so leicht aussieht, gehören viel Erfahrung und Geschicklichkeit dazu."

„Ludwig, hast Du lange dafür gelernt? Auf den Bildern sieht man Dich nur am Arbeiten. Machst Du alles alleine? Was macht Ina, wenn Du nicht fertig wirst?“

„Ja, ich habe einige Jahre nach der Schule gelernt und ich arbeite nur für Ina. Ina ist die Künstlerin. Sie weiß, was Euch gefallen könnte und entscheidet über Farben und Muster.

Und wenn sie fertig ist, ist so ein schöner Pullover aus der Wolle der Schafe entstanden. Ina zeigt Euch jetzt, was man aus der Wolle der Schafe alles machen kann.“

Fast andächtig betrachteten die Kinder Inas Produkte und streichelten vorsichtig darüber.

„Na Kinder, gefallen Euch die Teile im Regal. Ihr dürft auch mal einen Pullover überziehen. Strümpfe, Schals, ganze Kleider kann ich daraus machen.“

„Es ist wunderbar. Wir wussten ja gar nicht, wo so etwas Schönes her-kommt. Ina, es gibt ganz zarte Teile und andere scheinen zu kratzen. Gibt es außer den Schafen noch andere Wolle in der Natur?“

„Z.B. die Baumwolle. Die wächst auf Sträuchern. Die nehme ich, wenn ich ganz zarte Waren stricke.“

„Wir haben bei Ludwig den unendlichen Faden gesehen. Ich habe schon mal etwas von einem seidenen Faden gehört.“

Ina lachte das Kind an: „Das ist zwar ein Symbol für eine Redewendung, aber Du hast ganz recht. Auch die Seide von Raupen kann versponnen und verwoben werden für Tuche, die ganz zart sind.“

Zur vorgerückten Stunde warf die Sonne schon ihre Schatten auf den Markt. An den Verkaufsständen ließ der Betrieb merklich nach und die Mitarbeiter bereiteten sich auf den Abschluss des Tages vor. Ein älte-rer Mann mit graumeliertem Haar, gekleidet in einem dunklen maßge-schneiderten Anzug, ging von der Straße zielgerichtet auf den Stand von Udo zu. Der Maler skizzierte gerade noch einen Entwurf für ein Bild. Der Mann stand einen Moment hinter Udo, dann sprach er Udo höflich an: „Udo, ich möchte mich einen Moment zu Ihnen setzen. Ich heiße Gustav Müller. Ich weiß, dass ich Sie störe und ich habe mir vor-genommen, dass dies nicht das letzte Mal sein wird.“

„Nehmen Sie Platz“, sagte Udo nachdem er seinen Stift aus dem Mund abgelegt hatte. „Sie klingen geheimnisvoll, Herr Müller. Was kann ich für Sie tun?“

„Zunächst bitte ich Sie nur, mir zuzuhören. Ich bin Gutachter auf dem Gebiet der Malerei und ich bin aufmerksam auf Sie geworden, als ich ein Gemälde bei einer Auktion für einen Spottpreis erwarb. Ich stellte sehr schnell fest, dass es sich bei dem Bild um das Werk eines Meisters handelte, und versuchte den absolut unpassenden Preis zu ergründen. Meine Recherchen führten mich zu Ihnen. Meine Mitarbeiter halfen mir, Sie ausfindig zu machen, und Sie, Ihre Lebensumstände und Ihre Gesellschaft kennenzulernen. Meine Aufmerksamkeit richtete sich auf weitere Ihrer Werke auf dem Markt und dabei stellte ich fest, dass mehrere Ihrer Werke absolut unterbewertet gehandelt wurden. Kein Mensch hatte sich die Mühe gemacht, Ihr Genie in den Werken zu suchen bzw. zu finden."

„Herr Müller, Sie schmeicheln mir. Ich habe mich nie um den Preis meiner Bilder gekümmert. Ich lebe hier in einer Gesellschaft von Menschen, die mich lieben. Ich würde diese Gesellschaft nie eintauschen gegen Berühmtheit und Wohlstand. Ich bin glücklich, weil die Menschen um mich herum meine Bilder mögen."

„Das weiß ich alles, Udo. Ich kenne die Idee und die Ziele des Projekts, an dem Sie mitarbeiten. Ich weiß, wer dahintersteckt und ich kenne alle Ihre Freunde. Und deshalb werden Sie auch meine Bemerkung verstehen, dass ich Sie nicht zum letzten Mal gestört habe."

„Herr Müller, dann verstehe ich nicht, was Sie von mir wollen und welches Interesse Sie an mir finden. Mein Leben ist total auf meine Schwächen eingestellt. Meine Freunde wissen, dass ich sie brauche und ich würde immer alles für sie tun, was ich tun kann. Ich habe viele Jahre als unbrauchbarer Behinderter in einem Heim vegetiert, bis ich durch meine Freunde ins Leben gefunden habe. Heute bin ich glücklich. Ich lebe und arbeite gerne!"

„Auch das weiß ich alles. Bitte nehmen Sie für heute zur Kenntnis: Ich bin kein Samariter, aber auch kein nur auf Profit ausgerichteter Mensch. Ich habe mein Leben der Kunst und dem Wert der Malerei verschrieben und ich gelte als Fachmann, obwohl ich nicht malen kann. Ich sehe meine Aufgabe darin, Ihr Können, Ihr Genie zu entdecken und in die Ihnen zustehende Bewertung und Achtung zu stellen. Lassen Sie sich in Ihrem Schaffen durch mich nicht beeinflussen. Ich werde wiederkommen und ich bin sicher, dass Ihre Wünsche und mein Streben in eine zufriedenstellende Lösung passen. Ich danke Ihnen, dass Sie mir zugehört haben!"

Die Gäste feierten noch an den Tischen. Der Mann war unbeachtet, wie er gekommen war, wieder verschwunden. Udo saß alleine noch vor seiner Staffelei und Urban gesellte sich zu ihm.

„Udo, komm doch zu uns. Die Gäste gehen jetzt und wir wollen noch einen Moment mit Valeria und Mateo zusammensitzen."

„Ja, ich gehe mit Dir, aber nicht zu lange. Ihr müsst mich heute bald zu Bett bringen."

In der Gaststube ging es hoch her. Die Neusiedler strahlten vor Freude und berichteten von ihren Erlebnissen und den Umsätzen. Mateo lobte die Arbeit aller Beteiligten und stellte eine Runde Bier auf den Tisch: „Leute, ich habe den ganzen Tag über mit siedlungswilligen Familien gesprochen. Ulf, wir müssen am Ball bleiben mit der Renovierung der Häuser und Wohnungen, damit diese Menschen sich sofort entscheiden können. Morgen Abend diskutiere ich mit dem Gemeinderat Deinen Plan für die Schule. Wenn unsere Zahlen stimmen, kann ich mit den Behörden sprechen."

Und es wurden Scherze gemacht: „Die Leute haben geschwärmt davon, wie gut unser Dorf von oben aussieht, also von der Feuerleiter. Vielleicht müssen wir bald einen Aussichtsturm bauen oder Petro bekommt ein Fernglas auf seinem Kirchturm montiert."

Ein anderer nahm Ulrich aufs Korn: „Während Du mit Deinem Kollegen am Biertisch gesessen hast, haben Deine Schafe das ganze Dorf vollgeschissen. Wir haben hinterher Deinen Dreck weggemacht."

Ulrich war schlagfertig: „Da siehst Du mal, was wir jeden Tag für Arbeit haben mit den Viechern."

Sie lachten und freuten sich über die gute Stimmung, und Mateo wurde verständlicherweise sachlich: „Ulf, kannst Du schon etwas sagen über die Zahlen?"

„Ja, ich bekam den ganzen Tag über Belege über die Umsätze geliefert und konnte sie fast schon alle erfassen. Die Ausgaben hatte ich schon vorher nach Hause geschickt. Ich denke mal Rolf und meine Mutter werden jetzt gerade vor dem Bildschirm sitzen und jubeln. Und wir dürfen genauso jubeln, denn unsere Umsätze und die Geschäfte, die danach noch kommen, waren noch nie so hoch wie an diesem Tag."

Sie jubelten alle begeistert, als wären sie Weltmeister geworden. Florian kam zur Tür herein und jubelte sofort mit, denn auch er konnte von unerwartet hohen Tageseinnahmen berichten: „Ich bin gerade mit Daniel fertiggeworden. Der hat schon wieder große Pläne: Er will sich aus dem Geschäft zurückziehen. Ich soll übernehmen. Und er klagt darüber, dass er mit unseren drei Verkaufsetagen nicht mehr zurechtkommt. Er träumt von einem großen Kaufhaus. Mir wurde es ganz schwindelig, aber er und die Zahlen geben ihm recht. Mateo, wir brauchen ein Grundstück! Daniel wollte eigentlich noch mitkommen, aber dann hatte er für heute genug und sehnt sich nur noch nach seinem Bett. Unsere beiden Angestellten feiern heute mit Freunden in der Stadt, aber ich bin ja bei Euch!"

Florian wurde zugeprostet: „Herzlichen Glückwunsch, Herr Geschäftsführer!"

Aber er wehrte verlegen ab: „Bitte nicht, liebe Freunde. Wenn es so weit ist, dann tue ich es gern. Aber ich schätze meinen Chef Daniel sehr hoch und ich achte seine Entscheidungen."

Einer der Anwesenden rief plötzlich: „Valeria, was machst Du in der Küche. Mach die Tür zu und trinke mit uns. Hier stinkt es!"

„Quatsch! Die Küche ist längst fertig und Valeria und die Mädels liegen bereits erschöpft in ihren Betten. ... Aber Du hast recht: Irgendetwas stinkt. Ich schaue mal nach."

„Kommt das nicht von draußen?!"

Ein Fenster wurde geöffnet und ein Schwall von Brandgeruch strömte ins Gasthaus. Jetzt hörten sie die Sirenen der Feuerwehrautos und die angstvollen Ausrufe gellten durchs Haus: „Es brennt im Dorf!!!"

Sofort rannten alle auf den Platz vor dem Lokal und auf die Straße, um festzustellen, was passiert war: „Florian, das Kaufhaus brennt!"

Florian rannte los und rief im Wohnhaus nach Daniel. Er bekam keine Antwort. Nirgendwo konnte er ihn finden. ... Dann muss er im Kaufhaus sein! ... Er rannte auf den Eingang zu. Ein Feuerwehrmann hielt ihn auf.

„Florian, wo willst Du hin?"

„Daniel muss noch im Kaufhaus sein. Ich hole ihn raus!"

„Bleib stehen, Du siehst doch, dass überall die Flammen rausschlagen!"

„Aber ich muss ihn doch da rausholen."

Der Feuerwehrmann riss ihn zu Boden: „Wenn er da drinnen ist, lebt er nicht mehr. Es ist zu spät. Du kannst nichts mehr tun."

Zwei Sanitäter schleppten den schreienden und tobenden Florian zum Rettungswagen. Der Arzt gab ihm eine Beruhigungsspritze.

Die Menschen standen ratlos in der Gegend herum. Die Hitze hielt sie auf Distanz. Alle Rohre der Löschzüge waren auf das Kaufhaus und die umliegenden Häuser gerichtet. Die Männer arbeiteten sich mutig an das Feuer heran. Sie mussten mit Explosionen rechnen und auch damit, dass Gegenstände durch die Fenster geschleudert würden. Mateo drängte sich zum Hauptmann durch: „Kannst Du mir schon irgendetwas sagen?"

„Daniel hat uns alarmiert. Als wir kamen, stand das Haus bereits in Flammen. Wir haben Daniel nicht gesehen. Ich denke, die Nachbarhäuser konnten wir bereits retten. Das Kaufhaus selbst brennt aus. Wir gehen jetzt verstärkt an die Restflammen und die Glutnester. Ich schätze, in einer guten Stunde können wir ins Haus rein."

„Hat Daniel etwas zur Ursache gesagt?"

„Das wissen wir nicht. Die Kripo kümmert sich darum und gibt Dir sicher einen Bericht."

„Wenn Ihr etwas braucht, kommt Ihr zum Gasthaus. Ich sorge für Euch."

„Wenn wir den Brand unter Kontrolle haben, bleibt die Brandwache noch mindestens bis morgen Mittag. Wahrscheinlich müssen wir auch der Polizei noch helfen. Wenn Daniel nicht irgendwo unter Schock herumläuft, dann ist er ins Kaufhaus gerannt und hat den Rückweg nicht mehr geschafft. Wir werden ihn finden."

Die Sekretärin meldete sich am Telefon ihres Chefs in der Bank: „Herr Freimann, ein Herr Müller möchte Sie sprechen."

„Ich kenne keinen Müller. Hat er gesagt, was er will? … Na gut, stellen Sie ihn ausnahmsweise durch. … Herr Müller, was kann ich für Sie tun?"

„Herr Freimann, ich kenne Ihr Projekt auf der Insel und habe viele Detailinformationen gesammelt. Ehe Sie jetzt ungeduldig werden, gehen Sie bitte davon aus, dass ich nicht das geringste finanzielle Interesse habe. Ich bewundere Ihr Engagement und ich kenne Ihre Ziele. Eine wichtige Entscheidung liegt vor Ihnen. Da ich nur ideelle Interessen an Udos Genie habe, würde ich mich glücklich schätzen, wenn ich Ihr Partner beim Nachdenken sein dürfte."

„Vielen Dank für die Blumen, aber was geht Sie unser Projekt an?"

„Ihre Entscheidung und Udos Genie mit seinem gesellschaftlichen Willen hängen unmittelbar zusammen. Ich bin Fachmann im Bereich Malerei und möchte verhindern, dass Udos Genie verlorengeht."

„Herr Müller, Sie wissen genau wie ich, dass ein Genie nicht verloren gehen kann. Es ist da oder nicht! … Ich sitze heute Abend mit meinen beteiligten Freunden in unserer Stammkneipe zusammen. Wenn Sie mit uns reden wollen, kommen Sie dort hin."

Sie saßen schon alle mit Elfi zusammen am Tisch, als Gustav Müller zur Tür hereinkam. Er stellte sich vor. Die Begrüßung war höflich, aber reserviert. Herr Müller musste einige Fragen beantworten und Informationen über sich geben, ehe das Eis auftaute.

„Sie haben es richtig erkannt, Herr Müller, obwohl wir kürzlich durch ein Großfeuer zurückgeworfen wurden, steht eine Entscheidung zum Projekt an."

„Ich kenne den Zusammenhang zwischen Ihrer Investition und den Leistungen aus dem Projekt. Genaue Zahlen sind mir nicht bekannt. Das scheint mir auch nicht nötig, da ich den offensichtlichen Trend und die Entwicklung des Projektes beobachtet habe."

„Meine Freunde und ich haben beschlossen, mit Ihnen zu sprechen, obwohl es einen entscheidenden Unterschied gibt zwischen Ihrer Vorstellung und unserem Anliegen: Sie betrachten Udos Genie als Ziel, während wir zwei Zielarten verfolgen."

Esra mischte sich aufgeregt ein: „Wir haben die gesellschaftlich unbedeutenden Menschen für unser Projekt begeistert. Die haben Hoffnung geschöpft und sich voll engagiert. Können Sie sich vorstellen, in welch tiefes Loch die fallen, wenn wir sie nach Beendigung des Projektes wieder nach Hause schicken? Können Sie sich die Enttäuschung vorstellen?"

„Frau Kluge, Sie haben es undiplomatisch, aber direkt auf den Punkt gebracht und ich darf Ihnen versichern, dass ich einer solchen Lösung genauso wenig Sympathie entgegenbringe. Gestatten Sie mir bitte die Frage: Warum soll das Projekt überhaupt beendet werden?"

Nun brachte sich Hanno ins Gespräch ein: „Sie haben gehört, dass Herr Freimann von zwei Zielarten gesprochen hat. Zum einen wollen wir die finanzielle Selbständigkeit der Neusiedler erreichen und zum andern die Neubesiedlung des Dorfes. Seit einiger Zeit beobachten wir die positive Entwicklung, dass beide Zielgruppen kurz vor der Vollendung stehen. D.h. wir bereiten uns auf den Abschluss des Projektes vor. Und

Sie mögen aus dem Einwurf meiner Mutter erkennen, wie schwer uns dieser Abschluss fällt, von dem wir noch nicht einmal wissen, wie die betroffenen Menschen damit zurechtkommen werden."

Paul lenkte das Gespräch in eine verbindliche Richtung: „Es freut uns sehr, dass Sie die Fähigkeiten unseres Freundes Udo noch höher schätzen, als wir, die Laien, dazu in der Lage sind. Nehmen wir einmal an, wir würden noch lange nicht bereit sein, das Projekt abzuschließen und Sie würden darauf bestehen, dass Udo aus dem Projekt ausscheidet, dann könnten Sie nur hoffen, dass wir Ihnen zustimmen. Wir könnten gegen den Willen von Udo gar nicht zustimmen und würden es nicht einmal versuchen. Und die ablehnende Reaktion der Freunde von Udo - ich spreche von den anderen Neusiedlern - können Sie sich in diesem Fall vielleicht vorstellen."

Karl suchte einen juristischen Weg: „Herr Müller, wenn Sie unsere Argumente akzeptieren und nicht auf eine Klage hinarbeiten, dann bleibt uns gemeinsam nur die Möglichkeit, eine Lösung anzustreben, die für alle Beteiligten zufriedenstellend ist. Konkret bedeutete es, dass niemand Udos Bilder mehr unter seinem wahren Wert, den Sie feststellen, verkauft. Und wenn dadurch die Vermarktung der Bilder größere Gewinne einbrächten, würde Udo berühmt und wohlhabend werden – worauf er offensichtlich keinen Wert legt – und die Zahlen für die Verselbständigung der Neusiedler würden immer positiver."

Auch Fritz sah in diesen Gedanken einen Ansatz zu einem Kompromiss: „Leute, ich sehe zwar noch keine Lösung, aber ich erkenne einen gemeinsamen Weg, auf dem wir zu einer befriedigenden Lösung kommen können. Auf keinen Fall sollten wir ad hoc eine Entscheidung fällen, zumal es noch zusätzliche Meinungen und Möglichkeiten gibt. Ich denke z.B. an den Bürgermeister Mateo und die anderen Freunde auf der Insel! Herr Müller, lassen Sie uns noch etwas Zeit. ... Wir werden als nächstes mit einer Abordnung Daniel die letzte Ehre erweisen und bei dieser Gelegenheit weitere Argumente einholen. Ich schlage vor: Udos Bilder werden von Ihnen begutachtet und wir treffen uns in absehbarer Zeit wieder hier."

Nun kam Elfi spontan auf eine ganz andere Idee: „Herr Müller, kommen Sie doch bitte mit mir. Ich will Ihnen etwas zeigen." Sie führte ihn zu dem Bild von Udo, das an der langen Wand im Lokal hing. „Das hat Udo für uns gemalt mit der Maßgabe, es hier in der Stammkneipe seiner Freunde aufzuhängen."

Herr Müller hörte nicht lange zu und zückte sofort seine Lupe, um genau hinzusehen.

„Fantastisch! Die abgebildeten Menschen scheinen die ganzen Gewerke im Projekt darzustellen." Er ging ganz nahe heran mit der Lupe und schüttelte fasziniert den Kopf: „Alleine die Pinselführung ist meisterlich. Seine Behinderung ist nirgendwo festzustellen." Dann hielt er den Atem an: „Elfi, haben Sie bemerkt, dass die Gesichter der einzelnen Figuren so echt dargestellt sind, als wären sie fotografiert? Schauen Sie mal durch die Lupe. Erkennen Sie jemanden wieder?"

„Wie soll das möglich sein? Das sind doch Miniaturen. Ja, jetzt erkenne ich sie auch. Ich zeige Ihnen noch etwas. … Rolf und Hanno, kommt Ihr bitte mal. … Hängt das Bild mal ab und dreht es um."

„Was?! Der Meister hat die Leinwand von beiden Seiten bemalt. Das ist unglaublich!"

Die Rückseite hatte einen weißen Hintergrund und eine Überschrift mit großen Buchstaben: Unsere Freunde, die Schöpfer des Projektes! Dann folgten in geordneter Reihenfolge die Portraits der drei Freunde mit ihren Familien und sämtlicher Freunde auf der Insel mit den zugehörigen Namen.

Die Jungs hängten das Bild wieder auf. Herr Müller schüttelte den Kopf und ging zurück zum Tisch.

„Herrschaften, Sie haben bestimmt nicht die geringste Vorstellung, was dieses Bild wert ist. Selbst ich brauchte eine Zeit lang für alle Argumentationen. Aber eins steht fest: Das Bild darf so nicht zur Schau gestellt werden."

„Was soll das heißen? Das Bild gehört hier an die Wand!"

„Das Bild ist dem normalen Dunst hier im Raum ausgesetzt. Irgendwann werden die Farben beeinträchtigt sein. Sie haben keine Versicherung abgeschlossen." Betretenes Schweigen!

„Das Bild gehört nicht in private Hände, sondern in ein Museum! Und wenn Sie es tatsächlich hier haben wollen, dann sollte es in einer luftdichten Vitrine hängen, also hinter Glas geschützt. Und ich würde in entsprechendem Abstand einen Spiegel anbringen lassen, auf dem die Rückseite zu sehen ist. Ich werde den Wert des Bildes gutachtlich festlegen, dann werden Sie sofort eine Versicherung beauftragen. Es muss vor Beschädigung und Diebstahl geschützt werden. Ich wundere mich darüber, dass es wohl noch von keinem Sachverständigen entdeckt wurde. Beachten Sie die Tatsache, dass Udo diesen Kunstschatz mit dem Mund gemalt hat! Es darf auch für Sie nicht zur Selbstverständlichkeit werden! ... Ich bin überwältigt."

Die kleine Dorfkirche war bis auf den letzten Platz besetzt und Pfarrer Petro freute sich zwar darüber, aber seine Aufgabe heute war, die Gemeinde in ihrer Trauer zu begleiten. In den ersten zwei Reihen saßen neben Valeria, Mateo und den Neusiedlern Fritz, Karl, Paul und Rolf, auch alte und neue Dorfbewohner sowie offizielle Abordnungen aus der Stadt. Kunden und alle Teilnehmer des Ausbildungszentrums belegten die Reihen dahinter. Petro begann mit dem allgemeinen Ritual und sprach dann über den verstorbenen Daniel: „Unser gemeinsamer Freund Daniel hat immer dem allgemeinen Trend, der als Landflucht bekannt ist, widerstanden. Er hatte sogar die Gelegenheit, in der Stadt ein eigenes Kaufhaus zu gründen, weil er über die Grenzen als guter Kaufmann geachtet war. Dennoch wollte er seine Heimat nicht verlassen und hoffte mit den letzten Einheimischen auf eine Änderung und Neubesiedlung unseres Dorfes. Selbst als niemand mehr sein Geschäft besuchte, gab er nicht auf. Er versorgte die letzten Dörfler, in dem er zu ihnen hinging, ihre Bestellungen aufnahm und besorgte, was in den Haushalten gebraucht wurde. Oft haben wir mit Bürgermeister Mateo zusammengesessen und über unsere Zukunft nachgedacht. Daniel gehörte immer zu uns und zu unserem Dorf. Obwohl noch keiner daran dachte, sah er einen Hoffnungsschimmer in dem zufälligen Besuch der fremden Menschen auf ihren Motorrädern. Unsere Freunde brachten die Idee mit unserem Projekt ins Dorf und Daniel übernahm nach Absprache mit ihnen sofort die totale Versorgung der Neusiedler. Der Fleiß dieser Menschen spornte ihn zu Höchstleistungen an. Er richtete seinen Verkaufsraum und die Lager wieder ein, holte sich Gehilfen in sein Geschäft. Es kamen wieder Menschen zu uns. Es entstand sein kleines dreistöckiges Kaufhaus, worüber alle im Dorf sich freuten, weil Daniel alle Wünsche erfüllen konnte. Aber er gab sich damit nicht zufrieden und diskutierte mit seinem geplanten Nachfolger größere Pläne.

Dann hat ein technischer Defekt sein Lebenswerk mit einem Großfeuer zerstört. Er wollte wohl vielleicht für seinen Nachfolger noch etwas retten, aber die Flammen haben ihm den Rückweg versperrt und so wurde er von uns genommen. Wir werden Daniel in dankbarer Erinnerung behalten. Er ist uns ein Beispiel dafür, dass auch einzelne Menschen in jedem Rückschlag einen Neuanfang finden können, wenn sie mit Fleiß, Ausdauer und der Fähigkeit zur Freundschaft ein Ziel anstreben. Begleiten wir nun unseren Freund Daniel hinaus auf seinem letzten Weg zu seiner ewigen Ruhestätte!"

Zum anschließenden Leichenschmaus trafen sich noch Trauergäste im Gasthaus von Valeria und Mateo. In einigen Gesichtern machte sich trotz der Trauer schon wieder Hoffnung und die Bereitschaft bemerkbar, das Lebenswerk von Daniel wiederaufzubauen.

Ganz zum Schluss saßen Valeria und Mateo noch mit den Freunden und den beiden Söhnen Rolf und Ulf in Gedanken versunken am Tisch. Valeria brachte eine Runde Bier und Mateo räusperte sich.

„So hart uns der Tod von Daniel getroffen hat, dürfen wir unseren Weg und den Blick nach vorne nicht aus den Augen verlieren. Die Organisation des Projektes ist zwar nicht gefährdet und der Ablauf bleibt bestehen, aber es liegen einige zu lösende Aufgaben vor uns, die Vorrang vor dem Betrieb haben. Wir sollten die Zeit nutzen, ehe Ihr wieder in Eure Heimat zurückkehrt."

„Du hast recht, Mateo. Wir haben zu Hause schon begonnen darüber nachzudenken und sind zu dem Schluss gekommen, dass Paul und mein Sohn Rolf sich morgen über den Status von Florian und dem Kaufhaus informieren. Daraus können wir Schlüsse für die Zukunft ziehen."

„Gut. Dann bist Du, Fritz und auch Karl frei. Ich lade Euch hiermit ein, an der Sitzung des Gemeinderates teilzunehmen. Ulf, bist Du mit Deinen Überlegungen zur Schule schon weitergekommen?"

„Ja. Ich bin fertig. Ich bringe meine Unterlagen morgen mit."

„Übrigens müssen wir künftig den allgemeinen Verwaltungsweg einhalten. Unsere Arbeiten wurden bisher vom Stadtrat und der Landesregierung als Eigenhilfe geduldet. In Zukunft müssen wir eine Ausschreibung von Arbeiten auch für andere Firmen zugänglich machen. Der zweite Stadtrat hat mir versichert, dass wir auch mit Zuschüssen rechnen dürfen. Jetzt lasst uns noch einen Schluck auf Daniel trinken. Morgen ist ein neuer Tag!"

Wicki und Urban waren besonders betroffen vom Tod ihres Freundes. Ihre Aufgabe bestand nach wie vor darin, sich um das Wohlbefinden und die gesundheitliche Pflege ihrer Schutzbefohlenen zu kümmern. Dafür brauchten sie auch Material, das Daniel immer zuverlässig besorgte. Es gab nie einen Aufschub oder einen Engpass. Ihre persönliche Situation hatte sich nicht verändert, aber sie mussten dringend mit Florian reden.

Die beiden Betreuer zogen sich bald von der Trauergemeinde zurück und suchten ihre getrennten Einzimmerwohnungen auf.

„Urban, ich möchte jetzt nicht ganz alleine sein. Ich bin so traurig darüber, dass Daniel von uns gegangen ist. Nimmst Du Dir etwas Zeit für mich?"

„Ich hole nur schnell eine Flasche Wein aus dem Kühlschrank."

Dann saßen sie beide auf Wickis Sofa. Sie hatte die Füße in eine Decke gehüllt und ihren Kopf an seine Brust gelegt. Tränen liefen ihr über die Wangen und Urban streichelte sie behutsam.

Sie waren für ihren Einsatz auf der Insel aus mehreren Bewerbern von ihren Vorgesetzten ausgesucht worden. Auch Fritz Freimann saß in der Kommission. Ihre fachliche Kompetenz, ihre persönliche Ungebundenheit, ihr Mut und ihre Bereitschaft im Team zu arbeiten waren ausschlaggebend dafür, dass sie für das Projekt angeheuert wurden. Sie blieben Angestellte des Behindertenverbandes.

Wicki und Urban gingen von Anfang an in ihrer Aufgabe im Projekt auf und engagierten sich überall für ihre Schutzbefohlenen. Sie fanden auch sehr schnell den engen Kontakt zu Ulf und Mateo, sodass für eine prompte Reaktion im Ernstfall immer gesorgt war.

Bei einer so hübschen, jungen Frau und einem so stattlichen, jungen Mann hätte man erwarten können, dass sie sich auch Gelegenheiten für private und persönliche Wünsche nehmen würden. Aber die nahmen sie nicht wahr. Sie hatten praktisch ihre beiden Haushalte zu führen, die sie eigentlich nur zum Schlafen benutzten.

„Urban, wie wird es weitergehen mit uns? Wir haben Xenias Tod und den Tsunami überstanden und jetzt bricht unser Versorgungszentrum zusammen."

„Beruhige Dich, Wicki. Wir haben noch viele Freunde hier und in der Heimat. Und besonders Fritz wird unsere Situation erkennen. Außerdem traue ich Florian eine Menge Engagement zu, wenn er erst den

Tod von Daniel überwunden hat.“

„Dein positives Denken ist ansteckend. Ich meine, wie wird es mit uns weitergehen, wenn das Projekt abgeschlossen wird.“

„Erstens ist es noch lange nicht so weit, obwohl, wie mir Ulf gesagt hat, die Zahlen sich super entwickelt haben. Und wenn es so weit ist, werden wir wieder nach Hause gehen und von unserem Arbeitgeber mit neuen Aufgaben betraut.“

„Soweit habe ich auch schon gedacht, aber was wird dann aus uns?“

„Nun, da drängen sich mir zwei Fragen auf. Zum einen ist dann zu klären, was Du vorhast und was ich vorhabe. Was jeder von uns zu tun beabsichtigt, wird sich zur gegebenen Zeit herausstellen. Und zum anderen hast Du von uns gesprochen.“

„Urban, wir ergänzen uns in der Arbeit, wir harmonieren und ich kann mir kaum vorstellen, dass wir nicht mehr zusammenarbeiten sollten.“

„Ich denke genauso wie Du. Ich bin eben ein Sympathikus. Aber was ist mit der zweiten Frage?“

„Hätte ich es wohl sonst so lange mit Dir ausgehalten?!“

Urban grinste, ohne dass Wicki es sehen konnte: „Weiter! Du sprachst von uns!“

Wicki richtete sich auf, nahm Urbans Gesicht in Ihre Hände und küsste ihn leidenschaftlich, nachdem sie ihn angebrüllt hatte: „Ja. Du bist ein verdammter, arroganter und sympathischer Sturkopf! Du hättest es längst merken müssen, dass ich Dich liebe!!!“

Endlich lachte sie wieder und schaute ihm liebevoll in die Augen.

Nachdem zwischen heftigen Küssen und Umarmungen eine kleine Pause entstanden war, drückte Urban zärtlich ihren Kopf an seine Brust: „Ja, geliebte Wicki. Ich weiß es schon lange und ich fühle wie Du. Ich habe nur auf ein Zeichen von Dir gewartet.“

„Und was hättest Du gemacht, wenn Daniel nicht gestorben wäre, wenn wir jetzt nicht so traurig hier herumgesessen hätten und wenn ich nichts gesagt hätte?“

„Ich wäre sicher irgendwann einmal explodiert!“

In dieser Nacht schliefen die beiden jungen Leute zum ersten Mal zusammen, und zwar in Wickis Bett. Sie gaben sich leidenschaftlich einander hin und die ungewisse Zukunft rückte in weite Ferne … zumindest bis zum nächsten Morgen. Dann wurde Wicki wieder sachlich:

„Urban, ich gehe schon mal los. Ich will Udo beim Waschen und Anziehen helfen."

––––––––––––––––––

Paul und Rolf gingen zur Ruine des abgebrannten Geschäfts und betraten im Nachbarhaus die Wohnung von Florian, der immer noch verwirrt am Tisch saß oder planlos durch die Wohnung lief. Die beiden Angestellten stöberten zwischen den schwarzen Mauern herum und suchten nach brauchbaren Gegenständen, die vielleicht vom Feuer verschont worden waren. Paul versuchte vorsichtig, den jungen Mann in die Wirklichkeit zurückzuholen.

„Florian, warst Du schon in Daniels Wohnung?"

Florian schaute ihn erschrocken, traurig und verständnislos an. „Was sollte ich dort?"

„Wir wollen Dir helfen, Daniels Lebenswerk wiederaufzubauen."

„Ohne Daniel geht das nicht! Nichts geht ohne Daniel!"

„Florian, das Leben geht weiter und Daniel hätte von Dir erwartet, dass Du ernüchtert die Ärmel hochkrempelst! Ulf hat schon festgestellt, was vom Geschäftshaus übriggeblieben ist. Das Kellergeschoss mit den Kühlzellen und dem Lager scheint widerstanden zu haben. Vielleicht können wir den Verkauf so schnell wie möglich wieder öffnen. Was ist mit Daniels Wohnung?"

„Die Feuerwehr hat das Wohngebäude vor den Flammen geschützt. Also ist Daniels Wohnung auch unberührt geblieben."

„Wir haben von Daniels Zukunftsplänen gehört. Kennst Du sie? Du wirst als designierter Nachfolger von Daniel bezeichnet. Waren das nur Sprüche?"

„Nein! Das war sein Wille! Aber ohne Daniel kann ich das nicht."

„Geh mit mir in seine Wohnung. Vielleicht finden wir etwas darüber, dass es Daniels Wille war."

Rolf hatte sich in der Ruine umgeschaut und kam jetzt zu den beiden in Daniels Wohnung.

„Es stimmt, was Ulf gesagt hat. Im Lager sind noch unversehrte Warenbestände. Wir sollten Ulf und Mateo vorschlagen, dass sofort ein behelfsmäßiger Verkaufsstand vor dem Haus aufgebaut wird. Ulf hat schon damit begonnen, die Stromversorgung im Kellergeschoss wiederherzustellen."

„Wir schauen uns die Waren später noch genauer an. Jetzt versuchen wir erst einmal die Geschäftsunterlagen zu finden. Florian, Du warst unter anderem sein Buchalter. Wo hat er die Papiere aufbewahrt?"

„Er hatte in der Wohnung ein kleines Büro mit einem Aktenschrank und einem Schreibtisch. Da sollten wir beginnen."

Paul nahm sich die Ordner im Schrank vor, während Florian und Rolf die großen Schubladen im Schreibtisch durchstöberten. Im Schrank gab es die gesamte Kundenkorrepondenz nach Jahren geordnet und einige Ordner ohne Beschriftung. Die noch offenen Bestellungen bedurften sofortiger Überarbeitung: „Florian, gib einem der Angestellten die Aufgabe, Kontakt mit den Liederanten aufzunehmen, damit nicht Waren geliefert werden, die nirgendwo untergebracht werden können. Der andere soll sich darum kümmern, dass offene Rechnungen angemahnt werden. Die beiden können sofort hier im Büro arbeiten. Wo sind die Kontoauszüge der Banken? … Aha, hier in den nicht beschrifteten Ordnern finden sich alle Banken."

Rolf blätterte in den Akten, die im Schreibtisch aufbewahrt wurden. „Hier steht es schwarz auf weiß und unterschrieben von Daniel vorige Woche in Anwesenheit eines Notars. Im ersten Absatz heißt es: Florian wird mein Nachfolger für das Geschäft und übernimmt mein gesamtes Vermögen und meine Schulden! … Es geht im zweiten Absatz weiter: Solange ich lebe, werde ich Florian helfen, ein größeres Kaufhaus im Dorf zu realisieren!"

„Damit haben wir die Beweise. Florian, Du kannst nicht mehr anders. Konzentriere Dich auf Deine Zukunft. Findest Du auch etwas über das Vermögen, Rolf?"

„Die aktuellen Kontoauszüge habe ich noch nicht gefunden, aber eine grobe Schätzung über die Immobilie hier, das Barvermögen bei den Banken, ein kleines Aktienpaket, eine bewertete Inventur vom letzten Jahr, Guthaben für Abrufware bei Lieferanten und eine Darlehenssumme. Diese Daten sind wichtig für das neue Kaufhaus. … Ich finde hier keine Unterlagen für Versicherungen. Paul schau mal in die nicht beschrifteten Ordner."

„Ja. Hier ist eine heftige Lebensversicherung. Begünstigt ist das Geschäft! So etwas habe ich noch nie gehört. Aber die Brandversicherung ist aktuell. Damit kennst Du Dich aus, Rolf."

„Da kommt ein richtig guter Start für Florian zusammen. Die Daten nehmen wir mit in die Sitzung heute Abend. Ich nehme an, Mateo wird unter diesen Umständen nicht zögern, Florian ein passendes Grundstück für das neue Kaufhaus auszuweisen.“

Der Sitzungssaal im Rathaus war voll besetzt. Die Gemeinderäte diskutierten zunächst allgemeine Themen über die Auswirkungen des Brandes auf die Entwicklung der Besiedlung des Dorfes, den Stand der Besiedlung, die Anzahl der noch vorhandenen freien Häuser, die Energieversorgung usw. Die drei Freunde mit den beiden Söhnen von Fritz und auch Florian saßen auf der Zuhörerbank und wurden nach und nach als sachverständige Zeugen zur aktuellen Situation gehört.

Ein Gemeinderat machte sich Sorgen über die Versorgung im Dorf: „Der Tod von Daniel trifft uns nicht nur aus Trauer um einen guten Kameraden, sondern die Versorgung der Bevölkerung ist mit einem Schlag weggefallen. Wie können wir diesen Engpass ausgleichen?“

Mateo machte einen ersten Vorschlag: „Es gibt bestimmt einen mobilen Versorgungsdienst, den wir für Stunden pro Tag bestellen könnten. Florian kannst Du uns vielleicht schon Angaben machen, wie es mit den Lagern aussieht? Ist tatsächlich alles vernichtet? Daniel hatte immer einen großen Vorrat.“

„Wir haben das Kellergeschoss fast unversehrt nach den Löscharbeiten vorgefunden. D.h. Daniels Vorräte sind zum großen Teil erhalten. Schwierig ist der Verkauf.“

„Wenn ich das richtig verstehe, fehlt ein Verkaufsraum.“

„Herr Bürgermeister, das ist dann wohl als allgemeines Anliegen zu betrachten. Und ich plädiere dafür, dass wir sofort auf Kosten der Gemeinde einen provisorischen Verkaufstand vor dem Wohnhaus aufbauen.“

„Wenn wir aus der Gemeindekasse investieren wollen, müssen wir die Arbeiten erst ausschreiben. Das dauert zu lange, Herr Bürgermeister.“

„Wieso denn? Ulf übernimmt die Arbeiten in freundschaftlicher Nachbarschaftshilfe und er erhält von uns eine Spende. Ulf kannst Du sofort anfangen?“ Die Anwesenden lachten und Ulf nickte. „Florian, was meinst Du dazu?“

„Das passt! Die Vorräte aus den Kühlzellen würden verkauft und ich könnte die Bestellungen anliefern lassen. Ich gehe sogar noch einen Schritt weiter: Meine beiden Angestellten wohnen im Parterre des

Wohnhauses. Die ziehen in meine Wohnung und ich belege die von Daniel. Dann müssen wir nur das Parterre provisorisch zum Geschäftsraum umbauen. Vorausgesetzt, Ulf könnte diese Arbeiten auch noch auf sich nehmen. Jedenfalls hätten wir für eine überschaubare Zeit keinen Engpass."

„Guter Vorschlag! Was sagst Du dazu, Ulf?"

„Mit meinen Leuten komme ich schon klar, wenn die Gemeinde die Kosten ohne Ausschreibung übernimmt."

„Wir werden uns wie immer einig werden. Meine Damen und Herren Gemeinderäte, wenn Ihr einverstanden seid, ändern wir die Tagesordnung und lassen Ulf über die anstehenden Bauvorhaben berichten."

„Meine Unterlagen sind zwar fertig, aber sie sind nur eine grobe Übersicht. Ich muss also etwas ausholen: Auf dem Bild an der Wand ist der Bebauungsplan zu sehen, den der Gemeinderat erstellt hat. Die bebauten Grundstücke, bewohnbar oder auch nicht, die Straßen, die Kirche, die alte Möbelfabrik und die Brauerei sind zu sehen. Zwischen der Möbelfabrik und der Brauerei eröffnet sich ein großes Gemeindeareal in Richtung unseres Tals. Hier würde ich zum Dorf hin ein Schulhaus vorschlagen mit anschließendem Sportgelände. In einem Teil der Möbelfabrik oder der Brauerei könnte ein Ärztezentrum, eine Klinik und eine Sporthalle vorgesehen werden. Die Anschlüsse ans Straßennetz und die Versorgung wären gewährleistet. Diese Lösung ist teuer und nur langfristig in Angriff zu nehmen. Deshalb würde ich eine Vorablösung auf dem Areal mit zwei oder drei Wohncontainern vorschlagen, damit Eltern mit Kindern sich sofort bei uns ansiedeln können. Das zweite Bauprojekt betrifft die Gemeindekasse weniger. Es geht um das von Daniel geplante Kaufhaus. Dafür bietet sich ein Gemeindegrundstück mitten im Dorf an, nämlich dort wo einige Tsunamiruinen weggeräumt wurden. Wie ich von Rolf erfahren habe, ist dieses Vorhaben nach den zu erwartenden und vorhandenen Finanzen von Daniel möglich, wenn die Bank Florian ein Darlehen gewährt und der Gemeinderat das Grundstück für neunundneunzig Jahre an Florian verpachtet."

„Ulf, Du redest von Florian, als sei er der Inhaber des Geschäfts."

„Das ist er! Wir haben das beglaubigte Testament von Daniel gefunden. Das Nachlassgericht kann gar nicht anders entscheiden. Karl Kluge hat die Unterlagen bereits geprüft und mich so informiert. ... Das nächste Bild an der Wand zeigt den von mir entsprechend angepassten Bebauungsplan mit den Änderungen. Meine Vorschläge liegen dem

Gemeinderat vor mit einem Dringlichkeitsplan: Die grundsätzliche Änderung des Bebauungsplans ist zuerst zu beurteilen und darüber zu entscheiden. Danach ist es möglich, über die Containerversion für die Schule zu entscheiden. Die Strom- und Wasserversorgung könnte meine Firma übernehmen, die erforderlichen Planierungen wären mit gemeindeeigenen Geräten zu schaffen. Gleichzeitig braucht Florian dringend die Erlaubnis, mit der Bank zu verhandeln und einen Architekten zu engagieren.“

„Gute Arbeit, Ulf! Der Gemeinderat wird sich sofort an die Arbeit machen. Meine Damen und Herren, Schicksalsschläge haben uns immer wieder getroffen und wir haben uns erfolgreich gegen die Behinderungen gestemmt. Ich erinnere an die Anfänge, als unser Dorf auszusterben drohte. Eine bis heute als glücklich einzuschätzende Idee hat uns damals - mit Verlaub gesagt - den richtigen Tritt in den Hintern gegeben: Das Projekt mit den Neusiedlern! Ich bitte Fritz Freimann um einen kurzen Überblick über den aktuellen Status und die Planung des Freundeskreises zur zukünftigen Entwicklung des Projekts.“

„Ja, Herrschaften, diese Menschen sind es gewohnt, mit Schicksalsschlägen umzugehen. Sie haben die Hoffnung für sich durch das Projekt erkannt und sich Kopf über in die Arbeit gestürzt. Sie haben nie gefragt, für wen sie arbeiten und wurden zum Vorbild für manchen gesunden Zeitgenossen. Sie kannten unsere Ziele und die Endlichkeit des Projektes von Anfang an und streben bedingungslos auf die Ziele zu. Die wirtschaftlichen Zahlen und die zunehmende Besiedlung des Dorfes sind so positiv, dass der geplante Abschluss des Projektes möglich wäre. Die Menschen sind zu einem Team zusammengewachsen, welches sie um keinen Preis verlassen wollen. Wenn wir das Projekt abschließen, hat das zur Konsequenz, die Neusiedler wieder nach Hause in ihre Heime zu schicken. Das will aber keiner von uns, weil es ein ganz mieser Dank für ihr Engagement wäre. Deshalb bleibt das Projekt bestehen, bis wir eine zufriedenstellende Lösung gefunden haben. Es gibt Ideen, aber die müssen von uns sorgfältig geprüft werden. Mehr möchte ich jetzt und an dieser Stelle nicht sagen, denn ich vermute auch, dass die letzten Einheimischen des Dorfes und die neu hinzugekommenen Menschen die Mannschaft der Neusiedler sehr achten.“

Paul und Rolf saßen gleich am nächsten Morgen mit Florian zusammen in Daniels Wohnung.

Eine Übersicht über die finanzielle Lage des Geschäfts war bereits bekannt.

Rolf fasste zusammen: „Florian, wenn Ihr drei jetzt die Ärmel hochkrempelt und die Leute sehen, dass Ihr sie versorgt, dann stehen sie auf Eurer Seite. Du wirst dann genügend Zeit finden, Dich um die Zukunft zu kümmern. Lass Dich nicht durcheinanderbringen, alles wird gleichzeitig auf Dich zukommen, die Verkaufsräume im Parterre, das Grundstück für den Neubau, die Verhandlungen mit dem Architekten, die Logistik Deiner Lager, die Verhandlungen mit der Bank usw. Und Du brauchst Hilfe. Suche Dir als erstes einen Buchhalter und Du brauchst bestimmt bald einen zusätzlichen Verkäufer. Geld genug hast Du. Kümmere Dich fast ausschließlich um die Organisation."

Paul interessierte Lagerung und Verkauf der Waren: „Wenn Du einen Engpass hast, rufe mich sofort an. Das gilt auch für den Fall, dass Du die Ware nicht lagern kannst."

„Wie meinst Du das?"

„Es könnte doch sein, dass die Neusiedler in ihrem Eifer zu viel produzieren oder Du musst wegen eines Angebots zwischenlagern. Ich arbeite mit vielen zuverlässigen Kunden und Lieferanten zusammen. Du darfst die Chance immer nutzen, zögere nicht! Meine Leute sind es gewohnt, schnell zu reagieren, denn sie verdienen gutes Geld mit mir."

Die beiden Angestellten richteten sofort nach Fertigstellung des provisorischen Verkaufsstandes die Theke und die Auslage von Waren her, sodass sich bald schon wieder die ersten Kunden einfanden. Sie wurden oft in Gespräche über das Unglück verwickelt. Es gab Fragen bezüglich der Weiterführung und der Zukunft des Geschäfts zu beantworten. Aber die Menschen hatten auch Verständnis dafür, dass die beiden sich möglichst flott um die Versorgung der Menschen kümmerten. Sie waren auch geduldig, wenn die Verkäufer zugeben mussten, dass ein bestimmter Artikel erst am nächsten Tag wieder zur Verfügung stehen würde. Dann wurde bis nachmittags eine entsprechende Bestellliste aufgestellt und Florian orderte noch für den Abend oder den nächsten Morgen die Waren, die auch prompt geliefert wurden.

Die Neusiedler vertieften sich in ihre Arbeit, um die Trauer um Daniel zu überwinden. Fritz, Karl und Paul besuchten sie in der Halle und verteilten sich zu Einzelgesprächen mit den eifrigen Frauen und Männern.

Paul war zuerst bei Ludwig, dem Wollweber: „Du kannst eigentlich nicht alle Wolle verarbeiten, stelle ich mir vor."

„Ja, einen Teil lagere ich und der Rest geht an einen Händler, bei dem ich auch manchmal färben lasse."

„Okay, wenn das gut läuft und der Preis stimmt, brauche ich da wohl nicht einzugreifen. Du solltest mich trotzdem informieren, um gegebenenfalls Deinen Erfolg zu optimieren. Hast Du schon einmal daran gedacht, entweder das Weben oder das Färben ganz außer Haus zu geben?"

„Ja, schon. Ganz geht das aber nicht, denn unsere Kunden wollen nicht nur die fertige Ware bei Ina und Susi kaufen, sondern sie wollen auch behaupten können, dass wir alles selbst machen. Und sie sind bereit, dafür auch einen höheren Preis zu zahlen. Die Menschen kaufen auch Wolle bei uns, um ihre Socken selbst zu stricken. Viele Menschen wollen nicht nur an den Markttagen sehen, wie ihr Pullover vom Schaf bis zu Ina entsteht. Das ist unser Markenzeichen!"

Ina sah kaum hoch, weil sie eine Menge vorgefertigte Teile, die nach Aufträgen zusammengelegt waren, zusammenstrickte.

„Ina, man muss tatsächlich ein Fachmann sein, um festzustellen, dass Deine fertige Ware auch aus vorgefertigten Teilen besteht. Hast Du das Deinen Kunden schon mal gezeigt?"

„Oh ja. Die sind begeistert. Sie tragen die Ware stolz als handgearbeitet. Das Geheimnis liegt darin, dass ich Ludwig direkt ansprechen kann. Er sorgt für die passende Wollstärke und die gleiche Farbe. … Paul, kannst Du Dich mal dafür starkmachen, dass ich Unterstützung bekomme? Ich kann mit der Maschine den Wegfall von Xenia nicht ganz ausgleichen. Außerdem könnten wir auch für Dich stricken. Wäre das nicht eine Option für Dich?"

„Das werde ich mal überlegen und mit meinen Kunden besprechen. Für eine Unterstützung einer zusätzlichen Strickerin hat Fritz die besten Kontakte zu den Heimen."

„Ich werde ihn jetzt besser nicht ansprechen, er hat sicher zu viel um die Ohren. Aber Du wirst Dich bestimmt zu Hause für mich verwenden."

„Darauf kannst Du Dich verlassen! Hältst Du etwas davon, dass Steffi ein paar schöne Stücke von Dir in einem Flyer zusammenstellt? Vielleicht ist Susi auch an einer Werbung interessiert. Ich spreche mit ihr. Vielleicht hat Steffi eine Idee für einen Minikatalog, in dem Eure Sachen mit den Modellen von Egon und Viktor zusammen dargestellt sind. Sie wird Euch sicher bald besuchen, wenn ich mit ihr gesprochen habe.“

Susi lachte schon von weitem, als Paul auf sie zukam: „Hey Paul, darf ich Dir jetzt endlich mal einen neuen Anzug anmessen? Du rennst immer nur in Deinen Jeans herum.“

„Susi, wir werden bestimmt auch dafür eine Gelegenheit finden. Ich bin eigentlich hier, weil ich hören will, ob ich etwas für Dich tun kann.“

„Das kannst Du. Ich will mich mehr spezialisieren auf Dessous und feine Nachtwäsche und dafür brauche ich besonders zarte und reizvolle Stoffe. Florian will ich damit im Moment nicht belasten. Kannst Du mir Muster besorgen?“

„Ich habe zwar einige Geschäfte in meiner Kundschaft, aber die will ich in der Form nicht heranziehen. Ich blicke mich mal bei den Lieferanten um. Du weißt aber, dass kostbare Stoffe teuer sind.“

„Ja. Ich habe eine Vorstellung von Modellen, aber dafür sind mir die herkömmlichen Stoffe nicht gut genug.“

„Ich werde sehen, was ich in Erfahrung bringen kann. Immerhin weiß ich, dass Dein ausgefallener Geschmack schon immer eine Herausforderung bedeutet. Und ich kann mir vorstellen, dass Deine Entwürfe etwas Besonderes sein werden.“

Alan, der Korbflechter kam auf Paul zu: „Paul, ich brauche einen neuen Lieferanten für das Flechtgut. Für Körbe und größere Stücke ist die bisherige gröbere Ware gut, aber ich will kleine Sachen flechten, z.B. Salz- und Pfefferfasshalter für auf dem Tisch. Die werden dann mit einem kleinen Motor und Sensor ausgestattet. Du sitzt am Tisch und sagst leise: Gewürze! Dann kommt das kleine Ding an Deinen Teller geschwebt.“

Sie lachten beide und Paul machte sich ein paar Notizen. Fritz und Karl waren bei Udo angelangt: „Hallo Udo, wir haben gehört, dass Gustav Müller Dich besucht hat.“

„Hört bloß auf mit dem, sonst ist unser Gespräch bald beendet!“

„Beruhige Dich Udo, der hat uns auch besucht. Wir haben ihm wahrscheinlich das Gleiche gesagt wie Du. Aber er ist gar nicht so schlecht. Wir verhandeln mit ihm und wir informieren Dich, was dabei herauskommt. Schau Dir mal das Video auf dem Handy an.“

„Das ist mein Bild bei Elfi im Lokal!“

„Er hat moniert, dass Kneipendunst und Schmutz dem Bild schaden könnten."

„Weil er keine Ahnung hat von den Farben und ihrer Konsistenz. Vieles haben wir von den alten Meistern übernommen, aber wir haben auch dazugelernt."

„Gewiss, aber schau Dir erst den Film zu Ende an. Müller hat entrüstet gefordert, das Bild vor Schmutz und Diebstahl zu schützen. Also wurde eine Art Vitrine in die Wand gebaut hinter einer bruchsicheren Glasscheibe. Mit Abstand auf der Rückwand sorgt ein Spiegel dafür, dass auch die Rückseite des Bildes mit den Portraits der Freunde und der Liste der ersten Neusiedler angesehen werden kann. So bleibt das Bild dort, wo Du es hinhaben wolltest und ist einigermaßen gesichert. Was sagst Du dazu?"

„Zugegeben, es sieht nicht schlecht aus, aber er hat maßlos übertrieben."

„Übrigens hat Müller als Erster festgestellt, dass die Miniaturgesichter der Neusiedler bei den Gewerken Portraits unserer Freunde sind. Er hatte nämlich seine Lupe dabei und erkannte sofort jeden einzelnen. Dass Du Dich nicht selbst auf das Bild gebracht hast, schreibt er Deiner Bescheidenheit zu. Das Bild selbst nannte er ein Meisterwerk und hat nur angedeutet, dass es für die Kneipe einen viel zu hohen Wert hat."

„Donnerwetter, das hätte ich ihm nicht zugetraut. Also ist er wohl doch ein Fachmann, obwohl mir der Aufwand, den er gefordert hat, übertrieben erscheint."

„Wenn er jetzt Deine Bilder schätzt, kann eine ziemlich hohe Versicherungspolice dabei herauskommen. Aber darüber haben wir wohl später zu reden. Er forderte von uns, dass kein Bild mehr verkauft wird, wenn er nicht vorher den Wert geschätzt hat. Wir haben uns dazu durchgerungen, mit Mateo einen sicheren Ort zu suchen, wo Deine Bilder gelagert werden."

„Fritz, Karl und Paul seid mir bitte nicht böse, wenn ich mich aus Euren Gedanken heraushalte. Meine Welt ist ausschließlich die Kunst!"

„Das wissen wir und halten Dich weiter aus diesen Überlegungen heraus. Gustav Müller versprach, mit uns gemeinsam die Lösung zu suchen, die Dich versöhnen soll."

„Macht, was Ihr wollt. Mein Ziel war es von Anfang an, etwas zum Gelingen des Projektes beizutragen und ich werde die Gemeinschaft von uns Neusiedlern niemals verlassen!"

Udo war gedankenschwer etwas abwesend und begann plötzlich über Ideen für neue Bilder zu sprechen. Die Freunde hörten ihm aufmerksam und interessiert zu. Sie diskutierten mit ihm Fragen zu Farbkompositionen und Motiven. Sie machten auch Vorschläge, wo die Bilder dekorativ den betrachtenden Menschen viel Freude bereiten könnten. Sie begleiteten Udo gedanklich in seine Welt und schafften es, eine ausgeglichene Stimmung zu erzeugen.

Am späten Abend trafen sie sich etwas erschöpft mit den Söhnen von Fritz bei Valeria in der Gastwirtschaft. Mateo kam von einer Sitzung des Gemeinderates dazu. Er war erfreut darüber, die Freunde noch einmal sprechen zu können, bevor diese ihre Rückreise in ihre Heimat antraten. Sie waren alle daran interessiert, den Status der Ereignisse, der Lösungsmöglichkeiten der Aufgaben und der naheliegenden Planungen zusammenzufassen.

So berichtete Ulf, dass die Arbeiten in den provisorischen Verkaufsräumen im Gange waren. Er richtete sogar Lager in kleinen Räumen her, die für die Kunden unzugänglich waren. Rolf betonte, dass Florian keine finanziellen Engpässe haben würde, zumal bald mit der Auszahlung der Feuerversicherung zu rechnen war. Die Bank würde genügend Sicherheiten finden. Später kamen noch Urban und Wicki dazu und bestätigten, dass die positive Stimmung der Neusiedler durch die Trauer um Daniel zunächst gedrückt war, sich aber bald wieder erholte. Die Produktion lief wieder an und es war auch schon ein neuer Markttag im Gespräch.

Mateo berichtete von der jüngsten Sitzung des Gemeinderates: „Ulf, der Gemeinderat hat beschlossen, Deine Änderungen im Bebauungsplan zu akzeptieren. D.h. wir können jetzt die technische Unbedenklichkeit prüfen lassen und Architekten für die Bauwerke beauftragen.

Gleichzeitig wird Florian das Grundstück für das neue Kaufhaus zugesprochen und wir bleiben bei einem Pachtvertrag auf neunundneunzig Jahre. Alle technischen Unbedenklichkeitsprüfungen werden von uns sofort beantragt. D.h. Florian kann auch schon Kontakt zu einem Architekten aufnehmen. ... So meine Herren, liebe Valeria und liebe Wicki, wir wissen aus unseren Beobachtungen und den Berichten von Rolf und den Freunden, wie gut unser Projekt läuft und wie weit die gesteckten Ziele erreicht sind. Wenn dadurch der Eindruck entsteht, wir brauchen das Projekt nicht mehr, so ist dieser von gesehen nachvollziehbar. Da wir alle jedoch die Menschen kennen, von denen die Leistung für die Erfolge ausgegangen sind, denken wir anders darüber.

Wenn wir auch nicht immer über das Projekt und seine Zukunft reden, so sucht doch mancher von uns eine verbindliche Lösung. Fritz hat z.B. angedeutet, dass es Überlegungen gibt, aber noch keine befriedigende Lösung. Keiner kann alleine eine Patentlösung aus dem Hut zaubern, also müssen alle Beteiligten ihre Energie gemeinsam auf die Aufgabe richten. Fritz, ich entnehme Deiner Andeutung, dass Du mit den Freunden schon einen Schritt weiter bist."

„Ja Mateo, so viel wissen wir schon, dass eventuell eine Lösung auf dem Weg über Udo möglich sein muss. Wir tragen im Moment Argumente im engsten Kreis zusammen. Sollten wir überzeugt sein, werden wir Euch hinzuziehen. Wir sind selbstkritisch und unsicher, zumal auch die Verselbständigung der Gruppe ansteht. Weiter darüber zu reden, endet in Spekulationen, die zu nichts als Geschwätz führen. Jeder Hinweis - und erscheint er auch noch so unbedeutend - könnte helfen. Vielleicht sollten wir bei unserem nächsten Besuch, eine kleine Gruppe von vertrauten Menschen zusammenstellen, die alle Argumente ohne Beeinflussung prüft und gegebenenfalls absichert."

Und Karl ergänzte: „Es sind auch noch Wissenslücken zu schließen, da wir uns mit Fachgebieten konfrontiert sehen, von denen wir keine Ahnung haben. Jedes Argument ist zwar notwendig, aber es erschwert auch eine Entscheidungsfindung. Immerhin treffen wir eine Entscheidung, die das Leben und die Zukunft nicht nur von Menschen, sondern von Freunden betrifft."

„Ja, Fritz, mit diesem Ergebnis müssen wir wohl noch eine Weile leben. Wir werden ja auch nicht zur Eile getrieben."

„Oh, Frau Wirtin, die Vitrine ist ja schon fertig. Das sieht ja richtig schick aus", bemerkte Gustav Müller, als er die Stammkneipe betrat.

„Ja, Ihre Einwände und Warnungen gaben uns eine Stunde lang zu denken, ehe wir die Entscheidung fällten. Unsere Reaktion überzeugt Sie hoffentlich davon, wie sehr wir Udo schätzen und wie sehr meinen Freunden und mir das Schicksal der Menschen im Projekt am Herzen liegt. Wenn die Jungs vielleicht abweisend zu Ihnen waren, dann liegt das ganz alleine daran, dass wir zu diesem Thema keine Abweichung dulden!"

„Das habe ich bemerkt, Elfi. Und ich gebe zu, dass meine erste Einstellung zu Udo und seinen Werken auf gewinnträchtigen Beweggründen basierte."

Nach und nach kamen die drei Freunde mit den Frauen an den Verhandlungstisch. Auch Steffi und Hanno waren dieses Mal dabei. Zur Begrüßung waren noch Udos Bild und die Vitrine Gesprächsthema, dann konzentrierten sich alle auf die eigentliche Aufgabe. Nicht jeder rechnete heute mit einem entscheidenden Durchbruch, deswegen wurden die feststehenden Argumente durch Wiederholung betont. Nach einer Weile sagte Müller: „Herr Freimann, Sie haben öfters den Begriff oder das Ziel der Verselbständigung der Neusiedler erwähnt. Gibt es eigentlich eine Vorstellung darüber, wie diese aussehen soll?"

Karl legte seinem Freund die Hand auf den Arm und antwortete für Fritz: „Nicht so schnell, Herr Müller. Die Verselbständigung ist ein separates Ziel und wird nur durchgesetzt, wenn die Menschen im Projekt damit fertig werden können. Herrschaften, ich schlage deshalb vor, dass wir schriftlich alle Fakten, Argumente, Beobachtungen, Entwicklungen und Ziele auflisten, um damit fundiert an unsere eigentliche Aufgabe herangehen zu können. Wie ich sehe hat meine Frau schon Papier und Stifte mitgebracht." Er lächelte Esra an und fuhr fort: „Dann beginne ich: Wir haben die Leute ausgesucht, die sich fähig und willens zeigten, am Projekt mitzuarbeiten."

„Obwohl sie - genau wie wir auch - noch nicht wissen konnten, was auf sie und uns zukam."

„Richtig. Erst als wir ihre Fähigkeiten erkannten und wir in Gesprächen feststellten, mit welcher Freude sie über ihr Können berichteten, bekam das Bild eine Basis."

„Als Fritz dann von seiner geplanten Investition als Rückversicherung sprach und die Menschen sicher sein konnten, dass ihre komplette Versorgung gewährleistet war, entwickelte sich bei den Menschen eine produktive Euphorie, die jeden von uns überraschte."

„Das Ergebnis liegt heute unzweifelhaft vor. Durch die Produktionsergebnisse und die Verkaufserfolge der Neusiedler ist das Konto heute bereits ausgeglichen und die Versorgung ist durch ihr eigenes Engagement immer noch gewährleistet."

„Und das heißt, sie haben es aus eigener Kraft bewiesen, dass sie wertvolle Mitglieder in unserer Gesellschaft sind und nicht nutzloser Ballast für die so genannte normale Menschheit."

„Wir dürfen nicht vergessen, dass diese Menschen uns von Anfang an vertrauten, obwohl sie für uns bis dahin nur Mittel zum Zweck bedeuteten, denn das erste und oberste Ziel unseres Projektes war damals die Wiederbelebung, die Neubesiedlung des Dorfes! Dieses Ziel ist durch die Entwicklung - dank des Eifers der Menschen - in den Hintergrund gerückt und wurde dennoch in vielen Bereichen des Dorfes schon erreicht!“

„Wir könnten aus dieser Entwicklung einen Beweis ableiten, dass die Neusiedler auch die Verselbständigung wollen und schaffen. Das dürfen wir allerdings zu diesem Zeitpunkt noch nicht zulassen! Nennen wir es ruhig beim Namen: Die Neusiedler sind auch unsere Schutzbefohlenen! Bleiben wir doch beim Thema: Die Neusiedler sind nicht auf ihren Erfolgen bei einer breiten Kundschaft stehengeblieben, sondern sie wurden ständig in ihren Gewerken kreativ. Ich erinnere an die vielen Produkte, mit denen sie ihre Kunden immer wieder begeisterten. Sie sind zu einer Gemeinschaft zusammengewachsen und haben sogar die zehn Handwerksburschen in die Mannschaft mit aufgenommen. Selbst Schicksalsschläge konnten sie nicht aus der Bahn werfen. Sie schöpften Kraft aus ihren produktiven Fähigkeiten und der Hoffnung, als wertvolle Mitglieder der Gesellschaft anerkannt zu werden.“

„Bei unserem letzten Besuch hörten wir, dass zusätzliche Leute gebraucht werden. Unsere Situation ist eindeutig: Wir dürfen das Projekt nicht als beendet erklären und die Leute wieder nach Hause schicken!“

Gustav Müller räusperte sich: „Dem stimme ich absolut zu. Dann scheint die Verselbständigung der einzige Weg zu sein, denn der Abschluss des Projektes ist auf die Dauer nicht aufzuhalten. Wir sollten aufzeichnen, wie eine Verselbständigung aussehen könnte, um dann aus den Möglichkeiten zu erkennen, welche Lösungen überhaupt zufriedenstellend und sinnvoll sind.“

Bis dahin hatten sie lebhaft und ernsthaft diskutiert, Standpunkte festgelegt und ein Themenwechsel, wie Müller ihn vorschlug, schien die logische Folge im Gespräch zu sein. Nur Fritz Freimann blieb bei seiner pragmatischen Denkweise: „Esra, Du hast dankenswerterweise eifrig skizziert. Führe uns doch bitte mit Deinen Worten noch einmal zu Ohren, was an Argumenten genannt wurde. Ich möchte sichergehen, dass wir nichts vergessen haben.“

Das fiel Esra nicht schwer und es dauerte auch nicht lange, bis sie alles wiedergegeben hatte. In ihrem letzten Satz führte sie intuitiv und ohne erkennbaren Zusammenhang Udos Namen an, was offensichtlich keinem der Anwesenden besonders auffiel. Nur Fritz nahm den Ball auf: „Wir konnten die positive Entwicklung der Neusiedler unschwer feststellen. Wir wissen, dass eine Entwicklung auf ein Ziel hin grundsätzlich als etwas Ganzes, als eine Einheit gesehen werden muss. D.h. eine Entwicklung basiert auf einem bestimmten Niveau der Fakten bzw. der Menschen. In unserem Fall spreche ich vom Niveau der Neusiedler. Wir dürfen davon ausgehen, dass dieses Niveau bei gleichbleibenden Voraussetzungen konstant bleibt und damit die beste Grundlage für die Bildung und den Erfolg einer Gemeinschaft darstellt. Für unser Projekt heißt das, wenn alle Neusiedler ihren wertmäßig anerkannten Beitrag zum Gelingen leisten, muss das Projekt positiv laufen und schließlich enden.

Wenn wir diesen Gedanken jedoch absolut folgen, würden wir einen Fehler machen. Das Niveau einer Gemeinschaft kann sich durchaus ändern, z.B. wenn nur ein Mitglied der Gemeinschaft seine Leistungsbereitschaft ändert, verändert sich sein Verhältnis zum Mannschaftsniveau. D.h. er würde zwangsläufig aus der Gemeinschaft ausscheiden.

Nach den Überlegungen von Herrn Müller wäre Udo in einer solchen Situation, denn die Bewertung seiner Meisterwerke würde ihn auf ein anderes Niveau heben. Und damit würde er nicht mehr in die Gemeinschaft passen!"

Nun herrschte allgemeines Schweigen. Karl schaute zu seinem Sohn Hanno und schüttelte unwillig den Kopf: „Fritz, Du willst damit andeuten, dass ein so deutlich erhöhtes Niveau von Udo jeden Versuch einer gemeinsamen Verselbständigung der Neusiedler von vorne herein sprengen würde."

„Ja, Karl. Grundsätzlich kann ich meine eigenen Gedanken nicht anders verstehen. Was sagen Sie dazu Herr Müller?"

„Herr Freimann, ich muss Ihnen leider zustimmen, obwohl mir aus heutiger Sicht nicht wohl dabei ist. Wir sollten allerdings noch nicht aufgeben. Die Gemeinschaft der Neusiedler einerseits und das Vermögen, das in Udos Meisterwerken steckt, andererseits, sind zwar zwei unterschiedlich zu betrachtende Fakten, aber Sie haben in Ihrer Mitte die Herren Karl und Hanno Kluge, die als Juristen bestimmt mit mehr Sachverstand in eine praktikable Lösung vordringen könnten."

Alle Augen richteten sich auf Hanno und seinen Vater, die sich einige Zeit sprachlos anschauten. Elfi versuchte die Stimmung aufzulockern, indem sie eine Runde Bier zum Tisch brachte.

„Nun lasst uns erst einmal einen Schluck trinken. Eine Gedankenpause tut uns bestimmt gut. Immerhin wissen wir, was wir auf keinen Fall erreichen wollen und wir wissen auch, dass wir bezüglich Udos Bildern umdenken müssen."

Karl und Hanno gingen für einen Moment vor die Tür. „Vater, werden wir jetzt examiniert oder was soll das heißen? Wir können doch auch keine Patentlösung aus dem Hut zaubern."

„Leider nicht. Unsere Freunde erwarten von uns als Anwälte gesetzlich und rechtlich fundierte Informationen."

„Und welche könnten das sein? Die Fakten liegen doch auf der Hand. Ohne Zugeständnisse gibt es keine Lösung."

„Lass uns zunächst die einfachsten Dinge betonen und lösen. Dann bleibt uns zu hoffen, dass uns gemeinsam die schwierigen Themen leichter fallen. Erinnere Dich an das erste Semester in Deinem Studium. Wir gehören alle zu der gleichen menschlichen Gesellschaft."

Hanno eröffnete die Fortsetzung des Gespräches am Tisch: „Elfi hat es treffend formuliert und ich konkretisiere noch einmal: Wir wollen die Gemeinschaft der Neusiedler nicht auflösen und wir wollen auch, dass Udo den ihm zustehenden Platz in der Reihe der großen Meister der Malerei bekommt! Die Aufgabe, diese beiden Fakten in einem gemeinsamen Ziel anzustreben, ist schwierig. Ich gehe deshalb noch einmal ganz zurück, um die offensichtlichen und einfachsten Fakten abzuhaken. Die Entwicklung des Menschen hat gezeigt, dass er nicht für ein einsames Leben geeignet ist. Er sucht sich immer eine Gemeinschaft mit anderen und gleichgesinnten Individuen. Im Zusammenleben mit anderen hat er begriffen, dass es in der Gesellschaft Regeln gibt, ohne die die Existenz der Menschheit gefährdet wäre. Der Mensch gibt also Teile seiner Freiheit auf, um andere Freiheiten und seine persönliche Sicherheit zu gewinnen. D.h. er begibt sich damit in ein Abhängigkeitsverhältnis innerhalb der Gesellschaft. Nun gibt es Menschen, die sich in die totale Abhängigkeit ergeben oder ergeben müssen und solche, die z.B. selbst für ihren Lebensunterhalt sorgen wollen. Diese letzte Gruppe sucht in den ihnen verbliebenen Freiheiten z.B. die Selbständigkeit, für ihren eigenen Lebensunterhalt zu sorgen. Sie melden bei der z.B. ein Gewerbe an. Das ist notwendig, da für selbstständiges Arbeiten und Geldverdienen Steuern für die Allgemeinheit erbracht werden müssen. D.h. jeder unserer Neusiedler würde ein Gewerbe anmelden und seine Erlöse versteuern. Sie könnten sich auch zusammentun und gemeinsam ein Gewerbe anmelden, also eine Firma. Das funktioniert auch in friedlicher Koexistenz, solange alle Mitglieder sich auf dem gleichen Niveau bewegen. In dem Moment aber, wo einer ausschert, indem er z.B. im Verhältnis zu den anderen ein höheres Vermögen produziert, sind unüberbrückbare Hindernisse vorprogrammiert. Der Überflieger wird aus der Firma ausscheiden müssen, um seine eigene Leistung nutzen zu können und gleichzeitig dadurch das Unternehmen weiter existieren kann. Unterschiedliche eigene Interessen der Betroffenen werden aufeinandertreffen. Das ist der normale Werdegang einer solchen Entwicklung."

„Lieber Hanno, das ist zwar sehr schön, was Du uns da erzählst, es ist auch nachvollziehbar, aber wir sind wieder an dem Punkt angelangt, wo wir einfach keine Lösung finden, da Udo nicht ausscheiden will."

„Zu dem, was mein Sohn gesagt hat, müssen wir also rechtliche und gesetzliche Möglichkeiten finden, die eine friedliche Koexistenz der Neusiedler gewährleisten."

Nun begann eine lange und heftige Diskussion, in der auch Gustav Müllers Vorschlag zur Sprache kam, Udos zu erwartendes Vermögen auszuklammern.

Die beiden Fakten blieben nach wie vor nebeneinanderstehen und sie beschäftigten die Freunde in der Folgezeit in gemeinsamen Gesprächen und in Einzelüberlegungen, ohne dass sich eine Lösung abzeichnete.

Nach einigen Wochen erreichte Fritz Freimann ein Brief von Wicki und Urban, den beiden Betreuern der Neusiedler. Als Anlage zu dem Schreiben fiel die Einladung zu der Hochzeit aus dem Umschlag und Fritz rief erstaunt seine Frau Nora: „Schau Dir das an. Wicki und Urban wollen heiraten und wir sind eingeladen!"

„Na, das ist aber eine große Freude. Wir haben zwar nie darüber gesprochen, Fritz, aber damit war doch wohl von Anfang an zu rechnen. Da werden wir doch wohl alle hinreisen müssen oder was meinst Du?"

„Ob wir uns alle dafür freimachen können, wird sich noch zeigen, aber wir beide werden es auf jeden Fall möglich machen."

„Was schreibt Wicki denn dazu?"

„Als erstes fällt mir auf, dass sie mich als Trauzeugen dabeihaben will. Ina, unsere Strickerin hat auch schon zugesagt. Hier lies selbst. Ich rufe mal eben Karl und Paul an."

Liebe Nora, lieber Fritz,

Urban und ich sind so glücklich, dass wir es kaum fassen können. Wir haben uns von Anfang an gemocht und wir ergänzten uns absolut, auch bei der Arbeit mit den Neusiedlern. Keiner von uns hatte aber weitergedacht.

Die Trauer um Daniel beschäftigte uns. Wir saßen zusammen und jeder hing seinen eigenen Gedanken nach. Urban holte eine Flasche Wein. Und plötzlich war es, als hätte uns beide ein helles Licht von irgendwo her erfasst. Wir merkten, dass wir uns, ohne es für möglich gehalten zu haben, schon immer geliebt haben. Die Liebe und unsere gemeinsame Zukunft lagen plötzlich wie ein offenes Buch vor uns.

Nun erwarten wir mit Spannung unseren neuen Lebensabschnitt. Wir wünschen uns sehr, dass Ihr alle unsere Hochzeit mit uns feiert. Fritz bitten wir neben Ina als Trauzeuge zur Verfügung zu stehen. Wir wollen im Dorf sesshaft werden. Mateo und Ulf werden uns helfen. Und wir wollen eine Betreuungsfirma im Dorf gründen. Auf jeden Fall bleiben wir dabei den Neusiedlern erhalten, auch wenn wir von unserem Arbeitgeber gekündigt werden. Ich denke die Kosten für unseren Betreuungsaufwand können im Versorgungsbudget für die Neusiedler aufgefangen werden. Aber um darüber nachzudenken, bleibt uns sicher noch viel Zeit. Wahrscheinlich müssen wir sogar noch Gehilfen einstellen. Betrachtet bitte diesen Brief, als hätte ihn auch Urban geschrieben.

Nora, ich habe so etwas noch nie erlebt. Ich bin so glücklich mit Urban, dass mir die Worte fehlen, meine Gefühle auszudrücken.

Kommt bitte!

Liebe Grüße Eure Wicki.

„Fritz, klingen die Worte von Wicki nicht wunderschön? Ich fühle mich zurückversetzt in unsere Zeit, als wir uns im Schloss kennenlernten."

„Ja, ich weiß, dass nur noch ein fürchterlicher Donner fehlte. Dann

wäre nämlich das Gewitter komplett gewesen, das uns damals über-
fiel."

„Bei Deinem Gestotter und Deiner Sprachlosigkeit von damals ist es
kaum zu vorstellbar, dass Du heute einen so schwarzen Humor von Dir
gibst."

Fritz nahm seine Nora zärtlich in die Arme: „Aber nein, geliebte Nora.
Ich will damit nur sagen, dass der Mensch machtlos ist, wenn ihn die
Liebe erwischt. Und wenn er sie steuern will wie ein Auto, wird er sie
nie erleben. … Ich bin übrigens mit Paul und Karl verabredet. Bis dahin
sind noch drei Stunden Zeit. Was hast Du jetzt noch vor?"

Nora umarmte ihn, küsste ihn und drängte ihren Mann zum Schlafzimmer: „Ich kann nichts dagegen machen. Ich muss Dich jetzt verführen!"

Dann fiel sie über ihn her, als wäre sie am Verhungern und Verdursten.
Fritz folgte ihr mit Zärtlichkeit, liebevollen Umarmungen und tausend
leidenschaftlichen Küssen, bis sie sich beide erschöpft, zufrieden und
engumschlungen nur noch in ihr Glück versanken. Sie spürten nur die
zarte Wärme ihrer Körper, lauschten ihrem Atem und beantworteten
jede Bewegung des Partners mit leidenschaftlicher Zärtlichkeit.

„Fritz, ich bin dankbar dafür, dass unsere Augen sich damals getroffen
haben und ich hoffe, dass wird nie aufhören!"

„Was? Du alleine bist schuld. Deine Augen haben mich regelrecht ein-
gefangen wie einen wilden Stier auf der Weide."

„Ja. Und wie ein tollwütiger Stier wolltest Du gleich über mich herfal-
len."

Die Zeit verging wie ein Wasserfall, der sich in einem beruhigten Ge-
wässer auffing, um bald wieder in einem sanften Wolkenmeer seinen
Anfang zu finden.

In der Stammkneipe legte Fritz den Freunden und Elfi den Brief von
Wicki und die Einladung zur Hochzeit vor. Elfi saß neben Paul. Paul sinnierte vor sich hin: „So, so. Die schöne Wicki heiratet ihren Urban."

„Was Du nicht alles merkst", entfuhr es Elfi und sie wandte sich ent-
rüstet ihrem Tresen zu. Fritz und Karl schauten sich an und lächelten.
Das bekam Paul mit und er fauchte die beiden Freunde an: „Was grinst
Ihr beiden, so dämlich?"

„Es ist nichts. Wir freuen uns nur über das Glück der beiden."

„Döspaddel! Als könntet Ihr etwas vor mir verbergen!", war seine knappe Reaktion. Elfi lachte schon wieder und brachte eine Runde Bier an den Tisch.

„Wer fährt denn nun zur Hochzeit? Die Einladung ist doch an Nora und Fritz gegangen."

„Wicki möchte uns alle sehen. Warum sollte sie jeden einzeln einladen?! Nora und ich fahren. Wenn Rolf es sich leisten kann, werde ich seinen Urlaub genehmigen."

„Ich rede mit Esra und Steffi. Hanno hat einen schwierigen Fall zu bearbeiten."

„Jungs, ich muss leider die Stellung hier halten. Aber ich rate Euch, kommt ja gesund wieder, sonst mache ich Euch die Hölle heiß! Übrigens, meint Ihr nicht auch, die beiden haben ein schönes Geschenk von uns verdient?"

Unvermittelt stand Paul auf und umarmte Elfi: „Sind wir vielleicht immer zu Dir zurückgekommen?! Also mach Dir keine unnötigen Sorgen."

„So! Dann wollen wir mal nachdenken, was die beiden zu ihrem Glück noch brauchen."

„Ich lese aus dem Brief schon eine Idee. Hier steht doch, dass sie sich mit einer Pflegefirma selbständig machen wollen."

„Genau. Die brauchen ein Auto. Ich denke, das könnten wir – auch als angemessen – finanzieren. Was haltet Ihr davon?"

„Sie wären immer mobil im Dorf und zur Stadt und könnten schnell reagieren. Ein Kleinwagen wäre da schon hilfreich mit entsprechender Ausrüstung, die sie immer sofort zur Verfügung hätten, ohne suchen zu müssen."

„Und auf beiden Seiten wäre zu lesen: Pflegeteam Wicki und Urban. Lasst uns doch mal mit dem Meister darüber sprechen, wie wir das organisieren könnten."

„Jungs, Ihr macht das aber nicht nur unter Euch aus. Ich will auch meinen Beitrag dazu leisten."

„Ist doch klar, Elfi. Wir vergessen Dich nicht und machen das gemeinsam. Übrigens Männer, ich habe da noch eine Idee: Wenn wir schon mit dem Meister reden, könnten wir auch unsere Maschinen warten und reisen mit unseren Motorrädern zur Insel. Ich meine, wir sind als Biker noch nicht zu alt! Nora und Esra fahren selbstverständlich als Sozien mit. Und auf der Insel kommen uns bestimmt noch andere Ideen."

„Prima! Dann haben wir doch schon an alles gedacht und es bleiben uns noch vier Wochen bis zur Hochzeit. Ich rufe morgen den Meister an, dass er sich nach Feierabend Zeit für uns nimmt."

Wie immer erregten Sie Aufsehen, wenn die drei Biker mit ihren schweren Harleys in die Werkstatt rollten. Die Lehrlinge und die Gesellen rannten sofort zusammen, bestaunten die Motorräder und löcherten die Fahrer mit neugierigen Fragen. Der Meister kam aus seinem Büro und begrüßte Fritz, Karl und Paul und der Altgeselle fragte ihn vorsichtig: „Meister können wir mit der Wartung schon anfangen? Wir machen auch gerne Überstunden."

„Meinetwegen. Eine Stunde habt Ihr heute. Morgen werden die Arbeiten fertiggemacht. Der Werkstattmeister und ich nehmen Eure Arbeiten ab, dann dürft Ihr eine Runde auf unsere Teststrecke, aber nur in ordentlichen Klamotten und mit äußerster Vorsicht. Es gibt kein Wettrennen! Verstanden? … Und Ihr, Jungs, folgt mir in mein Büro. Ich will genau wissen, was Euch da wieder für eine Schnapsidee im Kopf herumspukt."

Nachdem er geduldig der begeisterten Schilderung der drei Freunde zugehört und sich ein paar Notizen gemacht hatte, sollte er ihnen die Frage beantworten: „Wie können wir das organisieren?"

„Also gut, Jungs. Die Zeit ist - wie immer bei Euren Ideen - knapp. Die technischen Details habe ich skizziert. Ein entsprechendes Auto aufzutreiben, umzubauen, zu lackieren und dann noch zu exportieren, ist zwar machbar, aber zu kompliziert. Glücklicherweise habe ich aber einen befreundeten Kollegen auf der Insel, der in der Lage ist, einen solchen Auftrag auszuführen und er würde mir bestimmt den Gefallen tun. Außerdem hättet Ihr dann auch eine Werkstatt auf der Insel zur Verfügung. Ich rufe ihn morgen an, dann wissen wir mehr."

Am nächsten Vormittag kamen die Freunde gerade dazu, wie die beiden Meister die Arbeiten der Gesellen überprüften. Der Werkstattmeister legte die Hand auf einen Reifen und fragte den Mitarbeiter: „Was fällt Dir auf, wenn Du wie ich auf den Reifen greifst?"

„Die Reifen sind noch nicht abgefahren. Das beweist auch die geringe Zahl an gefahrenen Kilometern."

„Du denkst also, das Profil wäre noch gut? Dann bewege mal das Profil mit den Fingern."

„Ja. Ich merke auch, dass bei neuen Reifen das Profil weicher ist."

„Jetzt stell Dir die Leistung vor, die von den Maschinen erwartet wird."

„Stimmt. Der Gripp könnte bei schlechtem Wetter nicht mehr ausreichen. Ich schließe daraus, dass wir als Werkstatt das Risiko nicht eingehen und aus Sicherheitsgründen die Reifen besser wechseln."

„Die Reifen kommen alle runter und Ihr habt das hoffentlich alle verstanden: Wir sind die Fachleute und wir tragen einen Teil der Verantwortung für die Fahrer. Das gilt für alle Arbeiten an den Fahrzeugen! Das muss Euch immer bewusst sein."

„So, Jungs. Kommt mit in mein Büro. Ich habe Neuigkeiten für Euch. Der Kollege auf der Insel hat sich erst schwergetan, weil die Zeit verdammt kurz ist. Als ich aber das Dorf erwähnte und als er hörte, dass Ihr die Organisatoren des Projektes im Dorf seid, war er begeistert und versprach, sofort alle Hebel in Bewegung zu setzen. Ihr und Euer Projekt seid wohl auf der ganzen Insel bekannt und geachtet. Er hat lange über die gute Sache gesprochen. Ich wusste gar nicht, was Ihr da alles ins Rollen gebracht habt. Ich habe ihm den Auftrag in Eurem Namen erteilt. Das Auto wird pünktlich zur Hochzeit der beiden jungen Leute fertig sein. Ihr könnt Euch auf ihn verlassen, wie auf mich und meine Werkstatt. Hier ist die Adresse. Er kennt Eure Namen und Ihr dürft Euch nach dem Stand der Arbeiten erkundigen. Bei Schwierigkeiten informiert Ihr mich. Die Zahlung erfolgt vor Ort."

„Meister, das hast Du wieder mal toll hingekriegt. Wenn wir wieder zurück sind, bedanken wir uns mit einem kleinen Fest in Deiner Werkstatt."

„Ich werde doch Eure Freundschaft nicht aufs Spiel setzen. ... Aber jetzt zu Euch: Ihr seid verdammt wenig gefahren. Und wie ich gehört habe, wollt Ihr mit den Harleys auf die Insel fahren, wie damals mit den Frauen auf dem Sozius."

„Ja. Uns fehlt etwas Training. Aber wir werden vorher noch ein paar Spritztouren machen und kommen vor der Reise noch mal in die Werkstatt."

Eine Tour zur Vorbereitung führte die Biker mit den Frauen auch zum Schloss. Sie stellten dort mit Bedauern fest, dass sich vieles verändert hatte. Eine Freundin von Nora begrüßte sie am Empfang und bestätigte, dass sich ein Investor eingekauft hatte und die Änderungen veranlasste: „Draußen könnt Ihr noch schön sitzen. Ich komme später zu Euch."

Auf der Terrasse wurden sie sofort durch das angenehme Wetter und den bekannten schönen Ausblick wieder versöhnt. Der Kellner erkannte sie sofort wieder und kam auf sie zu: „Hallo Freunde, seht Ihr den Glanz auf meinem Gesicht? Ich freue mich, Euch wieder zu sehen. Eure Frauen haben nichts von ihrer Schönheit eingebüßt."

„Und Du bist zum Glück geblieben, wie wir Dich kennen."

„Und solange ich hier arbeite, wird Euer Platz immer für Euch reserviert sein."

Er orderte schnell per Handautomat die Getränke und setzte sich zu der Gesellschaft, um ein wenig zu plaudern. Aber als ein Herr im dunklen Anzug durch die Terrassentür blickte, stand er schnell auf und erzählte im Stehen weiter. Ein hübsches Mädel brachte die Getränke. An dem Kellner hatte sich doch etwas verändert. Er strahlte nicht mehr die Ruhe und Überlegenheit aus, sondern wirkte eher etwas gehetzt. Nora sprach ihren ehemaligen Kollegen vorsichtig darauf an, worauf er nur lächelte und antwortete: „Ja, Nora. So ist das eben. Die neuen Eigentümer haben finanzielle Interessen am Schloss und sie sind der Meinung, dass neue Besen unbedingt besser kehren müssten."

Dann eilte er zu einem anderen Tisch. Es war hier nicht mehr so gemütlich, wie sie es in der Vergangenheit erlebt hatte.

Zwei Wochen später erhielt Fritz einen Anruf von der Werkstatt auf der Insel: „Herr Freimann, ich will Sie nur kurz informieren: Alles läuft wie wir es geplant haben. Das entsprechende Fahrzeug wird in unserer Werkstatt bereits für die Aufgabe umgebaut. Es ist in bestem technischem Zustand und wird komfortabel ausgestattet. Nächste Woche wird es mit dem gewünschten Schriftzug lackiert. Dann schicke ich Ihnen ein Bild und kümmere mich um die Zulassung. Ich denke, wenn Sie auf der Insel ankommen, besuchen Sie uns und wir sprechen weitere Details ab."

„Vielen Dank. Was Sie sagen, hört sich gut an. Ich hoffe, wir werden auch optisch zufrieden sein können."

„Ich bin davon überzeugt! Und ich freue mich auf Ihre Ankunft. Bitte geben Sie mir kurz vorher Bescheid."

Die Biker starteten am Anfang der Woche, während Steffi und Rolf zwei Tage später einen Flug buchten. Am Mittwoch waren sie alle glücklich bei Valeria und Mateo versammelt. Überall waren die Menschen mit Vorbereitungen für die Hochzeit des beliebten Betreuerpaares beschäftigt. Valeria war froh für jede helfende Hand. Viktor und Egon waren eigentlich fertig mit den Schuhen, aber sie waren immer wieder kritisch mit sich selbst. Susi, Ina und Ludwig waren richtig im Stress. Das Brautkleid für Wicki und der Anzug mit dem Hemd für Urban mussten perfekt sitzen und aufeinander abgestimmt sein. Ludwig musste zweimal ein Tuch neu färben. Udo, Alan und die Gärtner waren alle beschäftigt. Nur Ulrich, der Schafhirte hatte die Ruhe weg. Fritz, Karl und Paul fuhren in die Werkstatt. Das Auto stand da, wie in einem Schaukasten auf Hochglanz poliert. Die Technik wurde mehrfach überprüft. Alles war in Ordnung.

Der Freitagabend war für einen dezenten Polterabend vor Mateos Gaststube vorgesehen. Aber weder die Dörfler noch die Kunden hielten sich daran. Sie machten ein Fest aus der Veranstaltung. Es wurde zwar wenig Porzellan an einer festgelegten Stelle zerdeppert, aber das Bier floss in Strömen beim Abschied des Paares von ihrem Junggesellendasein.

Am Samstag hatte Mateo seinen Auftritt im Standesamt, wo das Paar amtlich verheiratet wurde. Ina und Fritz saßen mit dem Brautpaar vor Mateo, der sich bemühen musste, seine Rührung zu unterdrücken. Die Neusiedler und die Freunde waren als Zuschauer dabei. Zum gemeinsamen Essen besuchten Sie das Hotel von Mateos Kollegen. Am späten Abend wurde das Paar in die beiden Wohnungen entlassen, aber bei Valeria und Mateo feierten die Freunde weiter. Am Sonntagmorgen freuten sich alle auf den feierlichen Höhepunkt der Hochzeit in Petros Kirche.

In der Produktionsstätte der Neusiedler wurden Wicki und Urban schon früh erwartet, um ihnen beim Anziehen zu helfen und eventuell noch letzte Änderungen vorzunehmen. Wer nichts zu tun hatte, freute sich gespannt mit den Akteuren und dem Brautpaar. Immerhin sollten Wicki und Urban das schönste Brautpaar sein, das sie je ausgestattet hatten. Dann war es so weit: Die Biker warteten am Eingang des Hauses. Sie hatten auf ihre Motorradkluft verzichtet und waren bereits festlich gekleidet. Fritz hatte Ina auf dem Sozius. Paul hielt seine Maschine stabil, während Susi und die anderen Helfer Wicki so vorsichtig platzierten, dass nichts dem kostbaren weißen Brautkleid schaden konnte. Karl hatte mit Urban weniger Schwierigkeiten. Fertig. Vorsichtig und im Schritttempo rollten die Maschinen zur Kirche. Die Helfer liefen begleitend mit und erlebten, wie der kleine Umzug mit Jubel vor der Kirche empfangen wurde. Petro stand lächelnd auf dem Treppenpodest am Portal. Die letzten Gäste nahmen ihre Plätze in der Kirche ein. Petro ging auf das Brautpaar und die Trauzeugen zu und begrüßte sie mit aufmunternden Worten: „Folgt mir nun in das Haus des Herren bis an den Altar. Ina und Fritz, Ihr steht rechts und links neben dem Brautpaar. Was Ihr, Wicki und Urban, heute erlebt, soll das höchste Eurer gemeinsamen Feste sein!"

Als sie durch das weitgeöffnete Portal der Kirche gingen, erhoben sich die Gäste zu Ehren des Brautpaars. Einige Frauen schnupften bereits vor Rührung in ihre Taschentücher. Petro gestaltete die Zeremonie so kurzweilig und trotzdem feierlich, dass jeder der Anwesenden das Gefühl bekam dazuzugehören. Der Pfarrer fragte Urban, ob er die anwesende Wicki heiraten und mit ihr ein Leben in Liebe und Treue verbringen wolle und erhielt ein eindeutiges und überzeugtes JA! Als er dann Wicki die gleiche Frage stellte, kam zunächst keine Antwort. Petro lächelte und zwinkerte Urban zu, der die Hand seiner Braut sanft drückte. Dann stammelte Wicki, als wäre sie gerade aus einem Traum erwacht: „Ja, ja ich will!"

Der Pfarrer schaute der Braut lächelnd in die Augen und einige Gäste unterdrückten ein kurzes amüsiertes Lachen.

„Nun steckt Euch die Ringe an die rechte Hand. Sie sind das Zeichen Eures Bundes. Hiermit erkläre ich Euch zu Frau und Mann. Mögen nur glückliche Tage auf Euch warten."

Die Orgel setzte ein, die Gäste spendeten Beifall, den Petro in seiner Kirche nicht gewohnt war und verließen die Kirche. Einer der Gärtner hatte Urban ein kunstvoll gestecktes Brautbukett in die Handgedrückt, das Urban seiner Angetrauten Wicki in den Arm legte. Der Pfarrer führte als letzter die Vermählten und die Trauzeugen hinaus. Wicki und Urban blieben in der Mitte des Podestes stehen, während Ina, Fritz und Petro dezent im Hintergrund blieben. Steffi fotografierte jede Kleinigkeit, jetzt und während des ganzen Festes. Die Menschen applaudierten und freuten sich über das schöne Paar. Wicki trug ein bezauberndes weißes Kleid, schulterfrei, das Oberteil figurbetont und mit einem weiten Rock, der mit blauen Schleifen verziert war. Die Freundinnen verzichteten darauf, ihre verführerische Lockenpracht, die ihr schönes Gesicht umrahmte mit Schleier und Diadem zu verzieren. Ihre goldfarbenen Schuhe lugten vorwitzig unter dem Saum hervor. Urban kleidete der modern geschnittene weiße Anzug, als wäre er es gewohnt ihn zu tragen. Das blaue Hemd schmückte den Ausschnitt seines Saccos. Seine Schuhe waren ebenso goldfarben, wie Wickis. Ein wunderschönes Bild. – Später am Geschenktisch in Mateos Gastwirtschaft stellte sich heraus, dass Udo fast genauso die Situation aus seiner Vorstellung in Öl gemalt hatte! – Die Gärtner hatten zusammen mit Alan Blumenbögen geflochten, die auf der Treppe von jeweils zwei Neusiedlern so gehalten wurden, dass das Brautpaar die Treppe hinab hindurchgehen mussten. Die Gäste und Freunde geleiteten nun das Paar in ihrer Mitte immer wieder mit Beifall unter den Blumenbögen hindurch in das Gasthaus von Valeria und Mateo.

Florian hatte alles besorgen können, was er von Valeria beauftragt bekam und sie zauberte, wie üblich, mit ihren Helfern Köstlichkeiten auf den Tisch, um die Gäste zu verwöhnen. An einer Wand im Saal standen ein hübsches Mädel mit Gitarre und ein junger Mann mit Schifferklavier bereit, die Gäste zu unterhalten. Die Stimmung war locker und feierlich zugleich. Ab und zu stand einer der Gäste auf, um ein paar Worte über das Brautpaar zu sagen. Die Reden endeten mit den Glückwünschen für Wicki und Urban. Den Neusiedlern fielen immer wieder Späße über ihre Betreuer ein, die sie in Dialogen zum Besten gaben. Die Musiker spielten zur Unterhaltung und zum Tanz. Steffi hielt viele schöne Motive fest, in denen sie das Brautpaar in den Vordergrund rücken konnte. Die Bilder fasste sie später in einem dicken Erinnerungsalbum zusammen. Als der Ehrentanz zu Ende war, warf Wicki den Brautstrauß hinter sich und ein hoffentlich glücklich werdendes Mädchen fing ihn auf.

Die Eingangstür öffnete sich einen Spalt breit und ein Gesicht schaute für den Bruchteil einer Sekunde herein, um dann wieder zu verschwinden. Niemand schien es bemerkt zu haben, außer Paul. Der erhob sich nach einem Moment und ging wie zufällig auf die Tür zu und hinaus. Draußen wartete der Autohändler.

„Voila Paul. Da steht das gute Stück! Ich verschwinde wieder. Ich lerne das Brautpaar sicher später kennen. Jetzt ist es Eure Sache."

„Großartig! Es sieht aus, wie aus dem Ei gepellt."

„Der Schlüssel steckt. Der Tank ist voll. Die Blumen und die Schleife sind ein Gruß unseres Hauses. Die Karte mit den Namen liegt drin."

„Prima! Wir sehen uns spätestens übermorgen."

Paul ging wieder in den Saal und setzte sich zu den anderen. Dann ging er zu Urban und flüsterte ihm ins Ohr: „Du solltest mit Wicki mal unauffällig nach draußen gehen. Ich meine jemanden gesehen zu haben, der sich nicht hereintraut."

Kaum waren Wicki und Urban draußen, rief Paul: „Alle an die Fenster, an die Tür und nach draußen!"

Das Brautpaar schaute sich vor der Tür um und die beiden fanden niemanden. Nichts fiel ihnen auf, bis Urban plötzlich Wicki in den Arm nahm und sagte: „Wicki, siehst Du, was ich sehe?"

„Das Auto mit unseren Namen drauf. Das muss ein Scherz sein."

Die Fenster wurden geöffnet, aus der Tür drängten sich die Gäste und ein bewunderndes Gelächter erscholl aus vielen Kehlen. Paul legte Urban die Hand auf die Schulter.

„Na los! Das ist Euer Auto für Eure Firma. Setzt Euch rein und fahrt eine Runde."

„Paul, das kann doch nicht sein."

„Aber wonach sieht es denn aus?!"

Vorsichtig näherten sich die beiden dem Auto und setzten sich kopfschüttelnd hinein. Der Motor summte leise. Urban fuhr eine Runde auf dem Platz.

Wicki staunte immer noch ungläubig.

Als sie wieder zurückkamen, hatte Wicki die Karte in der Hand, auf der die Freunde in der Heimat ihre Glückwünsche niedergeschrieben hatten.

„Paul, wir haben doch noch keine Firma gegründet."

„Das hat uns aber überzeugt und auch Deine Bemerkung in Deinem Brief, dass Ihr den Neusiedlern erhalten bleibt. Ihr seid jetzt schon mobil und könnt schneller reagieren. Die Pflegeausstattung im Kofferraum für den Notfall müsst Ihr noch überprüfen."

„Wicki, hast Du das gehört? Wir haben beste Freunde!"

„Döspaddel! Die hatten wir von Anfang an."

„Ja. Das kann man aber gar nicht oft genug aussprechen! Danke Paul! Das werden wir Euch nie vergessen."

Die Neusiedler, an der Spitze Udo, drängten sich nach vorne durch die umstehenden Gäste.

„Wicki, haben wir das richtig gehört. Ihr wollt eine Firma gründen. Und dann wollt Ihr uns verlassen?", stammelte er mit Tränen in den Augen.

Wicki umarmte Udo und drückte ihn ganz fest an sich. Dann küsste sie ihn freundschaftlich, nahm sein Gesicht in ihre Hände und blickte ihm fest in die Augen: „Mit dem Geschäft wollen wir leistungsfähiger sein, vielleicht auch zusätzliche Pfleger einstellen. Es hat überhaupt nichts mit Euch zu tun. Merke es Dir und alle anderen sollen es sich auch merken: Urban und ich werden Euch niemals verlassen! Egal welche Hindernisse wir überwinden müssen, wir werden immer bei Euch sein!"

Jetzt lachte Udo wieder und alle Neusiedler stimmten in den Ruf ein: „Unsere Wicki, unser Urban, sie leben hoch! Hoch! Hoch!"

Im Saal dauerte die Feier noch eine Weile in bester Stimmung an, bis es draußen dunkel geworden war. Dann zogen sich die Gäste allmählich zurück, das Musikerduo verabschiedete sich und nur die Freunde und die Neusiedler saßen noch näher zusammengerückt am großen Tisch. Mateo setzte eine ernste Miene auf, erhob sich von seinem Stuhl und sprach leise mit trauriger Stimme: „Wie immer im Leben liegen Glück und Unglück immer dicht beieinander. Diese schöne Feier neigt sich ihrem Ende. Valeria hat für Euch, Wicki und Urban, heute genug geschafft." Valeria drehte ihr Gesicht weg und unterdrückte ein schelmiges Grinsen, denn sie wusste, was jetzt kam. „Ich halte hier die fristlosen Kündigungen für Eure Wohnungen in der Hand. Ich brauche die Räume für Neuankömmlinge in unserem Dorf. Ihr werdet wohl Eure Hochzeitsnacht in Eurem neuen Auto verbringen müssen. Es tut mir leid, aber es musste so sein."

Urban war sprachlos und Wicki wurde blass im Gesicht. Sie zerdrückte eine Träne auf ihrer Wange. Selbst Petro konnte die Worte seines Freundes nicht fassen.

Mateo fuhr fort: „Vielleicht können wir ja noch ein Zelt draußen aufstellen und Luftmatratzen aufblasen. Lasst uns einfach nachschauen, ob unsere Handwerksburschen schon angefangen haben."

Außer Mateo und Valeria schienen alle überrascht zu sein, als sie sich gemeinsam und traurig auf den Weg machten. Nur Ulf tuschelte mit den beiden, die vorne weggingen.

Zeltstangen klirrten auf dem Boden, Planen lagen überall herum. Benno, der Schlosser brummte missmutig: „Das schaffen wir in der Dunkelheit und mit unserem besoffenen Kopf heute nicht. Geht weiter zur Kirche!"

Da führte Mateo, die Freunde aber nicht hin, sondern er blieb vor einem Haus stehen.

 Die Außenbeleuchtung erleuchtete auf geheimnisvolle Weise hell den Eingang und die Haustür öffnete sich. „Dieses Haus ist noch nicht vergeben. Vielleicht finden wir hier eine Notunterkunft für Euch."

Der Flur war hell erleuchtet. Niemand war im Haus. Im Flur hing eine Garderobe an der Wand.

„Urban, warst Du schon einmal hier?"

„Nein. Ich kenne dieses Haus nicht. Es ist eine der noch übrigen Ruinen."

„Und warum hängen da Deine Mütze und Deine Jacke?"

„Vielleicht sind es auch alte Klamotten, die niemand mehr brauchte."

Mateo hatte das Gespräch mitbekommen und drehte sich zu den beiden um.

„Dann geht mal an der Treppe vorbei und durch die Tür."

Urban öffnete vorsichtig, nachdem er gewohnheitsmäßig angeklopft hatte. Das Licht im Zimmer ging an und er blieb stehen, als hätte ihn der Schlag getroffen: „In welchem Film bin ich? Wicki, da stehen unsere Möbel. Hast Du vielleicht hinter meinem Rücken …?"

Jetzt drängte die ganze Mannschaft ins Wohnzimmer. Jeder staunte über die Wendung des angekündigten Schicksals zum Guten. Wicki hatte längst Mateo umarmt. Das Gelächter nahm kein Ende.

„Jetzt müsste nur noch kaltes Bier im Kühlschrank sein."

Ulf meldete sich: „Da ist die Tür zur Küche. Und da steht sicher auch der Kühlschrank."

Urban öffnete die Tür und ein schallendes Gelächter der Handwerksburschen schlug ihm entgegen: „Wir haben uns schon mal bedient! Prost!"

Mateo mischte sich in das allgemeine Gelächter mit ein und strahlte übers ganze Gesicht: „Jetzt schaut Euch Eure Kündigungen an. Es sind zwei unbeschriebene Blätter. Habt Ihr etwa geglaubt, Eure Freunde hätten Euch hängen lassen?! Urban, jetzt zeige ich Dir noch das Schlafzimmer im Obergeschoss."

Wicki wollte unbedingt mit hinauf, aber Mateo hielt sie zurück, machte Urban gegenüber mit den Armen eine hebende Geste, deutete auf Wicki und sagte: „Später!"

Was Urban verstand, traf auch sein Vorhaben. Die beiden Männer gingen die Treppe hinauf und Mateo öffnete die Schlafzimmertür. Urban staunte glücklich: „Ein Himmelbett! Wie habt Ihr das alles geschafft?! Wicki wird glücklich sein, wenn ich sie nachher auf meinen Händen über die Türschwelle trage. Danke, Mateo! Aber wie soll ich das alles bezahlen?"

„Ulf und seine Leute haben das alles in ihrer Freizeit geschafft! Über finanzielle Dinge sprechen wir noch mit unseren Freunden und mit dem Gemeinderat. Jetzt kümmerst Du Dich noch ein paar Minuten um Deine Gäste, dann schmeißt Du alle raus und genießt mit Wicki Eure Hochzeitsnacht in Eurem neuen Heim!"

Am nächsten Tag waren das schöne Hochzeitsfest der beliebten Betreuer, die gelungenen Überraschungen und die entsetzten und dann glücklichen Gesichter beim Aufräumen die Themen. Alle Beteiligten durften stolz sein auf ihre Arbeit und die Verschwiegenheit, die sie sich dabei auferlegt hatten.

Erst am nächsten Abend fanden Mateo und die Freunde aus der Heimat Zeit und Muße, sich über den Stand der Überlegungen um das Projekt zu unterhalten. Das Vorhaben von Wicki und Urban, sich selbständig zu machen, ergab einen neuen Hinweis. Ulf kam etwas später und bemerkte sehr schnell, dass es keine neuen Gedanken gab. Er holte Luft und begann, die anderen zu provozieren: „Mateo wird es Euch bestätigen: Wir brauchen die Räume, die von den Neusiedlern belegt sind, um unser Dorf für interessierte Neubürger attraktiv zu machen." Er erinnerte dabei an das erste Ziel des Projekts, nämlich die Neubesiedlung des Dorfes.

Nora fauchte ihren Sohn entsetzt an: „Ulf, wie kannst Du nur so brutal sein?!"

„Mutter, ich bin nicht brutal und schon gar nicht gegenüber unseren Neusiedlern. Ich sehe die Auswirkungen der Entwicklung. Notfalls müssen wir die Leute umsiedeln. Es muss doch möglich sein in unserer freien Wirtschaft eine Unternehmensform zu finden, die unsere Wünsche bzw. die der Neusiedler abdeckt. Wir wollen, dass die Neusiedler Eigentümer ihrer Produktion und gleichzeitig ihrer eigenen Firma sind. Die Produktion wird von der Verkaufsabteilung verkauft, der Erlös wird versteuert, nachdem die Kosten für die Versorgung der Leute abgezogen sind, und der Rest geht als Lohn oder Investition an die Eigentümer. Das ganze Gebilde könnte eine Institution, ein Verein oder so etwas Ähnliches sein."

„Ja. Soweit waren wir schon. Und was machen wir mit dem Problem Udo?"

„Ich sehe da kein Problem. Udo wird genau wie seine Kollegen Miteigentümer des Unternehmens."

„Und was ist mit dem Vermögen, das er mit seinen Bildern anhäuft?"

„Erstens steht noch gar nicht fest, ob seine Bilder ein Vermögen wert sind. Gustav Müller hat nur gesagt, dass er die Bilder begutachten will. Zweitens wissen wir nicht, ob Udo die Bilder für ein Vermögen verkaufen will. Und wenn wir einmal davon ausgehen, dass Udos Bilder zu einem hohen Preis auf den Markt kommen, könnte Udo z.B. dieses Geld in die Firma, bei der er Miteigentümer ist, einbringen. Dann würde die Firma einen großen Gebäudekomplex bauen, in dem die Produktionsräume und die Wohnungen aller Neusiedler untergebracht sind."

„Mein Bruder hat recht", mischte sich Rolf ein. „Wir müssen das Thema von der praktischen Seite angehen. Ulf, in Deinem Beispiel bliebe die Gemeinschaft der Neusiedler erhalten und sie wären selbständig in ihrer eigenen Firma."

„Aber ganz so einfach ist es nicht. Ein Unternehmen muss durch ein Management geführt werden. Wer von den Leuten könnte das machen oder müssten Geschäftsführer eingestellt werden?! Wir müssen erst alle gesetzlich möglichen Unternehmensformen überprüfen. Finden wir keine, dann müssen wir feststellen, unter welchen Bedingungen wir an eine Lösung herankommen. Dann müssten alle Ämter bis zum Oberfinanzgericht zustimmen. Vielleicht müssten sogar das Oberverwaltungsgericht und das Verfassungsgericht mit einbezogen werden. Wenn dieser Weg überhaupt zulässig ist, würde er sich über Jahre hinziehen und viel Geld kosten."

„Ulf, ich stelle mich gerne an Deine Seite. Karl, vielleicht hilft es uns, wenn Deine Kanzlei, das Vereinsrecht überprüft und Udos Vermögen in eine Stiftung umgewandelt wird, auf die der Verein Zugriff hat."

„Möglicherweise ja. Aber wir hätten es dann mit einem Verein zu tun, der ausschließlich wirtschaftliche Interessen verfolgt. Und das ist wiederum untypisch für einen Verein.

Wie dem auch sei, werde ich mich nicht stur stellen und werde meine spezialisierten Kollegen einspannen."

Es entstand eine Pause, in der jeder sich der neuen Fakten bewusst-wurde.

Fritz Freimann fasste schließlich noch einmal die Ideen zusammen und hielt fest, was jetzt und später zu tun war: „Karl, Du wirst sicher nicht nur mit Deinen Kollegen sprechen, sondern Du wirst sicher auch wissen, wie die verschiedenen Ämter anzusprechen sind. Ich werde mit Müller vereinbaren, dass er eins von Udos Bildern begutachtet und durch eine Auktion oder durch einen Händler auf den Markt bringt, damit wir gemeinsam feststellen können, über welche eventuellen Summen wir sprechen. Wicki versteht sich am besten mit Udo. Sie wird ihn überzeugen, eins seiner Bilder zur Verfügung zu stellen. Ich spreche nachher noch mit ihr. Ulf und Mateo werden überprüfen wo und wie ein entsprechender Gebäudekomplex im Dorf möglich ist. Nora, Esra, Rolf und Paul führen noch vor unserer Abreise Gespräche mit den Neusiedlern über die Bildung eines Vereins, um festzustellen, ob es in deren Reihen Ambitionen für einen Vorstand und die Geschäftsführung gibt. Unsere einzelnen Ergebnisse formulieren wir schriftlich. Steffi stellt daraus eine Arbeitsmappe zusammen, die wir als Grundlage für eine nächste Sitzung verwenden können."

Die Aufgabenstellung war für jeden klar umrissen. Trotzdem sollte es noch einen Monat dauern, bis Steffi die Ergebnisse auf ihrem Schreibtisch vorliegen hatte. Fritz Freimann freute sich über das mehrseitige Protokoll. Steffi notierte nämlich nicht nur, was sie von den anderen bekam, sondern sie hatte einen logischen Plan der Ergebnisse erstellt und hielt einen entsprechenden Vortrag vor den bei Elfi versammelten Freunden:

In den Gesprächen mit den Neusiedlern entstanden Skepsis und die Angst, in ihr Leben im Heim zurückzufallen. Sie wussten zwar, dass die Änderung ihres Status kommen würde, aber sie scheuten davor zurück, schon jetzt damit konfrontiert zu werden. Nora, Esra, Paul und Rolf appellierten immer wieder an ihr Vertrauen zu den Organisatoren des Projektes und deren Absicht, sie nicht im Stich zu lassen.

Paul argumentierte: „Freunde, wir haben Euch für das Projekt ausgesucht, weil wir überzeugt waren, dass Ihr selbständig arbeiten könnt und wollt. Ihr habt uns mehr als erwartet davon überzeugt. Die logische Schlussfolgerung kann dann doch nur sein, dass Ihr auch selbständig lebt. Ihr wollt dazu aber in Eurer Gemeinschaft zusammenbleiben. Das haben wir begriffen! Und die weitere Organisation lassen wir nicht ohne die Aufrechterhaltung Eurer Gemeinschaft geschehen. Wir wissen, dass Ihr Euch umstellen müsst und dass dazu einiges an Mut erforderlich ist. Auch wir haben durch Euren bemerkenswert starken Willen und Eure Bereitschaft gelernt. Ihr seid kein Ballast für die Gesellschaft, sondern Ihr seid Persönlichkeiten. Ihr seid gleichberechtigte Partner!" Als die Fragen konkreter wurden, antwortete Nora: „Wir wissen selbst noch nicht, in welcher Unternehmensform sich Eure Zukunft fortsetzen wird, aber es sind bereits Verhandlungen mit rechtlichen und gesetzlichen Entscheidungsträgern im Gange. Wir werden den besten Weg für Euch finden. Ich weiß auch von Fritz, dass er mit Behindertenverbänden spricht, um zusätzliche Leute zu finden, die zu Euch passen. Aber Ihr wisst selber, wie schwer es für hoffnungslose Menschen ist, sich das Funktionieren unseres Projektes vorzustellen. Ihr habt es getan. Ihr seid ins kalte Wasser gesprungen und Ihr wurdet mit frischem Lebensmut belohnt."

Nach und nach wurde die Skepsis überwunden und es kamen zustimmende Worte von den Neusiedlern. Die gesunden Mitarbeiter Egon und Ludwig erklärten sich bereit, Verantwortung in der Verwaltung, der auf sie zukommenden Institution zu übernehmen. Dazu meldeten sich auch Alan, der Korbflechter und Ulrich, der Schafhirte kam spontan mit hinzu.

„Wir tragen die Verantwortung für alle, neben unserer normalen Tätigkeit. Außenstehende wollen wir nicht!"

Eines Tages stürmte Gustav Müller ohne nach links oder rechts zu schauen in Udos Atelier: „Udo, stell Dir vor: Der Test ist gelungen. Dein Werk hat einen höheren Preis erzielt, als ich ihn vorsichtig eingeschätzt hatte. Meister, gib mir noch einige Deiner Werke. Du bist bereits bekannt auf dem Markt. Mir liegen mehrere Aufträge vor. Ich lege mir Vorsicht und Geduld auf, aber ich vermute, dass wir Ulfs Kalkulation für den Gebäudekomplex ohne Fremdkapital schaffen werden!"

„Gustav, Du weißt, dass mir das alles zuwider ist und dass ich nur mitmache, weil dadurch unsere Lebensgemeinschaft erhalten bleibt."

„Ja. Das ist auch gut so. Aber Deine fachliche Bescheidenheit ist fehl am Platz. Du bist ein großer Meister, ob Du willst oder nicht!"

Mateo und Ulf brüteten oft über dem Bebauungsplan des Dorfes. Die Gemeinderäte machten ergänzende Vorschläge. Immer wieder wurde die Streichholzschachtel, die als Modell für den Gebäudekomplex diente hin und her geschoben, um die beste Position im Dorf zu finden. Schließlich einigten sie sich darauf, das Gelände der ehemaligen Möbelfabrik zu nehmen und alle nicht mehr gebrauchten Gebäude abzureißen und nur die ehemalige Ausstellungshalle, die von den Neusiedlern als Produktionsstätte genutzt wurde, stehen zu lassen. Im Parterre des großflächigen Komplexes waren zwei Hallen vorgesehen. Im Obergeschoss wurden in der Option zwanzig Wohnungen eingeplant. Die jetzige Produktionsstätte konnte beibehalten werden oder später als Lager dienen. Ulf erschrak über seine eigene Kostenkalkulation: „Das schaffen wir nie!" Er sprach auch mit seinem Vater darüber. Dann zog er sich wieder nächtelang in sein Büro zurück. Er verkleinerte das Gebäude auf die Hälfte. Die Kosten wurden zwar geringer, aber wo sollten die zusätzlichen Neusiedler unterkommen. Sie mussten sofort in die Gemeinschaft eingegliedert werden, wenn der Plan gelingen sollte. Sollte er die beiden geplanten Produktionshallen wegfallen lassen. Nein! Das durfte er nicht. Er musste für die Zukunft planen, um die Menschen nicht zu enttäuschen. Erst als er zufällig beim Essen in der Gaststube mit Udo zusammen am Tisch saß und dessen Schnitzel kleinschnitt, erfuhr er, wie Udo sich über Müller aufregte: „Der macht mich ganz schwindelig. Der sammelt ein Vermögen an, das ich nie haben wollte. Der will immer noch, dass ich von der Gemeinschaft getrennt werde. Ich werde wohl mit Deinem Vater reden müssen, dass ich das nicht länger mitmache."

„Und weißt Du, was mein Problem ist, Udo? Ich kriege den Gebäudekomplex nicht so kalkuliert, dass wir ihn bezahlen können. Überall muss ich Abstriche machen. Kennst Du eine Zahl?"

„Nein. Müller sagte mir nur sie sei so hoch, dass wir das Gebäude finanziert kriegen. Kann der sich das überhaupt vorstellen?!"

Ulf beschloss, die ursprüngliche Kalkulation beizubehalten und eine reduzierte in der Schublade zu lassen für den Fall, dass sie verworfen würde.

Karl und seine Kollegen suchten in allen Gesetzbüchern nach einer passenden Unternehmensform. Es gab höchstens ähnliche Lösungen, die aber an strenge professionelle Bedingungen geknüpft waren. Den Mitarbeitern des örtlichen Finanzamtes legte er einen exakten Plan vor mit Angaben über Produktionserlöse, Kosten, Struktur der Mitarbeiter, Ziele des Unternehmens. Er betonte dabei, dass für die behinderten Menschen eine Lösung zu finden sein müsse. Er erklärte, dass die Finanzierung bisher privat gesteuert wurde und dass die Erlöse ausschließlich für die Versorgung der Menschen gedacht waren.

Die Beamten erkannten allmählich die gute und soziale Absicht in der Initiative der Freunde für das Projekt und dass in der Vielzahl der herkömmlichen Unternehmensformen keine Lösung für sie aufgezeichnet und gesetzlich fundiert war.

„Wir wollen jetzt die Menschen auf eigene Füße stellen. D.h. sie produzieren, verkaufen und zahlen Steuern, wenn ihre Versorgung aus den Erlösen gewährleistet ist. Einer der Behinderten entwickelt sich gerade zu einem berühmten Maler. Er legt aber auf ein Vermögen keinen Wert und will dieses der Gemeinschaft, also der Institution, die wir schaffen wollen, zur Verfügung stellen. Wir drehen uns ständig im Kreis, obwohl wir alles richtigmachen wollen. Wir müssen eine Unternehmensform finden, die gesetzeskonform ist und gleichzeitig dem Wohl der Menschen dient. Die Menschen sollen und wollen selbständig werden, d.h. Eigentümer einer Institution werden und diese auch verwalten. Wenn normale wirtschaftliche Maßstäbe angelegt werden, ist die Gemeinschaft bald überfordert und zerbricht."

„Da haben Sie sich aber eine schwierige Aufgabe aufgeladen, Herr Kluge."

„Deshalb bin ich hier bei Ihnen. Obwohl wir Anwälte sind, kommen wir nicht weiter."

Einer der Beamten blätterte in dem Flyer, den Karl mit seinen Unterlagen auf den Tisch gelegt hatte: „Machen die Leute das alles selber?"

„Ja. Wenn Sie sehen könnten mit welchem Eifer diese Menschen sich aus der Lethargie ihres bisherigen Lebens befreit haben, wären Sie genauso begeistert wie meine Freunde und ich. Sie können nicht so rationell arbeiten wie Maschinen und sie lassen sich auch nicht treiben von Kosten- und Gewinnspiralen, aber aus dem was sie tun, spricht etwas Besonderes, etwas Persönliches. Auf den Gesichtern der Menschen ist wieder Selbstbewusstsein zu lesen und dankbare Zufriedenheit."

„Herr Kluge, ich verstehe Ihr Anliegen und Ihr Engagement. Und wie ich erkenne ziehen Sie und Ihre Freunde keinen persönlichen Nutzen daraus. Da es trotzdem ohne rechtliche Beanstandung funktioniert und mehrere, absehbar bald viele Menschen dahinterstehen, können wir das ganze Unternehmen vielleicht als soziale Einrichtung darstellen. Wir werden unsere Vorsitzenden und übergeordnete Dienststellen mit unserem Wissen befragen. Dann rufe ich Sie wieder an."

Eine Woche nach dem letzten Gespräch wurde Karl zum Termin in die Oberfinanzdirektion eingeladen. Hanno begleitete seinen Vater. Der Pförtner bat um einen Moment Geduld, telefonierte und kurz darauf erschien ein Herr in dunklem Anzug und würdevollem, ernsten Gesichtsausdruck und begrüßte die beiden: „Herr Kluge, wie ich sehe, haben Sie sich Verstärkung mitgebracht?!"

„Ja, meinen Sohn Hanno. Sie mögen daraus schließen, dass in unsere Arbeit nicht nur Freunde eingeschlossen sind, sondern auch Familienangehörige."

Sie gingen in einen großzügigen Konferenzsaal, in dessen Mitte ein schwerer Eichentisch und drum herum viele bequeme Stühle die einzigen Möbel waren. Ein Ordner, Papier und Stift signalisierten, wo der Mann sich hinsetzte: „Bitte nehmen Sie Platz. Ihr Anliegen wurde uns von den zuständigen Beamten zur Entscheidung vorgelegt. Wir haben daraufhin Erkundigungen eingeholt und dabei Sie, Ihre Mitarbeiter, das Projekt, Ihre bisherige Arbeit und Ihre Vorstellung für die Zukunft des Projektes kennengelernt.

Zunächst darf ich Ihnen mein Kompliment dafür aussprechen, dass Sie den Beweis erbracht haben, wie Menschen, die unnützer Ballast für die Gesellschaft zu sein scheinen, zu wichtigen Mitgliedern werden, wenn man sich um sie kümmert und ihre Fähigkeiten weckt. Ihnen und Ihren Mitstreitern gebührt Dank und höchste Anerkennung!"

Karl und Hanno sahen sich überrascht und sprachlos an, denn sie hatten eigentlich mit einer bürokratischen Diskussion über Anerkennung oder Ablehnung gerechnet und sich sachlich darauf vorbereitet.

„Sie haben richtig gehört. Wir können uns lange Vorreden ersparen und gleich auf Ihre Vorstellung über die Zukunft der behinderten Menschen kommen."

„Das erfreut uns. Sie können sicher sein, dass wir Sie nicht mit unserer Aufgabe belasten würden, wenn die gültigen Gesetze eindeutige Vorgaben aufzeigen würden."

„Da haben Sie recht. Der Gesetzgeber lässt uns allerdings genügend Spielraum für Möglichkeiten, sachliche Auslegungen anzuwenden, wenn ein Fall nicht eindeutig zuzuordnen ist, wie in Ihrem Anliegen."

... Meint er jetzt Beziehungen, Bestechung? ... Karl und Hanno hörten weiter gespannt zu.

„Sinn und Zweck Ihres Projektes bzw. der Institution, die Sie anstreben, ist auf soziale Tätigkeiten gerichtet. Dafür spricht auch die Tatsache, dass Sie weitere behinderte Kräfte suchen, die in den Produktionsprozess und in dem geplanten Gebäudekomplex untergebracht werden sollen. Störend ist dabei, dass die angestrebte Gemeinnützigkeit mit wirtschaftlichen Aspekten vermischt ist. D. h. die Versorgung der Menschen basiert nicht auf staatlicher Unterstützung und Spenden, wie in Behindertenheimen, sondern auf einer wirtschaftlichen Tätigkeit und unter den Neusiedlern befinden sich nichtbehinderte Menschen, die nicht zu versorgen sind, sondern als entlohnte Kräfte aussortiert werden müssen.“

„Wir befürchten, dass genau da die Behörden mit der Beurteilung und Besteuerung der erwirtschafteten Erlöse ansetzen müssen.“

„Einer reinen sozialen Einrichtung stünde nichts im Wege, wenn Sie die gesunden Menschen sachlich ausgliedern, also nicht versorgen und wenn Sie das Vermögen des Malers Udo als Spende oder als Stiftung darstellen.“

„So weit haben wir vorgedacht. Nur stellt sich uns die Frage, wie sollen wir die entsprechenden Nachweise erbringen?“

„Das ist nicht Ihre Aufgabe. Sie halten die Vorschriften ein und sorgen dafür, dass die begleitenden Buchungsbelege dazu passen. Sie ziehen sicher einen Steuerberater hinzu, der die Instruktionen kennt.“

„Schön und gut. Wie gruppieren wir die Institution in eine entsprechende Unternehmensform ein?“

„Nun, das könnte z.B. der Verein sein. Darüber sprechen Sie mit dem Registergericht, das zustimmen wird, wenn Sie unsere Unbedenklichkeitserklärung mit den Bedingungen, die ich Ihnen jetzt übergebe, vorlegen.“

Der Mann schlug den Ordner auf und entnahm die Urkunde, die er Karl vorlegte.

„Herr Kluge, ich gehe davon aus, dass Sie, Ihre Freunde und Ihre Familien sich zumindest sachlich aus dem Geschäft zurückziehen werden, sobald die vor Ihnen liegenden Arbeiten durchgeführt sind. Bedenken Sie bitte bei all Ihren Entscheidungen, dass bei den meisten Menschen sich auch egoistische Raffgier zeigen kann. Das führt dann zu unangenehmen juristischen Auseinandersetzungen."

„Wir wollen es nicht hoffen, aber damit müssten dann die Neusiedler selbst zurechtkommen. Das sehr enge Gemeinschaftsgefühl und der Zusammenhalt der Neusiedler stimmen uns jedoch optimistisch, dass es nicht so weit kommt. Im bisherigen Projekt erlebten diese bedauernswerten Menschen den Übergang von ihrer empfundenen Minderwertigkeit zu ihrer persönlichen Bedeutung innerhalb der Gesellschaft."

Steffi endete mit ihrem Vortrag vor den Freunden im Stammlokal bei Elfi und Fritz lobte sie für ihre Feinfühligkeit und gleichzeitige Sachlichkeit: „Es fehlt also nur noch das Ergebnis von Karl, von dem wir hoffentlich heute etwas hören."

Karl und Hanno schauten sich kurz an und behielten ihren ernsthaften Gesichtsausdruck bei. Karl begann mit leiser Stimme: „Liebe Freunde, ich muss Euch leider sagen, die Absagen und Ablehnungen der Finanzbehörden und des Registergerichts … hätten kommen können, sind es aber nicht!" Es war still am Tisch geworden, denn keiner konnte mit der seltsamen Formulierung von Karl etwas anfangen. Doch dann hellte sich sein Gesicht auf und er brüllte es mehr heraus, als er jubelnd ausrief: „Freunde, wir haben gewonnen! Die Unbedenklichkeitserklärung der Finanzbehörde liegt uns vor und das Registergericht lässt uns einen Verein gründen! … Elfi, wir haben Durst und einen guten Grund dazu!"

Dann erzählten Hanno und Karl in allen Einzelheiten, was sie bei den Ämtern erlebt hatten. Der Jubel und das Gelächter am Tisch waren für alle befreiend.

Irgendwann übernahm Fritz wieder das Wort: „Ja dann sind eigentlich unsere Freunde auf der Insel dran. Sie können ihre Arbeiten beginnen. Es stellt sich die Frage, wer von uns hinfliegt und es ihnen schonend beibringt. Wenn wir es ihnen am Telefon erklären wollen, dauert es so lang, dass das Kabel heiß wird."

„Ich denke auch, dass keiner von uns Zeit hat, schon wieder zu verreisen. Aber Steffi weiß alles und Karl kann die richtigen Anweisungen geben. Sie haben sich einen Kurzurlaub verdient."

„Oh. Mein Chef, der Rektor, wird mich verdammen, wenn ich schon wieder für den Unterricht fehle, aber ich könnte wohl am besten meinen Papa unterstützen."

„Also, buchen wir den nächsten Flug. Aber bitte kein Telefonat von Euch vorher. Ich genieße freudige Überraschungen."

Sie wurden mit Spannung von den Neusiedlern und den Freunden empfangen, die sich alle bei Mateo in der Gaststube versammelt hatten. Der Jubel ließ das Gebäude erzittern, als Steffi und Karl in allen Einzelheiten berichteten. In der Euphorie wollten alle sofort mit den Arbeiten beginnen, aber Karl holte sie auf den Boden der Tatsachen zurück. Es galt jetzt, einzelne Schritte nacheinander einzuhalten. Der Verein musste gegründet werden, eine Satzung war aufzustellen und ein Vorstand zu wählen. Ein Steuerberater sollte von Anfang an dabei sein usw. Der Architekt hatte den Bauantrag einzureichen. Eine Baufirma war zu beauftragen. Ulf musste die Bauabschnitte planen usw. Die Produktion der Neusiedler durfte nicht stillstehen. Ein neuer Markttag stand an. Der Bau des Kaufhauses war voll im Gange.

Viele Dinge strömten gleichzeitig auf die Insulaner ein und jeder Schritt brauchte seine Zeit.

Steffi und Karl hatten für ihren Besuch mehrere Tage eingeplant. Karl erstellte einen chronologischen Arbeitsplan, verteilte die Aufgaben und besprach die erforderlichen Schritte mit Mateo, einzelnen Mitgliedern des Gemeinderates und den Neusiedlern. Er richtete es so ein, dass er auch später für rechtliche Formulierungen angesprochen wurde. Mateo hakte einzelne Punkte des Arbeitsplans gewissenhaft ab. Die IT-Firma hatte der Gemeinde einen Computer zur Verfügung gestellt. Zwei Sekretärinnen achteten darauf, dass täglich alle Arbeitsgänge nach den verschiedenen Projekten abgespeichert wurden, so dass immer der jeweilige Status nachvollzogen werden konnte.

Steffi genoss ihre Freizeit und begutachtete aus beruflicher Neugier das Schulgelände, den Container und den Unterrichtsbetrieb. Mit den Familien, die sich nach und nach bereits angesiedelt hatten, war schon eine kleine Zahl Kinder eingetroffen, die von einem Lehrer unterrichtet wurde. In Gesprächen mit dem Kollegen erkannte sie, dass der Mann von der Schulbehörde abkommandiert worden war. Der Lehrer stand aber nicht aufrichtig zu seiner Aufgabe, weil die Schülerzahl zu gering war, die Lehrmaterialien nicht ausreichend zur Verfügung standen, der Container sich für den Unterricht nicht eignete und er sich um alle Dinge selbst kümmern musste. Er fühlte sich alleine gelassen und arbeitete daraufhin, den Schulbetrieb wieder in die Stadt zu verlegen.

„Herr Kollege, Sie haben doch hier die besten Möglichkeiten, mit den Kindern in die freie Natur hinauszugehen und ihnen dort praktischen

Unterricht zu erteilen. Die Schülerzahl ist überschaubar und Sie könnten die Zeit für technische Dinge, z.B. das Schreiben üben auf der Schulbank im Container reduzieren. Ich bin überzeugt davon, dass die Schüler mehr Interesse an Ihrem Unterricht zeigen würden."

„Das kann ich mir auch vorstellen, aber das ist doch keine Zukunft, weder für die Kinder, noch für mich!"

„Konnten Sie mit dem Bürgermeister klären, wann mit einer größeren Schülerzahl und dem eigentlichen Bau der Schule zu rechnen ist?"

„Der Bürgermeister hat dafür im Moment keine Zeit, was ich auch verstehe. Aber ohne Überwindung des mir zur Verfügung stehenden Provisoriums, sehe ich keine Möglichkeit für eine professionelle Durchführung des Unterrichtsbetriebes. Es ist nicht einmal der Beginn für eine Weiterentwicklung erkennbar!"

Steffi besprach die Situation mit Mateo. Der gab ihr zu verstehen, dass er diese Aufgabe auch sehe und dass er sicher Geld auftreiben könnte. Aber es fehlte ihm und Ulf an der Zeit dafür. Ulf brauchte zusätzliche Handwerker und er selbst wollte nicht halbherzig in die Organisation des Schulbetriebes eingreifen.

„Du hast recht, Mateo. Mir würde es an Deiner Stelle auch zu viel werden. Mach doch einfach einen Deiner Gemeinderäte zum Schulbeauftragten, der sich darum kümmert. Du bist zwar verantwortlich für alle Planungen im Dorf, aber Du musst doch nicht alles selbst machen."

„Steffi, Du bist eine kluge Frau. Wo nehme ich aber die Kinder her? Wie soll ich verantworten, dass für eine Klasse ein Schulhaus aus dem Boden gestampft wird? Wie immer hängt ein Schritt am anderen."

„Dann überlasse das doch dem Schulbeauftragten! Er könnte z.B. bei den Eltern dafür werben, dass sie ihre Kinder nicht mehr in die Stadt zum Unterricht schicken."

Eines Abends besuchte Steffi ihren ehemaligen Schulfreund Ulf in seiner Wohnung. Der war überrascht, beendete sofort seine Arbeit am Schreibtisch und räumte eilig im Wohnzimmer etwas auf.

„Steffi! Ich freue mich über Deinen Besuch. Bitte entschuldige die Unordnung. Nimm Platz. Ich hole eine Flasche Wein aus dem Kühlschrank und dann erzählst Du mir alles von zu Hause."

„Ja. Aber mich interessiert auch Deine Arbeit hier im Dorf. Ich habe Deine Handschrift überall gesehen."

„Oh, Du wirst doch nicht etwa umsatteln und bei mir als Handwerker arbeiten wollen?“

„Nein, bestimmt nicht. Ich möchte ganz einfach wissen, wie es Dir geht!“

„Ja, wie Du weißt, bin ich durch unsere Eltern in diese Aufgabe auf der Insel hineingeschlittert. Und seitdem füllt sie mein Leben aus. Jeder Schritt der Entwicklung hier fesselt mein Interesse und ich habe gute Leute um mich herum. Ich bin wohl ein Teil des Dorfes geworden.“

„Du hast doch sicher auch ein Privatleben.“

„Du meinst feiern, ausgehen usw. Darum kümmere ich mich nicht. Das Leben hier ist so aufregend, dass ich nur selten in die Stadt komme.“

„Wir beide kennen uns schon ein Leben lang. Und Du willst mir weißmachen, dass Dir die Einsamkeit nichts ausmacht.“

„Ach so!“, grinste er überrascht. „Ich habe einmal in meinem Leben eine Frau kennengelernt, gut, lieb, schön … aber sie war wohl für mich unerreichbar. Und keine andere wäre für mich jemals die richtige gewesen!“

„Jetzt machst Du mich neugierig. Wer war diese Frau? Wie konnte sie so blind sein, sich nicht in Dich zu verlieben?“

„Das war wohl Schicksal“, lächelte er sie an und schwieg. Er schien zu träumen.

„Ulf! Du solltest nicht von einer anderen Frau träumen, wenn ich bei Dir bin.“

„Das tue ich auch nicht. Ich freue mich so sehr darüber, dass Du hier bist. Entschuldige bitte, wenn ich abgestumpft oder abwesend erscheine. Das bin ich nicht. Ich habe ein Bild vor mir.“

„Das bist Du auch nicht, sondern Du bist ein romantischer Dickschädel. Das warst Du schon immer. Oder wie willst Du mir erklären, warum Du auf keines meiner Signale reagiert hast?“

Ulf wurde blass. Seine Gedanken wurden blitzartig auf die gemeinsame Vergangenheit gerichtet. Er versuchte, sich zu erinnern. Sollte er etwas vergessen haben?

„Was verstehst Du unter Signalen? Wir waren Kinder.“

„Ja. Wir waren Kinder, Jugendliche und Schulkameraden bis zum Abitur. Unsere Familien lebten ständig zusammen. Wir gingen mit unseren Brüdern aus, wir tanzten oft zusammen, wir feierten manches Fest, wir waren zusammen im Sportverein … und Du willst nicht gemerkt haben wie ich Dich anschaute, wie ich Dich heimlich berührte und anlächelte?!"

Steffi zerdrückte eine Träne auf ihrem schönen Gesicht, schaute enttäuscht zur Seite und dachte: Wie knacke ich diesen arroganten, aber lieben Kerl? Er muss es doch gemerkt haben.

Ulf fand allmählich zu seiner Fassung zurück: „Steffi, Du warst damals schon immer das Mädchen, das ich heimlich mit in meine Träume nahm. Aber wir waren Freunde und ich hätte nie gewagt, diesen Zustand zu ändern."

„Willst Du mir sagen, dass Du vor lauter Freundschaft vergessen hast, meine Liebe zu Dir zu erwidern?"

„Vielleicht konnte ich mir auch nicht vorstellen, dass beides gleichzeitig möglich ist. Vielleicht, vielleicht ... Ich weiß es nicht ... Steffi!"

„Ich habe nicht gemerkt, dass Du mich liebst und Du hast nicht gemerkt, dass ich Dich liebe.

Wir müssen beide dumm und blind gewesen sein!"

Tröstend fasste Ulf nach Steffis feingliedriger Hand und zog sie zärtlich zu sich. Beide waren traurig und konnten es nicht erklären, was sie plötzlich ergriff. Dann legte er seine Hände um ihr Gesicht und küsste die vielen Tränen von ihren Wangen. Das Glück brach aus ihnen hervor wie ein unendlicher Energiestrom. Sie küssten und umarmten sich, als müssten sie die unendlich füreinander aufgestauten Zärtlichkeiten auf einmal einander schenken.

Es dauerte lange, bis sie wieder Atem holten, sich glücklich in die Augen sahen und sich gegenseitig festhielten, als wollten sich nie wieder loslassen. Sie vergaßen den Wein in den Gläsern, vergaßen die Zeit und liebten sich in einer für sie ungekannten Zärtlichkeit, die nicht enden wollte. Nicht einmal ihre natürliche Müdigkeit konnte die beiden Liebenden aufhalten. Sie hatten endlich ihr Glück gefunden.

Als Ulf am nächsten Morgen seine Arbeiter einteilte, konnte er sein Glück nicht verbergen. Er strahlte übers ganze Gesicht. Die Männer lächelten ihn an und fragten, ob sie etwas verpasst hätten. Ulf schüttelte nur den Kopf und antwortete: „Ja, meine Freunde. Aber es geht Euch nichts an ... noch nicht!"

Steffi traf ihren Vater und fiel ihm ungewohnt heftig um den Hals: „Papa, ich bin glücklich. Ich habe endlich meinen Ulf gefunden! Am liebsten würde ich für immer hier bleiben ... bei meinem Ulf!"

„Mein Kind, ich freue mich mit Dir, aber wir müssen uns jetzt wieder zu Hause blicken lassen."

In der Heimat war die Situation auf der Insel, der Fortgang der Arbeiten zwar für alle wichtig, aber auch das Glück von Steffi und Ulf sprach sich in Windeseile bei den Freunden herum. Rolf und Hanno hoben Steffi auf ihre Schultern, trugen sie in der Wohnung herum und brüllten: „Steffi hat es geschafft! Steffi hat es geschafft!"

Esra und Karl nahmen sich in die Arme und schlossen ihre Tochter mit ein. Die Mutter war gerührt und nur fähig zu sagen: „Möge unsere Liebe auf Dich übergehen!"

Nora und Fritz freuten sich und fragten etwas besorgt: „Steffi, liebst Du wirklich unseren Sohn?"

„Ja. Ich liebe ihn schon solange, wie wir uns kennen, Schwiegermutter und Schwiegervater!"

„Na, so weit ist es ja wohl noch nicht! Ich meine Schwiegermutter und Schwiegervater."

„Oh doch! Ob wir verheiratet sind oder nicht. Es war schon immer so und es wird immer so sein!"

Die Sektkorken knallten zu Hause genauso wie bei Elfi, die Steffi herzlich beglückwünschte. Alle bedauerten, dass Ulf nicht dabei sein konnte. Steffi war oft abwesend, weil sie sich ständig nach Ulf sehnte. Die Jungs hatten schon wieder spöttische Sprüche drauf. Steffi lachte nur.

Sie wurde auch kaum in die jetzt vorrangigen Gespräche involviert. Die Freunde wollten genau wissen, was Karl über den Fortgang der Arbeiten auf der Insel zu berichten wusste, um weitere Entscheidungen treffen zu können. Gustav Müller meldete sich bald bei Fritz und erklärte zur Freude aller, dass Udos Vermögen durch den Verkauf seiner Bilder die Höhe der von Ulf kalkulierten Kosten für den Gebäudekomplex erreicht hatte.

In der Stadt wie auf der ganzen Insel sprachen die Menschen von dem kleinen Wirtschaftswunder in dem Dorf, das eigentlich schon aufgegeben worden war. Selbst Manager von Unternehmen auf dem Festland beobachteten die Entwicklung im Dorf mit der Hoffnung dort einen zusätzlichen Markt für die eigenen Produkte zu finden. Angebote für die Bauwerke flatterten auf den Schreibtisch von Mateo, Arbeitssuchende stellten sich bei Ulf vor. Das Ausbildungszentrum war fast das ganze Jahr über von der IT-Firma besetzt. Andere Firmen mieteten sich für die Leerzeiten ein. Einige der Lehrer hatten bereits mit ihren Familien Wohnungen angemietet. In der Heimat bereiteten die Freunde in Zusammenarbeit mit den Heimverwaltungen fähige und willige Menschen auf ihre Umsiedlung zur Insel vor. Die Behinderten schöpften Hoffnung aus den Erfolgsberichten und waren bereit, sich in die Gemeinschaft der Neusiedler einzufügen. Die Mitgliederzahl im Verein wuchs. Der Verein wurde zum feststehenden Wirtschaftszweig im Dorf.

EPILOG

Es war reiner Zufall, dass die drei Biker mit den beiden Frauen während ihrer Urlaubstour in dem unscheinbaren Dorf auf der Insel anhielten. Sie fühlten sich wohl und konnten es nicht fassen, dass in absehbarer Zukunft bald nur noch Ruinen als Zeugen einer Besiedlung übrigbleiben würden. Sie lebten in intakten Familien und arbeiteten bereits erfolgreich in ihren Berufen. Fritz Freimann war durch geschickte Beobachtung der Börse zu einem Vermögen gekommen, das er eigentlich gar nicht brauchte. Vielleicht war es dieser glückliche Umstand, die Idee entstehen zu lassen, das Dorf zu retten. Vielleicht sahen die erfolgreichen Freunde auch eine Herausforderung, zusammen mit ihren Familien und der Wirtin ihrer Stammkneipe diese unlösbar erscheinende Aufgabe, die Neubesiedlung des Dorfes anzunehmen. Eine Riesensumme Geldes zu spenden, wäre nicht zumutbar und nicht sinnvoll gewesen, weil das Kapital versickert wäre wie ein Wasserfall in einer heißen Wüste.

Sie brauchten Menschen. Arbeitslose wären sicher nur zuverlässig gewesen, solange sie bezahlt wurden. Die Suche nach Menschen, die eine Chance in der Aufgabe sahen, ihrem hoffnungslosen und eher tristen Leben zu entfliehen, führte Fritz Freimann in die Behindertenheime. Sozial engagierte Mitarbeiter nahmen die Idee auf und überprüften ihre Patienten nach Arbeitsfähigkeit und dem Willen, in einer fremden Umgebung zu leben. Diese ersten Neusiedler wurden durch das Kapital von Fritz Freimann versorgt und sollten sich frei für eine produktive Tätigkeit entscheiden. Die Freunde - sie werden in der Geschichte auch die Organisatoren des Projekts genannt - erhofften sich, dass neue Geschäftsimpulse für neugierige und vielleicht zukünftige Neubürger im Dorf entstehen würden. Sie konnten nicht ahnen, welche Energien bei den Neusiedlern sich im Laufe der Zeit entwickelten. Nicht nur die Leistungen der Menschen waren verblüffend, sondern auch die Bildung einer Gemeinschaft, die durch ihre Festigkeit die Verselbständigung als konsequente Folge nach sich zog. Die Neusiedler erschraken zunächst vor der neuen Aufgabe, aber mit Hilfe der Freunde, die mittlerweile ihre Einstellung zum Projekt und zu der Gemeinschaft angepasst hatten, gelang schließlich die Gründung des Vereins. Gesetzliche Regelungen standen der Konsequenz im Wege. Aber die Freunde fanden einsichtige Beamte, die halfen die Vorschriften zu Gunsten des einmaligen und erfolgreichen Vorhabens auszulegen.

Im Laufe der Geschichte verschob sich die Zielsetzung der Freunde für das Projekt. Zunächst wollten die Freunde und der Bürgermeister mit dem Projekt die neue Ansiedlung von Menschen im Dorf bewirken. Durch den Eifer der Neusiedler, die ihre Versorgung bald unabhängig von Freimanns Reservekapital machten, legten alle Beteiligten und die verbliebenen Dörfler ihr Augenmerk mehr auf die Förderung und die Nutzung der Produkte und den Erfolg der Neusiedler. Das ursprüngliche Ziel, zusätzliche Menschen im Dorf anzusiedeln, rückte an die zweite Stelle und wurde zum Selbstläufer.

Diese Geschichte stellt ein grundsätzliches Verhalten in der menschlichen Gesellschaft in Frage: Unbrauchbare Menschen werden in Heimen aufgefangen! Das ist für manche Familien deshalb schmerzlich, weil es viel Geld kostet. Aber sie haben zumindest ihr Gewissen beruhigt. Der Staat unterstützt diese Möglichkeit der Verwahrung, da die gesunden Menschen frei ihre Leistung für das Bruttosozialprodukt erbringen können. Die grundsätzliche Vorstellung, dass behinderte Menschen für die Gesellschaft unbrauchbar sind, also eine notwendige finanzielle Belastung darstellen, kann so nicht verallgemeinert stehenbleiben. Die natürliche Verhaltensweise der Menschen, das Profitdenken und *der Starke frisst den Schwachen*, werden durch Humanität zwar abgemildert, aber die ins Abseits gestellten Menschen werden ausgesondert. Selbst religiöse Glaubensbekenntnisse und politische Versprechungen können bestenfalls mit finanziellen Mitteln eingehalten werden.

Ereignisse in der jüngsten Vergangenheit haben es gezeigt, dass bei Umweltkatastrophen die wesentliche Hilfe von praktisch veranlagten Menschen ausgeht, die ihre Ärmel hochkrempeln und zufassen, wo sie gebraucht werden. Aus der Erschütterung oder aus der politischen Notwendigkeit heraus gemachte Zusagen des Staates bzw. dessen Führern an die Gesellschaft, können zwangsläufig erst dann eingehalten werden, wenn juristisch abgesicherte Verwaltungsstufen durchlaufen sind.

Regeln und Gesetze in der Gesellschaft sind zweifellos wichtig. Sie bewirken aber leider oft Unverständnis, Unsicherheit und Widerstand in der Bevölkerung. Wie sonst kann das Verhalten von Menschenmassen verstanden werden, die sich angesichts einer Pandemie, die die Existenz der Menschheit bedroht, nicht impfen lassen?! Ein anderes Beispiel macht die Situation noch deutlicher: In einer Klinik „verrecken" Menschen in der Intensivstation und vor den Fenstern demonstrieren Tausende gegen eine Impflicht mit dem Aufschrei: „Alles Lüge!" Schädlicher Egoismus und Arroganz, die in jedem Menschen schlummern, werden frei, weil gesellschaftlichen Führern der Mut fehlt, notwendige Maßnahmen konsequent durchzusetzen.

Die Menschen sagen zurecht: „Wir wollen in der Gesellschaft leben und wählen unsere Volksvertreter, die unseren Willen durchsetzen." Aber sie werden enttäuscht, wenn diese Vertreter über ihre eigenen politischen Füße stolpern. Ähnliche Missstände werden auch in der aktuell modernen Diskussion um die Rettung der Natur durch Umweltschutz deutlich. Das menschliche Gehirn bietet unendliche Möglichkeiten für den technischen Fortschritt. Erfinder und Wissenschaftler werden umjubelt. Nur wird gerne vergessen, dass diese dankenswerte Entwicklung oft nur frevelhafte Ausbeutung der Natur ermöglicht. Das natürliche Gleichgewicht wird zerstört. Emissionsgesetze und zusätzliche finanzielle Belastungen der Bürger sollen Abhilfe schaffen, aber der Profitgedanke steht doch schon wieder hinter allen Beschlüssen.

Im Roman geht es um außergewöhnliches Engagement und Zivilcourage. Zugegeben gehören in der Realität auch passende Situationen und glückliche Umstände dazu, um Risiken mit Mut durchzustehen. Aber ein anderes wesentliches Argument sollte nicht vergessen werden: Alle Lebewesen, von denen ja der Mensch das am weitest entwickelte ist, passen sich den Veränderungen der Natur in ihren Lebensbereichen durch eine Reaktion an. Sie suchen z.B. einen anderen Lebensbereich. Warum legt der Mensch weniger Wert darauf?! Hat ihn die hohe technische Entwicklung so verblendet, dass er sich über die natürlichen Gegebenheiten gestellt sieht?!

Im Roman haben sich nicht die Lebensbereiche der Menschen geändert, sondern ihre Behinderung lässt sie nicht mehr dazu passen. Das ist aber der gleiche Effekt. Die Menschen passen ihre Fähigkeiten dem Lebensbereich an! Ihr Lohn ist neuer Lebensmut und Selbstbewusstsein. Sie werden wieder als wertvoller Partner in der Gesellschaft angesehen.

Weniger dramatisch ist die Vorstellung, dass der Mensch mit jeder Veränderung, mit jeder Anpassung seine ihm gestellten Aufgaben erfüllen kann. Diese Denkweise über die Wichtigkeit und den Mut zur

Veränderung gilt bis zur geringsten Kleinigkeit. Das ist nichts zum Lachen, sondern zum Verstehen: Wenn der Boden so ausgehärtet ist, dass eine Hacke ihn nicht aufreißen kann, hilft nur das nächst effektivere Werkzeug.

PERSONENVERZEICHNIS

Agatha	Assistentin von Erich
Alan	Korbflechter (Rückenschaden)
Daniel	Kaufmann im Dorf
Elfi	Wirtin in der Stammkneipe
Emil	Gärtner (Unterschenkelprothesen)
Erich	Händler für Harleys
Florian	Sprecher der Handwerksburschen
Fritz und Nora Freimann	Biker und Banker (Ulf und Rolf) Rolf wird Bänker
Georg	Gast in Elfis Kneipe
Gert	Gärtner (Unterschenkelprothesen)
Gustav Müller	Kunstmäzen
Hans	Gärtner (Unterschenkelprothesen)
Ina	Strickerin (innere Organschwächen)
Karl und Esra (Melchior) Kluge	Biker und Jurist (Steffi und Hanno) Pädagogik und Anwalt
Mateo	Bürgermeister und Wirt
Paul Prager	Biker und Händler
Petro	Pfarrer im Dorf
PFENEKA	Paul, Fritz, Elfi, Nora, Esra, Karl, Agatha
Susi	Näherin, Schneiderin (verkrüppelte Füße)
Udo	Maler (Beide Arme oberhalb der Ellenbogen)
Ulrich	Schafhirte (Prothese oberhalb des Beins rechts)
Valeria	Frau von Mateo
Viktor	Schuhmacher (Prothese oberhalb des Beins rechts)
Wicki und Urban	Betreuer

| Xenia | Strickerin (innere Organschwäche) |

Die Handwerksburschen:

Florian	Kaufmann
Bertram	Schreiner/ Gärtner
Egon	Schuhmacher
Hans	Bäcker
Ludwig	Wollweber
Benno	Schlösser
Albert	Elektriker
Willi	Sanitärinstallateur
Kuno	Maler
Helmut	Maurer

"Nur ein Traum ?-?-?"

Die geheime Entwicklung eines neuen, umweltfreundlichen Brennstoffes führt zu kriminellen Machenschaften der Energiemonopolisten. Dieses Spiel um Macht und Geld - eingebettet in autobiographische Geschichten rund um Familie, Freundschaft und Bootfahren - bereitet ein kurzweiliges, spannendes Lesevergnügen.

ISBN 978-3-7526-0915-8
E-book ISBN 978-3-7526-8123-9

"SCHIESSEN"

Alles beginnt mit einer harmlosen Gruppenanmeldung zum örtlichen Schützenfest - ein Naturtalent wird geboren, das blitzartig berühmt wird: Viktor Fuchs. Begeben Sie sich gemeinsam mit ihm und seinen elf Freunden auf eine atemberaubende und abenteuerliche Erfolgsreise in verschiedene Länder. Mit seinem Fan Prinz Yasin und dessen treuen Freund Hasan startet er sein erstes gewaltiges Bauprojekt. Durch seine Erfolge und Popularität im Schießsport, löst er eine Bewegung aus, die sich über die ganze Welt verbreitet.

ISBN 978-3-7526-6005-0
E-Book ISBN 978-3-7534-4793-3

"Handball"

Tauchen Sie ein in das Leben von Bernd Berger, der seine Leidenschaft für den Handballsport auf sein Umfeld überträgt und alle begeistert. Mit seinem Esprit und seinen Visionen führt er eine kleinstädtische Amateurmannschaft bis zur Champions League und geht mit ihr auf eine abenteuerliche Weltreise. Schließlich führt sein ausgeprägtes Sozialbewusstsein zur Gründung einer Eliteschule für Handballer. Diese außergewöhnliche Erfolgsgeschichte ist gepflastert mit tragischen Schicksalen und spannenden Erlebnissen. Eine wahre Lesefreude.

ISBN 978-3-7534-6156-4
E-Book ISBN 978-3-7534-1506-2

"Chaos"

Kurt Fröhlich freut sich auf den lang ersehnten Urlaub mit seiner Familie. Zusammen reisen sie mit dem Wohnmobil Richtung Süden. Völlig unerwartet steigt der Benzinpreis ins Unbezahlbare. Öl, Gas und Wasser werden knapp und rationiert bis alles aufgebraucht ist. Werden Kurt und seine Familie die dramatischen Auswirkungen durch die weltweite Ausbeutung dieser lebensnotwendigen Ressourcen erleben? Wer wird überleben? Wie rettet eine neue Energiequelle die Menschheit? Greifen die Räder irgendwann ineinander und wird das Leben wieder lebenswert? Ein spannender, futuristisch anmutender Roman.

ISBN 978-3-7534-6220-2
E-Book ISBN 978-3-7534-8969-8

"VEREIN"

Chang, der Koreaner, der damals durch die Rückenmarksspende gerettet wurde und mittlerweile in Deutschland lebt, forscht nach einem Stoff, der Wasserrohre nicht mehr rosten lässt. Zusammen mit seinen Handballfreunden Artur und Hans reist er nach Afrika, um nach weiteren Wasserproben zur Lösung des Problems zu suchen. Begleiten Sie die drei Abenteurer in ein Camp in Afrika, in ein Steinzeitdorf im Dschungel und bei der Jagd nach Wilderern in der Savanne. Erleben sie die starke Liebe zwischen Chang und der Häuptlingstochter Abelka, die schließlich ihr Heimatdorf zum ersten Mal verlässt und sich in der Handballgemeinschaft in Deutschland wohlfühlt.
ISBN 978-3-7543-1367-1
E-Book ISBN 978-3-7534-9355-8